傀儡师

〔英〕丹尼尔·科尔 ——著

付小会 ——译

Hangman
Daniel Cole

湖南文艺出版社
HUNAN LITERATURE AND ART PUBLISHING HOUSE

博集天卷
CS-BOOKY

"如果上帝是存在的呢？

"如果天堂是存在的呢？

"如果地狱是存在的呢？

"那么如果……只是说如果……我们全部已经在那儿了呢？"

Preface

序言

2016 年 1 月 6 日　星期三　上午 9:52

"根本没有上帝，这就是事实。"

侦缉总督察埃米莉·巴克斯特看着审讯室玻璃窗中的自己，想听见"隔墙之耳"对这句不受欢迎的真理做何反应。

结果没有人作声。

她形容憔悴，虽然只有三十五岁，看上去却有五十多。上嘴唇缝着密密的黑线，每次张嘴说话，线就会绷紧，让她不由得想起那些她想要忘掉的新事和旧事。前额的擦伤还没愈合，断裂的手指上戴着夹板，潮湿的衣服下面还隐藏着十多处伤口。

她转过身来，面对着桌子对面的两个男人，摆出一副厌烦的表情。双方都没有讲话。她打了个哈欠，拨弄起自己的棕色长发。她用尚能活动的手指将了将脏兮兮的乱发。用了三天免水洗发剂后，她的头发已经打结了。显然，她上面的回答冒犯了特工辛克莱，但她对此毫不在意。这位引人注目的秃头特工是个美国人，此时正在一张有着精致抬头的信纸上潦草地写着什么。

伦敦警察厅的联络员阿特金斯在这位衣着讲究的外国人旁显得并不起眼。在过去的五十分钟里，巴克斯特大部分时间都在研究他那件褪成了米黄色的衬衫最初是什么颜色。他的领带松松垮垮地套在脖子上，像是某个仁慈的刽子手给他套上的吊绳。领带末端晃动时露出了最近沾上去的番茄酱渍。

他们都没有说话，阿特金斯终于等到了插嘴的机会。

"这么说来，你和特工儒歇之间一定有过非常有意思的谈话。"他说道。

他的头发剃得很干净，汗水顺着两颊流了下来。大概是头顶的灯光和角落里的取暖器的原因。取暖器散发出的阵阵热气把油毡地板上四对沾着雪的脚印化成了稀泥。

"什么意思？"巴克斯特问。

"意思是说，根据他的档案——"

"去他的档案！"辛克莱打断了他，"我和儒歇一起工作过，我可以肯定他是一个虔诚的基督徒。"

辛克莱翻找着他左边整理得井井有条的卷宗，从中拿出一份文件，上面有巴克斯特的笔迹，"根据你对目前这个职位的申请来看，你也信仰基督教吧。"

他迎着巴克斯特的目光，看到这个跟自己作对的女人自相矛盾，觉得挺享受。既然已经证实她与自己有着相同的信仰，而她不过是故意惹自己生气，他的内心似乎恢复了平衡。然而，巴克斯特看起来还是一副百无聊赖的样子。

"我已经意识到了，人们都是白痴。"她开口说，"许多人都有这样的错误观念：盲目轻信和强烈的道德准则之间有着某种联系。说实在的，我希望他们能为这种观念付出更大代价。"

辛克莱摇摇头，一脸嫌恶，仿佛无法相信自己的耳朵。

"所以你撒谎了？这岂不是恰恰证明了你所谓的强烈的道德准则，不是吗？"他浅笑着挖苦道。

巴克斯特耸耸肩："是恰恰说了一大堆关于盲目轻信的。"

辛克莱脸上的笑容消失了。

"你这么想让我改教，有什么原因吗？"巴克斯特问道，忍不住要挫一下辛克莱的锐气。辛克莱猛地站起身，俯身凑近巴克斯特。

"有人死了，总督察！"他咆哮道。

巴克斯特并没有惊慌。

"自那以后，很多人都死了……"她喃喃自语，紧接着又愤恨地说，"可你们这些家伙，不知出于什么原因故意浪费大家的时间，只关心那个真正该死的人！"

"我们是在调查，"阿特金斯打断她，试图缓和现场的紧张气氛，"因为在尸体附近发现了一些证据……与宗教有关。"

"任何人都可能在现场留下你所谓的证据。"巴克斯特说。

两个男人对视了一眼，她意识到他们有很多情报并没有告诉她。

"你知道特工儒歇最近的行踪吗？"辛克莱问她。

巴克斯特被惹怒了："据我所知，特工儒歇已经死了。"

"你真的想这样玩下去吗？"

"据我所知，特工儒歇已经死了。"巴克斯特重复了一遍。

"所以你看见了他的尸——"

此时，审讯室的第四位成员——普雷斯顿－霍尔医生突然大声地清了清嗓子，她是伦敦警察厅的精神科医生。辛克莱猛然收口，听懂了这无声的警告。他重新坐到座位上，朝镜面玻璃窗打了个手势。阿特金斯在他那破旧的笔记本上飞快地写了些什么，然后推给霍尔医生。

霍尔医生六十出头，体态优雅。此刻，她身上价值不菲的香水已经沦为这间屋子的空气清新剂，即便散发出鲜花的清香，也无法盖住一双双湿鞋的刺鼻臭味。她有一种居高临下的神态，此前她已经明确表态，一旦她认为一连串的发问有碍她病人的康复，便可以随时终止审讯。她不紧不慢地拾起沾有咖啡渍的笔记本，像老师截获学生传的小字条一样浏览着上面的信息。

她沉默了几乎一整个小时，而且觉得没有必要现在打破沉默，她对阿特金斯摇摇头，作为对他所写内容的回答。

"上面写的什么？"巴克斯特问道。

霍尔医生没有理她。

"上面写的什么？"巴克斯特又问了一遍，转向辛克莱，"你问吧。"

辛克莱犹豫不决。

"你问啊！"巴克斯特要求。

"埃米莉！"霍尔医生厉声喝止她，"一个字都别说，辛克莱先生。"

"你最好还是说了吧。"巴克斯特挑衅道，声音在逼仄的审讯室里回荡着，"是地铁站吗？你想问我关于地铁站的事吗？"

"审讯到此为止。"霍尔医生宣布，随后站了起来。

"问我啊！"巴克斯特吼道。

辛克莱意识到找到答案的最后机会正在溜走，于是坚持提出了自己的问题，同时担心着由此产生的后果。

"根据你的说法，你认为特工儒歇已经死了。"

霍尔医生愤怒地举起双手。

"这不是一个问题。"巴克斯特说道。

"那你看到他的尸体了吗？"

辛克莱第一次见到巴克斯特支支吾吾的样子，但他没有心情欣赏她的窘态，反而觉得十分内疚。巴克斯特的目光变得呆滞，他的问题让她回想起了那个地铁站。

她声音嘶哑，喃喃地回答：

"如果没见过，我又怎么会知道，不是吗？"

接下来又是一阵令人紧张的沉默，所有人都在思考。这句简单的回答让在场的每一个人都十分不安。

"在你看来，他怎么样？"阿特金斯再也无法忍受沉默，抛出了这个并不完整的问题。

"谁？"

"儒歇。"

"哪方面？"巴克斯特问道。

"精神状况。"

"什么时候？"

"你最后一次见他的时候。"

她想了一会儿，然后露出发自内心的微笑：

"释然。"

"释然？"

巴克斯特点点头。

"听起来你挺喜欢他。"阿特金斯接着说道。

"或许吧，他很聪明，也是一个很能干的同事……尽管有一些明显的缺点。"她补充道。

她那双棕色的眼睛在深色化妆品的映衬下大得有些不同寻常，此时正盯着辛克莱，等待他的反应。辛克莱咬着嘴唇，又瞥了一眼镜子，仿佛在咒骂镜子后面的某个人给他派了这么个棘手的任务。

阿特金斯决定亲自完成这次审讯。他的腋下洇湿了一大片，他也并没有注意到在场的两位女士偷偷地把椅子往后挪了几厘米，想躲开那难闻的汗臭味。

"你派人搜查过儒歇的房子。"他说。

"是。"

"这么说，你并不相信他？"

"我是不相信他。"

"所以你现在对他也没有什么忠诚可言了？"

"一点都不剩。"

"你还记得他最后对你说了什么吗？"

巴克斯特看起来有些焦躁："问完了吗？"

"快了，请回答我的问题。"他坐在那里，握着的笔悬停在笔记本上面。

"我现在想离开这里。"巴克斯特对霍尔医生说。

"当然可以。"医生厉声应道。

"你为什么连这么简单的问题都无法回答？"辛克莱的话如同控诉，响彻整个房间。

"好吧，"巴克斯特看起来十分气愤，"我回答你。"她想了一会儿，然后靠在桌上，直视这位美国特工的眼睛。

"根本……没有……上帝……"她得意地笑了。

阿特金斯把笔往桌子上一扔，辛克莱站起来，冲出房间，金属椅子在地板上发出哐啷的摩擦声。

"你真行，"阿特金斯疲倦地叹了口气，"多谢你的'合作'，总督察，审讯现在结束了。"

五星期前……

Chapter 1

第一章

　　流光溢彩的城市下方，一条结了冰的河发出嘎吱嘎吱的响声，如同正在变换睡姿。河中横七竖八地泊着无人照料的船只，它们渐渐被大雪掩盖，而这座岛屿城市也因为大雪的缘故，暂时与大陆连成了一体。

　　初升的太阳缓缓爬过凌乱的地平线，橙色的阳光洒过桥面，在冰河表面投下清晰的阴影：高大的拱形结构之间，纵横交错的钢索织成了一张大网。而这张网昨夜捕获了猎物。

　　一具变形的尸体悬挂在桥上，像一只苍蝇拼命想挣脱大网的束缚，却在挣扎的过程中把自己扯成了碎片。威廉·福克斯残破的尸体遮住了太阳。

Chapter 2

第二章

夜幕降临，苏格兰场的玻璃窗上结了一层水汽。窗外，城市的灯光变得朦朦胧胧。

从早上到凶杀与重罪科上班到现在，巴克斯特去过两次洗手间、一趟文件室，此外就再没有离开过自己那橱柜般大小的办公室。她盯着桌子边缘堆积如山的文件，任由它们在垃圾桶上方摇摇欲坠。只需轻轻一碰，这些文件就能正中垃圾桶，但她极力克制着这股冲动。

巴克斯特在她三十四岁时成了伦敦警察厅有史以来最年轻的女总督察。她的快速晋升出人意料，因此不怎么招人待见。总督察这个职位出现空缺以及她能破格坐上这个位置，原因只有一个：她去年夏天亲手逮捕了拼布娃娃案的凶手——那个臭名昭著的连环杀人犯。

前总督察特伦斯·西蒙斯因为身体状况不佳被迫退休了。人们纷纷揣测，他所谓的病情加重，是总监①威胁的，因为即便他不主动请辞，也会被革职。这是安抚对警察厅失望的民众惯常的手段，就像平息诸神之怒，总要牺牲一个无辜百姓一样。

看到前任总督察成了替罪羊，巴克斯特和同事们一样伤感，她虽十分愤慨，但又为自己没有成为那只替罪羊而感到一丝宽慰。她甚至从来没有想过争取这个新空出来的职位，直到后来总监告诉她，如果她愿意，总督察这个位置就是她的。

她环顾着这间狭窄的办公室——脏兮兮的地毯、被压弯的文件柜（鬼才知道最下层那个无论如何也打不开的抽屉里究竟藏了些什么重要文件），也不知道自己当时究竟在想些什么。

外面的办公室响起了一阵欢呼，但巴克斯特没心思理会，她继续埋头读一封针对警探桑德斯的投诉信。来信者控诉桑德斯用脏话侮辱自己的儿子。针对这一指控，巴克斯特唯一疑惑的地方是，投诉者所谓的脏话在她看来并不脏。她开始在电脑上起草一封正式的回信，但写到一半就没了耐心，于是将投诉信揉成一团，扔向了垃圾桶。

门口传来轻轻的敲门声，一个怯生生的女职员匆忙走进来。她把巴克斯特没有投中的纸团捡起来重新扔进了垃圾桶，然后施展出自己一流的搭积木技巧，成功将另一份文件放到了那摞摇摇欲坠的文件上面。

"很抱歉打扰您，"女职员说道，"肖警探的讲话马上要开始了，我想着，您可能想到场。"

巴克斯特高声咒骂了一句，把头枕在桌子上。

"礼物啊！"她呻吟道，这才想起来忘了买礼物，但现在已经来不及了。

---

① 伦敦警察厅厅长被称为总监。

　　女职员有些紧张，尴尬地站在原地，等着巴克斯特的进一步指示。她等了一会儿，怀疑巴克斯特睡着了，于是悄悄退了出去。

　　巴克斯特拖着沉重的身体站起来，来到外面的办公厅，警探长芬利·肖的桌子周围已经聚集了一群人。墙上有一张用蓝丁胶粘上去的横幅，这张横幅还是芬利二十年前为一个同事买的，而大家早已不记得那个同事是谁了。横幅上写着：

舍不得你走！

　　他旁边的桌子上放着许多从超市买来但现在已经变了味儿的甜甜圈，上面贴着"特价处理"的标签，意味着再过三天，这些甜甜圈就会从不好吃变成不能吃了。

　　这位来自苏格兰的警探正在撂狠话，扬言自己要赶在退休之前给桑德斯的脸狠狠来上一拳，周围的人闻言都附和地笑了。虽然他们现在都会笑着提起这件事，但他俩上次打架的后果是：一个鼻梁再造手术、两场纪律听证会以及巴克斯特花了数小时填写的各种表格。

　　巴克斯特对这种场合十分反感：既尴尬又虚伪，工作了几十年，经历了无数次死里逃生，留下那么多的恐怖记忆，最终得到的就是这样一场简单的送别会。她站在人群后，跟大家一样面带鼓励的微笑，温柔地看着这位朋友。芬利是她在警察厅最后的盟友，而现在这个唯一的盟友要离开了，她连贺卡都忘了给他买。

　　这时，她办公室里的电话响了起来。

　　她没有理会，继续看着芬利喝大家凑份子买的威士忌。他想假装这酒是他的最爱，脸上痛苦的表情却出卖了他。

　　他最爱喝的是尊美醇①，和沃尔夫一样。

　　她想到了从前。她记得上次小聚的时候请芬利喝过一次酒，距离现在都快一年了。芬利曾告诉她，他没什么远大的抱负，但也从不为此感到遗憾。他提醒巴克斯特，总督察这个职位并不适合她，它只会让她感到厌烦和挫败。但她没有听芬利的劝告。芬利不知道的是，她其实并不在意自己能否升职，只是想要分散一下注意力，借此改变和摆脱现状而已。

　　办公室的电话再次响起来，她瞟了一眼自己的桌子。芬利浏览着一张印着小黄人的卡片，上面是大家用各种字体写的"舍不得你走"，不知道是谁误以为他是小黄人的粉丝了。

　　巴克斯特看了一眼手表。这一次，她很希望这场送别会能够体面地结束。

＊

　　芬利笑呵呵地把卡片放到一边，开始动情地跟大家道别。他一直不喜欢在公共场合发言，因此只准备简单地说上几句。

　　"……真的，谢谢大家，自从警察厅搬到苏格兰场，我就一直在这里晃荡，成老油条了……"他停顿了一下，希望至少有一个人会被逗乐。他的演说技巧一直很差劲，刚刚那个最好笑的梗又被他搞砸了。但他还是继续下去，同时预感自己接下来的发言会越来越无趣。

　　"这儿不仅仅是我工作的地方，这儿的人也不仅仅是我的同事，对我而言，这儿是我的第二个家，你们也都是我的家人。"

---

① 一种爱尔兰调和威士忌。

　　站在前排的一位女士用手扇着自己含泪的双眼。芬利努力朝她笑了笑，想以此告诉她，自己也很感动，以及他记得她。他抬头看着周围的听众，寻找着巴克斯特。这句话其实是说给她听的。

　　"我是看着你们中的一些人长大的，我很高兴看到你们从莽撞的实习生成长为——"他现在觉得眼睛变得刺痛起来，"坚强、独立、美丽且勇敢的女士……以及男士，"他补充道，担心刚刚是不是把自己排除在外了，"我想说，跟你们共事太愉快了，我真的为你们感到自豪。谢谢大家。"

　　他清了清嗓子，微笑地看着鼓掌的同事们，最后看了一眼巴克斯特。她的办公室关着门，她则站在桌子边，一边打电话，一边大幅度地比画着什么。他有点伤感地笑了。众人已经散去，留下他一个人收拾东西，把现在的座位空出来。

　　他把放在这里好几年的照片取下来。回忆拖慢了他收拾的进度，其中一张已经起皱且褪色的照片蓦地把他拽入回忆中：那是在办公室举行的一次圣诞晚会，他的秃头上戴着一项用纸折成的王冠，主要是为了逗弄他的朋友本杰明·钱伯斯。他一只手搂着巴克斯特，这或许是巴克斯特唯一一张面带笑容的照片了。最边上的人是威尔……也就是沃尔夫，他打赌说能把芬利举起来，结果却输惨了。芬利郑重地把照片放进自己的口袋。他收拾完了。

　　他在离开办公室的路上犹豫了一下，接着在桌子抽屉的后面发现了一封被遗忘的信。他觉得这封信不是留给他的，打算不去管它或者把它撕碎，但最后还是塞进了他收拾出来的那箱杂物底下，然后才去乘电梯。他把它当作另一个需要保守的秘密。

　　晚上七点四十九分，巴克斯特依然坐在桌子边上。她每隔二十分钟就发一次短信，为自己的迟到道歉，并保证会尽快赶过去。她的上司不仅让她完全错过了芬利的退休发言，现在又要破坏她数月以来的第一次聚会——她要求巴克斯特在她到来之前一直待在办公室。

这两个女人之间已经没有交情可言了。瓦尼塔是伦敦警察厅的新闻发言人，深谙公关之道，曾公开反对巴克斯特的晋升。二人在拼布娃娃案中有过合作，那时瓦尼塔就对总监说巴克斯特争强好胜，固执己见，目无权威，更别说她仍然认为巴克斯特要为一名被害人的死亡负责。而在巴克斯特看来，瓦尼塔则是一个只会向媒体卑躬屈膝的阴险小人，一遇到麻烦就会毫不犹豫地拉前总督察西蒙斯出来顶罪。

让巴克斯特觉得更烦的是，她刚打开的一封档案部发来的系统邮件第无数次地提醒她，沃尔夫还有一些借走的文件需要归还。她浏览着庞杂的文件列表，认出了其中的一些案子……

萨拉·贝内特：把丈夫溺死在自家游泳池。巴克斯特有理由相信自己把案子的卷宗落在了会议室的暖气片后面。

莱奥·杜布瓦：一起看似简单的持刀伤人案，因为涉及毒品走私、黑市军火交易以及贩卖人口，逐渐升级为近年来需要多方通力合作的最复杂的大案。

她和沃尔夫在这个案子上耗费了大量时间。

她看见瓦尼塔进了办公室，后面还跟着两个人，看来八点离开办公室的愿望又落空了。巴克斯特坐在自己的椅子上，看着瓦尼塔从容地走进自己的办公室，满面和善地跟自己打招呼。她演得如此逼真，巴克斯特几乎要相信她的友好是发自内心的。

"这是巴克斯特总督察，这位是美国联邦调查局的特工埃利奥特·柯蒂斯。"瓦尼塔一边介绍，一边将黑色的头发拨向脑后。

"幸会，警探。"这个身材高挑、皮肤黝黑的女人说道，同时把手伸向巴克斯特。她穿着男性化的西装，头发紧紧向后束着，像是被剃过一样，脸上没怎么化妆。她看上去像三十出头，但巴克斯特认为她的实际年龄可能更小。

她坐着跟柯蒂斯握了握手，然后瓦尼塔又向她介绍另一位访客，但这位访客的注意力似乎都集中在那个破损的文件柜上，对相互介绍并不感兴趣。

"这位是特工——"

"他们能有多特别呢，我在想，"巴克斯特打断她，故意说道，"在我难得想请个假的时候一下子来了两个？"

瓦尼塔没理她。

"我刚才说了，这位是美国中央情报局的特工达米安·儒歇。"

"鲁谢？"巴克斯特问。

"鲁歇？"瓦尼塔试着纠正她，同时也开始质疑自己的发音是否正确。

"我认为应该是儒歇，类似'如些'的发音。"柯蒂斯帮忙补充道，同时看向儒歇本人。

这个心不在焉的男人礼貌地笑了，跟柯蒂斯碰了碰拳，然后一言不发地坐到了一个座位上，看得巴克斯特莫名其妙。她觉得他已经年近四十了。他面色苍白，胡子刮得很干净，黑白夹杂的头发前面留着一绺额发。他看了一眼桌子边缘那堆歪七扭八的文件，又低头看了看桌子下那个"翘首以待"的垃圾桶，咧嘴笑了。他穿着白衬衣，但上面的两颗扣子没有系，外面穿着藏青色的西装，看着旧，却很合身。

巴克斯特转头看着瓦尼塔，等着她说下去。

"特工柯蒂斯和儒歇今晚刚从美国赶过来。"瓦尼塔说。

"原来如此，"巴克斯特比自己预想的更有耐心，"我今晚还有急事，所以……"

"我能说句话吗，指挥官？"柯蒂斯礼貌地问瓦尼塔，然后看向巴克斯特，"总督察，你肯定听说了一星期前发现的一具尸体。那么——"

巴克斯特耸耸肩，做困惑状，柯蒂斯见状不得不停下来，她还没说到正题呢。

"纽约？布鲁克林大桥？"柯蒂斯提示她，对巴克斯特不知道这个案子感到震惊，"被吊在桥上？全世界都知道的新闻？"

巴克斯特想打哈欠，但忍住了。

儒歇在自己的外衣口袋里翻找着什么，柯蒂斯等着他拿出什么有用的东西，结果只是一袋家庭量贩装的果冻婴儿牌软糖。他看到柯蒂斯一脸生气的样子，于是给她递了一颗。

柯蒂斯没有理会他，而是从自己包里拿出一份文件。她找出一套经过放大处理的照片，放在巴克斯特面前的桌子上。

巴克斯特突然明白这两个人为什么要大老远来找她了。第一张照片是站在街上仰拍的，日光映衬出一具尸体的轮廓。尸体挂在离地面三十多米高的钢索上，四肢扭曲成一个怪异的形状。

"这个案子还没有对外公布，死者名叫威廉·福克斯[①]。"

巴克斯特的呼吸瞬间停滞了。因为没吃晚饭，她已经饿得有点儿发晕，现在更是觉得快要晕倒了。她触摸着照片上被吊在那座标志性桥梁上的扭曲身体，手不住地颤抖。她能感觉到他们正盯着自己，或许他们很疑惑，一如当年拼布娃娃案戏剧性地结案后，她模糊地对此案进行了描述，人们当时对此也觉得很疑惑。

柯蒂斯好奇地看着巴克斯特，接着说："下面还有。"然后把最上面一张照片拿开。下一张照片是死者的特写，照片上的人全裸着，体形肥

---

① 与警探沃尔夫同名。

胖，看着很陌生。

巴克斯特用手捂住嘴巴，再次震惊得说不出话来。

"他是 P. J. 亨德森投资银行的员工，有妻子和两个孩子……很显然有人在向我们传达某种信息。"

巴克斯特镇静下来，开始浏览剩下的照片，这些照片从各个角度显示了尸体的样貌。这是一具完整的尸体，没有缝合的痕迹。死者五十多岁，被赤身裸体地绑着，但左臂绑得比较松，胸口被深深地刻着"诱饵"两个字。她迅速翻完剩下的照片，把它们递给柯蒂斯。

"诱饵？"她问道，看着在场的两名特工。

"现在或许你能明白，我们为什么觉得你应该对此有所耳闻了吧。"柯蒂斯说道。

"不见得吧。"巴克斯特回答，迅速恢复成她的正常状态。

柯蒂斯目瞪口呆，扭头看着瓦尼塔。

"我还以为你们部门比别的部门更想——"

"你知道去年英国发生过多少起模仿拼布娃娃犯罪行为的案子吗？"巴克斯特打断她，"我知道的就有七起，这还都是自己找上门来的。"

"难道你就一点都不关心吗？"柯蒂斯问道。

巴克斯特不明白自己为什么要浪费时间去处理别人的这起骇人案件，毕竟她仅在早上就接到了五个需要处理的案子。

她耸耸肩："见怪不怪。"

儒歇差点被嘴里那颗橙子味儿的软糖呛到。

"听好了，莱塞尼尔·马斯是个智力过人、诡计多端、罪行累累的连环杀人犯，其他那些模仿犯不过是心理变态，照猫画虎地在尸体上乱刻乱画，然后他们就会被当地警方抓住。"

巴克斯特关掉电脑，收拾包准备离开。

"六个星期前，有个不到一米高的小捣蛋鬼在我家门前玩起了拼布娃娃的把戏，他来要糖果，不给就捣乱，后来我给了他一包聪明豆①。还有一些戴着贝雷帽的娘娘腔，他们把一堆动物尸体的碎块缝在一起，这些拼凑起来的怪物现在可是泰特现代美术馆的最新展品，很多娘娘腔都喜欢干这种事，就像他们喜欢戴贝雷帽一样，人数都破纪录了，一群戴贝雷帽的娘娘腔啊。"

儒歇笑了出来。

"有些浑蛋甚至专门做了一个相关的电视节目，现在外面到处是拼布娃娃，我们得学着忍受。"她的话说完了。

她转向儒歇，后者正盯着他那包糖果的包装袋。

"他没什么要说的吗？"巴克斯特问柯蒂斯。

"他更喜欢听。"柯蒂斯挖苦道，与这位古怪的同事一起工作才一个星期，她似乎已经开始厌倦了。

巴克斯特回头看着儒歇。

"他们换了吗？"他嘟囔道，嘴里塞满了各色糖果，才意识到三位女士正等着他加入讨论。

巴克斯特惊奇地发现，这个中央情报局的特工居然操着一口地道的英音。

"换了什么？"她问道，仔细听着，免得他说些什么糊弄自己。

"果冻婴儿软糖啊，"他一边说，一边剔着牙，"跟原来的味道不一样了。"

柯蒂斯用手擦着前额，既尴尬又沮丧。巴克斯特举起双手，不耐烦地看着瓦尼塔。

---

① 一款巧克力豆。

"我还要去别的地方呢。"她直言。

"总督察，我们有理由相信，这不是一起无聊的模仿性犯罪。"柯蒂斯坚持道，她指着那些照片，试图将讨论引回正题。

"你说得对，"巴克斯特说，"这确实不是模仿性犯罪，因为尸体没有缝合的痕迹。"

"发生了第二起谋杀案，"柯蒂斯高声说道，口吻变得专业起来，"两天前，案发地点……从某种程度上来讲算是对我们'有利'，因为媒体暂时还没法报道这个案子。但实际上，我们也不指望——"她求助地望着儒歇，但没得到回应，"这种性质的案子能向全世界再隐瞒两天。"

"全世界？"巴克斯特问，一脸怀疑。

"我们有一个小小的请求。"柯蒂斯说。

"和一个大大的请求。"儒歇补充道，嚼完了口中的糖果，他的口齿清晰起来。

巴克斯特皱着眉头看儒歇，柯蒂斯也是，瓦尼塔则盯着巴克斯特，不打算给她提出抗议的时间。儒歇便盯着瓦尼塔看，好使一切显得公平。这时，柯蒂斯转头对巴克斯特说："我们想审问莱塞尼尔·马斯。"

"怪不得联邦调查局和中央情报局都要掺和进来呢。"巴克斯特说，"美国的杀人案，跑来审问英国的犯人。嗯，好好问，别客气。"巴克斯特耸耸肩。

"你当然也要在场。"

"当然不行，我去又帮不上什么忙，你们可以一条一条地慢慢问，我相信你们。"

儒歇听出了其中的讽刺意味，但他只是笑了笑。

"我们当然会尽可能协助你们，是吧，总督察？"瓦尼塔打着圆场，愤怒地睁大眼睛，"我们与联邦调查局和中央情报局的友好关系对双方都很重要，我们——"

"够了！"巴克斯特脱口而出，"行，我会牵着你们的手领你们去。所以你们那个小小的请求是什么？"

儒歇和柯蒂斯互相瞥了一眼，就连瓦尼塔也有些坐立不安。没人敢说话。

"以上……就是那个小请求。"柯蒂斯柔声说。

巴克斯特看起来要爆炸了。

"我们想让你跟我们一起去一趟案发现场。"柯蒂斯继续说。

"照片上的案发现场？"巴克斯特低声问，神情疲惫。

儒歇噘了噘嘴，摇摇头。

"总监和我已经同意暂时借调你去纽约，外调期间，你的摊子由我接管。"瓦尼塔对她说。

"我这摊子可大得很。"巴克斯特挖苦道。

"我总能想到办法……应对。"瓦尼塔说道，难得在她脸上看到一丝业余的尴尬。

"这真是荒唐！你们这些家伙在想什么，那是发生在地球另一端的案子，跟我毫无关系，我去能有什么作用？"

"是没什么关系，"儒歇如实回答，想化解巴克斯特的怒气，"这完全是在浪费大家的时间……"

柯蒂斯接过话头："我的同事应该是想说，美国民众对这起案子的看法跟我们不一样。他们知道英国发生的拼布娃娃凶杀案，又在美国看到了一起模仿拼布娃娃的凶杀案，所以更想看到抓住拼布娃娃案凶手的那个人继续追捕新的怪物们。"

"怪物们？"巴克斯特问。

现在轮到儒歇朝他的同事翻白眼了。显然，现在只是谈判初期，她却说了太多不该说的话；柯蒂斯没有接话，巴克斯特意识到，这个女人再一次摆出了防御姿态。

"这么说来，你们做的这一切都是为了公关？"巴克斯特问道。

"不过，我们干的所有工作不都是为了公关吗，总督察？"儒歇微笑着说。

Chapter 3

第三章

2015 年 12 月 8 日　星期二　晚上 8：53

"有人吗？不好意思，我来晚了。"巴克斯特在玄关一边脱鞋一边喊道，然后走进客厅。阵阵香味从厨房飘出，角落里的 iPod 扬声器播放着星巴克这周一直在"宣传"的背景音乐，乐声悠扬，但不知道是哪个歌手或词曲作者的作品。

桌边已经摆好了四个位置，摇曳的茶蜡给屋内增添了一层橘黄色的柔光，亚历克斯·埃德蒙兹姜黄色的头发在灯光的映衬下显得更加惹眼了。埃德蒙兹是巴克斯特以前的同事，身材颀长的他手上拿着空啤酒瓶，局促不安地在室内走来走去。

巴克斯特的个子算高了，但跟他拥抱的话，还是要踮起脚。

"蒂亚去哪儿了？"她问埃德蒙兹。

"又去给保姆打电话了。"他答道。

"嗯？你来了？"一个温柔的声音从厨房传来。

巴克斯特没有吱声。她太累了，可不想拖着疲惫的身体去厨房帮忙。

"我这儿有葡萄酒哟！"那个声音调皮地补充道。

她经不住诱惑，来到如展厅般整洁的厨房，柔和的灯光下，几个质量上乘的平底锅里正冒着泡。一个穿着时髦衬衫的男人戴着围裙在平底锅前忙着，时不时地翻锅或者调大火。巴克斯特走过去，快速地在他的唇上啄了一下。

"我想你了。"托马斯说。

"你不是说有酒吗？"她提醒他。

他笑了起来，从一个敞口的瓶子中给她倒了一杯酒。

"谢了，我正需要一杯。"巴克斯特说道。

"别谢我，是埃德蒙兹和蒂亚拿过来的。"

他们站在厨房门口，举杯向埃德蒙兹致意，然后巴克斯特坐到厨房的工作台上，看着托马斯做饭。

他们是在八个月前的一次上班高峰期相遇的，当时伦敦再次上演了地铁大罢工，造成了严重的交通拥堵。地铁工作人员要求拥有更高的工作待遇以及更安全的工作环境。当时，盛怒之下的巴克斯特试图蛮横地逮捕一名罢工工人，却遭到了托马斯的阻拦。他指出，如果巴克斯特强行逮捕这名工人，并强迫他与她一起步行十公里去温布尔登的话，那么从法律的角度来讲，她这是绑架。于是巴克斯特放了那名工人，把托马斯抓起来了。

托马斯为人正直，性格温和。他比巴克斯特大十岁，不仅相貌英俊，对音乐也有比较高的品位。他让人很有安全感，知道自己是谁，也知道自己想要什么：过一种整洁、舒适、平静的正常生活。他还是个律师，想到沃尔夫该会多讨厌他，巴克斯特笑了。她常想，自己一开始被他吸引是否就是因为他的职业呢？

今晚聚餐的这幢房子是托马斯的。过去的几个月里，他已经多次提议让巴克斯特搬过来住。她也渐渐地在这里放了一些自己的东西,他们还一起把主卧重新布置了一番。但她还是直言自己不会舍弃温布尔登大街的公寓,她在那里养了一只猫,叫厄科,这成为她回自己公寓的常用借口。

四个好友一起坐下来,他们一边享用晚餐一边聊着彼此的往事。虽然很多细节记不清楚了,但随着年岁渐长,往事也变得有意思起来。他们还兴致盎然地就身边琐事发表见解,如工作、三文鱼的正确做法以及育儿经。埃德蒙兹握着蒂亚的手,雀跃地讲述着自己在诈骗科的升职,反复强调自己现在能腾出更多时间陪伴家人了。当他们询问巴克斯特最近的工作情况时,她刻意没提两位美国特工的到访,以及第二天早上等着她的苦差。

晚上十点十七分,蒂亚在沙发上睡着了,托马斯去收拾厨房,留下巴克斯特和埃德蒙兹两个人闲聊。埃德蒙兹给两个人的杯子都斟满了酒,他们就着闪烁的茶蜡边喝边聊。

“你在诈骗科混得还好吗?”她静静地问,同时瞥了一眼沙发,确认蒂亚真的睡着了。

“我不是说过了……挺好的。”埃德蒙兹说道。

巴克斯特耐心地等着。

“怎么?真的挺好的。”他说着防御性地将胳膊交叉,放在胸前。

巴克斯特默不作声。

“一切都好,你想让我说什么?”

巴克斯特还是没有接受他的回答,埃德蒙兹最后笑了。

她太了解他了。

“我是个很无趣的人,这不是因为……我并不后悔离开重罪科。”

“可你听起来很后悔。”巴克斯特暗示他。每次他们碰面,巴克斯特都会竭力劝说他回去。

"我现在要过正常生活了，还要照顾女儿。"

"真可惜。"巴克斯特说道。她的确这么认为。按官方公布的消息，是她抓住了那个臭名昭著的拼布娃娃案凶手。但事实上，真正破案的人是埃德蒙兹。他一个人就能拨开谎言的迷雾，看到骗局中掩藏的真相，而那时，巴克斯特和其他队员都还被蒙在鼓里。

"这么说吧，如果你能给我提供一份朝九晚五的警探工作，我今晚就能跟你签合同。"埃德蒙兹笑着说，他知道这个话题要到此为止了。

巴克斯特放弃了，抿了一口酒。厨房里传来托马斯叮叮当当的洗碗声。

"我明天要去见一下马斯。"她突然说道，听起来就像提讯连环杀手是她每日的例行公事一般。

"什么？"埃德蒙兹被嘴里的半价白苏维浓酒呛到了，"为什么？"

巴克斯特抓到莱塞尼尔·马斯那天发生的事，她只告诉了埃德蒙兹。他们都无法确定，马斯对当天发生的事情还记得多少，那场恶斗差点要了他的命。巴克斯特一直担心他不记得当天发生的事，他那精神不正常的脑袋一旦决定告发她，就能轻易地把她给毁了。

巴克斯特告诉了埃德蒙兹她和瓦尼塔以及那两位特工之间的谈话，并向他解释了自己为何要被派去纽约，跟他们一起探查案发现场。

埃德蒙兹静静地听着，表情变得越来越不安。

"我以为这个案子已经结了。"他听完巴克斯特的话后说道。

"是结了，这不过是又一起模仿性犯罪罢了。"

埃德蒙兹看起来不是那么肯定。

"怎么？"巴克斯特问道。

"你说死者胸前刻着'诱饵'这个词？"

"是啊。"

"要诱谁？我想知道。"

"你觉得是我？"巴克斯特哼了一声，听懂了埃德蒙兹的意思。

"那名死者与沃尔夫同名同姓呢，瞧，你现在也被拖下水了。"

巴克斯特友爱地冲自己的朋友笑了。

"这不过是另一起模仿性犯罪，你真的不用担心我。"

"我一直在担心你。"

"喝咖啡吗？"托马斯问道，把两个人都吓了一跳。他站在过道上，用茶巾擦着手。

"不加糖，谢谢。"埃德蒙兹说。

巴克斯特婉拒，托马斯又回厨房去了。

"你给我准备的东西呢？"她低声问。

埃德蒙兹变得紧张起来。他朝厨房门口瞥了一眼，不情不愿地从搭在身后椅子上的上衣口袋里掏出一个白色信封。

他拿着信封，尽量把它放在靠近自己这边的桌子上。这已经是他第无数次劝巴克斯特不要把信拿走了。

"你根本不需要这个。"

巴克斯特伸手去拿信，埃德蒙兹却把信推得更远了。

巴克斯特来气了。

"托马斯是个好人，"他静静地说，"你可以相信他。"

"你才是我唯一信任的人。"

"如果你继续这样，你永远不会真正了解他。"

厨房里传来瓷器的碰撞声，他们朝厨房门口看了一眼。巴克斯特探起身子，从埃德蒙兹手中抢走那封信，然后坐下来。就在这时，托马斯端着咖啡来到客厅。

时间刚过晚上十一点，埃德蒙兹轻轻地摇了摇蒂亚，后者醒后为自己睡着了不停地说抱歉。托马斯站在门口跟蒂亚说了声"晚安"，埃德蒙兹则给了巴克斯特一个拥抱。

"不要打开，为了你好。"他在她耳边低语。

她轻轻地捏了他一下，没有作声。

他们走后，巴克斯特把酒喝完，然后穿上外套。

"你不是要走吧？"托马斯问，"我们好不容易见上一面。"

"厄科要饿死啦。"她一边说一边套上靴子。

"我喝了太多酒，不能送你。"

"我打车回去。"

"别走。"

她一动不动地站在门垫上，向后斜着身子，尽可能远离他。托马斯吻了吻她，失望地笑了。

"晚安。"

临近午夜，巴克斯特回到自己的公寓。她毫无倦意，端着红酒跌坐到沙发上。接着，她打开了电视，漫不经心地换着电视频道，可是时间太晚，已经没有什么节目了，于是她开始浏览自己最近收集的一系列圣诞电影。

她最后决定看《小鬼当家2》，丝毫不在意自己会不会看睡着。《小鬼当家》是她喜爱的电影之一，但她觉得第二部只是对第一部的无聊模仿，情节老套，以为把同样的故事搬到纽约就能制作出一部更宏大、更好看的续集。

她把剩下的酒都倒进杯子里，心不在焉地看着麦考利·卡尔金以令人捧腹的方式表演着谋杀未遂。她想起了塞进上衣口袋里的那封信，一边拿开折叠的纸，一边回想埃德蒙兹劝她不要打开的话。

八个月以来，埃德蒙兹一直在滥用自己在诈骗科的职权。他知道这样做对自己的职业生涯不利，但还是会每星期给巴克斯特送上一份托马斯财务状况的详细报告，包括各类账户的收支，并检查其账户上有没有可疑的欺诈行为。

她知道自己要求埃德蒙兹做的事太过分了，也知道埃德蒙兹把托马斯当朋友，他这样做背叛了托马斯对他的信任。但她同样清楚，埃德蒙兹会这么做，而且会继续做下去，因为他希望她幸福。自从接受沃尔夫已经离开她的生活这一事实后，巴克斯特就一直因为信任问题裹足不前，不肯对别人敞开心扉，如果埃德蒙兹不把那些财务报告定期交给她，并向她保证托马斯值得信任的话，她跟托马斯或许便不会有什么将来。

她把这封未打开的信放在脚边的咖啡桌上，试图把注意力集中在电影上，屏幕正播放到一个盗匪用喷灯把自己的头发点燃的画面。她仿佛闻到了皮肤烧焦的味道。她记得人体组织能以多快的速度被烧坏烧死，以及神经末梢被烧毁时人们发出的撕心裂肺的叫声。

但电影中的匪徒只是在洗手间清洗了一下受伤的脑袋，接着像个没事人似的继续晃荡。

全是假的，你根本不能相信任何人。

她三大口喝光了杯子里的酒，然后撕开了信封。

Chapter 4

第四章

一夜之间，伦敦已经天寒地冻。

冬日的阳光变得遥远而疏离，冷冷地洒在地面上，并没有给霜冻的早晨带来一丝温暖。巴克斯特站在温布尔登大街上，等着那两个美国特工来接她，她的手指已经冻得麻木了。她看了下时间，他们迟到了二十分钟，早知道这样，还不如待在自己舒适的公寓里喝热乎乎的咖啡呢。

冷风打在脸上，让她不得不在原地跺着脚取暖。她甚至戴上了那顶滑稽的装饰着圆球的羊毛帽子和配套的手套，这是托马斯在卡姆登市场买给她的。

往日沉闷的人行道也泛着银光，地上结着冰，人们跌跌撞撞地踩在上面，担心稍有不慎，自己就会在结冰的道路上摔断腿。她看见两个男人隔着熙熙攘攘的街道在喊着什么，嘴里冒出的热气一直飘到头顶，像漫画里的聊天框。

一辆双层巴士停下来等红灯，巴克斯特在起雾的车窗上看见了自己的样子。她尴尬极了，连忙取下头上那顶橙色的帽子，塞进了口袋。除了看见自己一脸愁容之外，她还看到双层巴士的整个车身印着一则熟悉的广告：

安德烈娅·霍尔，腹语话新闻：来自杀手的口信

　　安德烈娅是沃尔夫的前妻，她作为官方记者报道过拼布娃娃谋杀案，因此声名鹊起。很显然，这位记者并不满足于已经获得的名和利，她是如此趾高气扬，恨不得把自己的经历写成一本自传。

　　巴士启动了，车尾安德烈娅的巨幅画像正低着头冲巴克斯特微笑。她看起来更年轻，也更有吸引力了，之前那头引人注目的红发已被剪成了当下流行的短发，而这种风格是巴克斯特从来不敢尝试的。巴克斯特趁那张自鸣得意的笑脸还在自己的射程范围内，打开包，拿出自己的午餐盒，把番茄三明治里的番茄挑出来，朝那张笑脸砸去。她没有失望，番茄无误地砸在那个蠢得没边的女人那张蠢得没边的大脸上。

　　"总督察？"巴克斯特面部的肌肉抽搐了一下。

　　她没有注意到身后的公交站还停着一辆豪华的黑色面包车。她把午餐盒放进包里，转过身，看见柯蒂斯正担忧地看着自己。

　　"发生什么事了？"柯蒂斯警惕地问。

　　"哦，我只是……"巴克斯特的声音渐渐弱了下去，她希望眼前这个既无可挑剔又职业的年轻女人能为她刚才的异常举动想出一个充分的理由。

　　"朝巴士扔食物？"柯蒂斯问道。

　　"……嗯。"

　　巴克斯特朝面包车走去，柯蒂斯把侧门拉开，露出了被有色玻璃窗

遮住的宽敞空间。

"美国人哪。"她低声说道，语气中透露着不屑。

"今天早上过得还好吗？"柯蒂斯礼貌地问。

"哦，你怎么样我不知道，我只知道我他妈快冻死了。"

"对不起没有及时来接你，我为我的迟到跟你道歉。我们没想到今天会这么堵。"

"这儿是伦敦。"巴克斯特实事求是地说。

"上车吧。"

"你确定里面还有位置？"巴克斯特一边挖苦，一边笨拙地爬进车内。当她落座时，奶油色皮垫发出了"吱"的一声。她在想要不要向柯蒂斯说明这声音是皮垫发出的，而不是她，但又想到每个人坐上去时肯定都会发出这种声音的。

她朝柯蒂斯笑了笑。

"没关系。"柯蒂斯说，然后把门拉上，接着大声告诉司机可以走了。

"儒歇今天不去？"巴克斯特问道。

"我们在途中接他。"

车内的暖气融化了巴克斯特的一身寒气，她不由得打了个寒战。她很好奇，这两个美国特工为什么不住同一家酒店。

"恐怕你要慢慢习惯，纽约的雪已经积到六十厘米厚了，"柯蒂斯从她的小背包里找出一顶漂亮的黑色无檐小便帽，跟她头上戴的那顶类似，"给。"

她把帽子递给巴克斯特，巴克斯特拿到手上时觉得还挺有用，直到她看见帽子前用粗体印着三个黄色字母："F""B""I"，如果附近有狙击手的话，这可是瞄准的好靶子。

她又把帽子扔给了柯蒂斯。

"谢了，我已经有了。"她说着又拿出自己那顶扎眼的橙色羊毛帽戴在头上。

柯蒂斯耸耸肩，望着窗外快速后退的城市。

"你后来见过他吗，"柯蒂斯终究还是问了，"马斯？"

"只在法庭上见过。"巴克斯特一边回答，一边试图弄明白他们这是去哪里。

"我有一点紧张。"柯蒂斯笑着说。

在那一瞬间，巴克斯特被这位年轻特工电影明星般的完美笑容迷住了。接着，她注意到柯蒂斯光洁的褐色皮肤，不确定这是不是化妆才有的完美效果。巴克斯特感到一丝难为情，于是望向窗外，摆弄起自己的头发。

"我的意思是，马斯真的是一个活着的传奇，"柯蒂斯继续说，"我听说大学里已经有人开始研究他了，我相信总有一天，他的名字会与邦迪、约翰·韦恩·盖西一起被提及。是……是一种荣耀，不是吗？我想不到更合适的词了。"

巴克斯特转过头，愤怒地瞪着柯蒂斯。

"你最好还是想个更合适的词，"她厉声说道，"那个丧心病狂的浑蛋杀了我一个朋友，还分了尸，你觉得这很有趣？你是不是还打算向他要个亲笔签名？"

"我没有任何冒犯的意……"

"你在浪费你的时间，你也在浪费我的时间，你甚至在浪费这小子的时间，"巴克斯特指着正在开车的司机，"马斯现在还没法讲话，我上次听说他的下巴还没恢复。"

柯蒂斯清了清嗓子，坐直了身体："我向你道歉，我刚才——"

"你最好的道歉方式就是闭嘴。"巴克斯特说，结束了她们之间的对话。

剩下的旅途中，她们只是沉默地坐着。巴克斯特看着车窗玻璃上柯蒂斯的影子：她看起来并没有生气或者愤懑不平，只是为自己刚才的粗心感到沮丧，她的嘴唇无声地开阖着，应该是在为道歉做练习，或者在思考下一个话题。巴克斯特为自己刚才发脾气感到内疚，她记得自己也有过这种粗心大意的时刻。那是一年半前，她第一次去拼布娃娃的犯罪现场，当时的她意识到自己正在调查一件大案，幻想着破了这个案子会给她的职业生涯带来怎样的连锁反应。她正准备对柯蒂斯说些什么，车子突然转弯，停在了一栋很大的半独立式房子外面。这里是郊区，周围枝繁叶茂，她完全不知道现在在哪里。

她迷茫地看着外面那栋仿都铎式建筑，不知道为什么，这栋房子竟给她一种既舒适又荒凉的感觉。杂草从陡峭的车道裂缝中疯长出来。圣诞灯发出柔和的光，无力地挂在已经掉漆的旧玻璃窗边缘，炊烟懒懒地从被鸟巢占据的烟囱里飘出来。

"这家酒店看上去真是古怪啊。"巴克斯特评价说。

"这是儒歇的家，他家人还住在这里，"柯蒂斯解释，"我想，他的家人偶尔会出门去看望他，他方便的时候也会回这儿来。他说过，在美国的时候他一直住旅馆，应该是工作的原因吧，他从来不能在一个地方住太久。"

儒歇从家里出来，嘴里嚼着一片吐司。他似乎已经跟寒冷的早晨融为一体了：白衬衫和蓝色西装，与漂浮的白云和蓝天相呼应，头发被冻成一绺绺的，泛着白光。

柯蒂斯下车去接他，他打着滑朝车道走来，一个趔趄，连人带吐司一起撞到了柯蒂斯的怀里。

"天哪，儒歇！"她抱怨道。

"你还能开辆更显摆的车过来吗？"巴克斯特听见儒歇挖苦道，随后两人都钻进了车。

他在巴克斯特对面靠窗的位置坐了下来，掰了一口面包递给她，看着她头上乱糟糟的橙色毛绒球，咧嘴一笑。

司机发动了车子，他们又上路了。柯蒂斯忙着看一些书面文件，巴克斯特和儒歇则望着窗外一闪而过的建筑，它们在汽车引擎的轰鸣声中模糊成难以辨认的形状。

"老天，我讨厌这座城市。"他们的车行驶到一座桥上时，儒歇开口道，他的眼睛紧紧盯着远处的景色，"看这交通，这噪声，这垃圾，狭窄的交通大动脉上行人越挤越多，心脏病就快要犯了，倒霉的墙壁上到处都是涂鸦，谁让它在人触手可及的范围内呢。"

柯蒂斯抱歉地对巴克斯特笑了笑，只听儒歇继续说：

"这让我想起了上学时那种在有钱小孩家里举办的聚会。家长不在家，来玩的小孩把屋里所有的艺术品、雕塑等都糟蹋殆尽，只为给自己无聊的生活找点乐子，他们从来不懂得欣赏。"

车里的气氛紧张而沉默，面包车慢慢爬向一个岔路口。

"可是我喜欢你们这个地方，"柯蒂斯说，听起来对这里十分感兴趣，"到处都有历史的沉淀。"

"事实上，就这一点，我同意儒歇所说的，"巴克斯特说，"就像你说的，这里到处都有历史。你看到的是特拉法加广场，我看到的是对面的窄巷，我们曾在那里的垃圾桶里找到一具妓女的尸体；你看到的是国会大厦，我看到的是沿河追捕的船只，让我想起……一些我不应该想起的事情。事实虽然如此，但这里终究是我的家。"

儒歇上车后第一次把视线从窗外转向巴克斯特，他用一种探究的眼神久久地看着她。

"所以，你是什么时候离开伦敦的，儒歇？"柯蒂斯问道，她显然跟他们两个人不同，觉得车内这种平和的沉默让人不太舒服。

"二〇〇五年。"他回答道。

"一直离家这么远，一定很不容易吧。"

儒歇看上去没有心思谈论这个问题，但还是不情愿地回答："确实，但只要我每天都能听到她们的声音，我们其实并没隔得太远。"

巴克斯特不自在地调整了下坐姿，听到儒歇对家庭爱的宣言，她觉得有点尴尬，但更尴尬的是，柯蒂斯还由衷地发出一声"哇哦"的赞叹。

他们把车停在贝尔马什监狱的访客停车场，然后下车朝监狱大门走去。柯蒂斯和儒歇上交了各自的武器，然后录指纹，在工作人员的引导下通过了气闸门，经过了 X 光机和金属探测器的安检，最后是人工搜查，这一切结束后，工作人员让他们等监狱长过来。

儒歇看着周围的环境，感到很紧张，柯蒂斯说要去一下洗手间，便走开了。过了一会儿，巴克斯特发现，儒歇居然低声哼唱着格温·史蒂芬妮的《你好美眉》。

"你没事吧？"她问道。

"不好意思。"

巴克斯特狐疑地看了他一会儿。

"我一紧张就会唱歌。"他解释道。

"紧张？"

"我不喜欢封闭空间。"

"嗬，谁会喜欢？"她说道，"就像不喜欢被人戳眼睛一样，这是显而易见的，说出来也没什么意义，因为谁都不愿意被困在某个地方。"

"多谢你的关心，"他微笑着说，"说到紧张，你还好吗？"

巴克斯特很吃惊，儒歇居然看出了自己的焦虑。

"毕竟，马斯这个人很有可能会奋起……"

"干掉我？"巴克斯特帮他说完，"是啊，我记得。可我的焦虑跟马斯没什么关系，我只是希望监狱长戴维斯已经不在这里工作了，他可不怎么喜欢我。"

"不喜欢你？"儒歇问，他希望自己看上去是一副既惊又怕的样子，然而表情却没到位。

"是的，我。"巴克斯特回答，有一丝被冒犯的感觉。

这当然是谎话。巴克斯特恐惧的根源是再一次跟马斯见面。她害怕的不是他这个人，而是他可能知道她的一些秘密，并且有可能将这些秘密告诉别人。

老贝利街法庭内发生的那件事，只有四个人知道真相。她曾以为，马斯会反驳自己仓促构想出来的案件经过，然而没人对她的陈述提出过反对意见。随着时间的流逝，她渐渐相信，马斯当时已经失去了意识，与沃尔夫的打斗让他旧疾复发，他再也不会发现巴克斯特那可耻的秘密。她每天都在想，过去发生的事会不会让她在某一天遭报应。现在，她就要与那个可以瞬间毁掉自己的人坐在一起，这简直就是在他面前炫耀自己的好运。

此时，监狱长戴维斯从拐角处走过来。认出是巴克斯特的时候，他的脸沉了下去。

"我去叫柯蒂斯。"她低声对儒歇说。

她在洗手间门口停住，因为听到柯蒂斯的声音从里面传出来。巴克斯特觉得很奇怪，因为他们在过安检的时候已经把手机交上去了。她轻轻地靠在厚重的门上，这才发现柯蒂斯是在对着镜子自言自语：

"……不要再说蠢话，问之前要动动脑子，你不能在马斯面前犯那样的错误，'只有自信的人，才能得到别人的信任'。"

巴克斯特用力地敲了敲门，然后把门猛地推开，柯蒂斯被吓了一跳。

"监狱长在等我们。"她用宣布的口吻说。

"我马上就好。"

巴克斯特点点头，回去跟儒歇会合。

监狱长护送着他们朝戒备森严的单间牢房走去。

"我想你们十分清楚，莱塞尼尔·马斯在被这位巴克斯特警探逮捕之前受了重伤，现在还有后遗症。"他想尽量表现得和善一些。

"现在她已经晋升为总督察了。"巴克斯特纠正道，把监狱长表现出来的和善面孔撕破。

"他做了很多次下巴修复手术，还是无法恢复到正常人那样。"

"那他能回答我们的问题吗？"柯蒂斯问。

"可以，但口齿不清。这也是为什么我会在审讯室给你们安排一个翻译。"

"还有人专门研究……咕哝语？"巴克斯特忍不住问。

"手语，"监狱长说道，"马斯来这里以后，只用了几个星期就学会了。"

他们几个被带出去又经过了一道安全门，这里的休息区空荡荡的，看着挺瘆人，扩音器正播放一条经过编码的消息。

"马斯在里面表现怎么样？"柯蒂斯问道，声音中明显透露出对马斯的浓厚兴趣。

"堪称典范，"监狱长回答，"如果其他在押犯人都有这么好的表现，那就好了。罗森塔尔！"他冲一个年轻男子喊道，那个人站在五人足球场的最远端，听到声音后慢步向他们跑来。路面结着冰，他差点摔倒。"发生什么事了？"

"三号监狱又发生斗殴了，长官。"年轻人气喘吁吁地说。他一只鞋的鞋带散开了，拖在脚后的地面上。

监狱长叹了一口气。"恐怕你们要等我一下，"他对他们说，"这周又进来了一大批犯人，他们正在相互较量，要重新调整里面的尊卑秩序，这个阶段免不了会出问题。罗森塔尔会带你们去见马斯。"

"马斯吗，长官？"年轻人对这个指令的反应似乎并不积极，"好的。"

监狱长匆匆离开了。罗森塔尔带着他们朝一座中狱走去，每座监狱都有独立的围墙和围栏。当他们到达第一道安检门的时候，罗森塔尔急躁地拍了拍自己的口袋，然后开始原路返回寻找着什么。

儒歇拍拍他的肩膀，递给他一张 ID 卡。

"你这个掉了。"他和善地说。

"谢谢，老大真的会杀了我，如果……再弄丢的话。"

"如果你负责看管的那些杀人犯中有一个越了狱并且先找到你的话，杀你的人就不会是你的老大了。"巴克斯特讥讽道，年轻人尴尬得满脸通红。

"对不起。"他说，然后刷卡让他们过了安检门，接下来又是一轮安检和搜查。

他跟他们解释，这所高度戒备的监狱是如何被分成十二个单独的牢房的，以及监狱看守只能在这里工作三年，时间一到就会被调回主监狱。

这座监狱的主体由陶土色的地板、铁锈色的天花板、大门和楼梯构成，周围竖立着淡棕色的墙壁和牢门。他们头顶上方，一张张大网在走道上方延伸着，下坠的大网中间堆积着垃圾和其他一些被投掷出来的玩意儿。

监狱里安静得出奇，犯人都还被关押在自己的牢房里。另一名狱警带他们来到一楼的一个房间，一个邋遢的中年妇女在那里等着他们。狱警介绍，这是为他们安排的手语专家，接着又跟他们细说了一遍监狱的规定（即便这些规定他们已经烂熟于心），最后才把锁打开。

"记住，如果有任何需要，我就在外面。"他强调了两遍，然后推开门，一个体格健硕的男人背对着他们坐在那里。

巴克斯特能感觉到，这名狱警在这个穷凶极恶的犯人旁边变得非常不安。马斯戴着手铐和脚镣，一条长长的链子把他的手铐连接到金属桌子的顶部，又顺着他那深蓝色的连裤囚服连接着他的脚镣，脚镣把他的脚牢牢地锁在混凝土地板上。

他们走进房间，马斯没有回头看他们，他脑后深入头骨的伤口直直地对着他们。他稍微扭过头，探寻似的嗅了嗅空气，然后将其吸入体内。

巴克斯特和柯蒂斯对视了一眼，蓦地紧张起来，儒歇则无私地坐在那个距离马斯最近的座位上。

尽管马斯身上套着层层枷锁，根本不可能离开那个房间，但是当背后沉重的大门关上时，巴克斯特还是觉得自己陷入了绝境。她慢慢地在马斯对面坐下来。尽管这个人被囚禁了，他对她依然是个很大的威胁。

马斯盯着巴克斯特环顾整个房间，后者把四下都看了个遍，可就是不看他的眼睛，他那张毁容的脸上露出了一个斜咧着的笑容。

Chapter 5

第五章

"完全是在浪费时间。"巴克斯特叹气道，他们走出房间，来到监狱中庭。

半小时的审讯期，马斯一个问题都没有回答，剩柯蒂斯在那里唱独角戏。这就好比去动物园观看一只被关在笼子里、名叫马斯的杀人魔。实际上，过去那个凶残的他已经不见了踪影，现在的他沉默寡言，一败涂地，借着过去的恶名苟延残喘。只不过这样的他依然让巴克斯特不能安生。

沃尔夫彻底击垮了他，无论是肉体上还是精神上。

巴克斯特不确定马斯有没有把注意力放在自己身上，毕竟他知道自己干过的那些事，也知道自己因为抓住了他而名声大噪。但不管怎么说，她很高兴一切都结束了。

罗森塔尔在"保护罩"那里等他们。那里是安检人员的地盘，位于牢房最边上。他朝他们走过来。

"我们应该彻底搜查一下马斯的牢房。"柯蒂斯提了个建议。

这名经验不足的狱警露出犹豫不决的样子。

"我……呃……监狱长知道吗?"

"你在开玩笑吗?"巴克斯特恼怒地问柯蒂斯。

"我必须同意巴克斯特的观点,"儒歇说,"当然,我的表达方式更礼貌啦。马斯跟我们的案子没关系,这不是我们利用资源的最佳方式。"

"据目前的情形来看,我也同意你的说法,"柯蒂斯圆滑地回答,"但我们要严格遵守协定,在彻底排除马斯的嫌疑之前,我不能离开这里。"

她转头对罗森塔尔说:"去马斯的牢房,谢谢。"

多米尼克·伯勒尔(他的狱友们更习惯叫他"大块头")进监狱是因为他把一个路人活活打死了,仅仅因为那个路人用"奇怪"的眼神看了他一眼。他大部分时间都被关在一号监狱,但最近,他因为两次无端袭击安保人员而被移送到这间戒备森严的单人牢房。一般情况下,别人都不会去招惹他,虽然他的身高只有一米七多一点,但恶名远扬,而且沉迷于健身。

他在自己的牢房里,注视着他们一行人被护送进马斯那间空出来的牢房。马斯的牢房刚好在他对面。他看见他们开始搜查那间二乘三米的小房间,于是失去了兴趣,继续把自己的床垫撕成长条状,借助的工具是一个用塑料食品包装袋熔成的楔形物,边缘十分锋利。

他听到狱警打开第一道牢门,囚犯们开始排队吃午饭。这时他把床垫翻个面,又把床垫撕成的长条缠绕在手腕上,放下袖子遮住。他被狱警带到过道上,发现马斯排在他前面,他们中间只隔了两个人。在狱警朝队伍前走去时,他猛地推开前面两个人。这两个人显然知道他的恶名,一言不发地退到后面去了。

他踮着脚，对马斯耳语道："莱塞尼尔·马斯？"

马斯点点头，眼睛依然看着前方，假装没有跟别人讲话。

"我来给你传个消息。"

"什么消息？"马斯费力地问，有些吐词不清。

"大块头"斜着身子看了看狱警的位置，然后牢牢抓住马斯的肩膀，把他拉得更近一些，直到自己的嘴唇碰到了他耳朵上的绒毛：

"你……"

当马斯回过头时，"大块头"突然用自己的铁臂牢牢锁住马斯的喉咙，把他拖进了他们背后一间没人的牢房。排在他们前后的囚犯们重新调整了自己的位置，既没有参与，也没有提醒狱警有人斗殴。这是监狱的惯例。

马斯通过敞开的牢门看着队伍中的一个人，而那个人只是冷冷地站在那里看着他被勒死。他试着大叫，但因为下巴严重受伤，只能发出破碎的咕哝声，并不能引起狱警的注意。

"大块头"撕开马斯的上衣，马斯还以为这个壮汉要强暴自己，但紧接着他感觉到刀片刺入胸膛的剧痛，这才意识到自己要死了。

他之前有过一次这样的感觉——陌生的恐惧感，夹杂着一丝变态的迷恋。他终于体会到过去无数个命丧他手里的受害者在最后时刻体会到的痛苦，他们当时是多么无助。

柯蒂斯、巴克斯特和儒歇在马斯的牢房中一无所获，狱警建议他们停止搜查，赶在犯人排队吃午饭之前离开。当二楼的牢门被打开时，罗森塔尔护送着他们来到一楼，穿过中庭。就在他们快要走到红色的大铁门时，头顶忽然响起的刺耳的口哨声划破了牢房的寂静。

他们很难弄清楚发生了什么，因为一个个面带讥讽的囚犯挡住了视线。三个狱警挣扎着从这群囚犯中穿了过去。随后，更多寻求援助的口哨响起来。囚犯们叫得更兴奋了，一楼牢房里的囚犯也开始咆哮，震耳欲聋的回声飘荡在这座空荡荡的监狱里。

"我送你们离开这里。"罗森塔尔说道，尽可能表现得勇敢。他转身把 ID 卡插进墙上的读卡器，但读卡器不停闪着红灯。他又试了一遍："见鬼！"

"出问题了？"巴克斯特一边问，一边关注着楼上的暴动。

"现在处于防范禁闭。"他解释道，显然已经慌了。

"好吧，那遇到防范禁闭这种情况，我们应该怎么做？"儒歇冷静地问这个年轻人。

"我……我不知道……"他结结巴巴地说。

上面的口哨声变得越来越急切，周围的叫喊声也越发嘈杂。

"或许去'保护罩'那里？"巴克斯特建议。罗森塔尔睁大眼睛看着她，点点头。

头顶的喧嚣变得更加亢奋，因为楼上有一个人被抬起来扔出了走道护栏，落在中庭的空地上。这个半裸的人把一面墙上的拦网扯开了一道口子，面朝下砸到了地上，距离巴克斯特一行只有几米。

柯蒂斯尖叫了一声，吸引了楼上囚犯们的注意。

"我们必须离开，马上！"巴克斯特说，但她僵住了，因为看到地上那具死尸突然以极怪异的姿势朝他们动了一下。

过了一会儿她才意识到，一条打着结的吊绳穿过了被扯烂的拦网，缠在了那具血淋淋的尸体的脖子上。吊绳突然收紧，把尸体吊了起来。就在此时，一个肌肉发达的人也被扔了下来，脖子上也缠着吊绳，作为配重吊在那具尸体的旁边。

"他还活着！"罗森塔尔倒吸了一口冷气，因为那个人还在拼命挣扎，破损的吊绳使他渐渐窒息。

"走！走！走！"巴克斯特命令道，把柯蒂斯和罗森塔尔推向儒歇，他已经快到"保护罩"的大门了。

"开门！"他大声叫道。

随着暴动的升级，口哨声逐渐停止了。楼上某个地方传来令人胆寒的哭声，紧接着一张燃烧的床垫被扔到中庭的中间。混乱刺激着囚犯们的神经，就像鲨鱼经常出没的水域被注入了新鲜的血液。

当巴克斯特他们跟着儒歇来到"保护罩"的安全门边时，第一个犯人顺着破裂的拦网爬了下来。

"快打开！"儒歇一边吼，一边疯狂地拍打金属大门。

"你的卡呢？"巴克斯特问罗森塔尔。

"没用，得有人从里面打开才行。"他喘息着回答。

越来越多的囚犯朝他们所在的楼层爬了下来，第一个爬下来的囚犯仁慈地用沾着血的通行卡随意打开了几间牢门。

儒歇冲到最前面，他通过防护玻璃看到里面有一个狱警。

"我们是警察！"他冲着厚厚的玻璃向里面的狱警喊道，"开门！"

那个人被吓坏了，他摇着头指着那群正在逼近的、全国最危险的人，喃喃地说着"不行，对不起"。

"开门！"他咆哮道。

巴克斯特也冲到玻璃前，大喊着让他开门。

"现在怎么办？"她尽可能冷静地问道。

他们已经无路可走了。

又一个体形庞大的囚犯从上面爬了下来。他穿着监狱统一发放的囚服，但尺寸对他来说明显太小了。裤子只到小腿的中间，肚子裸露在汗衫下面。要不是他脸上那纵横交错的新鲜抓痕，他的样子看起来还挺搞笑的。

柯蒂斯重重地砸门，拼命恳求。

"他不会帮我们开门的，"罗森塔尔说着瘫倒在地，"他不能冒险放他们过去。"

这群暴徒向他们冲了过去，用满含怒火的眼睛看着儒歇和罗森塔尔，同时用无比饥渴的眼神看着眼前的两个女人。儒歇一把抓住巴克斯特的胳膊，把她拉到自己身后的角落里。

"喂！"她大声吼道，试图把儒歇推开。

"待在我们后面！"他冲巴克斯特喊道。

罗森塔尔听到"我们"的时候还一脸茫然，直到儒歇把他从地上拽起来。

"戳他们的眼睛。"儒歇冲这个被吓呆的年轻人吼道，接着他们便被那群暴徒淹没了。

巴克斯特疯狂地踢打着，她被一双双爪子和一张张面带讥笑的脸包围了。一只强有力的手拽住了她的头发，把她往前拖出了一段距离，但突然又松开了，因为那个人与另一个意图争夺巴克斯特的囚犯打了起来。

她迅速地爬回去靠在墙上，寻找着柯蒂斯，但之前那只强劲的爪子又重新伸向了她。罗森塔尔不知道从哪里冒了出来，跳到一个刺着文身的囚犯的背上，用手指深深地戳进他的双眼。

突然，灯熄了。

只剩下中庭中央那支噼啪作响的火把。火把发出怪异的微光，快要熄灭的火苗上方出现了两个黑色的影子，让这儿看起来就像是捉妖结束后的战场。

只听见"砰"的一声巨响，中庭弥漫起烟雾，紧接着又传来"砰"

的一声。

身着防暴装备、戴着防毒面具的警察穿过大厅另一边的铁门来到中庭。囚犯们捂着脸寻找掩护，他们四散而去，像一群被追捕的鬣狗。

巴克斯特发现柯蒂斯躺在离自己几米远的地方，不省人事。她朝她爬了过去。

她用柯蒂斯被扯烂的衬衣把她重新裹好。柯蒂斯的头上鼓起了一个很大的肿块，但除此之外，她看起来没受其他的伤。

巴克斯特感觉鼻子和嘴巴里有火辣辣的灼烧感，当周围漫起烟雾的时候，她闻到了催泪瓦斯的味道。她的眼睛看不清了，只能隐约看到一个个形似鬼魅的影子在烟雾中散去。她很高兴自己还能感觉到呼吸道的灼痛，因为这意味着她还活着。

在医疗中心洗了四十分钟眼睛后，巴克斯特终于获准去见儒歇和监狱长戴维斯了。儒歇比巴克斯特和柯蒂斯恢复得快一些，他在巴克斯特不情不愿地接受治疗时，把这次暴乱的最新进展告诉了她。

他们已经得知，这两名死亡的囚犯，一个名叫多米尼克·伯勒尔，另一个就是马斯（这一点比较麻烦）。从监控录像来看，他们可以确定是伯勒尔杀死了马斯，但接着他自己也被杀了。

柯蒂斯已经醒了，但还是感到晕眩。罗森塔尔虽然断了一根锁骨，情绪却非常高涨。

巴克斯特的视力已经恢复了，她怀疑儒歇在掩饰自己的伤势。他的伤势应该比表面上看起来的严重。他走路有点跛，似乎在刻意地做着浅呼吸，当觉得没人看他的时候，他才会痛苦地抚着胸口。

监狱长戴维斯跟他们保证，所有囚犯都回到了自己的牢房，现场没有被动过。接着，他尽可能礼貌地跟他们解释，因为囚犯没别的地方可安置，所以那座高度警戒的监狱已经开始照常运转了，只不过多了两具吊在过道椽子上的尸体。所以，不管他们接下来还要做什么，动作越快越好。

"看你们，我随时都行，"巴克斯特说，她红肿的双眼布满血丝，看起来有点像个疯子，"要等柯蒂斯吗？"

"她说不跟我们一起去了。"

巴克斯特觉得有点惊讶，这位联邦调查局的特工居然主动放弃去犯罪现场的机会，不过她不打算把自己的疑惑说出来："那走吧。"

*

巴克斯特和儒歇看着头顶上约一点八米的地方吊着的两具尸体，她发现儒歇又在抚胸口。他们成功说服警探长在他的团队接管这个案子之前，给他们五分钟的时间单独查看案发现场。

由于现场有多道安全门的保护，窗子也很明智地被关得严严实实，两具尸体吊在那里纹丝不动，看起来有些不真实。他们被吊在同一根套绳的两端，套绳被打了环系在二楼的围栏上。

巴克斯特完全被眼前可怖的场景吓住了，并没有感觉到压在她肩上的担子已经卸了下来。马斯知不知道过去发生的那些事，现在都没有关系了。

她安全了。

"之前我们还跟柯蒂斯说，你们的案子和我的案子没什么关联，但事实证明它们确确实实是有联系的。"巴克斯特漫不经心地说，"'诱饵'。"她大声地念了出来。马斯胸前一片狼藉，上面潦草地刻着"诱饵"字样，伤口随着血污的凝结变成了黑色。"跟另一个一样。"

她换了下位置，去看多米尼克·伯勒尔那具肌肉发达的尸身。他腰部以上也赤裸着，胸前歪歪斜斜地刻着什么字。

"'傀儡'，"她念了出来，"这是新称呼，对吗？"

儒歇不置可否地耸耸肩。

"对吗？"巴克斯特又问了一遍。

"我觉得我们最好跟柯蒂斯谈谈。"

巴克斯特和儒歇回到医疗中心，柯蒂斯看起来好多了。事实上，她正在会见一个相貌英俊的男人。他年近四十，穿着便服，中等长度的深褐色头发松散地垂下来。这种发型其实更适合年轻一点的男人。

儒歇不想打断他们，于是又去给自己和巴克斯特各泡了一杯咖啡。但巴克斯特没有犹豫，径直上前打断。

"你好了？"她问柯蒂斯。话说了一半被打断，柯蒂斯有点恼火。

"是的，谢谢你。"她答道，尽可能礼貌地让巴克斯特先出去。

巴克斯特用一种探寻的手势指着那个英俊的男人。她感觉自己戳在两个超模中间——她站在门口，距离他们三米远，从她所站的位置来看，那个男人显得比实际身高矮。

"这位是……"柯蒂斯不情不愿地开口介绍道。

"阿列克谢·格林。"这个男人笑着说。他站起来，紧紧地握了握她的手："你肯定就是那位鼎鼎有名的埃米莉·巴克斯特，幸会。"

"彼此彼此。"巴克斯特慌不择言，他迷人的颧骨让她分心了。

她脸红了，于是赶紧找了个借口去找儒歇。

五分钟过去了，柯蒂斯依然全神贯注地忙着谈话。不知道是不是巴克斯特的错觉，她觉得那位古板的女特工似乎在跟那个男人调情。

"你知道吗？"儒歇说，"不管她了，我要把最新情况告诉你，特别是到了现在这个时候，我们去外面说。"

他们来到了外面，午后的天气虽然有些清凉，阳光却十分充足。巴克斯特又戴上了那顶毛茸茸的帽子。

"从何说起呢？"儒歇开口说道，语气有些犹豫，"那个银行员工，威廉·福克斯，他被吊在布鲁克林大桥——"

"如果你不介意的话，我们以后就称他为'银行家'如何？"巴克斯特问。

"当然……当时他的一只胳膊松松垮垮地吊在桥上，我们认为这是凶手还没来得及把它绑紧。证据就是，有目击者说看到有什么人或东西从桥上掉进了东河。"

"掉下去有没有存活的可能？"巴克斯特一边问，一边把帽子往下拉了拉，以便更多地遮住被冻僵的脸。

"没有，"儒歇果断地回答，"第一，坠落的高度大概有四十六米；第二，当晚纽约的温度接近零下九摄氏度，河面被冻得结结实实；第三，也是最重要的一点，尸体第二天早上被冲上岸，你永远也猜不到他胸前刻着什么……"

"'傀儡'。"他们异口同声地说。

"所以我们有两名死去的被害人，胸前都刻着'诱饵'，还有两名死去的凶手，他们胸前都刻着'傀儡'，案发地点一个在美国，一个在英国。"巴克斯特总结道。

"不对，"儒歇说，他把两只冰冷的手夹在自己的腋下，"你忘了柯蒂斯昨天还提到的一起案子，目前还没有公开，我们就是想请你协助调查那件案子的。"

"那今天监狱里的受害人和凶手算第三起了。"

"所有的凶手都自杀了，像今天这样。"儒歇补充道。

巴克斯特露出惊讶的神色：

"你们有什么推断吗？"

"唯一的推断就是，事情在出现转机之前会越来越糟糕。毕竟，我们是在抓鬼，不是吗？"

儒歇把杯子里剩下的寡然无味的咖啡倒在地上，温热的咖啡接触冰冷的地面发出哧哧的响声，就像酸性物质蒸发时的声音。他闭上眼睛，面朝着太阳，一边思考，一边念念有词："你要怎么去抓一个已经死了的凶手？"

Chapter 6
第六章

2015 年 12 月 9 日　星期三　晚上 7:34

　　巴克斯特成功地用下巴打开了托马斯家的前门，跌跌撞撞地走进玄关。她一只手提着猫笼，另一只手提着维特罗斯①的购物袋。

　　"没人吗！"她大声喊道，但没有收到回应。

　　楼下的灯亮着，她知道托马斯在家。电视开着，但声音很小，也没有人看。她走去厨房，在走廊上留下了泥泞的脚印。她把购物袋和猫放在桌子上，然后给自己倒了一大杯红酒。

　　她瘫坐在椅子上，踢掉靴子，一边按摩酸痛的脚掌，一边看着外面黑黢黢的花园。屋内平和而安静，只能听见供暖设备加热时发出的令人心安的嗡嗡声，以及楼上传来的沉闷的冲澡声。

　　她从购物袋中拿出家庭量贩装的怪物蒙克烤玉米和吉百利巧克力片，然后瞅了一眼黑色的玻璃窗，瞬间被玻璃映出的自己的鬼样子吓住了。

---

① 英国一家连锁超市。

她这才意识到，今天监狱暴乱之后，这是她第一次照镜子。她的脸和脖子上布满了抓痕，额头上有一道长长的擦伤，和脸上的抓痕相呼应，成为一个整体。一想到当时的情景她就瑟瑟发抖，囚犯的爪子抓着她，把她拖到地上，她刚踢开一张穷凶极恶的脸，另一张脸又扑了过来，那时候的她是多么无助。

她在离开自己的公寓前洗了两次澡，但依然觉得很脏。她疲倦地搓了搓脸，手指穿过潮湿的头发，然后再次给自己的杯子倒满了酒。

十分钟后，托马斯穿着睡袍来到厨房。"嘿，我没想到你今晚会过——"他发现了她脸上的伤口，话音戛然而止。他赶紧跑过去坐到她旁边："天哪！你没事吧？"

他把她沾着零食碎渣的手握在自己的手里，轻轻地揉捏着。

巴克斯特勉强挤出一个感激的微笑，慢慢抽回手，借口说想要喝酒，其实是不想让他碰自己。

"发生什么事了？"他问。

托马斯绝对是个温文尔雅的人，但他对巴克斯特有一种过度的保护欲。每次看到她受伤，他的情绪就会达到爆发点。上一次巴克斯特回到家时，嘴唇破了一道口子，他居然动用他作为律师的所有关系，让那个袭击她的人在拘留期间过得尽可能悲惨，最后还被判了最长的刑期。

有那么一瞬间，她想要把所有的事情都告诉他。

"没什么，"她虚弱地笑了笑，"办公室有人动手，我去劝架了，真不该去管他们。"

她看见托马斯放松了一点。知道没人故意伤害她，他已经满足了。

他其实还想问，但又清楚巴克斯特不愿意跟他细说，于是拿起酥脆的零食吃起来。

"开胃菜，主食，还是饭后甜点？"他指着购物袋问道。

她轻拍着那瓶打开的红酒："开胃菜。"

她指着那一大袋怪物蒙克烤玉米："主食。"

又拿起那袋吉百利巧克力片："甜点。"

托马斯怜爱地看着她，然后站起来。

"我给你做点什么吃吧。"

"不用了，我没事，真的不饿。"

"就做个煎蛋卷，五分钟。"他一边说，一边已经开始准备这顿应急的晚餐。他瞅了一眼桌上的猫笼："笼子里面装的什么？"

"猫。"巴克斯特不假思索地回答，希望自己的选择是对的，因为厄科自从进了托马斯的家后一直很安静，这一点都不像它。

她突然想到，自己应该先问问托马斯，是否愿意在她离开的这段时间照顾她的宠物猫，这样比较礼貌。但转念一想，她还没有告诉他，自己要离开一段时间。

她真的不想跟他吵架。

"能见到厄科总是令人高兴的，"托马斯说，他的语气已经发生了变化，"但它怎么会在这么冷的晚上大老远地跑过来？"

巴克斯特决定还是如实说。

"我被派去美国，协助联邦调查局和中央情报局调查一件备受关注的谋杀案，明早飞纽约，不知道什么时候回来。"

她给托马斯一点时间来消化她说的话。

托马斯变得非常安静。

"还有吗？"他问道。

"还有，我忘记带厄科的猫粮了，所以还需要你去买一点。哦，别忘了给它喂药，"她在包里翻找着，然后摇了摇左手的盒子，"这是要喂的，"

接着又摇了摇右手的盒子，"这是要抹在屁股上的。"

她看见托马斯紧咬着牙关，把平底锅"砰"地砸在金属架上。这个不粘平底锅可是杰米·奥利佛的发明呢。油从锅里飞溅出来，发出嗞嗞的声音。

巴克斯特起身："我要去打个电话。"

"我在给你做晚饭！"托马斯一边厉声说，一边不停地朝平底锅里扔着磨碎的干酪末。

"鬼才想吃你那怒气冲天的煎蛋卷。"她针锋相对地说，然后径直上楼去给埃德蒙兹打电话。

埃德蒙兹刚被自己的女儿拉了一身。

蒂亚接过他手里的尿布，好让他换掉身上的衬衫。当他拿着脏衣服走向洗衣机的时候，手机响了。

"巴克斯特？"他一边洗手，一边接电话。

"嘿，"她漫不经心地跟他打招呼，"有空吗？"

"当然。"

"所以……挺有意思的一天。"

巴克斯特跟他详细描述了监狱里发生的暴动，埃德蒙兹聚精会神地听着。另外，她把儒歇在外面跟她说的那些有限的信息也告诉了埃德蒙兹。

"邪教？"他等巴克斯特说完后提出了一个合理的推测。

"这看起来是最合理的解释，但很显然，美国那边已经安排了专门的团队监视邪教活动和宗教组织，因为他们说这些谋杀案跟他们正在监视的那些组织的做派并不相符。"

"我真的不喜欢这个'诱饵'案，有人杀了跟沃尔夫同名的人是一回事，现在马斯也被杀了。我感觉这个'诱饵'是冲着你来的，如果真是这样的话，那你现在也被牵扯进去了。如果你去纽约，就正好落进了他们的圈套。"

"这是一种可能，我同意，但我又能做些什么呢？"

"亚历克斯！"蒂亚在卧室里叫他。

"等一会儿！"埃德蒙兹大声回应。

蒂亚开始在隔壁屋子里捶墙。

"她也拉我身上了！"蒂亚吼道。

"知道了！"埃德蒙兹很受挫败地回答。

蒂亚又开始捶墙，架子上的一张全家福被震得掉在了地上。

"不好意思啊。"他对巴克斯特说。

"我这边要是得到更多消息，可以再给你打电话吗？"

"当然，在那边千万小心。"

"不用担心，我会像木偶一样，一天二十四小时随时留意。"她向他保证。

"实际上，"埃德蒙兹说，语气变得非常严肃，"我觉得我们应该更加关注到底谁是幕后主使。"

巴克斯特走到楼下，她知道她不可避免地要跟托马斯争吵一番。电视被暂停了，安德烈娅的脸定格在屏幕中，她正在报道着什么，屏幕下方的标题写着：

总督察探监，拼布娃娃凶手命丧狱中

她真的非常憎恨这个女人。

"你今天去见莱塞尼尔·马斯了?"托马斯在屋内的某个地方静静地问。

巴克斯特怒气冲冲地来到客厅。托马斯坐在椅子上,手里拿着剩下的那瓶酒。

"啊哈。"巴克斯特点点头,好像这不是什么重要的事。

"你没告诉我。"

"我不明白我为什么要告诉你。"她耸耸肩。

"不明白,为什么要告诉我? 为什么? !"托马斯咆哮着站起来,"为什么不告诉我今天那里发生了暴乱?"

"我又没被牵扯进去。"她撒了谎。

"狗屁!"

巴克斯特有点被吓到了,托马斯从来没有对人恶言相向过。"你回到家的时候浑身是伤,还在流血……"

"只是一些抓伤。"

"……你去探访了这个国家最危险的人,所以才会被那群失控的罪犯围攻,你这是在拿自己的生命冒险!"

"我没有时间跟你讨论这个。"巴克斯特说着抓起外套。

"你当然没有时间,"托马斯大声喊道,他沮丧地跟着巴克斯特走进了厨房,"你明早就要飞纽约,这件事你也刻意没有告诉我。"他停顿了一下,柔声说道,"埃米莉,我不明白,为什么你觉得不能把这些事情告诉我呢?"

"等我回来再讨论这个可以吗?"她问,语气变得跟他一样温柔。

托马斯久久地看着她,然后认输地点点头。巴克斯特套上了靴子。

"替我照顾厄科。"她说。

她起身朝玄关走去。托马斯微笑地看着她戴上自己买给她的帽子和手套，这是他当初出于恶作剧的目的买的。帽子上的球晃来晃去，她不得不吹着额前的头发，免得它们扎眼睛。托马斯一直很困惑，眼前这个女人为什么会让她的同事觉得畏惧呢。当然，巴克斯特还是允许托马斯见过自己几个同事的。

她走到门口。

"他们到底要你协助调查什么案子？"他忍不住问。

两个人都知道，这个问题就像是耳旁风，她根本不会回答：这不过是他在请求她，在离开前向他打开心扉；不过是给她一个机会，证明从现在开始事情会变得不一样；他想知道，他们之间到底有没有未来。

她在他的脸颊上轻轻啄了一下。

门在她身后"啪嗒"一声关上了。

儒歇被手机铃声吵醒了，霸子乐队①演唱的《空乘小姐》一直响个不停。他急忙接起电话，想让这恼人的铃声赶紧停止。

"我是儒歇。"他用嘶哑的嗓音低声说道。

"儒歇，我是柯蒂斯。"

"一切都顺利吗？"他急切地问。

"嗯，还行，我没吵醒你的家人吧？"

"没有。"他打着哈欠，下楼来到厨房，"不用担心，任何事都吵不醒她们。什么事？"

"我不记得我们是明早六点半还是七点去接你。"

"七点。"儒歇好脾气地回答，他看了看时间。

---

① 英国流行摇滚乐队。

现在是凌晨两点五十二分。

"哦，对，"她咕哝道，"我还想着是六点半呢。"

儒歇觉得这并不是她在这个时候给他打电话的真正目的。电话那头一阵沉默，儒歇在冰冷的地板上坐了下来，找了个舒服的姿势。

"恐怖的一天呢，"他说，"要是能回家找个人说说就好了。"

他任由电话那端继续沉默着，他这么说是想给柯蒂斯一个倾诉的机会，如果她需要的话。

"我……嗯……我其实没有可以倾诉的人。"她终于承认了。

她说话的声音很轻，儒歇几乎听不到她在说什么。

"你的确离家太远了。"他推断说。

"其实并不是……就算在家，我还是找不到可以说话的人。"

他等着她继续说下去。

"我总是把工作放在第一位，没有时间去培养友情，我几乎与所有朋友失去了联系。"

"你家人怎么说？"儒歇问，希望自己没有失言。

柯蒂斯重重地叹了一口气。儒歇皱了皱眉，觉得有点尴尬。

"他们会说我有良好的职业道德。我怕是入错行了。"

儒歇调整了下姿势，蜷缩起来抵御寒冷，却撞倒了本来就坏了的橱柜门，掉下来的橱柜门又打倒了一堆瓷砖，厨房里瞬间灰尘四起。

"见鬼！"

"怎么了？"柯蒂斯问道。

"不好意思，我家厨房在重新装修，里面有点乱，"他对她说，"那跟我说说你的家人吧。"

他们一直随意地聊着天，并没有特别谈到什么，直到柯蒂斯那边由喃喃细语渐渐变得安静。他听了一会儿她浅浅的呼吸声和微弱的鼾声，听着她平静的声音结束这痛苦的一天，让他感觉有点不真实。

　　终于，他挂断了电话。

　　他太困了，不想费力再爬上楼去，于是把头靠在橱柜上，闭上眼睛，在瓦砾遍地、混凝土裸露的家中迷迷糊糊地睡着了。

Chapter 7

第七章

2015 年 12 月 10 日   星期四   下午 2:16

14:16   2015-12-10   -5℃ /23 ℉

联邦调查局的专用车内，巴克斯特坐在温暖的后座上看着仪表盘上的时间不停闪动。她低头看了一眼手表，依然显示是下午七点十六分，她这才意识到自己在飞机上忘了重新设置时区，她当时肯定没有听到飞机上的通告。前一晚上他们三个都睡得不踏实，因此在七个半小时的航班上，他们一直在补觉。

从机场去曼哈顿的路堵得令人难以忍受。街道应该有一个星期没被打扫过了，路面结的冰已经被踩实，还有积雪融化后的烂泥，车辆在上面很容易打滑，所以只能以步行的速度在车道上爬行。

巴克斯特在青少年时期去过纽约两次。她避开了所有惯常的旅游陷阱，惊叹地看着临水的建筑以及它们电影场景般的天际线，体会着站在世界中心的感觉，而人们从世界各地争相拥入这座大约三千二百米宽的小岛。但现在，她只觉得疲惫，想回家。

儒歇在她旁边安静地坐着。他已经告诉过司机，他们要从布鲁克林大桥进城。在他们接近桥上第二个巨大的石塔时，他指着那个吊着银行家尸体的位置："他的手腕和脚踝都被绑着，吊在路两侧的两根钢索中间，俯瞰着下面过往的行人。城市的门户上挂着一具尸体，这好像是一种警告，要让全世界看到，谁敢越过这个点，灾难就会降临到谁的头上。"

车子经过拱门，驶入一片摇曳的阴影中。

"你只说事实，不要发挥可以吗？"柯蒂斯坐在副驾驶位上说，"你吓到我了。"

"不管怎么说，正如你所知道的，凶手并没有完成工作，在将死者的左手往外侧的钢索上系的时候，他失足跌了下去，砸穿了河面的冰，淹死了。"儒歇解释道，"他一定很懊恼。"

凶手的坠桥就像是收到了死神的召唤，但经过儒歇戏谑的口吻描述出来后，坠桥倒显得平淡无奇了。巴克斯特对此有点吃惊，尽管她心情不好，但还是笑了出来。

儒歇不禁笑着问："怎么了？"

"没什么。"她说着把视线转向窗外，他们马上要进入这座冰封的城市了，"你让我想起了一个人而已。"

离市中心越远，路况就越差。进入华盛顿高地后，他们看到道路两边筑起了巨大的雪堤，把车推进车道，就像是把保龄球丢进球道。

巴克斯特从没来过中央公园以北的地方。这里的马路还是一样宽阔，但每隔一段时间就会有个十字路口。整齐有序的建筑低低地排列着，让冬季低垂的阳光能够洒在街道上，不像市中心里那些遮天蔽日的摩天大楼，阳光只能从缝隙中挤进来。她想起了小时候父母带她去过的一个模范村庄，那是一个微缩版的纽约。

然而，当车子慢慢驶入一个停车场，滑过停车计时器时，这种怀旧的对比荡然无存。

第 33 警区的入口上方立着一个巨大的白色遮篷，一名头发沾满雪的警察行使着安保和交管的双重职责。他们下车时见他正笨拙地指挥着混乱的司机们远离弯道上拉起的警戒线。这段路非常曲折，车辆在上面行驶时很难控制。

"我们第一次见面时我跟你提到过，正是由于这样的地理位置，案子才得以保密。"柯蒂斯向巴克斯特解释道，他们经过那个由新搭建的帐篷构成的门廊，进入了警察局。

遮篷正下方有一组双开门，门上方是"纽约市警察局"的蓝色标志。入口右边几米处，一辆四轮驱动的道奇卡车的后半部车身从警察局的墙体中凸了出来。车后面的空地上立着一根直径十五厘米的混凝土防撞柱，但柱子已经被撞坏了，像是一颗坏掉的牙。即使不走近那辆车，巴克斯特也能看见，奶油色的座套上有一大摊已经凝固的暗红色血迹。

两名警察从大门走了出来。他们若无其事地经过案发现场。那辆冲进墙里的卡车和满地的狼藉似乎只是他们办公场所装潢的一部分，只不过这装潢来得有点突然，而且没有经过他们的同意。接着他们从裂缝中钻了出去。

"我跟你们梳理一下我们所掌握的信息吧。"柯蒂斯一边说，一边把车辆周围亮黄色的警戒线拉下来。

"介意我去打个电话吗？"儒歇问道。

柯蒂斯看上去有点意外。

"你要说的这些我都知道。"儒歇说。

柯蒂斯轻蔑地朝他摆了摆手。儒歇走开了，留下柯蒂斯和巴克斯特在现场。

"嘿，在深入探讨之前，我想问问你还好吗？"

"还好吗？"巴克斯特防备地问道。

"是啊，经过昨天发生的事之后。"

"好着呢。"巴克斯特耸耸肩，好像已经记不清柯蒂斯在说哪件事，"所以……卡在墙上的那辆车……"她提示道，把话题从私人问题转移到正事上。

"被害人是罗伯特·肯尼迪，三十二岁，已婚，今年是他在警察局工作的第九个年头，是四警探小组的成员之一。"

"那凶手呢？"

"爱德华多·梅迪纳，墨西哥移民，在上东区帕克－斯坦福特酒店的厨房打工。我知道你要问什么，没有，我们发现他与肯尼迪以及前两个案子的凶手或遇害者之间没什么联系。"

巴克斯特还是问了个问题。

"与拼布娃娃的凶手也没关系……目前没有。"柯蒂斯叹了一口气。

儒歇从外面回来，把手机放回外套口袋里。他追上了巴克斯特，此时柯蒂斯已经走进了封锁区的正中间。

"我们已经拿到监控录像——"

"从对面学校拍的，"儒歇打断了她，"不好意思，你继续。"

"我们从监控上看到，梅迪纳把车停在西区第 168 号，然后把失去意识的肯尼迪从后座上拖了出来。监控的角度不太好，但是我们还是非常确定，在这五分钟内，他用床单裹着肯尼迪，把他拖到卡车的引擎盖上，然后把他的四肢伸展开，分别绑上绳子——就像被吊在桥上的那具尸体一样。当时的肯尼迪，胸前已经刻了字。"

巴克斯特看了一眼那辆严重损坏的卡车，一段粗绳子拖在碎石上，跟后车胎齐平。

"梅迪纳赤裸着身子，胸前刻着'傀儡'，他扯下了肯尼迪身上的床单，在朱梅尔街上飞速行驶，这里我们就要感谢当时的天气了，他转弯时车速太快，"柯蒂斯循着卡车当时的轨迹走去，"然后车失控了，他没能冲进大门，反而撞上了墙，墙体被撞裂，巨大的冲击力让二人当场丧命。"

"没有其他人受伤。"儒歇补充道。

他们跟着柯蒂斯，从卡车与墙之间的缝隙中挤过去，来到了一间办公室。

卡车车头被撞瘪了，风挡玻璃碎了一地。房间里方圆十米的范围内全都是碎片和灰尘，但其他地方相对而言没受到什么影响，因为被撞裂的墙角还比较整洁。

巴克斯特低头看着被胶带裹住的尸体。

"你们在闹着玩吗？"她低声说道，一脸难以置信，"这可是在污染犯罪现场，我们又不是在拍《白头神探》①。"

尸体的腿和躯干被粘在地板上，但胳膊和头则被抬起来靠在被撞平的卡车前格栅上。

"这次就饶过他们吧，"儒歇说，"他们在特殊情况下才这么做的。"

"我们还是不要把太多精力放在尸体的姿势上吧。"柯蒂斯说，"我觉得你应该能理解，肯尼迪是这个警察局的人，所以他们当时想赶快把他身上缠的东西弄掉，然后给他做心肺复苏。当其他人忙着做心肺复苏的时候，警察局里的一个新手把尸体弄成了这个样子。"

"那你们也确定，无论梅迪纳还是他的家人，都没有跟警察结下什么

---

① 美国喜剧电影。

梁子？"巴克斯特问道，对此表示怀疑。

"据我们调查，没有，"柯蒂斯答道，"我知道，这么明目张胆地招惹纽约市警察局，对他而言没有任何意义。人人都知道，如果你杀了一个警察，警察局会部署所有警力，撒下天罗地网去追捕你。不管是邪教组织，还是追名逐利的网络团体，抑或是拼布娃娃案的狂热粉丝，对警察下手可能是他们会采取的最愚蠢的举动，因为这么一来，不管他们想达到什么目的，过程都会艰难十倍。"

巴克斯特想到前一天晚上埃德蒙兹对她说的话：

"有人在幕后主使，"她说，"制造这些谋杀案，利用这些傀儡达到自己的目的。我们知道，这些受害者不是被随机选中的，因为另外两名受害者都与拼布娃娃案有关。现在一共发生了三起谋杀案，我们完全不知道他们是谁、藏匿在哪儿，以及有何目的。这些人一点都不傻。"

"那他们为什么要向警察宣战呢？"儒歇问道，他完全沉浸在案件分析中。

"究竟为什么呢？"

入口处响起一阵喧哗。

"特工柯蒂斯？"有人叫道。

巴克斯特和儒歇又跟着柯蒂斯从墙上的裂缝挤出来。新闻工作者正在搭建设备，每次抬头时都会贪婪地注视着案发现场。柯蒂斯走了过去，跟一群身穿黑色制服的人说着什么。

"看来你要上场了。"儒歇低声对巴克斯特说。他从口袋里拿出应急领带，松松垮垮地套在脖子上："当发布会的官方发言人是什么感觉？"

"闭嘴。我工作的时候他们可以拍，但我会让他们滚蛋，如果他们敢——"

"儒歇？"一个体形肥胖的男人从柯蒂斯所在的人群中走了过来。他穿着巨大的棉夹克，显得越发头重脚轻了。"达米安·儒歇？"他一边问，一边笑容满面地伸出手。那手指真是如香肠般粗壮。

儒歇匆忙系好领带，转过身，看上去还有模有样的。

"乔治·麦克法伦，"儒歇笑着说，同时用责备的眼神看着他脖子上挂着的联邦调查局徽章，"你这该死的叛徒！"

"一个英国人跑来美国中情局当特工，还敢说我是叛徒！"他笑道，"当时监狱里发生的那摊子烂事，你也搅和进去了？"

"恐怕是这样。上面是有人在找我吧？"

"可不是吗？"麦克法伦点点头。

巴克斯特翻了个白眼。

"嘿，你还在玩射击吗？"他问儒歇。

"没，没怎么玩了。"

"不会吧！唉，真他妈可惜。"麦克法伦看上去是真的很失望，他转而对巴克斯特说，"这家伙至今还是五十码①传奇纪录的保持者呢！"

巴克斯特点点头，接着又传来一阵莫名的噪声。

麦克法伦看出来巴克斯特只是假装感兴趣，于是又把注意力转到儒歇身上。

"家人还在英国？"这个跛脚的男人甚至没有等儒歇回答他，"你女儿现在多大了？我女儿克拉拉十六岁了，她也是吗？"

儒歇张了张嘴。

"真是叛逆的年纪啊，"麦克法伦摇摇头，"成天想的都是男孩子，还爱耍小性子。我建议你先在这边躲着，等她长到二十岁再回去！"

接着，这个男人不知怎的发现了自己话中的笑点，突然大笑起来，

---

① 约 45.7 米。

笑声跟犯罪现场的气氛格格不入。儒歇礼貌地笑了笑，麦克法伦友善地拍拍他的背，然后慢吞吞地走开了，可是这一拍力度太大，儒歇的眼中都泛起了泪花。

巴克斯特皱着眉头看儒歇捂着疼痛的胸口。

"我敢肯定，他这是在侮辱你。"她开玩笑地说。

柯蒂斯过来找巴克斯特，把她引见给特工主管罗丝－玛丽·伦诺克斯。这位面容憔悴的女人简直就是联邦调查局版的瓦尼塔：一副官僚做派，还以为自己的职位多么重要，配枪于她而言不过是个摆设，用来提防有人偷她办公室的复印机而已。

"我们都十分感激你的协助。"伦诺克斯奉承地对巴克斯特说。

"好了，"主持人说着站到了镜头前，"倒计时，三，二，一……"

"等等，什么情况？"巴克斯特问道。她正准备走开，但伦诺克斯轻轻地抓住了她的胳膊。那名主持人正讲述着适合媒体传播的案件经过。

最后，主持人介绍了伦诺克斯，她开始背诵精心排练的回答。

"……这是一起变态且残忍的袭击，受害者是我们的一名警察。我代表全体警察同事发声，我们将不眠不休地抓捕凶手，直到……我们目前正在调查这起谋杀案、一个星期前发生的布鲁克林大桥吊尸案以及昨天莱塞尼尔·马斯被害案三者之间的联系……我们将与伦敦警察厅通力合作，而伦敦那边也非常慷慨地为我们派来了专家埃米莉·巴克斯特总督察，她就是那个抓到……"

巴克斯特不想再听下去了，于是扭头看着儒歇和柯蒂斯。他们正在检查那辆被撞毁的卡车。她看到柯蒂斯把儒歇叫了过去，似乎在驾驶室的门上发现了什么东西。巴克斯特全神贯注地盯着那边，完全没听到主持人的问题。

"什么？"

"总督察，"那位女主持人重复了一遍，脸上挂着最真诚的微笑，（巴克斯特真是倒了八辈子霉才有幸看到这样的微笑），"对于我们身后发生的这起案子，您有什么想说的吗？您目前在做什么呢？"她满脸悲伤地指着背后的废墟，只不过佯装的悲伤看起来比刚才那带笑的怒容还要虚假。

摄影记者把镜头转向巴克斯特。

"这个，"她重重地叹了口气，丝毫不打算掩饰自己的鄙夷，"我目前在调查一名警察的死亡。但是，我也不知道为什么，此刻我要站在这里像个傻子一样跟你说话。"

现场出现了令人不适的停顿。

伦诺克斯气得快要昏过去了，巴克斯特唐突的回答让主持人有些失措，她还没来得及想好下一个问题。

"我们还是不打扰你工作了，总督察，谢谢。"伦诺克斯露出一个让人心安的微笑，把手轻轻地放在巴克斯特的手臂上。巴克斯特耸耸肩，走开了。"你们看到了，"伦诺克斯对主持人说，"同事遇害，我们心里都万分悲痛，一心只想要找到凶手。"

伦诺克斯送走媒体后，把柯蒂斯叫到外面。她们过了马路，倚在高桥公园的护栏上。人行道边缘被踩实的冰上覆着粉末状的雪，尚未被行人践踏。伦诺克斯点燃了一根烟。

"监狱发生的事我都听说了，"她说道，"你没事吧？你要是出了事，你父亲会要了我的脑袋。"

"谢谢关心，我没事。"柯蒂斯说了谎。她觉得很恼火，尽管她已经竭尽全力地证明自己，也依然会因为她父亲的关系受到优待。

伦诺克斯显然注意到了她语气中的不悦，接着说：

"巴克斯特那泼妇很容易被激怒吧？"

"她只是对蠢人没什么耐心，"柯蒂斯回答说，立刻意识到自己刚刚无意中侮辱了自己的上司，"当然不是说你是蠢人，我的意思是……"

伦诺克斯吐出一股烟圈，摆摆手，示意她不用解释。

"她很强，也很聪明。"柯蒂斯说。

"是啊，这才是我害怕的地方。"

柯蒂斯不知道她这句话是什么意思。

她从没抽过烟，但看着烟头上的火星在冰冷的空气中透出温暖的微光，她突然觉得抽烟前所未有地有了吸引力。

伦诺克斯转过身，面对着山顶上的棒球场，现在那里已经被积雪覆盖了。

"她来这里不过是走个过场，"她告诉柯蒂斯，"仅此而已，我们让她在镜头前再多亮相几次，拍些照片安抚一下大众，然后就可以把她扔上回家的飞机。"

"我真的觉得她或许能帮助我们。"

"我知道，但是有很多事情比表面上看起来的要复杂。就像肯尼迪警官的被害是对纽约警察局的直接侮辱，其目的是让公众质疑统治他们的、无所不在的权力机关，巴克斯特的存在会给我们带来同样的威胁。"

"不好意思，我不明白。"柯蒂斯说。

"我们有纽约警察局、联邦调查局，还有中央情报局合力侦查此案，但都没什么进展。我们把巴克斯特请来这里，只是为了向公众表明，我们正竭尽所能地破案，但同时，如果案子有了进展，我们要在伦敦警察厅有机会分一杯羹之前把她送走。遭到攻击时，展示自己的力量是必要的。我们要向全世界证明，我们能处理好自己的事情。明白吗？"

"明白，长官。"

"很好。"

公园里来了一群小学生，他们跑来跑去，在雪地上留下深深的脚印。还有一群小学生打起了雪仗，距离有些太近了，让她们觉得不太舒服。

"还是跟往常一样，"伦诺克斯吩咐她，"不管你去哪里，都要带上她，但如果你发现了什么重大线索，我希望你能对她保密。"

"那可能比较困难。"

"有时确实很困难，但这是命令，"伦诺克斯耸耸肩，"也要不了几天了，过完这个周末，我们就让她收拾东西回家。"

在巴克斯特和儒歇等柯蒂斯的时候，有个警察给他们倒了两杯咖啡，盛着咖啡的两个杯子都有缺口。他把咖啡递给他们的时候，趁机跟他们搭了句话，虽然简短，但挺鼓舞士气的：

"你们一定会抓住那个狗杂种的。"

巴克斯特和儒歇轻轻点头，这个愤慨的警察看上去对此感到满意，于是走开了。尽管警察局入口上方的遮篷能够挡风，但气温仍在零度以下，他们已经感觉到寒意了。

"如果还有时间的话，你晚上要不要跟我和柯蒂斯一起去吃点什么？"

"我……呃……不知道，我还要打电话。"

"我知道西村有一家别具一格的小比萨店，非常好吃。只要来纽约，我就会去吃，这已经成传统了。"

"我……"

"来吧，我们三个人今晚都会被整得又累又饿，你必须吃点东西。"儒歇笑着说。

"好吧。"

"太好了，我来订位子。"

　　他拿出手机，翻找着联系人。

　　"哦，我忘了问，"巴克斯特说道，"你跟柯蒂斯在驾驶室的门上发现了什么？"

　　"啊？"

　　儒歇把手机放在耳边。

　　"我搞砸那个采访的时候，你们好像发现了什么。"

　　"哦，那个，没什么。"他对她说。

　　比萨店有人接了电话，他起身走开了。

Chapter 8

第八章

柯蒂斯遇到了麻烦。

她扫视着破旧的旅馆房间，手里举着武器，仔细搜寻着任何东西移动的迹象。她想大声把儒歇喊来，但又担心他听不到，而且她也不想把自己的准确位置暴露给入侵者。她能感到自己的血液在上涌，心脏跳得厉害。她盯着门看，自己距离那儿有几米远，够不着。

她知道，自己在某个时刻必须去打开那扇门。

她已经穿上了睡觉的行头：印着彩虹小马的复古背心、翠绿色短裤、一双厚厚的羊毛袜子。她慢慢地爬过床，伸手摸向搭在椅子上的西装外套。

她吸了一口气，然后从床上跃起，扔掉之前挥舞着当武器的拖鞋，慌慌张张地打开门锁，滚落到走廊上，并带上了背后的门。

平静下来后，她站了起来，轻轻地敲了敲隔壁的房门。儒歇突然出现在门口，他看上去有点凌乱：白衬衫敞开着，光着脚。因为时差还没倒过来，晚上又喝了太多酒，他们三个人现在都很难受。

他盯着柯蒂斯看了一会儿，揉了揉疲惫的双眼，试着让眼睛聚焦。

"你穿着一件彩虹小马的 T 恤？"

"是的。"柯蒂斯气喘吁吁地回答。

他点点头："哦，你要进来吗？"

"不，谢谢，我过来是想问你，你能搞定蜘蛛吗？"

"蜘蛛？"儒歇耸耸肩，"当然。"

"我指的不仅仅是拿一张纸把它铲起来，拿到外面放了，因为这个恐怖的东西还会爬回来，我是想要把它弄死……再也见不到的那种。"

"明白了。"儒歇一边说，一边抓起一只鞋和房门钥匙。

"那家伙体形太大了，我可不是开玩笑的。"柯蒂斯继续说，很感激儒歇能遵照她的意愿行动。

儒歇突然有点不安："有多大？"

巴克斯特终于穿好了格子衫睡衣，但她把里外穿反了，继而发现睡裤跟睡衣竟不是一套，而睡裤的前后也穿反了。

她又喝了一大杯有点苦涩的自来水，听着一些烦人的住客在走廊上又是敲门又是关门的声音。她倒在床上，感觉天花板正在变形，这让她犯恶心。城市的喧嚣声透过玻璃窗渗进来。她摸到手机，找出埃德蒙兹的号码，拨了出去。

"什么东西？"埃德蒙兹大叫一声，猛地从床上坐起来。

房间的一个角落里，婴儿床上的利拉开始哭起来。

"这都几点了？"蒂亚抱怨说，她好不容易躺下睡着。

等埃德蒙兹缓过神来才意识到，他的手机在楼下响。他趿拉着下了楼，看到来电显示是巴克斯特，于是接起电话：

"巴克斯特？一切还顺利吗？"

"嗯，还行……挺顺利。"她含糊地说。

"是埃米莉吗？"蒂亚在楼上问，利拉大哭起来。

"是。"埃德蒙兹用气声答道，不想吵到他们可怜的邻居。

"我听见你女儿在哭。"巴克斯特善意地提醒他。

"嗯，我们知道，谢谢，电话把她吵醒了，"他说道，"把我们都吵醒了。"

"现在不都六点二十了吗？"她说完后便沉默了，"啊，你知道我去了哪儿，都干了些什么，对吧？"

"你算错了吧？"埃德蒙兹暗示她。

"我算错了。"

"是的。"

"我是指时间。"

"没错！我知道。巴克斯特，你是不是喝醉了？"

"没有，绝对没有，我只是喝得有点多。"

蒂亚踮着脚走下楼，怀里抱着利拉，她终于安静下来。

"去睡觉。"她用唇语对埃德蒙兹说。

"再给我一分钟。"他低声回答。

"我真的很抱歉，"巴克斯特自责地说，"我只是想告诉你我今天在犯罪现场的发现。"

"哪个犯罪现场？"埃德蒙兹问。

蒂亚看起来十分生气。

"一名警察被活生生地绑在卡车前，之后凶手开车撞穿了警察局的墙。"埃德蒙兹呆住了。

"我早上再打给你吧，"巴克斯特说，"你那边的早上……不对！是我这边的早上……等等……"

"不用算那么清楚了，没关系。"埃德蒙兹抱歉地对蒂亚笑了笑，"现在就告诉我吧。"

"你最后是在哪儿看见它的？"儒歇问柯蒂斯。他很清楚，拿了鞋子当武器，自己光着的双脚就暴露在危险之中。

"它应该是跳到衣柜下面了。"柯蒂斯在床上说，床的高度应该能保证她的安全。

"跳？"

"呃，像是扑过去的。"

"扑？"

他快要失去信心了。

"不对，更像是……蜘蛛疾驰该怎么描述？"

"那就是疾驰，我想！"他一边提高音量，一边慢慢地向衣柜移去，同时检查着周围的地面，防止被突然攻击。

"或许我们应该把巴克斯特叫过来？"柯蒂斯建议道。

"我找着呢！"儒歇气恼地说，"不需要巴克斯特，我只是想确保它没从我身边溜掉而已。"

柯蒂斯耸耸肩。"我今天还没有机会正式跟你道谢。"她说道，显然有些不好意思。

"谢我？"

"昨天晚上。"

"你任何时候都可以打给我。"他真诚地说，回过头对她笑了笑，但柯蒂斯害怕得睁大了眼睛。

儒歇顺着她的视线慢慢朝地板看去。一只茶托大小的巨型蜘蛛正趴在他面前的地毯上。

他定住了。

"去叫巴克斯特。"他低声说。

"什么?"

突然,那只蜘蛛直直地向他冲了过去。儒歇尖叫着扔掉手里的鞋,冲向房门。

"去叫巴克斯特!"他大叫着。两人乱作一团地回到走廊上。

为了不吵到蒂亚和利拉睡觉,埃德蒙兹冒着冻雨,光脚穿过泥泞的花园,来到工具屋。他开了灯,借着微弱的灯光擦干笔记本电脑。

这里的无线网络信号足以支撑他打开新闻网页以及一张曼哈顿的地图。巴克斯特事无巨细但有些凌乱地跟他描述着现场发生的事。

"我还是不明白。"埃德蒙兹叹了口气。

巴克斯特失望了,她已经习惯了去期待自己这位最好的朋友道出惊人事实。

"我还是坚持认为那些人是邪教,我看不出还有别的解释。"他说道。

巴克斯特那边有人敲门。

"不好意思,等我一下。"

埃德蒙兹一边听电话那端传来的声音,一边在自己周围清理出更多空间。

"嘿。噢,你在打电话。"

"嗯。"

"柯蒂斯的房间里出了个小状况,也不是什么急事……你知道吗,我相信我们能搞定。"

"那就好,我能先打完电话吗?"

"当然，多谢。"

"我只要几分钟。"

门关上了。接着是一阵沙沙声，巴克斯特又接起电话，声音比之前高了很多："不好意思啊……所以目前，我们所知道的几个案子之间的唯一关联，依然是那两名死者与拼布娃娃案有关而已。"

"那根本算不上关联。"埃德蒙兹说道，"其中一名男性死者只是碰巧跟沃尔夫同名；另一名死者则是拼布娃娃案的凶手。这之间根本没有什么连贯性。"

"这么说来，我们最好把重点放在凶手上，他们在某些地方肯定是有联系的。"

"那些'傀儡'，"埃德蒙兹说，"我同意，如果不知道他们到底想达到什么目的，我们完全无法预测他们下一个目标是谁。除非知道他们之间的联系，否则我们永远都弄不明白。"

"那为什么凶手要大张旗鼓地把媒体招来呢？把全世界的目光都吸引过来，接着什么也不说？"

"我的猜测是，他们不满足于仅仅让公众知道这件事，他们还想让人们持续不断地关注这件事。事态还会升级。"

"我若说错了，请你纠止：听起来，你对此不是很失望嘛。"巴克斯特说，她听出了他语气中的兴奋。

"到了早上把你知道的关于凶手的所有资料都发给我，我要着手调查了。还有，巴克斯特，一定要小心，记住'诱饵'。"

"我会的。"

"你给托马斯打过电话吗？"

"没有。"

"为什么不打？"

"离开之前，我们吵架了。"

"关于什么？"

"琐事。"

埃德蒙兹叹了一口气："不要让你的固执把关系搞僵了。"

"多谢你的建议，你绝对是一个非常出色的婚姻顾问。"

他不确定蒂亚是否对此表示赞同。

"晚安。"

"晚安。"

埃德蒙兹挂断电话。现在是凌晨四点二十六分，但他十分清醒，只感到彻骨的寒冷。他环视着这个被闲置的地方，接着把工具都收拾好。他觉得在这个案子结束之前还会用到这间屋子。

巴克斯特躺在柯蒂斯的床上，很快就睡着了。

柯蒂斯和儒歇分别坐在床的两端，依然保持着警惕，随时准备操起临时找的"武器"。房间里放着一本很有分量的《圣经》，柯蒂斯想用这本书当"炮弹"，但遭到了儒歇的制止，因为他们已经有了两双靴子、一双拖鞋、一瓶发胶，还有政府配给他们的手枪（除非事情真的失控，否则只有在暴行发生时才能使用）。

巴克斯特是一点忙都没帮上。他们向她解释了情况之后，她只是不耐烦地跺了跺脚，倒向"安全区"，踢掉靴子，没一会儿就睡着了。

"还要吗？"儒歇问，把喝完的小空瓶扔到床上那一堆瓶子中间。

"要。"柯蒂斯回答道，把自己的那瓶也喝完了。

儒歇爬到椅子边，打开迷你吧，给两个人分别挑了一瓶喝的。

"干杯。"他说道。

他们碰了下杯，然后各抿了一口。

"你厌倦过这个吗？"片刻之后，柯蒂斯问儒歇。

"这个？"儒歇问，他的手里还拿着一只鞋。

"不是指现在，而是比如说乱糟糟的酒店房间、皱巴巴的衬衫……孤零零一个人。"

"现在可有两个人陪你睡呢。"他说。

她苦笑了一下。

"没有，"他说，"如果真的厌倦了，我觉得我肯定坚持不了多久。"

"远离自己的妻子跟女儿，一定很不好过吧。"

"但我还在坚持。如果你没有这些牵挂，并且已经在犹豫——"

"我没有犹豫！"柯蒂斯厉声说。

"对不起，一时没想到合适的词。"

"我只是……生活将会永远像这样吗？"

"如果你不改变的话，它就永远都像这样。"儒歇对她说。

柯蒂斯扔过去一只鞋，鞋越过他的头顶在劣质的隔板墙上砸出了一个凹痕，也惊扰了梦中的巴克斯特。

"只是影子……不好意思。"她耸耸肩。

"反正不关我的事。如果嫌我多嘴，你可以再朝我扔一只鞋过来。但如果你毁掉自己的生活，仅仅是为了证明自己的选择是正确的话，那你根本什么也证明不了。"

柯蒂斯若有所思地点点头。

"巴克斯特的睡裤穿反了。"过了一会儿，柯蒂斯说。

"对，没错。"儒歇说，他甚至不用看上一眼。

巴克斯特发出了轻微的鼾声。柯蒂斯看了她一会儿，然后轻轻地说：

"我的上司要求我，如果发现什么重要线索，一定不要告诉她。"

"为什么？"

柯蒂斯耸耸肩："反正她只会在这里待几天。"

"可惜，我还挺喜欢她的。"

"嗯，我也是。"

"你休息一会儿吧，"他对她说，"我来守着。"

"你确定吗？"

儒歇点点头。不到五分钟，柯蒂斯就在他旁边睡着了。不到十分钟，他也睡着了。

早上六点，柯蒂斯的闹钟响了。昨晚他们三个都睡在柯蒂斯的床上，早上醒来，三个人看起来都有点困惑。

"早。"儒歇声音嘶哑地说。

"早。"柯蒂斯说着，正要伸个懒腰。

巴克斯特完全不知道现在是什么情况。

"我去冲个澡。"儒歇对她们说。

他起身朝门口走去，中途突然停了下来。他盯着地板，发出一声呻吟。

"怎么了？"柯蒂斯问道。

她小心翼翼地走到他旁边，看见地毯上被踩扁的尸体。

"巴克斯特进来的时候肯定踩到它了。"他疲惫地笑着说。

他撕了一张卫生纸，把这坨尸体兜了起来，丢进厕所冲走了。这可是他们作为团队第一次成功抓到的猎物。

事情总会好转的。

Chapter 9

第九章

伦诺克斯轻轻敲了敲巴克斯特面前的一张提示卡。就座时，她在巴克斯特面前放了三张提示卡，分别是：

> 我无法肯定地回答你。
>
> 没错，这我可以证实。
>
> 没有这回事。

巴克斯特朝小小的麦克风靠近了一点。麦克风下面是一长排盖着黑布的桌子，使一切看起来更正式。

"我恐怕无法肯定地回答你。"

她说完便向椅背靠去，听见伦诺克斯用几乎听不见的声音"啧"了一声。另一名记者向坐在巴克斯特旁边的男人提了一个问题。伦诺克斯迅速地写了一张字迹潦草的便条，然后推给巴克斯特，整个动作看起来像是她被记者的提问和副助理指导员的回答吸引住了。

巴克斯特过了一会儿才去看那张字条，上面写着：

永远不要说"我恐怕……"

通常情况下，巴克斯特早就发作了，她才不在乎满屋子的记者和记录着她一举一动的摄像机。但这次，出于尊重，她只是继续沉默地坐在那里。

这次记者招待会的目的，一是确认死亡警察的身份，二是就网上泛滥的猜想和阴谋论进行答复，并且正式确认"银行家"、莱塞尼尔·马斯和警察罗伯特·肯尼迪三者的死亡是相互关联的。

巴克斯特走神了。她依然沉浸在那张字迹潦草的字条上，她想当着伦诺克斯的面把它撕碎。伦诺克斯正迂回地回答着记者的提问，她的发言慢慢接近尾声：

"……以及我们的海外同僚，比如这位巴克斯特总督察。"

她话音一落，一位身穿廉价西装的年轻男人率先举起了手。他的专注得到了回报。

伦诺克斯向他做了个手势。

"总督察，在你看来，这些谋杀案背后的动机是什么？"他问道。

一屋子的人都等着她的回答。

伦诺克斯又多此一举地敲着其中一张提示卡。

"我无法肯定地回答你。"巴克斯特照着卡片上的内容说。

"监狱里的消息人士披露，两名死者的身上分别刻着'傀儡'和'诱饵'，"男记者继续说，不愿意放过只有几个字的含糊回答，"从布鲁克林大桥的照片来看，死者身上似乎也有相似的标记，你能否证实目前发现的所有尸体上都有这个标记呢？"

伦诺克斯犹豫了一下，然后把手指放在另外一张提示卡上。虽然很意外，但巴克斯特还是默默地遵循着她的指挥：

"没错，这我可以证实。"她机械地回答。

现场突然发出一阵模糊的对话声和耳语声。巴克斯特注意到，柯蒂斯和儒歇正靠墙站着，看到他们在场，巴克斯特安心了一些。柯蒂斯冲她点点头，肯定她的专业性。儒歇则雀跃地向她竖起两个大拇指，巴克斯特对他笑了笑。

"还有，总督察！总督察！"那名记者趁大家都在窃窃私语的时候乘胜追击，抛出第三个问题，"考虑到目前的三名死者包括一名警察，一个名叫威廉·福克斯的男人，还有拼布娃娃案的凶手，他们身上都刻着'诱饵'字样，我唯一的推测就是，这些其实是冲着你和你的同事们来的，你们考虑过这种可能性吗？"

现场突然陷入死一般的安静，一屋子的记者都焦躁地等着她回答这个问题。说实在的，这个问题问得非常好。

伦诺克斯把那张"无法肯定回答"的提示卡推到巴克斯特面前。她当然会让自己这么回答，巴克斯特想到这里，觉得有点恼怒。伦诺克斯才不会承认，把巴克斯特从大洋彼岸拽过来只是为了为难她。

"我们正在调查好几种可能性，这是其中之一。"她说道。她说的"我们"当然也包括埃德蒙兹。

巴克斯特没有按卡出牌，这让伦诺克斯有点恼火，但是她对这个简洁且专业的回答似乎还算满意。

"总督察！"前排有个人叫道。

巴克斯特惯性地看向那个叫她的女记者，但这个女人把巴克斯特的目光视为邀请，站起来直截了当地问：

"还会有更多的谋杀案发生吗？"

巴克斯特想起凌晨与埃德蒙兹的对话。伦诺克斯再一次敲着那张"无法肯定回答"的提示卡。

"我……"巴克斯特犹豫了。

伦诺克斯转头看着巴克斯特，更加急切地敲着那张卡。会场大厅的后面，柯蒂斯看起来很担心，她冲巴克斯特摇了摇头。儒歇虽然没有看过提示卡，但从口型可以看出，他说的是"我无法肯定地回答你"。

"总督察？还会有更多的谋杀案发生吗？"现场一片安静，那名女记者又问了一遍。

巴克斯特想起之前她抓到马斯时召开的官方新闻发布会：她为了自救而编的那个故事，以及为沃尔夫做出的苍白的辩解。

全都是尸体和无尽的谎言……

"我相信事态会升级……是的。"

一屋子的人都惊得跳了起来，闪光灯啪啪地响个不停。巴克斯特感觉会场两侧的记者全都把焦点对准了她。很显然，她错了，她误以为公众这一次是想知道真相的。

她意识到，他们乐意听到的只是空洞的承诺和虚假的安慰，这太令人沮丧了。想到这里，那个公关小人瓦尼塔或许是对的：人们宁愿被人从背后捅刀子，也不愿意亲眼看到它发生。

"这是目前我们掌握的所有资料，"十块杂乱的白板在墙上挂成一排，特工凯尔·霍普斯让大家看着其中一块白板上的字，"这些是凶手的资料。"

马库斯·汤森	爱德华多·梅迪纳	"大块头"多米尼克·伯勒尔
布鲁克林大桥	第 33 警区	贝尔马什监狱
39 岁 / 美国白人	46 岁 / 拉美人	28 岁 / 英国白人
前金融交易员	帕克－斯坦福特酒店厨师	2011 年因谋杀罪被捕
2008 年股市崩盘时破产	移民问题：	入狱四年
一段时间内度日艰难	还剩一半的家人在墨西哥	狱中若无接触又怎么会与拼
与死者有经济纠纷？	憎恶当局？	布娃娃案凶手扯上关系？
2007 年因内幕交易被调查		探视记录显示他每星期会看
怨恨警察？		一次精神科医生
		生日时家人会来探视，明显
		怨恨警察

    联邦调查局纽约分局位于百老汇一栋建筑的第二十三层，这座建筑看上去毫不起眼，这一点还挺让人失望。室内裸露的砖墙体现了标准的纽约式装修风格，除了这一点差别之外，巴克斯特觉得自己像是回到了伦敦警察厅：高高的白色天花板、桌子的隔板上都装饰着一种蓝色绒质材料、几乎完全一样的耐磨地毯（不过这种地毯其实并没有那么耐磨）。

    霍普斯给他们一分钟浏览白板上的内容，看看有没有什么内容遗漏了或者需要修改。他身居要职，资历又老，却如此平易近人，这让巴克斯特觉得不可思议。

    "可以这么说，凶手之间可能的关联、受害者之间可能的关联、凶手和受害者之间可能的关联，以及他们所有人与拼布娃娃一案的关联，能排查的我们都排查了。我们目前在关注这么一个事实，那就是凶手都有足够的理由憎恨警察。"霍普斯解释道。

    "我们有个小组还在调查他们的经济状况，另一个小组在查他们的电脑和手机记录，当然查得非常仔细了。但跟大家说实话，我们卡住了。他们中没有人有极端的宗教信仰或者政治立场，梅迪纳可能要除外，他是个天主教徒，而且是民主党的忠实拥护者，这一点跟大多数墨西哥移民一样。除了伯勒尔之外，其他人也没有犯罪前科。据我们所知，这些人基本上互相不认识，而且彼此从未接触过。"他总结道。

"但他们实施了三起罪证确凿且相互关联的谋杀，作案间隔只有短短几天，"儒歇把自己的想法大声说了出来，"这很离奇了。"

霍普斯没有搭理儒歇，却疑惑地看了一眼柯蒂斯，似乎在问她，怎么会带这么个怪人来见自己。

"他们卷宗的复印件能给我一份吗？"巴克斯特问。她打算把这些卷宗发给在大洋彼岸的诈骗科任职的埃德蒙兹，而他跟这件案子没有任何干系。当然了，她才不打算把这个告诉这些人。

"当然可以。"霍普斯简短地回答道。他显然把巴克斯特的这个要求当作一种侮辱，他以为她可能发现了什么线索，而这些线索自己的整个团队都没注意到。

儒歇走到距离白板更近的位置，仔细研究着名字上面贴着的照片。伯勒尔的照片是他入狱时警察局用来存档的面部照。汤森穿着一件 T 恤，上面印着一个标志，看着很眼熟。

"汤森是'从流浪走向成功'项目的帮扶对象吗？"

"曾经是。"霍普斯回答道。柯蒂斯和巴克斯特说着什么。

"现在还是吗？"

霍普斯看起来有些困惑："他已经死了。"

"我是说……他死前，有退出这个项目之类的吗？"

"没有，依然在册。"霍普斯的语气中带着难以抑制的厌烦。

"嗯。"儒歇又把注意力转回白板上。

他从之前的一个案子中了解到，"从流浪走向成功"的目的是帮助城市里日趋庞大的流浪汉群体再就业，使他们能够养活自己。项目会根据需求为那些被社会抛弃的人提供导师、住所、受教育的机会，以及咨询服务，同时也为他们提供工作机会。这是一项值得赞美的事业，但是很难想象，照片中这个瘦削、憔悴、形似鬼魅的男人找到了回归社会的路径。

儒歇见过太多瘾君子，他知道，对这种人而言，毒品更让人着迷，而不是生活。

他把目光移到爱德华多·梅迪纳的照片上。这张照片的下沿被剪裁过，边缘处还能看到一个人的头顶。从梅迪纳所站的位置来看，儒歇可以肯定，他一定是用双臂环绕着那个被剪裁掉的人；他看上去很开心。

"他的家人现在怎么样了？"儒歇突然问道，再一次打断了霍普斯的谈话。

"谁的？"

"梅迪纳。"

"他啊，考虑到那个浑蛋残忍地杀害了一名警察，如果警方还没有把那个跟他待在一起的儿子驱逐出境，并且永远禁止他的家人和亲戚入境的话，我会十分意外。"

"这么说来，他真的把他的亲人给坑了，然后呢？"儒歇总结道。

"我想，你这句话说得太过轻描淡写了。"霍普斯说着转过身，继续跟柯蒂斯交流去了。

"在谋杀案发生之前，他可是一直在尽最大努力帮助他们。"

霍普斯不胜其烦，转身看着儒歇。

"没错。他长期在酒店加班，挣钱寄给家人。他正在设法把他的女儿也弄过来。"

"听起来不像是一个坏人嘛。"儒歇说。

一向风度翩翩的霍普斯此时被气得满脸通红。

"真是够了。"柯蒂斯小声地自言自语，觉得有些丢脸。

"一个'坏人'？"霍普斯气急败坏地说，把所有注意力都集中在这个中情局特工身上，但儒歇依然全神贯注地盯着照片，"那个家伙把一名警察绑在卡车前面，然后开车撞穿了墙！"

"你误会我了，"儒歇和气地说，"我没有说他没做坏事，我只是还不太相信他是个坏人。"

办公室变得异常安静，霍普斯的手下们看着他大发雷霆，这不太符合他们老大的性格。

"我同意儒歇的观点，"巴克斯特耸耸肩，柯蒂斯的脸上露出一种被出卖的表情，但巴克斯特没有理会，"梅迪纳是咱们了解事情真相的最合适的人选。伯勒尔是个彻头彻尾的浑蛋，汤森的生活一团糟，鬼知道他跟街上的谁保持着联系。但梅迪纳是个吃苦耐劳的人，为了家人他也一直努力遵纪守法地活着，相较其他人而言，他的生活明显是发生了变故。"

"这正是我想说的。"儒歇嘟囔道。

"我明白你的意思。"霍普斯不情愿地说。他依然看他们不爽。

"霍普斯特工刚刚跟我们介绍了另一分队的调查情况。"柯蒂斯对儒歇说，试着把他们的注意力重新集中在一件事情上。

儒歇依依不舍地离开墙边，加入他们的讨论。

"我刚刚说过，技术团队正在梳理最近一段时间网络上对'傀儡''马斯''拼布娃娃'以及'诱饵'等关键词的搜索量，截至今天早上的新闻发布会。他们发现搜索引擎已经被刷爆了。这些词还出现在论坛和一些网站上，已经有人在这些地方寻找参与作案的方法了。"

"变态的浑蛋们。"巴克斯特说道。

"完全同意，"霍普斯说，"我们同时记录了访客的 IP 地址，并且会继续监视他们，万一他们吸引了某个真实作案人员的注意呢。"

"虽然听起来很可怕，"柯蒂斯说，"但我们其实是在等另一具尸体的出现，不是吗？"

"我不建议向公众这么宣布……但确实如此，我们现在毫无头绪。"霍普斯对柯蒂斯的说法表示赞同，此时，一名年轻的特工走了进来。

"打扰了，长官，特工主管伦诺克斯正在楼下接受记者采访，她让我来请巴克斯特总督察。"

"别来烦我！"巴克斯特无奈地叹气。

有那么一会儿，年轻特工的脸上露出害怕的表情，他可不敢把这样的答复带给伦诺克斯。

"往好的方面想，你这次的回答只会比上一次好。"儒歇兴高采烈地说。

柯蒂斯也鼓励地点点头。

"那要怎么说？说'我们其实是在等另一具尸体的出现'？"巴克斯特问，转身对那个年轻人说，"好了，带路吧。"

"她在开玩笑……对吗？"霍普斯紧张地看着她离开办公室。

巴克斯特正背诵着不痛不痒的答案来应对记者提出的不痛不痒的问题（这些问题她今天早上已经被问过一遍了），突然感到胸前的手机在振动。她不喜欢沃尔夫的前妻，但毫无疑问，她来到这里之后遇到的记者都比较温和，也缺乏想象力，或许他们应该跟安德烈娅·霍尔那群恬不知耻的危言耸听者学上一两招。

巴克斯特对于自己被拉过来参与公关练习这件事感到非常愤怒，她更希望去楼上跟儒歇和柯蒂斯一起讨论案子。拼布娃娃案只用了两个星期多一点的时间就结案了，但出于一些她不愿意承认的原因，她觉得心里很不踏实：这个案子还没完。她没想到拼布娃娃案还有后续，这重新激发了她作为警探的斗志，让她觉得自己还是有用的，是团队的一部分。
另外，被拉过来充当门面这件事让她意识到自己有多后悔担任总督察这
个职位。

那个请巴克斯特下来的年轻人试着打断正在进行的现场采访。

"特工主管。"他紧张地低声说。

伦诺克斯继续着她的高谈阔论。

"特工伦诺克斯。"他又试了一遍。

巴克斯特看到年轻人十分为难，不知道如何是好，因为他的上司还
在继续发表她那近乎完美的演讲，根本没理他。

"伦诺克斯！"巴克斯特大声喊道，摄像机还在拍。

"我觉得这个小伙子有话要跟你说。"

"还有你，总督察。"他补充道，感激地看着巴克斯特。

"我得去忙了。"伦诺克斯面带微笑对着镜头说。

他们走到一个离记者比较远的地方。那些记者依然警惕地盯着他们。

"什么事不能等到我说完？"她低声训斥，看上去十分生气。

"我觉得，要是世界上其他人都赶在你之前知道这件事，那就糟了。"
他解释道。

"什么事？"

"又发生了一起谋杀案……第二名警察。"

Chapter 10

第十章

警探阿龙·布莱克与搭档在混乱中被挤散了。他们共同制定了一个交通分流方案，成功封锁了半个伦敦的交通。原本通向摩尔大街的六条车道被改道，他们希望那些被引流的车辆能奇迹般地通过更加狭窄的莫尔伯勒路。从城市上空落下来的冻雾开始向四周弥漫，现场的状况变得更加糟糕。当布莱克一行到达现场的时候，他至少还能在灰暗的天空下看见灯火通明的白金汉宫。但现在，他根本看不见一米半以外的东西。

应急车辆的灯光把周围混沌的空气染成了诡异的蓝色。布莱克的黑色头发在大雾中湿透了，身上穿的四层衣服也都被浸湿了。汽车司机们被大雾困住无法前行，现场一片嘈杂，但声音因为浓雾变得闷闷的。布莱克借着消防车车尾灯发出的强光，摸索着回到案发现场。

"布莱克！"桑德斯喊着，他的搭档突然出现在大雾中，像一名滑稽的魔术师。他也湿透了，原本显眼的金发此刻变成了一种怪异的橙色，湿答答地黏在他那张面带讥笑的脸上。

巴克斯特当上总督察之后，做的第一个决定就是把这两个人分成一组，因为其他人都不愿意跟他俩搭档。其实，他们两个也不喜欢这样的分组。桑德斯之所以"声名远播"，是因为他是警察局里最爱说大话、言行最粗鄙的极端沙文主义者，但不知道什么原因，他现在依然待在凶杀与重罪科；布莱克胆小怯懦，喜欢暗箭伤人，耍阴谋诡计，因此也不受大家待见。

"你刚才闲逛的时候没碰到法医队的那帮家伙？"桑德斯问道，操着一口伦敦东区口音。

"你瞎说什么，"布莱克回答道，"我他妈刚在那里迷了路，耽误了几分钟。"

"真恶心，这里简直就是一团屎。"

此时，桑德斯头顶几米高的地方突然飘过一种金黄色的东西，他还听见马蹄踏在混凝土上发出的嗒嗒声。布莱克的注意力被吸引了过去。

"现在怎么办？"桑德斯怒气冲冲地说，同时拿出响个不停的手机，"头儿？"

巴克斯特在回办公室的路上给瓦尼塔打了个电话。电话那端，瓦尼塔的声音听起来竟十分冷静而果决，这让巴克斯特吃了一惊。她正赶往一个真正的案发现场，接手现场的指挥权，而不是躲在办公桌后不敢出面。瓦尼塔把自己已经得知的细节跟巴克斯特大致描述了一遍，并告诉她都有哪些人已经赶去了现场，但巴克斯特依然很担心。

"桑德斯，能跟我说一下现场的情况吗？"巴克斯特在大西洋彼岸问道。

她找到一张空桌子，准备好了纸和笔。

"完全乱成了一团狗屎，"他简要地回答，"知道伦敦现在什么天气吗？搞笑，伸手不见五指。一个男人刚才骑着马鬼鬼祟祟地突然靠近我，他是从我身后的雾里突然出现的，就像《断头谷》^①一样吓人。"

"你们保护案发现场了没有？"巴克斯特问道。

一阵刺耳的汽笛声从电话那端传来。

"不好意思，等我一下……"桑德斯的声音变得非常遥远，"噢，太棒了！又来了一辆警车！现场二十多辆车，什么都没查到，你以为你们来了就能查到？……哼，咱们彼此彼此！"

"桑德斯！"

"哦，不好意思。"

"你们保护案发现场了没有？"

"消防队的人最先到达，做了他们该做的事。不过我们也算保护现场了，我们拉了警戒线，但没人看得见。"

"现场还有什么可利用的资源？"

"都是没用的废物，比如两辆消防车，至少三辆救护车，我记不清警车的数量了，反正是两位数，我刚跟军情五处的家伙说过话，还有刚提到的皇家骑兵队，连皇家防止虐待动物协会的人也露了一会儿脸，法医队的人显然在哪里窝着呢，还没看到他们。"

"保护好现场，瓦尼塔马上就到，"巴克斯特告诉他，"布莱克和你在一起吗？"

虽然这两个人她都不喜欢，但总的说来，她还是对布莱克更有好感。

"对，等一下……布莱克！头儿要跟你说话……没错，就你。你整理头发干什么？她又看不见你……连我都看不见你！"

电话那端传出一阵噼啪声。

---

① 一部 1999 年的美国惊悚片。

"头儿？"布莱克接了电话，他抬头看着明亮的夜空，感觉到手机屏幕上湿湿的寒气直扑脸颊。他产生了一种不真实的感觉，好像自己已经从这乱七八糟的地面飘向了空中，脑袋穿过了云层。

"你现在走一遍案发现场，把你所看到的准确无误地告诉我。"

幻想破灭了，布莱克听从巴克斯特的命令，来到被烧得几乎只剩下车架子的案发现场。他们已经在车子周围拉上了警戒线。布莱克俯身钻过警戒线，打开手电筒，清楚地看见车架上还冒着黑烟，跟白色大雾纠缠在一起，径直向上翻腾着，使这个冰冷的夜晚变得更加污浊。

"好的，我此刻在摩尔大街上，靠近白金汉宫这头。大街的正中间停着一辆被完全烧焦的警车。"他朝那辆警车走去，玻璃碎片和塑料制品在脚下发出嘎吱和咔嚓的响声，"正驾驶和副驾驶的座位上发现了两具尸体，目击者说警车在驶离特拉法加广场时，车内起火，几秒钟后，就烧成了炼狱。"

通常在这种情况下，布莱克都会讲一些冷笑话或者发表一些不合时宜的言论。但此刻，这里气氛诡异，眼前的场景怪诞可怖，这已经是第四起谋杀案了，其重要程度不言而喻，但他们依然不知道是何人所为，所有这些因素加起来激发了布莱克难得一见的专业精神。他现在只想把自己的工作做好。

"警车距离白金汉宫有多近？"巴克斯特问道。

"没有很近，距离那儿还有三分之一条街那么远，但这条路又长又旧。我想如果火势没有蔓延那么快的话，我们便可以假设他们的目的就是白金汉宫了。"

"说说尸体的情况。"

他知道这一刻迟早会来。所有车门都大开着，消防员为了弄清车内是否有其他被困人员把门都弄开了。布莱克捂住鼻子，在被烧成黑炭的尸体边上蹲了下来。

"他们，呃……他们很糟糕。"他吐了，但只是干呕，什么都没吐出来，"天哪，这气味简直……"他觉得自己又要吐了。

"我知道。"巴克斯特同情地说，"你看到了什么？"

裸露的底盘上，被浓烟熏黑的水还在往下滴答着，在他脚边凝结成了焦油状的水坑。他打开镁光手电筒，环视着车内的景象。

"我闻到了汽油的味道，很多汽油，可能是油箱里的，但结合目击者所说的，我猜车内应该是被汽油浸泡过。正驾驶座上是一名男性，天哪，我都看不出他本来的肤色了。"

他拿着手电筒由下往上照着被烧焦的尸体，先是晃晃悠悠地照到尸体的胸部，然后光束慢慢移到已经变成骷髅的头部。

"高大约一米八，偏瘦，上半身赤裸。整个身体都被烧没了，但胸部几乎是完好无损的。"

"刻着'傀儡'？"巴克斯特问道。她已经知道答案了。

"伤疤这里一定是用防火漆或者其他的什么涂上的。"布莱克一边说，一边用手电筒照向旁边那个被烧得所剩无几的尸体，"副驾驶座上的女子也是同样的遭遇：上半身赤裸，胸口上的'诱饵'字样清晰可辨，像是刚刻上去的。她系着我们统一配发的腰带，穿着黑靴，我们可以确定她就是巡警克丽·科尔曼。这是她的巡逻车，一小时前，她还因为没有回复无线电呼叫而被点过名。"

布莱克身后传来一阵嘎吱声。他回过身，看见桑德斯正抬起警戒线，让法医队进来。

"法医到了。"他告诉巴克斯特，然后起身离开了警车，"需要我告诉你他们的发现吗？"

"不用，瓦尼塔现在应该快到了，你跟她汇报。我明天回去。"

"好的。"

"还有，布莱克……"

"什么？"

"干得不错。"

他选择只去听这句话中的赞美，而忽视其中暗含的惊讶语气。

"谢谢。"

巴克斯特从记事本上撕下那张字迹潦草的纸，然后去伦诺克斯办公室，跟团队的其他成员会合。她转述了布莱克对犯罪现场的描述，经过团队的讨论，一种清晰的犯罪模式慢慢浮出水面。英国在模仿美国谋杀案的犯罪模式，不过时间上有所延迟：两国各有一名与拼布娃娃案有关联的受害者，现在就连遇害的警察在数量上也对等了。

"我要回去。"巴克斯特对伦诺克斯说，"同事在家门口被害，我不能还傻待在这里。"

"我完全理解。"伦诺克斯友善地说。她太高兴了，终于有了正当理由把巴克斯特提前送走。

"这是同一个案子，"儒歇说，"你回去查与在这里查都一样。"

"我不能待在这里。"

"我找人帮你订机票。"伦诺克斯抢先说道，她可不想有人继续说服巴克斯特留下来。

"今晚行吗？"

"我尽量。"

"谢谢。"

"不，总督察，"伦诺克斯一边说，一边握住她的手，"应该是我谢谢你。"

巴克斯特订了第二天早上的机票回英国。下午，她跟瓦尼塔提过好几次她要回去了，跟埃德蒙兹也说过两次，她甚至也给托马斯的语音信箱留言，告诉他她要回家了，这让她觉得自己是一个坦率又体贴的女朋友。

虽然对烧毁的残留物进行鉴定比较困难，但伦敦警方没用多长时间就锁定了杀害女警科尔曼的凶手：帕特里克·彼得·弗格斯，警方在一个被丢弃的双肩包里找到了他那部完好无损的手机。

GPS 实时定位系统（警察局调度员通过该系统可以为发生的事故调度警力）显示，巡警科尔曼的巡逻车在行经春园街时突然停了下来，这里并不在她的巡逻范围之内。由于首都的监控可以实时定位公民，因此经常遭人非议，但这次，它们终于可以发挥优势了。根据九个不同的监控摄像机抓拍到的画面，这是一场虎头蛇尾的谋杀。

一个面相斯文的白发男子，身穿牛仔裤和马球衫，提着包，行走在怀特霍尔大街上。他在十字路口停了下来，此时，科尔曼的巡逻车也碰巧停在那个路口等红灯。他没有过马路，而是走过去敲了敲她的车窗，然后指着一条安静的小巷。整个过程中他一直面带微笑。

道路两边都有建筑工程队在施工，因此路上行人稀少，这也意味着，没人看到那个男人不紧不慢地弯腰捡起了一块砖头。当巡警科尔曼下车的时候，他用砖头猛砸她的额头，然后把她拖到了副驾驶座上。通过不同的监控录像，警方大致可以弄清楚发生在巡逻车内的这起谋杀案：刀子、防火漆和一瓶汽油都藏在他的包里，他居然提着这样一个包大摇大摆地在人群中穿梭。

巴克斯特颤抖着结束了与一名夜班警员的通话。瓦尼塔召开了一次记者会，第一件事就是公布被害女警的身份，但除此之外，这个案件还没有取得什么进展。技术团队仔细查看了凶手的手机，但没发现什么有价值的线索。从监控录像来看，这就是一次随机的、明目张胆的谋杀，似乎没有必要去调查凶手与巡警科尔曼之间的关系。她仅仅是在错误的时间来到了一个错误的地点，碰巧遇到了一个计划要杀掉某个警察的男人，她的出现刚好给了这个男人下手的机会。

巴克斯特此时站在翠贝卡区一家名叫里德街的酒吧外面。这家酒吧环境舒适，装修老派，联邦调查局的特工们经常来这里消磨时间，因此这里也成为全纽约治安最好的地方。柯蒂斯的同事们在轮班结束时劝她去酒吧跟他们喝一杯，而她又很不好意思地劝巴克斯特和儒歇陪她一起去。

巴克斯特觉得自己最好直接回酒店，但又觉得看着夕阳落下，夜幕降临，城市的窗户像小彩灯一样逐个亮起来会让她无比放松。她冷冷地叹了一口气，然后走进酒吧，暖意扑面而来，紧随其后的是音乐声和喧闹的笑声。

儒歇和柯蒂斯等一大群人站在吧台边。有个男人正大声讲一个故事，描述他的同事是如何循规蹈矩地办事的。柯蒂斯在旁边尴尬地笑着。

"……所以她气冲冲地冲出那个脏兮兮的公寓大楼，从头到脚都是白粉。她一只手掐着毒贩的脖子，另一只手抱着一只苏格兰狗。"他喝了一大口酒，周围的人也都适时地笑了，"我们从电视台的摄像机里看到，所有住户都出来了，拿着手机，他们的头顶上方甚至盘旋着一架直升机。那她怎么办呢？"

他看着儒歇，似乎想让他猜一下，当面前有无数个选择时，柯蒂斯究竟愿意采取哪一种做法。

儒歇耸耸肩。

"她径直走向我们的助理指导员，把那只可怜的狗扔到他怀里，把它身上也撒上了白粉，然后说：'我来养这只狗！'"

柯蒂斯的同事们都狂笑起来。

"啊哈！"儒歇勉强笑了笑，假装自己被逗乐了。

"知道了吧，那个浑蛋听到警报响起来的时候，居然把整整两公斤的白粉喂给了那只狗。我们的头儿不得不在兽医那里待了一整晚，希望它把证据拉出来！"他死死地盯着儒歇的眼睛，"猜猜她给它取了个什么名字？"

他停顿了一下。又来了。儒歇很想告诉他，自己怎么可能知道呢，他又没有特异功能，要是有的话，那也意味着他早就可以完全避免这种尴尬的对话。

"可乐……可卡因……嗯……可可卡因？"他试着回答。

这一回答让现场陷入一种令人不适的沉默中。

"小灰。"那个人说着，就像儒歇刚才当面扇了他一巴掌似的，"她叫它小灰。"

儒歇看到巴克斯特走了过来，于是找借口离开，疾步过去把她拦住了。

"我去给你买杯喝的。"他对她说，然后把她带到酒吧的另一侧。

她没打算拒绝："红酒。"

"小杯？大杯？"

"大杯。"

儒歇点了两杯酒。

"你知道吗？看那名警察被害的录像真是刺激到我了。"儒歇等男侍者拿酒过来的时候说，"让我更难受的是，这起谋杀根本没有什么暴力的成分……我不是说希望她遭什么罪，"他连忙补充道，"就是……"

"太容易了。"巴克斯特替他说完，她有完全相同的感受，"随便在街上找个人，任何一个人，然后用随手找到的东西狠敲这个人的头，就这么杀了对方。"

"没错。"儒歇点点头，把信用卡递给男侍者，"她根本没有防备，不是吗？这太随意了……完全是随机的。"

他们都喝了一口酒。

"明早我跟柯蒂斯送你去机场。"他告诉她。

"没这个必要。"

"我们坚持送你。"

"好吧，既然你们坚持的话。"

"干杯。"儒歇说道，举起了自己的酒杯。

"干杯。"巴克斯特回道。随着酒酸味在嘴里散开，她的紧张情绪才慢慢缓和。

巴克斯特试了好几次才成功把房卡插进去。一进屋，她就踢掉了靴子，把包往床上一扔，打开床头灯，然后跟跄着去打开那扇小窗。

她迫不及待地脱掉工作服，边脱边往浴室走去。就在她解衬衫扣子时，手机响了。她爬到床上，从包里拿出手机，却顿了一下。因为短信是托马斯发来的。

"你还不睡觉在搞什么鬼？"她大声地把自己的疑问喊了出来，接着才意识到现在已经很晚了，而她本应该在几小时前就入睡的。

> 迫不及待想要见到你，我觉得厄科身上长跳蚤了

"你才长跳蚤了。"她气恼地嘟囔道。

她没有回这条短信，甚至从来没想过托马斯可能希望她回一下这条短信，但它的确提醒了她，她应该把霍普斯给她的跟杀手有关的卷宗发给埃德蒙兹了。她给埃德蒙兹写了一封几乎读不通顺的邮件（十六个单词

中出现了十一处拼写错误），然后添加附件，点击发送。

　　她把手机扔到一边，视线继而落到右边大腿内侧那道丑陋的伤疤上，这是拼布娃娃案在她身上烙下的永久痕迹，她想起马斯……想起沃尔夫。每次看到这道伤疤，她都有点不知所措。

　　她心不在焉地抚摸着那块凸起来的皮肤，不禁打起了冷战。她感觉到寒意的时候，已经起了一身鸡皮疙瘩。窗外吹进来的风虽然冷，但还算温和，而这种寒意却是真正的寒冷，冷到骨子里，这是她之前从未体会过的。她想象着鲜血从自己身体里喷涌出来，体温因为失血而骤降。

　　她站起来关上窗户，然后赶紧穿上睡裤，希望可以忘掉这道让她厌恶的伤疤，就像它从来不存在一样。

Chapter 11

第十一章

　　巴克斯特按掉了五次闹钟才拖着疲惫的身子起床。她没有冲澡，直接刷了牙，把东西塞进行李箱，然后随便上了点妆。她站到走廊上的时间，只比约定晚了两分钟——似乎还说得过去。但是接着她发现，自己是第一个准备好的。

　　不到一分钟，一阵微弱的呻吟声从儒歇的房间里传出。房门"咔嗒"一声开了，儒歇跌跌撞撞地走了出来，身上的衣服看起来简直不能穿了。她怀疑他昨晚是直接穿着那身皱巴巴的西装睡觉的。他显然努力打理过那一头乱蓬蓬的头发，但是没什么用。虽然戴着墨镜，但走廊的灯光依然让他觉得刺眼。

　　"早。"他一边用低沉沙哑的声音打招呼，一边闻了闻自己的腋下。

　　从目前的情形看，他应该不会得到巴克斯特的临别拥抱。

　　"你看起来怎么这么……"儒歇停顿了一下，他不想说一些让巴克斯特觉得不太合适的话。

"这么？"巴克斯特小声地说，她意识到隔壁房间的人可能还在睡觉。

她怀疑儒歇的眼睛在墨镜后面闭上了。

"……好看。"他最终还是把没说出的话补上了。部门强迫他们参加的性骚扰研讨会也并不完全是浪费时间嘛。

"练习，"巴克斯特回答道，"多多练习。墨镜戴得不错……挺机智的。"

"我也这么认为。"儒歇点点头，但他很快意识到，今天或许不能再点头了。

"可你戴墨镜干什么？今天零下五度。"

"反光，"儒歇辩解道，"开车的时候，可以挡住刺眼的光。"

"刺眼的光？"巴克斯特听起来很疑惑。

此时，柯蒂斯的房门打开了，她看起来干净清爽，出来的时候手机贴在耳朵上。她不胜酒力，一晚上只慢悠悠地喝了一瓶啤酒，九点就离开了酒吧。她找了个理由跟同事道别，然后看见巴克斯特和儒歇坐在靠窗的小桌子那儿喝酒。遗憾的是，他们那会儿刚刚酒过三巡，点了一些吃的，因此并不着急离开。

她冲巴克斯特点点头，接着用一种愤怒而批判的眼光久久地打量着眼前这位不修边幅的同事。她摇摇头，朝电梯走去。

儒歇一脸无辜地看了看巴克斯特。

"戴墨镜有用吗？"巴克斯特幸灾乐祸地拉着箱子从他身旁走过。

经过讨论，大家一致认为最好由柯蒂斯来开车。巴克斯特坐在后座上，儒歇则打开副驾驶的车窗，同时把暖气出风口尽可能多地对着自己。离开酒店没多久，联邦调查局的专用车就被黄色的出租车海洋吞没了，车速由缓慢到逐渐静止，就像一排干掉的黄色油漆。

　　车上，警用电台一直没消停。调度员和路上的执勤警察你来我往地对着话，每次对话前总会蹦出一个清脆的提示音。巴克斯特推测，这个不夜城昨晚一定不安宁。当然，她对纽约警察局的事故代码并不熟悉，得仔细揣摩才能明白说话者的言外之意。但这方面柯蒂斯是内行，她可以把对话中更有意思的部分翻译给巴克斯特听。

　　伦敦现在是午饭时间，警方今天上午可是大有收获。巴克斯特收到了从伦敦发过来的关于凶手帕特里克·彼得·弗格斯的最新资料，她大声地读给柯蒂斯和儒歇听：

　　"六十一岁，过去两年半在一家叫'消费者护理解决方案有限公司'的机构当清洁工；与警察发生过口角，不过是三十多年前在一家酒吧跟警察打过架；唯一的家庭成员是他的母亲，患有老年痴呆症，工作……天哪！"

　　"怎么了？"

　　"他晚上有份兼职，扮演圣诞老人。他就是在去做兼职的路上一时兴起，决定杀害一名女警的。"

　　儒歇似乎立马清醒了，转身看向巴克斯特。

　　"真的吗？"他问道。

　　"拜托不要让安德烈娅知道这件事，"她没好气地自言自语道，"'圣诞老人杀人'，这肯定会成为她的巨幅新闻标题。"

　　她看向窗外，车子颠簸着向前挪了一两米，经过了市政厅公园。天灰蒙蒙的，可能又要下雪了。她看见一块绿色路标，知道他们正慢慢爬向布鲁克林大桥。

　　她收到托马斯发来的一条短信，不禁啧了一声："又来了。"

你什么时候到？

我买了消夜的食材！

她正考虑要怎么回复，一条严肃的广播吸引了她的注意。其实引起她注意的不是广播的内容（她从一开始就没有听广播在说些什么），吸引她注意的是调度员的语气。

在过去的三十分钟里，巴克斯特一直漫不经心地听着。那名女调度员正指派警车赶往一个十分严重的家暴现场，现场有一个死去的瘾君子和一个威胁着要自杀的男人。之前，这名调度员无论遇到什么紧急情况都很镇定，可现在……

"所以你回去后有什么计——"儒歇没有注意到两位女士正凝神听着广播内容。

"嘘！"柯蒂斯厉声打断他，然后把音量调大。此时车子正在拐弯，开始爬坡上桥了。

"10-5。"一个有点失真的男声说道。

"他在让她重复一遍。"柯蒂斯给巴克斯特翻译。

接着又是一声轻快的提示音，听起来与调度员语气中几乎不加掩饰的担忧很不协调。

"42C，10-10F……"

"可能持枪。"柯蒂斯低声说。

"……纽约中央车站，大厅，据说有人开枪……10-6。"

"她让他待命。"柯蒂斯说。此时车子快接近桥上第一座石塔了，就是在那里，在这个城市的入口处，他们砍断了绳子，把吊在桥上的那具男尸放了下来。

女调度员的声音又响了起来，声音很快而且带着警觉：

"42C，34B，34D，10-39Q……"

"什么意思？"巴克斯特问。

"其他情况。我觉得她应该不清楚到底发生了什么事，不过她已经在呼叫支援了。"

"……纽约中央车站，大厅，有一名歹徒，持械，手上有人质……据信人质已经死亡。"

"这到底是怎么回事？"儒歇说道。

"10-5。"有一名警察回答道，用数字的方式表达出了同样的情绪。

"一个死了的人质就不是人质了，"儒歇说，"是一个死人。"

那个女调度员说的话根本讲不通。很显然她想告诉警察更多细节，但又不能通过公共频道说出来，因为任何人只要花三十美元买个频段扫描仪，就能窃听他们说话的内容。

"10-6……纽约中央车站。10-39Q……10-10F……10-13Z……10-11C……"

"现在警报响了，"柯蒂斯说道，"一名便衣警察赶去支援。"

"一名持枪歹徒，开枪了！"调度员重复了一遍。在她监听通话的过程中，她的话筒收进了从耳机里传来的刺耳的咔嗒声。"确认：10-10S。歹徒身上粘连着一具尸体。"

儒歇看向柯蒂斯："粘连？这事归我们管，不是吗？"

柯蒂斯按响了车上的警笛。

"不好意思，巴克斯特，看来你要跟我们再多待一会儿了。"儒歇说道，然后看向柯蒂斯，"我们得先过桥，然后再——你在做什么？！"

柯蒂斯正在桥上强行掉头，在三条车道上逆向行驶。她开着车在车流之间穿梭，车流间隙看起来非常狭窄，根本容不下一辆车。他们的车从市政公园外的步行街上飞驰而过，商贩和游客们打着手势，纷纷跳到一边。车子在路上左右漂移，驶入百老汇大道，轮胎与地面摩擦发出刺耳的声音，腾起橡胶烧焦时发出的阵阵白烟。

就连巴克斯特都检查了两遍自己是否系好了安全带。她退出了短信编辑界面，收起手机，透过昏暗的车窗向外望去，灰蓝色的城市急速向后退去；她还是晚点再告诉托马斯吧，毕竟自己一时也回不去。

源源不断的人流从车站的出口处出来，堵住了路。柯蒂斯不得不在距离车站两百米远的位置把车抛下。他们在近乎瘫痪的42号街上全力奔跑着，向自动播放疏散通告的地方跑去。他们在途中分别路过了三辆被丢下的警车，接着从正对着范德比尔特大道的那个入口进了车站。

儒歇走在前面，在惊慌失措的人群中挤出一条路。在这个过程中，他突然意识到，虽然大家都在匆忙地向外撤离，但现场没有一个人讲话，这让他十分不安。他看到大厅入口处有一个纽约警察局的人在把守，于是逆着人群，向那个人走去。

他拿出自己的证件："儒歇，中央情报局。"

那个年轻的警察做了一个噤声的手势，指了指拱门那边，然后用一种轻不可闻的声音对他说："他就在那儿。"

儒歇点点头，用同样轻不可闻的声音问："这里谁在负责？"

"普兰特。"他指了指大厅另一边，"东阳台。"

他们来到大厅另一端，看到一个警察正慌慌张张地想用无线电广播与控制室沟通。他低声谩骂着，灰白的胡子也跟着抽动。

"有消息通知我。"那人说着粗鲁地切断了通信，然后抬头看着这群新来的人。

"普兰特？"儒歇问道。那个男人点点头。"我是特工儒歇，中央情报局。"他又指着身边的同事，"这位是柯蒂斯，联邦调查局。这位是巴克斯特……没时间解释了。现在是什么情况？"

巴克斯特偷瞄了一眼宏伟的车站大厅，湖蓝色天花板是人造的星空穹顶，宽阔的地面上铺着大理石。大厅里空无一人。她又朝楼上扫了一眼，那里有台阶通向西阳台，这些台阶会合后又向上延伸，最后通向三个巨大的拱形窗下。

她的视线落到了那个标志性的黄铜时钟上，它在大厅中央问询处的正上方。突然，她看到有个身影一闪而过，影子经问询处的玻璃窗反射后变得有些扭曲。她退到墙后面，心脏怦怦地跳了起来。她睁大了眼睛，眼神中充满警惕。刚才的景象吓到她了。

"开了四枪。"普兰特告诉他们，"不是对着我们，是朝天花板。他……"普兰特盯着一个地方看了一会儿，"他带着一个人，一个男人，他……他身上缝着一个人。"

普兰特停顿了一下。

"你能说得详细点吗？"儒歇问，没做什么特别的反应。他表现得很平静，就像刚才听到的不过是对某个犯罪嫌疑人稀松平常的描述而已。

"他背上缝着一个已经死了的白人男子。"

"胸前刻着'诱饵'？"

普兰特点点头。

儒歇下意识地看了巴克斯特一眼。

"他跟你说过什么吗？"儒歇问普兰特。

"我到这里的时候，他看起来十分痛苦，一边哭，一边念念有词，当他朝天花板开枪的时候，我们就退后了。"

"知道他是怎么到这里的吗，在这样的……状态下？"

"有目击者看到他从主入口前面的一辆货车上爬下来，我在向广播调度员报告时已经说过细节了。"

儒歇点点头："好，你的人在哪里？"

"一个在西边，一个在楼上，还有两个在站台上，保护列车上的乘客。"

"好了。"儒歇考虑了一会儿后果断地说道。他脱掉皱巴巴的外套，卸下身上的武器："我们接下来要做的事情就是：你告诉你的人，在任何情况下，都不要向嫌疑人开枪。"

"但如果他——"普兰特想要争辩。

"任何情况下，明白吗？"儒歇又重复了一遍，"他太重要了。"

"儒歇，你到底知不知道自己在做什么？"柯蒂斯问，她震惊地看着他拿出手铐，把他自己的手腕铐在一起。

"行动。"儒歇吩咐普兰特，并没有理会柯蒂斯。

"我是不会让你过去的。"她告诉他。

"听着，"儒歇低声说，"相信我，我比你更不喜欢这个方案，但我们不能去抓一个死人。这可能是我们弄清事情真相的唯一机会。总要有个人去那边，跟他谈判。"

柯蒂斯用求助的眼神看向巴克斯特。

"你可能还没开口，他就朝你开枪了。"巴克斯特说。

"说得没错。"儒歇答道，又思忖了一会儿这个决定。接着，他笨拙地拿出手机，拨通了柯蒂斯的号码，然后把手机设置成免提，丢进自己的衬衫口袋："保持对话畅通。"

"接着说，"普兰特又对着耳机那端的人说道，"10-4。"他又看向儒歇，"紧急勤务组三分钟后到，来了一整支战术团队。"

"这意味着他在第四分钟会死。"儒歇告诉他们，"我要过去了。"

"不行！"柯蒂斯低声说，想伸手去抓他，却晚了一步。儒歇已经踏入了洞穴般空旷的大厅。

儒歇把铐起来的双手举过头顶，慢慢向大厅中央的时钟靠近。除了每隔三十秒钟播放一遍的疏散通知之外，现场唯一清晰可辨的就是他回荡在大厅里的脚步声。

就是他们了。

儒歇不想吓到那个男人。他太想从这个男人口中得到事情的真相了。这时他脑子里突然蹦出来一首歌，于是低声哼起来。

柯蒂斯举着手机，以便其他人都能听到，劣质的扩音器传来儒歇的鞋后跟踩在大理石上的声音，不过时间上有些滞后。他每走一步，柯蒂斯都以为下一秒就会听见枪声。

"他在哼夏奇拉的歌吗？"普兰特问，严重怀疑那个给他下命令的男人精神不正常。

柯蒂斯和巴克斯特选择无视他的问题。

儒歇距离铜钟还剩一半路程。他周围全是发亮的大理石，它们朝四面八方铺开来，让他感觉自己像漂浮在海上。从他现在站的位置判断，安全距离似乎没那么遥远。他看到侧厅里一名警察用敬畏的眼神看着他，但这并没有缓解他的紧张情绪，因为恐怖的场景正等着他慢慢靠近。

当他来到与问询处几乎持平的位置时，便不再哼曲儿了，脚步也跟跄了一下……眼前有一个死人面朝他站在那里。他们之间的距离只有二十来步。那人几乎被扒光了，胸前刻着的"诱饵"还在滴血，头耷拉在胸前，好像在解读那个鬼画符一样的文身。儒歇不知道这个死人背后的男人如何开始哭泣的。他只能看见面前这具尸体的肩膀随着男人的抽噎抖动着，仿佛又被赋予了生命。

这绝对是儒歇见过的最恐怖的景象。

"是……不了，谢谢。"儒歇咕哝道，心脏猛地顿了一下。他故作轻松地转身，想要往回撤时，一个异常焦虑的声音问：

"你是谁？"

儒歇的脸部肌肉在抽搐。他重重地叹了一口气，又慢慢转过身面对着那具尸体。

"达米安。"儒歇回答，试着往前走几步。

"你是警察？"

"算是吧，不过我没带武器，手也被铐着。"

儒歇说着又往前靠近了一步。他很疑惑，为什么那个男人还不转过身核实一下他所说的话呢。他只是仰着头，出神地看着头顶约三十八米高的"星空"。儒歇顺着他的视线抬头看去，星空穹顶的天花板美得出奇，上面的"星星"在闪闪发光，天花板上还绘制了金色的十二星座图：金牛、双鱼……双子。

双子座的那对双胞胎紧紧挨着彼此，几乎缠绕在一起，四条腿怪异地伸展着，根本分不清哪条腿是哪个人的：他们是不可分割的整体。

儒歇也被头顶的星空穹顶吸引了，反应过来的时候，他距离那具死尸只有几步远了。他面前的这两个人就像是对天花板上双子座的模仿。突然，他听到那个"死人"开始呼哧呼哧地发出喘息声，他觉得胆汁一下子涌到了嗓子眼。

"我的天……人质还活着，"他参着胆子用尽可能大的声音低语，希望他的同事们能听到，"重复：人质还活着！"

*

柯蒂斯的双手在发抖，她对普兰特说："我们需要急救医生，还要确保紧急勤务组冲进来之前已经了解了这一情况。"

普兰特按照她的指示去做了。

"我们离得太远了。"巴克斯特跟柯蒂斯一样恐慌，"如果有什么差错……我们需要靠近一点。"

柯蒂斯点点头："跟我来。"

儒歇来到跟连体人平行的位置。这对人造双胞胎的后背被长长的黑线缝在一起，缝合的地方溢出一层暗色的血液。儒歇勉强装出一副淡然的样子，然后才开始打量这场暴行的罪魁祸首。

他裸露的皮肤苍白蜡黄。尽管天气十分寒冷，他依然在冒汗，汗水与泪水混在了一起。他有点胖，最多只有十八岁，头发又脏又乱，有点孩子气，就像天花板上的双生子。他胸前刻着字的伤口看上去已经愈合了，那些字已经变成了他身体的一部分。他缺乏睡眠的眼睛慢慢地从天花板移到儒歇身上。他手上拿着上了膛的武器，脸上带着愉快的微笑。

"介意我坐下吗？"儒歇说，尽量表现得没有什么威胁性。

他没有回答，儒歇慢慢地坐到冰冷的地板上，把腿盘了起来。

"为什么问了一个问题，又不等别人回答呢？"

儒歇本能地扫了一眼他颤抖的右手上握着的枪。

"我不能跟你讲话，我……我不应该。"他接着说，情绪变得激动起来。他用手捂住耳朵，环顾空荡荡的大厅，似乎听见了什么。

"我刚才不太礼貌，"儒歇抱歉地笑了笑，"你很礼貌地问了我的名字，可我还不知道你叫什么？"

他耐心地等着。那人看起来很难受，一只手抚着前额，好像在承受痛苦。

"格伦。"他说着突然哭起来。

儒歇继续等着。

"阿诺兹。"

"格伦·阿诺兹。"儒歇重复了一遍，这是说给他的同事们听的，但不知道他们能否听清这边的对话。"双子座。"儒歇看着上面的天花板，试着引导话题。他知道，提出这个话题要冒着极大的风险，但他觉得他们快没有时间了。

"嗯。"格伦应答着，他泪中带笑，又抬头看了一眼天花板上的双子座，"对我来说，天总是黑的。"

"双子座对你来说，意味着什么？"

"一切。"

"怎么说？"儒歇饶有兴趣地问，"是……你也想变成那样？"

"我就是那样的，他把我变成那样的。"

那个面对着大厅中央的"死人"突然发出一声痛苦的呻吟。儒歇希望他不要醒过来。他无法想象，当一个人醒来后发现自己被缝在另一个人的身体上，他还能否从这种创伤中恢复。

"他？"儒歇问道，"他是谁？"

格伦开始猛烈地摇头，呼吸变得急促。他咬着牙，手按在额头上。

"你听不见吗？"他冲儒歇吼道。儒歇没有作声，因为他无法确定，在那个人眼中，什么样的回答才是正确的。终于，那个人的不适感慢慢缓解了："不行……我不能跟你说这个，特别是关于他。我太蠢了！这就是为什么他告诉我，进来后直接行动就行了！"

"没关系，没关系，当我没问。"儒歇安慰道，只差一点就能知道幕后黑手的名字了，同时，自己若是说错一个字，脑袋就可能挨枪子。紧急勤务组的成员闪电般穿过车站入口，把整个大厅包围了起来。"他希望你进来干什么？"

格伦抽噎起来，根本没有听到这个问题。他无意识地举起手枪又放下，责怪自己太软弱。

他快撑不住了。

"他是你的兄弟吗？"儒歇指着那名受害者，内心焦急万分。那名受害者渐渐地能说话了。

"不，还不是，"格伦回答道，"但他终究会是的。"

"什么时候？"

"当警察解放我们的时候。"

"解放你们？"儒歇问，"你是说杀了你们？"

格伦点点头，他裸露的胸膛上出现了一个红点。儒歇的视线追寻着那个红点，看到它最终落在他的额头上。

"没人想杀你，格伦。"他撒谎了。

"但他们会的，他说他们会的。在我们杀了你们的一个警察后，他们就会……"

儒歇又把视线投回他手上的那把枪。

"我相信你不会伤害任何人，"儒歇对眼前这个烦躁不安的人说，"知道为什么吗？因为你要伤害别人的话，早就做了。但你没有，你只是放空枪把人吓跑了……为了救他们，对吗？"

格伦点点头，失控地哭起来。

"没关系，我保证你不会有事，把枪放下。"

格伦考虑了一会儿，接着身体前倾，跪在地上，但他这样做的时候，疼得哭喊起来，因为那些深深地缝进他脊背里的线被扯了出来。背后那个跟他连在一起的人也惊恐地尖叫起来，疼痛把他的意识拉了回来。他烦躁地动来动去，缝线也因此被拉紧。他们挣扎的时候，红点在他们身上跳来跳去。

儒歇看到格伦的脸上露出一种遭到背叛的表情。他看到了瞄准自己胸膛的红点。

他知道接下来会发生什么。

"别开枪！别开枪！"儒歇大喊着站了起来，又向连体人靠近了一步，挡在枪口前面。红点瞄在了他举起的胳膊上。

格伦最后抬头看了一眼他即将变成的双子座，然后举枪对着儒歇。

"不要杀他！"儒歇再次喊道，那个人知道的信息比他的生命更有价值。

格伦被背后那个剧烈扭动的人拽得失去了平衡，一声尖锐的枪声之后，那个红点变成了他脖子上的一个血窟窿。格伦没有立即毙命，儒歇听见步枪重新上膛的声音，但太迟了，垂死的格伦已经拿枪瞄准了他。

他闭上眼睛，屏住呼吸，一抹浅笑从脸上划过。

枪声震耳欲聋。

Chapter 12

第十二章

2015 年 12 月 12 日　星期六　中午 11:23

柯蒂斯手里端着从自动售货机上买来的咖啡。这杯掺了太多水的咖啡早在二十分钟前就已经凉透了。她坐在纽约大学朗格尼医学中心,茫然地盯着被调成静音的电视。它的观众们因为伤痛才被送来这里的急救室,而它却不能把他们的注意力从痛苦中转移过去。巴克斯特坐在她旁边。在过去的半小时内,她一直试着给托马斯回复一条简单的信息,最终还是放弃了。她把手机收了起来。

"我想我不能再干这个了。"柯蒂斯含糊地说,"如果他死了……"

巴克斯特觉得自己应该说些什么,但又不知道说什么。她向来不是在别人哭泣时提供肩膀的那种人,所以她试着挤出一个同情的微笑。当柯蒂斯看着她的时候,这个笑容似乎达到了预期的效果。

"我真的不应该让儒歇过去。"柯蒂斯继续说。

"这不是我们做的决定,"巴克斯特说,"这是他自己的决定,是他发起的,不管结果变得更好还是更糟糕。"

"更糟糕……当然是更糟糕。"

巴克斯特耸耸肩："这就是工作，我们总会突然面临一堆乱七八糟的情况，所有能做的就是做决定。"

"是，没错，我不也做了个决定吗。"柯蒂斯说，"听起来，你说的都是经验之谈，你为曾经做的决定后悔过吗？"

这个问题有点唐突，巴克斯特还没准备好。如果她有所准备的话，她就会迫使自己不要想起木头抛光的味道，不要想起被鲜血浸透的布料黏在皮肤上的感觉，不要想起英国武装机动部队到来时地板上的震动……沃尔夫明亮的蓝眼睛……

"巴克斯特？"柯蒂斯喊她，把她从回忆中拉了出来。

她不知道，这一次自己在回忆中沦陷了多久，幻想着假如自己当初做了不同的决定，假想的剧情朝着更好的方向发展，有皆大欢喜的结局。这对她而言是种折磨，但她还是经常这样想象着。

她笑自己太天真了，根本没有完美的结局：

"我做的那些决定是对是错，现在不知道，将来可能也不知道。"巴克斯特对她说，"只能接受它们。"

"无论结果是好是坏。"柯蒂斯说道。

巴克斯特点点头："无论是好是坏。"

前台有一个女人向一名医生指了指她们所在的方向。

她们站起来，跟着医生来到一个单独的房间。

"我们救不了他。"医生开门见山地说。

柯蒂斯走了出去，留下巴克斯特完成后面的对话。巴克斯特再次回到候诊室的时候，柯蒂斯已经不见了踪影。她拿出手机，放在耳边：

"儒歇吗？我是巴克斯特，他没能挺过来，我们得谈谈。"

在曼哈顿走丢几乎是不可能的事，但当柯蒂斯沿着第一大道漫无目的地游荡时，她很难决定到底走哪一条才是回警察局的最佳路线。她对市中心周围大范围内的街道、小巷和地标有着百科全书式的了解，对曼哈顿岛的边缘地带却不太熟悉。

变幻莫测的天空目前还不打算下雪。就算没有下雪，刺骨的寒风也足以让每个人的生活变得十分痛苦。她迎着寒风向前走，觉得自己随时都有可能病倒。内疚啃噬着她的内脏，这种内疚有毒，沉甸甸地压在她的心上。她真想卸下这份重担，把它扔进每个十字路口都能看到的河里去。

她杀了一个无辜的人。

她第一次承认了这件事，胃里随即一阵痉挛。她跑到一个地下停车场黑黢黢的入口处，开始呕吐起来。

她开枪之后，儒歇居然还和她大吵了一番，好像她这一天过得还不够糟糕似的。她是为了救他才开枪的啊。他选择在不带任何武器和没有任何保护措施的情况下，去跟格伦·阿诺兹对峙。当局面急转直下的时候，他居然还待在那里，而不是撤回安全区。这都是他的错，他给她下了一个棘手的最后通牒：看着自己的同事死，还是杀掉一个无辜的人。

她做出了决定。

那是她第一次在出现场的时候开枪。她一直都是超级优等生，一枪一弹就同时要了两个人的命，子弹射穿了格伦·阿诺兹的颅底，让他当场丧命，但同时，子弹也嵌在了他背后那个受害者的背上。

如果她只再往上瞄几毫米的话……

在她如此迫切需要朋友的安慰和肯定时，儒歇却告诉她，她做了一个错误的决定，断送了他们的侦查工作，她还不如让他去死。从某些方面来说，他的反应比其他任何事都让她伤心。

眼泪刺痛了她的眼睛，她拿出手机，拨了一串别人会标记为"家"的数字。屏幕上跳动着"柯蒂斯府邸"的字样。

"拜托是妈妈接电话。"她低声说道。

"参议员托拜厄斯·柯蒂斯。"一个低沉而唐突的声音出现在电话那头。

柯蒂斯没有作声，她想挂断电话。

"埃利奥特？是你吗？"参议员问，"埃利奥特？"

"是的，长官，我其实是想和妈妈说话。"

"那你是不想跟我说话了？"他问。

"是的……也不是。我只是……"

"那到底是什么？要么想，要么不想。"

柯蒂斯的泪水夺眶而出，她只是想找个人说说话而已。

"哪一个？"

"我想跟妈妈说话，拜托。"她说道。

"你不能，我不想让你母亲被牵扯进去。你以为我不知道发生了什么事吗？伦诺克斯知道后立刻就给我打电话了，本来是你打给我才对。"

柯蒂斯感到一种稍纵即逝的解脱：他已经知道了。她绕过拐角走到一条街上，她认得这条街。她把手机换到另一只手上，以便让冻僵的那只手缓一缓。

"我杀人了，爸爸……抱歉，长官。"

"那个受害者死了？"参议员平静地问道。

"嗯。"她哭了起来。

"天哪，埃利奥特！"他吼道，"你怎么能这么粗心？你知不知道，如果让媒体知道了，它会对我造成什么样的影响？"

"我——我……"柯蒂斯结巴着说不出话来。连她都觉得震惊,父亲居然全然不顾她的死活。

"我现在都能想到明天的新闻头条:'美国参议员白痴女儿枪杀无辜平民'。我完蛋了,你知道的,不是吗?你毁了我。"

他的话让她难过得几乎无法行走,她瘫倒在结冰的台阶上,在电话里哭了起来。

"给我打起精神来,哭什么哭。"他大声说,接着又叹了口气,换一种尽可能温和的语气,"我很抱歉,埃利奥特。"

"你说什么?"

"我道歉。这一切来得太让人震惊了,也许我反应过度了。"

"没关系,对不起让你失望了。"

"不要担心这个了,我们要担心的是接下来该怎么办。伦诺克斯会带你过一遍你要交代的内容,把损失降到最低,不仅是对联邦调查局,还包括对我,以及对你以后的职业发展。"

"那被我杀掉的那个人呢?"

"唉,既然他已经死了。"这名参议员轻蔑地说,就像把那个人从圣诞贺卡名单上除名那么简单,"伦诺克斯让你做什么,你就做什么,至于'傀儡'那摊子事,团队在取得任何进展,或者执行任何抓捕时,你都要在其中表现得十分勇敢,让他们觉得你是个英雄。明白我的意思吗?"

"明白,长官。"

"很好。"

"我爱你。"

电话被挂断了,他肯定没有听到她最后说出的这句话。

今天是某个人的生日。总会有人是今天生日。这一天,某人会暂时成为所在部门的名人，迫于社交礼仪，他几乎要花一整天的薪水请大家吃甜甜圈。

埃德蒙兹坐回办公桌边，手里拿着别人请客的甜甜圈，然后咬了一口，里面的夹心喷得键盘上到处都是。他伸手去拿垃圾桶，感觉衬衫被扯得很不舒服。自从被调回诈骗科，他感觉身上像压着一块石头。虽然他那瘦长的身板跟肥胖并不沾边，但不管他做什么事，他都感觉身体要承受额外的重力。

他盯着屏幕上的外国银行账户，直到视线变得模糊。过去一个小时里，他什么事也没干，只是看着夜幕慢慢降临，笼罩着外面的城市。他有些心烦意乱。他知道巴克斯特那天早上把前三个凶手的资料都发给他了，但他甚至没有机会看上一眼，因为要照顾正在长乳牙的一岁的女儿和缺乏睡眠的妻子，还要忙活着这份麻烦不断的全职工作。他希望时间早点过去，这样就能安心待在那间小屋子里，专心做调查。

他快速扫了一眼办公室，看了看老板的位置，然后打开 BBC 新闻网站，上面有关于纽约中央车站的最新报道。他又瞄了一眼自己的手表，惊讶于到现在还没有收到巴克斯特发来的任何消息。他浏览着目击者那令人毛骨悚然的描述，提醒自己媒体在报道的时候会对事实进行夸张，甚至再创作。虽说如此，即便这些报道只有一丝可信之处，它也无疑是他听过的最令人恐慌的案子。

他再也忍不住了，于是打开巴克斯特发来的那封满是拼写错误的邮件，下载附件，研究起来。

柯蒂斯和巴克斯特坐在救护车后面，车上还有格伦·阿诺兹背后缝着的那名受害者。此时，儒歇正待在纽约中央车站的后面，经过一番濒死体验后，他唯一希望的就是听听妻子的声音。他知道自己对柯蒂斯的态度太恶劣了，但他只是迫切地想离开那个犯罪现场，去打个电话。他欠她的不仅是一句道歉。

他走到医疗中心，在主入口外面碰见了巴克斯特。他们只用几分钟就穿过了罗斯福快车道，在东河边的一条长凳上坐了下来。

"如果你是因为我对柯蒂斯的态度想批评我，我知道，"儒歇开口说，"我是个浑蛋，我今晚请吃饭，赔礼道歉。"

"不是这个。"

"那是怪我赤手空拳地去跟他谈话？"

"你想死吗，儒歇？"巴克斯特直截了当地问。

"你在说什么？"他笑道，看起来有些困惑。

"我是认真的。"

"啊？不想！你看，总有人要去那里跟他——"

"我不是在说那个。"

"那是怪我让他们不要开枪？我们要他活着，我差一点就能知道那人的名字了——"

"我也不是在说那个。"巴克斯特打断他。

他们没有再说话，一个流浪汉推着手推车从他们背后经过。

"柯蒂斯救你的时候，我没跟她在一起。我在'傀儡'背后的侧墙边上……面对着你。"

儒歇等着她说下去。

"我看见你笑了。"

"笑？"

"他们第一枪没把格伦打死的时候，格伦举起枪指着你。你闭上眼睛……然后笑了。"

"你眼花了吧？"儒歇试着问。

"我知道自己看到了什么。"她看着他，等他解释。

"我不知道要跟你说什么。我不记得我笑了，我真的不知道有什么好笑的。但我不想死，我向你保证我不想死……我发誓。"

"好吧。"巴克斯特说，"但以我的个人经验来看，当一个人变得不惜命的时候，他周围的每个人最后都会受到伤害。"

他们沉默了片刻。在此期间，他们身后一棵光秃秃的树上停着的一只鸽子突然飞走了。他们看着它朝罗斯福岛以及远方的皇后区大桥飞去。

"今天被我搞砸了。"儒歇说，眼睛凝视着东河，"我应该早一点发现受害者还活着的，早几秒钟一切都会变得不一样。"

"你怎么可能早一点发现？"巴克斯特问。

"他还在流血。"

"流血？"

"鲜红的血，从他身体里面流了出来。"儒歇摇摇头，对自己感到失望，又转身看向她，"死人是不会流血的。"

"受教了，我一定牢记教诲。"她向这位极其认真的同事保证。

"走吧。"儒歇说道，"我们还有活儿要干呢。"

"什么活儿？阿诺兹什么也没跟我们说。"

"他当然说了，他跟我们说他不是自愿的，而是受人指使的，他被控制了。那其他几个凶手也有问题了，不是吗？或许他们都不是咱们想象的什么秘密邪教的虔诚信徒，他们或许仅仅是被某个人操纵着做的这些事情。"

"那个'他'。"巴克斯特说道，她还记得他们通过手机扬声器听到的儒歇与阿诺兹的对话。

"是'他'。"儒歇点点头，"我们一直都搞错了。我认为凶手之间存在着某种联系，这个联系就是他们都有一个弱点，有人利用这个弱点来敲诈他们，威胁他们。弄清楚这些，就可以知道到底是谁在利用他们。"

"所以我们从何查起？"

"搜查队在阿诺兹的屋子里找到一张预约卡，他在看心理医生。"

"他看起来确实有一些……问题。"巴克斯特想出了一个合适的措辞。

"还有谁能比他的心理医生更适合告诉我们他的问题呢？"

Chapter 13

第十三章

2015 年 12 月 12 日　星期六　下午 2:15

　　巴克斯特和儒歇来到警察局，柯蒂斯不在，给她打电话她也没接。她可能是延长了吃午饭的时间来整理思绪，也可能在今天接下来的时间里都不会来上班。这都是可以理解的。他们决定还是先不带上她，自己去调查。

　　儒歇把诊所的地址潦草地写在手背上。他们顺着地址，来到了东 20 街上一栋宏伟的大楼前。这栋大楼俯瞰着格拉梅西公园，门廊装饰华丽，他们穿过壮观的圆柱拾级而上。

　　穿过富丽堂皇的接待区，他们在接待员的指引下坐下来。巴克斯特突然觉得自己穿得有点寒酸了。咖啡机上的按键多得让她有点不知所措，她索性给自己倒了一杯水，在儒歇对面坐了下来，接待区播放的古典音乐缓和了他们之间的沉默气氛。

　　五分钟过去了，巴克斯特还没跟他说一句话。"我们回酒店后就去找柯蒂斯。"儒歇这么说更多的是为了他自己，"她可能还需要一点时间。"

"她需要的可能不仅仅是时间。"巴克斯特一边说，一边刻意环视了一下他们所在的这个地方。

"嗯。"

"怎么？这里或许对她有帮助呢。"

"他们也会建议把她带过来，这毫无疑问。"

"你对心理医生有意见吗？"巴克斯特问道，语气中带着防备。

在拼布娃娃案尘埃落定后，她有足够多时间来消化已经发生的事情，也一直在跟某个人聊天。她曾一直认为，只有那些比她弱、无法应付日常生活考验的人才需要这么做，但她错了。对一个完全陌生的人诉说自己的感受，要比跟一个认识自己、可能评判自己以及对自己有过高期望的人聊容易得多。在跟心理医生聊过几次之后，她渐渐接受了自己最亲密的朋友本杰明·钱伯斯已经死了的事实。对她而言，他不仅是她的同事，更像是她的父亲。

"别人这么做我没意见，"儒歇回答道，"但这绝对不是我会考虑的事情。"

"是啊，你这么坚强，怎么可能出问题，不是吗？"巴克斯特恼怒地说，同时意识到自己这样发脾气其实暴露了她个人的一些心理问题，"你多完美啊。"

"我离完美还差得远。"儒歇冷静地说。

"你真这么想吗，命令你的同事让你去死，冲着那个为了救你而向无辜受害者开枪的朋友大吼，对那个拿枪指着你的疯子微笑？"

"又来了。"

"我只是在说，如果有人需要找某个人谈谈自己狗屎一样的遭遇……那个人就是你。"

"说完了吗？"儒歇问道。

巴克斯特默不作声，她怀疑自己是不是太过分了。他们默默地坐了一会儿，直到那个皱着眉的接待员对他们失去了兴趣。

"我祷告了。"儒歇说道，又变回那个和善的他，"你们在医院的时候，我祷告了。我每一天都会在祷告中说说那些'狗屎一样的遭遇'，好让自己释怀，因为我怕我的遭遇比别人的更悲惨。"

巴克斯特从儒歇的语气中得知，他是认真的。

"你误解了我的疑虑。"他继续说，"我对寻求帮助的人没有任何意见；我们都需要帮助。我只是不信任那个让我付费、听我说话的人，因为一想到有个人会知道我好不容易掩藏起来的秘密，我就觉得恐惧。其他人也应该觉得恐惧才对，因为没人有理由对你产生那么大的影响力。"

巴克斯特从来没有从这个角度思考过这个问题，她想当然地认为那个权威的心理医生会跟自己一样保持一定的职业公正。她曾相信，相比经常受到的她所鄙视的种种约束而言，心理医生这个职业一定会受到更为严格的法律和礼仪约束。对此，她是不是在自欺欺人呢？那个女心理医生其实长着一双贪婪的耳朵，耳朵下方十几厘米的位置就是她的嘴，跟其他所有人一样，而她是不是又对此视而不见了呢？

就在她准备分析自己跟那个医生的每一次对话的时候，有人过来带他们去见阿伦医生。相比接待区而言，阿伦医生的豪华办公室看起来更加让人放松，窗子边还养了一棵树。他请他们在那张整洁的办公桌旁坐下来，桌子上面放着一份厚厚的文件，上面标着格伦·阿诺兹的名字。

"在开始之前，我能看下你们的证件吗？"这名医生礼貌而坚定地问道。他看到巴克斯特的证件上印着"伦敦警察厅"，扬了扬眉，但也没质疑什么。

"我知道你们想要查看我某位病人的一些信息，但我想我应该不用专门说明，这上面记录的大部分信息是受医患保密协议保护的。"

"他死了。"巴克斯特脱口而出。

"哦！"阿伦医生说道，"听到这个消息，我真的很难过，但这也改变不了那个事实——"

"他杀了人。"巴克斯特继续说道。从技术上来讲，这么说其实不准确，但能把原本复杂的情况变简单。

"我知道了。"

"作案手段之恐怖残忍，是我们都不曾见的。"

"没错。"医生说道，脑子里立即蹦出了关于中央车站的可怕报道，"好吧，你们需要什么信息？"

格伦·阿诺兹在十岁的时候，被诊断出患有急性分裂情感性障碍[①]。他的孪生兄弟在他九岁那年因脑血栓夭折，他因此受了刺激。他本人随时可能遭受同样的命运。他开始出现严重的头痛，生活变得更糟了。他活着就是为了等待死亡，同时哀悼他亡故的孪生兄弟。因此他变得与世隔绝，抑郁消沉，渐渐觉得生命都是廉价且短暂的，就像他的兄弟一样。

三年前，他被送到格拉梅西诊所。出勤记录显示，他一次都没有缺勤，在独处和与小组成员共处的环节都取得了明显进步。除了间歇性的轻度抑郁症之外，他的精神病症状被处方药控制住了。总之，他从没有对任何人显示出一丁点暴力倾向。

"他是如何为你带给他的快乐买单的呢？"儒歇问医生。

巴克斯特在想，他是不是故意这么措辞，好使心理医生听起来像个

---

① 指一组分裂性和情感性症状同时存在并突出，但不能归于某一类（分裂性或情感性）的精神障碍。

妓女。

"你们这些家伙看起来可不便宜。"他补充道。

"健康保险。"阿伦医生回答，声音中带着一丝冤枉，"非常好的健康保险，我想在他的孪生兄弟死后，他的父母就给他买了他们能力范围之内最好的保险。自从他被诊断出患有精神疾病……"医生耸了耸肩，结束了自己的发言。

"从你的'专业角度'来看……"

巴克斯特瞪了他一眼。

"在过去的几个星期里，你觉得格伦表现得怎么样？"

"什么？"

"他有没有旧病复发的迹象？或者他有没有停药？"

"这个，我不知道。"阿伦医生一脸茫然地说，"我从来都没见过他。"

"什么？"巴克斯特问道。

"我们的第一次见面被安排在下个星期。很抱歉，我以为你们知道。我接手了班特姆医生的患者，他上个星期五就离开这里了。"

巴克斯特和儒歇对视了一眼。

"上个星期五？"她问道，"他的辞职是早就计划好的吗？"

"对，我大概是两个多月前面试的这个职位。"

巴克斯特叹了一口气，还以为这次能有所收获呢。

"我们还是需要跟他谈谈。"儒歇对阿伦医生说，"你能把他的具体联系方式给我们吗？"

那个愁眉苦脸的女接待员提供了两个电话号码，他们拨了过去，但一个都没打通。她又复印了一份班特姆医生在韦斯特切斯特县的家庭住址，距离曼哈顿大约五十分钟的车程。由于联邦调查局还在确认被格伦·阿诺兹杀害的那名受害者的身份，所以格伦·阿诺兹的尸体还在医院的太平间或者法医室。加上柯蒂斯没搭理他们，他们决定冒着一无所获的风险去一趟拉伊，拜访那名医生。

巴克斯特把导航路线念给儒歇听，她其实并没有抱多大期望。

"左边是高尔夫球场的话，那我们随时都可能经过海狸沼泽小溪，接着在洛克斯特大道右转。"

"好极了。"

他们把车开进了一个如田园诗般美丽的死胡同。显然，城北下过一场大雪。整洁的车道两侧是精心修剪的树篱，树篱上都积着十厘米厚的雪。车道被冲洗得十分干净，露出了下面湿漉漉的碎石。开阔的花园里堆着几个昂首挺胸的雪人，周围是一道道细小的脚印。每家房屋外侧的木质壁板颜色各异，让这里的冬日景致有种斯堪的纳维亚的感觉。很难想象这里离时代广场的喧嚣嘈杂只有不到一小时的车程。

"我怀疑城市的规划者不想让外界知道这么个地方的存在。"儒歇一边开车，一边寻找房屋号码。他太羡慕了，忍不住幻想，要是自己的家人能住进这样一栋房子该有多好："这个是什么，狗屎大道？"

巴克斯特笑了出来，儒歇也被这个奇怪的道路名逗笑了。

天黑下来了。他们在道路尽头转入了一条通往三层车库的车道，这时，两边的路灯亮了起来。情况看起来不太乐观，那个医生的家里没有亮灯，不像周围的那些房子，这栋房子的车道、花园以及门前小道上的积雪都没有踩踏的痕迹。

他们停好车，走进那片宁静的花园。他们听见别家门廊上挂着的风铃随风轻轻摆动的声音，还有远处马路上汽车加速的声音。巴克斯特冻得直哆嗦，这里的气温似乎比市区低好几度。他们借着昏暗的灯光嘎吱嘎吱地踩在雪里朝前门走去。时间一分一秒地过去，周围大树的颜色和轮廓也一点点暗了下去。

儒歇按响了门铃。

没人回应。

巴克斯特踩上花坛，透过一扇大窗子去看屋内的情景。架子上挂着一串小彩灯，但灯泡是暗的，这让她想起儒歇的家，那儿也是这么荒凉。她眯起眼睛以适应室内的黑暗。她感觉自己看到了另一个房间发出的一丝温暖的光亮。

"好像有灯亮着！"她向儒歇喊道，他还在敲门。

她踏过花圃，转到拐角，透过侧窗向那间她认为发出光亮的房间看去。但屋内一片黑暗，她叹了口气，朝儒歇走去。

"可能度假去了，马上就到圣诞节了。"她说。

"有可能。"

"要去问问邻居吗？"

"算了，今晚就不去了，太冷了，我留一张卡片，咱们明早再打电话。"儒歇一边说，一边朝着有暖气的车子走去。

"还有，你说过今晚请吃饭的。"巴克斯特提醒他。

"哦，对，如果我们能找到柯蒂斯的话。我当时不是想凶你。"

"你当时是有点失礼。"

"是，"儒歇笑着说，"或许是有点。"

他们爬回车内，打开暖气。儒歇借着对面房子闪烁的灯光，沿着长长的车道一路倒着开了出去。他最后瞥了一眼这栋梦想中的房子，把车从路肩上开了下来，然后返回曼哈顿。

几分钟后，夜色彻底吞噬了最后一抹残存的日光。就在这时，那栋死气沉沉的房子的某个角落里再次出现一丝温暖的光亮，灼烧着周围的黑暗。

托马斯从餐桌上醒过来，因为厄科的尾巴蹭到他的脸了。他坐了起来，炉子上的时钟显示现在是夜里两点十九分。他给自己和巴克斯特准备的晚餐还在餐桌的中间，旁边搁着他的手机，没有回信，没有未接电话。

他一整天都在关注纽约那边的最新报道，想着巴克斯特是不是没订到机票。他竭力抑制着想跟她联系的冲动，可他仅仅想确认一下她是否安好，让她知道，如果她想找人说说话，他一直都在。

在过去的几个月里，他感觉她离自己越来越远，这不是说他真正拥有过她。他总觉得自己越努力地留住她，结果却把她推得越远。就连埃德蒙兹都提醒过他，不要给她压力。他从来不觉得自己是个缺乏安全感的人，事实上恰恰相反，他自信且独立。但巴克斯特的工作总是向她抛出一些荒唐的要求，这让他一直处于焦虑当中。

他只想知道自己的女朋友是否还活着，这算"黏人"吗？

她可以一连几个晚上不睡觉，白天靠咖啡提神。她可以在任何时候出现在城市的任何角落，去面对伦敦最坏的人。她已经对眼前的恐怖场景习以为常，因此变得麻木。这才是他最担心的：她什么都不怕。

恐惧是好事，能让一个人保持警惕，处处小心。它让人有安全意识。

他站起来，端起为巴克斯特备好的晚餐，把食物舀到厄科的饲料碗里。厄科则蜷在桌子上居高临下地看着他，就像他糟蹋了一大碗好吃的饼干似的。

"晚安，厄科。"他说道。

他关了灯，睡觉去了。

在笔记本电脑灯光的映衬下，埃德蒙兹的两个大眼袋显得十分吓人。

他打开电水壶的开关，脱下厚套衫，因为这个扇形小加热器的性能简直太好了。如果不是因为他现在用的工作灯是放在割草机顶上的话，他或许能够自欺欺人地把这间破旧的小屋当成某个更有魅力的所在。

他花了好几小时，费劲地看着那些凶手的财务状况。伦敦警察厅正在调查那个杀害警察的六十一岁纵火犯帕特里克·彼得·弗格斯。布莱克也非常仗义地把有关消息分享给了埃德蒙兹，但他有个附加条件——埃德蒙兹得在巴克斯特面前多为他说好话。当然，埃德蒙兹根本没打算这么做。

他只花了几分钟就看完了多米尼克·伯勒尔的账户，毕竟多米尼克一直待在监狱里，没什么财务往来；但他们的第一个凶手——坠桥的马库斯·汤森就另当别论了。汤森的账户上，交易列表和账户余额的清单长得没完，即便如此，他的财务历史还是比较吸引人的。埃德蒙兹可以准确追溯到他第一次非法交易的时间节点，从那以后，他的信心随着他各个银行户头上余额的增长而不断膨胀。

一场灾难正等着汤森。他的非法交易变得越来越明目张胆，埃德蒙兹能够从这些数字中感觉到他对此有多上瘾。直到二〇〇七年年中，账户资金突然中断。这是他能做的最糟糕的事情。埃德蒙兹能够想象当时的画面：警察来到他的办公室，仔细核查了他的账目，他害怕了，于是赶紧使自己的收益缩水，为了自救，他反而暴露了罪行。从那以后，汤森的生活就变成了悲剧：他的资产不断缩水，最后不管他手上还剩下多少，都随着全球金融危机一起崩盘了。

他就这样被毁掉了。

在看爱德华多·梅迪纳的账户之前，埃德蒙兹打开了"从流浪走向成功"项目的网站。当汤森把一具尸体挂在布鲁克林大桥上的时候，他还是这个项目在册的帮扶对象。埃德蒙兹看着照片中那些无家可归的人，他们看起来与社会脱节太久，永远也拉不回来了，却在上班的第一天穿上了衬衣，系上了领带，这真是鼓舞人心的事。或许这就是为什么埃德蒙兹在网站上逗留的时间比平常久。

网站上有篇真人真事的报道吸引了他的注意，因为他在浏览这篇报道时偶然发现了一个链接。他点击了这个链接，网页跳转到网站的另一个板块。他刚读到列表上的第三项，就因为太过兴奋而把咖啡残渣洒到了大腿上。他看了下手表，掰着手指数了数时差，然后决定打电话给巴克斯特。

巴克斯特很快就睡着了。他们最终在酒店里找到了柯蒂斯，儒歇真诚地跟她道了歉，她才勉强同意和他们一起去吃点东西。忙碌了一天之后，他们都筋疲力尽，因此都早早睡下了，以便第二天早上能够早点出发。

巴克斯特摸索到嗡嗡作响的手机。"埃德蒙兹？"她呻吟着问。

"你睡着了？"他问道，语气中带着些审判的味道。

"是！真是好笑，你可以——现在是……等等，不，不对。你不睡觉还在干什么呢？"

"看你发给我的资料啊。"他答道，好像这是显而易见的。

巴克斯特打了个哈欠。

"你还好吧？"他问道。

埃德蒙兹后来才学会了跟巴克斯特沟通的方法。如果她想跟他说那天早上中央车站发生的事情，她会主动告诉他。但如果她不想，那么他会收到一个否定的答复，接着他只能等，直到她愿意说为止。

"没事。"

"我需要你给我提供更多资料。"埃德蒙兹说。

"我知道，我明天就把摩尔大街和中央车站的资料给你。"

"伦敦这边的资料我已经有了。"

巴克斯特甚至不想知道他是怎么拿到这些资料的，因此也不打算问。

"我需要他们所有人完整的医疗记录。"埃德蒙兹说。

"医疗？好，你要查什么特别的东西吗？"

"我不知道，只是一种直觉。"

巴克斯特相信埃德蒙兹的直觉甚于相信她自己的。

"我明天发给你。我是说，晚点发给你。"

"谢谢。你可以继续睡觉了，晚安。"

"埃德蒙兹？"

"什么？"

"不要忘记你当初为什么离开警队。"

埃德蒙兹明白她这句话暗含的伤感，这是她担心他的方式。他忍不住笑了。

"我不会忘。"

Chapter 14

第十四章

"附身！"

巴克斯特半裸着站在酒店房间里，她一打开电视就后悔了。美国最大的一档早餐节目在讨论最近发生的谋杀案，巴克斯特对此并不觉得奇怪，但他们的谈话似乎已经转向了某个未知的领域。

"附身？"打扮精致的节目主持人追问一位一直备受争议的电视福音传教士。

"没错，附身。"牧师小杰里·皮尔森纳点点头，用浓厚的美国南方口音慢吞吞地说，"某一个古老实体发挥了作用，它从一个破碎的灵魂跳到另一个破碎的灵魂，永不满足地追求着折磨和苦难，肆意地向软弱无能和品行不端的人施加痛苦……只有一种方法可以保护我们自己……唯一的救赎只有上帝！"

"所以，"女主持人小心翼翼地开口问，"我们是在谈论……灵魂？"

"天使。"

女主持人看起来有些迷茫，于是转向男主持人，示意接下来轮到他提问了。

"堕落的天使。"牧师阐释道。

"那……"男主持人支支吾吾地说，"你是说这些堕落的天使——"

"就一个，"牧师打断了他，"只有一个。"

"所以这个堕落的天使，不管他是谁——"

"哦，我很清楚他是谁。"这位牧师再次插话，两名主持人彻底怔住了，"我一直都知道他是谁，我甚至可以告诉你们他叫什么名字，如果你们想知道的话……他有一个名字叫……"

两名主持人期待地向前探着身子，清楚地知道他们能通过这个哗众取宠的话题赚取一大笔广告费。

"……阿撒泻勒①。"牧师的声音渐渐低了下去，因为节目非常及时地进入了广告时间。

巴克斯特觉得自己脖子后面的汗毛都竖了起来。电视上播放着某种新研发的果味糖广告，节奏十分欢快。她觉得这则广告正隔着屏幕对她咆哮。

那位牧师激情澎湃地谈论着这个案子。说实话，他把这些离奇谋杀案联系在一起的方法，伦敦警察厅、纽约警察局、联邦调查局以及中央情报局加在一起都没想出来。但接着，她感觉浑身一颤，因为广告结束时屏幕上出现了那位牧师的白色木结构的教堂。教堂孤零零地立在一条煤渣路的尽头，这条煤渣路好像是那片广阔的不毛之地上的一道伤疤。

教堂的会众从三个遥远的城镇蜂拥而至，如幽灵一般冲出了林木线。

---

① 阿撒泻勒（Azazel）是犹太教传说中的邪灵。

他们穿着自己最好的衣服，迫切地要求得到救赎。他们挤在脆弱的教堂周围，人越挤越多，足足围了五圈，他们如饥似渴地听着牧师说的每一句话。

巴克斯特觉得这一幕充满了丑恶：这些人在美国那个一无是处的破地方，像羊群一样挤在一起，把自己完全交给那个投机取巧的牧羊人，而这个牧羊人却恬不知耻地利用这些人在真实世界中遭受的苦难，来宣扬他那套蛊惑人心的狗屁理论。他竟敢说那些受害者，包括两名正直的警察，是"软弱无能和品行不端的人"。

天哪，她恨死宗教了。

她直直地盯着电视，看着那位牧师把临别赠言送给面前崇拜他的听众，以及无数个坐在电视机前舒适的沙发上寻求救赎的人。

"知道吗？我环视了一眼今天来到这里的人，也看了看镜子中的我自己，知道我看到什么了吗？"

观众们屏息等待着他的答案。

"罪人……我看见了罪人。我们中没有一个人是完美的，但作为上帝的子民，我们要献出自己的生命让自己变得更好！"

人群中爆发出热烈的掌声和赞同的低语声，还有人喊着"阿门"。

"但是，"牧师继续说道，"我还看到了更远的地方。我看到了我们所生活的这个世界，你们知道我的感受吗？我被吓到了。我看见如此多的仇恨，如此多的暴力，如此多的恶意。"

"可我们能去教堂寻求帮助吗？就在前一星期，另一名神职人员，一个应该与上帝站在一边的人，被指控猥亵一名七岁的男童。这不是一方净土！我爱上帝，但他不在这里！"

作为他们那个行业的顶级专家，那位牧师先是看着现场呆若木鸡的观众，然后直视着摄像头。

"我要告诉所有没有信仰的人……我希望你们问问自己：

"如果上帝是存在的呢？

"如果天堂是存在的呢？

"如果地狱是存在的呢？

"那么如果……只是说如果……我们全部已经在那儿了呢？"

　　巴克斯特挂断电话，重重地叹了一口气。透过那扇半透明的玻璃窗，她隐约看到伦诺克斯从她身后的桌子边站起来，给了柯蒂斯一个宽慰的但绝对算不上舒服的拥抱。很显然，这位特工主管并不打算像她之前说的那样，把柯蒂斯扔去喂狼。巴克斯特想象了一下瓦尼塔这样拥抱自己的场景，接着又摇了摇头。这个念头太荒唐了。

　　她刚才跟那位远在伦敦的上司打了三十五分钟的电话。中央车站出事之后的第二天，她们几乎没什么时间通电话。瓦尼塔例行公事地关心了一下巴克斯特的情绪状态，然后让她详细描述了案发细节，以确保它与美国人发给她的案件调查报告一致。她们讨论了类似的恐怖活动在伦敦发生的可能性。不过各方的调查都毫无进展，这一点让人十分恐慌。她们一致决定，巴克斯特作为伦敦警察厅的代表继续在纽约办案，而瓦尼塔则在伦敦主持大局。

　　巴克斯特一边等伦诺克斯和柯蒂斯，一边快速编辑了一条短信发给托马斯。她完全忘了告诉他自己没有回家，也意识到这样疏于联络不利于他们关系的发展。

　　　　嘿。厄科怎么样？晚点联络？☺

伦诺克斯从办公室出来，柯蒂斯紧随其后：

"诸位调查谋杀案的同事能来下会议室吗?"

办公室中超过三分之一的人都站起来,挤进了会议室,有的不得不站在外面听,此情此景让巴克斯特想起了发生在牧师小杰里·皮尔森纳的教堂的那一幕。巴克斯特勉强从人群中挤过,和儒歇、柯蒂斯以及伦诺克斯一起站在前排。他们面前是一块大白板,上面是儒歇写下的关于五名凶手的细节:

美国	英国
1 马库斯·汤森 (布鲁克林大桥) 作案手段:勒杀 被害人:拼布娃娃案相关人	3 多米尼克·伯勒尔 (贝尔马什监狱) 作案手段:捅刺 被害人:拼布娃娃案相关人
2 爱德华多·梅迪纳 (第33警区) 作案手段:高速撞击 被害人:警察	4 帕特里克·彼得·弗格斯 (摩尔大街) 作案手段:钝力损伤 被害人:警察
5 格伦·阿诺兹 (中央车站) 作案手段:残忍至极 被害人:?	

"所有人都到了吧?"伦诺克斯漫不经心地问,看到一些人站在墙边,"很好,你们中有些人可能还没见过伦敦警察厅的总督察巴克斯特和中央情报局特工伍切。"

"儒歇。"儒歇纠正她。

"儒切?"她尝试着。

"正确的发音难道不是罗奇?"前排的一个肌肉男问。

"不是。"儒歇有点迷茫。第一,那个肌肉男竟以为他蠢得连自己名字的发音都不知道；第二，旁边有些人也在尝试着叫自己的名字，现场一片嗡嗡声，叫法五花八门：

"鲁谢？"

"儒兹？"

"鲁切？"

"儒歇。"儒歇再次礼貌地纠正道。

"我确定我邻居的名字就发作罗奇。"前排那个男人坚持道。

"那是不是因为她的名字就叫罗奇？"儒歇推理道。

"是叫儒歇，"柯蒂斯对一屋子的人说，"就像'如些'的发音一样。"

"行了！行了！"伦诺克斯对着嘈杂的人群喊道，"安静！请回到正题。交给你了，特工……儒歇。"

他站了起来。

"所以……这些是我们的凶手。"他指着白板开口说道，"用这种好认的方式写出来是为了确保大家都能跟上进度。谁能告诉我，我们能从这些信息中探查到什么？"他问道，就像是在对一群学生讲话。

罗奇女士的邻居清了清嗓子：

"那些浑蛋杀了咱们两个警察，所以，他们要被关进监狱……耶！"那个魁梧的男人为自己的发言欢呼，接着又为自己鼓掌，他的几位同事也有样学样。"鼓掌啊！"他兴奋地大叫。

"好了。"儒歇耐心地点点头，"还有更具体一点的吗？请说。"

"纽约和伦敦的谋杀案绝对是在相互模仿。"

"完全正确。"儒歇说，"这意味着，伦敦也会随时发生与此类似的谋杀案，这里就要问为什么了，为什么有些人要对这两座城市宣战呢？为什么偏偏选择了这两座城市呢？"

"证券市场？"有人大声喊道。

"财富集中？"

"媒体关注？"

"这些我们都要去调查。"儒歇对他们说，"好的，那这个列表还告诉了我们什么信息呢？"

"作案手段。"一个声音从靠墙的位置传来，说话的女警员挤到前排，"每个凶手的作案手段都不同，这也暗示他们有一定程度的独立性。很显然，有人给这些人指定了他们各自的目标，或者时间范围，但剩下的似乎都让他们自己看着办了。"

"非常好！"儒歇说道，"这就引出了我的下一个观点——我们要把这些人看成单独的个体。格伦·阿诺兹不想伤害任何人……本意上不想，他是被人利用了。我们希望把各位分成五组，每组负责一名凶手，你们的工作就是找出凶手到底有什么弱点可能被人利用。我现在能想到的是：汤森——钱；梅迪纳——移民的身份；伯勒尔——监狱的一些福利，比如毒品或者地位之类的；弗格斯——生病的母亲；阿诺兹——死去的兄弟，以及普通的精神疾病。"

现场的人认真地听着，同时潦草地记着笔记。

"另外，巴克斯特还希望各位能将他们每个人的医疗记录复印件尽早转发给她。"

儒歇注意到，伦诺克斯向柯蒂斯投去一个探询的眼神。

"我会尽量腾出更多人手。"伦诺克斯对他说。

儒歇感谢地点了点头。

"如果你们有任何发现，"儒歇再次对一屋子的人讲道，"请立即联系我、柯蒂斯或是巴克斯特。大家共同努力，我们就能全面了解整个案件，发现案子间的相似点或作案模式。谢谢大家。"

儒歇说完后，大家就解散了。

伦诺克斯走过去跟他、巴克斯特以及柯蒂斯进行私下的交流：

"我这边要举行一系列的新闻发布会和其他会议。"她告诉他们，"这一整天可能都需要你帮忙，总督察。"

果然不出巴克斯特所料。

"你们的计划是？"伦诺克斯问他们三个人。

"法医那边先鉴定，他们昨天就收到了那两具尸体，有望查到咱们那名……受害者的身份。"儒歇说，因为柯蒂斯在场，所以他用词比较谨慎，"我们已经让调查阿诺兹的那个分队设法找到他的精神科医生。走访一下他的朋友和邻居，应该能通过他们中的某个人打探出一些消息。"

"很好。"伦诺克斯叫住了柯蒂斯，巴克斯特和儒歇则继续朝外面走去，"她要医疗记录干什么？"

"我不清楚。"

"去查。记住我跟你说过的话，这个案子发生之后，现在最最重要的是，这个案子必须是我们破的。如果她对你有所隐瞒，我会毫不犹豫地把她扔上下一班回伦敦的飞机。"

"我明白。"

伦诺克斯点点头，让到一边，让柯蒂斯去追那两名同事。

"所以格伦·阿诺兹还在吃药？"柯蒂斯疑惑地问道。

"不，是曾经在吃药。"这个娇小的女人一边隐晦地说，一边越过阅读眼镜眯眼看柯蒂斯。

柯蒂斯想起，她过去在几个不同场合见过这位法医病理学家。毕竟，斯托米·戴①可不是一个容易被忘记的名字。她想起来了，如果那个女人说的话让她觉得大惑不解，那是再正常不过的了。斯托米递给柯蒂斯和儒歇一个文件夹，里面装着验血结果的复印件，这是尸检报告的一部分。这对他们来说没有任何作用。

他们坐在东26街的纽约首席法医办公室赫希中心的接待区。这栋楼是医疗中心的众多附属建筑之一。从纽约大学朗格尼医学中心的急救室往南只需走三个街区，就能把那两具尸体送到这里。柯蒂斯不知道的是，他们之所以在这个不同寻常的地点碰面，是因为儒歇提前打电话告诉院方，他们与这两具尸体并没有什么过多的牵扯。

柯蒂斯知道的话，可能会不高兴。儒歇在她的脸上看到一丝宽慰，接待处的环境比较轻松，他们现在坐在明亮的灯光下，不用去楼中心那间漆黑的实验室。在那里，她就得面对那个被她杀死的男人的蜡色尸体。

巴克斯特还没有到。伦诺克斯把她"借去"开新闻发布会和其他会议了，而这之前她甚至没能从警察局的办公室逃出来。

斯托米指着柯蒂斯手里的那张天书一般的文件说："我不知道他到底服的什么药，但是他真的、真的不该吃那些药。他的处方药中看不出包含抗精神病的药物，但的确含有微量的 ETH-LAD② 和苯二氮䓬类。"

柯蒂斯一脸茫然。

"苯二氮䓬的副作用之一是让人产生自杀倾向。"

"哦。"

"ETH-LAD 就像 LSD 的小兄弟。拥有阿诺兹这种病史的人服这类

---

① 原文为 Stormy Day，字面意思是"暴风雨的日子"。
② 一种与 LSD（麦角酰二乙胺）类似的致幻剂，药效比 LSD 略强。

药可能有两个最恶劣的后果：产生幻觉，以及逐渐失去对现实的控制。这是抗精神病药最主要的戒断症状。那家伙肯定出现戒断症状了，我敢打赌，这家伙当时肯定看到中央车站天花板上的画面活过来了！"她意识到自己这种嬉皮士的说话风格不太适合面前这两个比较保守的人，于是清了清嗓子，继续说，"我已经送了一份他的血液样本到弗吉尼亚的匡蒂科，做进一步的化验。另外，我还想看看他们在他家里发现的其他药物。"

"我会帮你查一下。"柯蒂斯一边说，一边做笔记。

"关于阿诺兹，除了一目了然的部分，我知道的就这些。说实话，情况有点奇怪，一般来说，他的尸体会留在案发现场，但因为这件案子的性质，他身上还有另一个人的血液和组织，于是他又被救护车大老远送去急诊室，并在急诊室被人跟另外一个人切开。基本上，可能半个纽约市的人都碰过他的尸体。毫不夸张地说，现在尸体的污染程度和验尸干扰都有很大问题。"

"那名受害者呢？"儒歇问道。

"诺厄·弗伦奇，两天前被报失踪，之前在中央车站的售票亭上班。"

儒歇露出一脸钦佩的表情。

"根本不用做什么化验就能知道他的身份。"斯托米继续说道，"他的前臂上有个文身，刻着'K.E.F. 3-6-2012'，这应该是他的儿子或者女儿的信息。我们照着这个名字的三个首字母查了纽约的出生记录，找到了一个结果。"

"天才。"儒歇笑着说。

"我也这么认为。他被人下了药，用的是某种麻醉剂。详细信息文件夹里面都有。"斯托米的注意力被前台发生的什么事吸引了，"她和你们一起的？"

他们转过身，看见巴克斯特正准备跟服务台后面的一个男人理论一番，那个男接待员显然听不懂巴克斯特在说什么。斯托米上前去调解，避免矛盾进一步升级。

儒歇看向柯蒂斯。

"我们有个像样的线索了。"他说，"而且需要跟这个精神科医生谈谈。"

"是啊，是要谈谈。"柯蒂斯说道。

她翻到血检结果那一页，拉开金属环，把这张复印件从文件夹里面拿出来。

儒歇看上去有点疑惑。

"你在干什么？"他问。

"执行命令。"

"你执行命令的方式是移除证据？"

"是把这件案子第一次真正出现转机的消息封锁在联邦调查局和中央情报局内部。"

"我真的不……你这样让我很不舒服。"儒歇说道。

"你觉得我舒服吗？这就是为什么它们被称作命令，而不是商量。"

斯托米走了过来，巴克斯特跟在后面。柯蒂斯依然把复印件攥在手上："藏起来。"

她把它扔给儒歇，儒歇又扔了回去：

"我不要这个！我要告诉她。"

"不行！"

儒歇的外套搭在沙发的背面，柯蒂斯没有理会儒歇反对的目光，把这张皱巴巴的纸塞到他外套的一个口袋里。就在那时，巴克斯特在他们旁边坐了下来。斯托米继续说起来。

*

巴克斯特与伦诺克斯一起出席了新闻发布会，目的是把中央车站的事故详情公之于众。让巴克斯特觉得既惊讶又感动的是，当媒体一再向伦诺克斯施压，让她说出那位杀害平民的特工之名时，伦诺克斯没有向压力低头。她强调，唯一要对此负责的是那个精神状况不稳定的人，是他策划了那个男人的死亡，她手下的特工是被迫开枪的，还说这位特工表现得非常英勇，同时也是在遵章办事。

伦诺克斯太精明了，把自己的手下包装成那场事故的受害者。记者们提问时的指责语气迅速缓和了下来。当媒体问到调查进展时，巴克斯特像往常一样，机械地搬出之前排练过的回答。

终于脱身之后，她检查了一下手机，发现有新消息——各警队已经根据要求把他们收到的凶手的医疗记录发给了她。截至目前，她已经拿到了爱德华多·梅迪纳、多米尼克·伯勒尔、马库斯·汤森的医疗记录。她直接把这些资料发给了埃德蒙兹，然后才前往法医办公室。

埃德蒙兹连续收到了三封邮件，手机跟着发出嗡嗡的响声。他低头瞥了一眼手机屏幕。看到巴克斯特的名字，他立刻起身朝洗手间走去，把自己锁在一个隔间里，开始下载附件。他浏览了第一份文件，几秒钟内就看到了他要找的东西。他打开第二份，翻了几页就发现了同样的字眼。他又点击第三份文件读了起来。突然，他的眼睛亮了起来。他从隔间里冲出来，走出洗手间，向电梯跑去。

巴克斯特、儒歇和柯蒂斯刚刚结束与那位法医病理学家的对话。当他们走在第一大道时，巴克斯特的手机响了。如果是别人打来的，她会直接忽视。

"埃德蒙兹?"她一边接电话,一边避开两名同事。

"他们都去咨询过!"他兴奋地说。

"谁?"

"那些凶手,这就是他们之间的联系!我上过'从流浪走向成功'那个网站,上面说他们为流浪汉提供咨询服务,帮助他们重新站起来。我记得关于帕特里克·彼得·弗格斯的笔记上说,母亲生病给他造成了极大的经济负担,把他压垮了,这么一来,他去寻求咨询就说得通了吧。你猜怎么着?"

"接着说。"

"马库斯·汤森也参加了'从流浪走向成功'这个项目提供的免费生活指导课程。爱德华多·梅迪纳在女儿的移民申请被拒后患上了抑郁症,他在杀人的前一天晚上,还参加了该项目的匿名戒酒会。另外,多米尼克·伯勒尔也参加过这个项目例行举办的周会,这是他康复计划的一部分。"

巴克斯特笑了,埃德蒙兹没让她失望。

"而格伦·阿诺兹自童年时期就患有严重的精神疾病,这大家都知道。"她激动地说,"我们一直在寻找他的精神科医生。"

"最好再加把劲去找,找到他,一切都不是事儿了!"埃德蒙兹几乎喊了出来,"好了,你现在可以说了。"

"说什么?"

"说没有我你根本找不到方向。"

巴克斯特挂了电话。

柯蒂斯在巴克斯特打电话的间隙跟儒歇商量,设计一个什么样的方法才能把巴克斯特拴在伦诺克斯身边，然后她才好跟他一起去韦斯特切斯特县拜访那个神出鬼没的班特姆医生。她急忙收口，因为巴克斯特朝他们走了过来，脸上挂着罕见的笑容。

　　"我们一起去找那个精神科医生吧。"她决然地告诉他们。

　　儒歇一脸傻笑地看着柯蒂斯。

Chapter 15

第十五章

2015 年 12 月 13 日　星期日　中午 12:22

"……如果'阿撒'在希伯来语中表示'力量',而'泻勒'表示'上帝'的话,按这种特定的顺序,'阿撒泻勒'的意思就是'超越上帝的力量'……这里提到动物被认为是'阴暗的',比如蝙蝠、蛇、凶猛的狗等,'它们是特别容易受到影响的化身,能把污秽的灵魂附在宿主身上'。"

"我们能聊些别的吗?"柯蒂斯一边开车一边抱怨,车子马上就要下州际公路了,"你真的吓到我了。"

儒歇那天早上搜节目的时候,碰巧搜到了牧师小杰里·皮尔森纳参加的一档电视节目,因此,他这一路上都在网上搜索这个拥有超自然能力的怪人。

巴克斯特竭力想要一路睡死过去。

车子驶入了一条乡间小路,光秃秃的树枝像打着结的手指,想要钩住路上孤零零的车子。

"行，但听听这个……"儒歇一边激动地说，一边滑动手机屏幕。

柯蒂斯快被气死了。

巴克斯特又一次醒了过来，擦了擦嘴角的口水。

"'因为被天使长拉斐尔追杀，堕落天使阿撒泻勒被摘去了黑化的翅膀，被禁锢在上帝创造的最深处的黑暗中。他被埋在最锋利的岩石之下，这里是地球上最偏僻、最荒凉的沙漠，但他还是活了下来，他那从破损的斗篷上撕下的羽翼变成了他的坟墓。他再也见不到光明，直到审判日的烈火把他烧成灰烬。'"

"多谢分享。"巴克斯特打了个哈欠。

"你真的很烦，儒歇。"柯蒂斯对他说，这个瘆人的故事听得她发抖。

"最后一点，"儒歇跟她保证，同时清了清嗓子，"'在那无尽的黑暗中，阿撒泻勒陷入了疯狂，他无法挣脱锁链的束缚，于是把自己的灵魂从被束缚的身体中撕扯出来，变成成千上万个幽灵游荡在人间。'"

儒歇把手机放在大腿上："我现在也被吓到了。"

当第一批晶莹的雪花轻轻地落在风挡玻璃上时，他们已经驶入了班特姆家门前那条结冰的车道。天气预报说当天晚些时候会有大雪，暴雪可能会持续一整晚，直到第二天早上。

柯蒂斯顺着儒歇昨天留下的轮胎轨迹把车开到了车库。巴克斯特凝视着那栋房子，它看上去和昨天下午一样凄凉，但是在那块他们并未踏入的草坪上，有一行深深的脚印。

"有人来过这里。"她坐在后座上满怀希望地说。儒歇把车停好之后，他们从车上下来，刺骨的寒风打在身上。儒歇注意到，对面屋子里有个邻居一直好奇地注视着他们。希望她不要来打扰他们。然而她已经朝他们走了过来，经过车道的时候两次差点摔跤。

"你们俩先走。"他告诉她们。

柯蒂斯和巴克斯特向前门走去，儒歇则上前拦住那个爱管闲事的女人，免得她摔断骨头耽误他们的正事。

"有什么能帮你？"他低声自语，预料这个多管闲事的邻居也会这样问他。

"有什么能帮你？"

"只是来找詹姆斯·班特姆医生。"他说道，微笑着想把她打发走。

柯蒂斯按了门铃，这个女人怀疑地朝柯蒂斯那边看去。她没有要离开的意思。

"外面真冷啊。"儒歇巧妙地暗示她，屋里才暖和舒服，她最好还是乖乖回去，不要多管闲事。

屋里没人应门，巴克斯特更用力地敲了起来。

"他们可是有很好的安保措施。"这个邻居说，言外之意非常明显。

"开什么玩笑，"儒歇一边说，一边拿出自己的证件，"他家门口现在可是有三名警察。"

那个女人立刻变得友善起来，但那双冻得发青的手看上去还在暗示他们最好马上离开。

"你们打过电话了吗？"她提议，同时拿出自己的手机。

"打了。"

"那你们有特里的电话吗？"她一边问，一边把电话举到耳边，"她非常和善，孩子们也很可爱，我们互相照顾——"

"闭嘴！"巴克斯特站在前门边上吼道。那个女人看上去被激怒了。过了片刻，巴克斯特转向柯蒂斯："你听到了吗？"

她蹲下来，打开信箱，但声音戛然而止。

"再打一遍！"她冲那个爱管闲事的邻居喊道。

几秒钟后，又响起了手机在某种坚硬的表面上振动的嗡嗡声。

"手机在屋里。"她大声对儒歇说。

"哦。"那个邻居说,"真是奇怪,她一直把手机带在身上的,以便孩子们找到她。她一定在家,或许在泡澡。"

儒歇看到那个女人的脸上流露出真正关切的表情。

"巴克斯特!再听一遍。"他大声说。

他拿出手机,重新拨打昨天联系班特姆时的那个号码,他忐忑不安地等着电话接通。

巴克斯特把耳朵挤进前门的窄缝里,紧张地听着。

"哦,外面的天气真是糟糕……"

她吓了一跳,跌倒在潮湿的地上。震耳的圣诞铃声突兀地从门后传出来。

"但烟火是如此美妙……"

儒歇对那个不知所措的女人说:"你,回去!"

他冲向那栋房子,同时伸手去拿枪。

巴克斯特坐在潮湿的地面上,看见柯蒂斯正对准门锁踢上去。

"既然我们无处可去……"

柯蒂斯又踢了一次。这次,门"砰"的一声打开了,门后的手机被踢到一棵大大的圣诞树下面,手机发出的圣诞铃声还在响着。

"联邦调查局!有人在家吗?"她高声喊道,这时铃声停止了。

儒歇和巴克斯特跟着她进了屋。儒歇朝楼上冲去,巴克斯特穿过走廊,来到厨房。

"班特姆医生?"她听见儒歇在楼上的某个地方喊道。

屋内是暖和的。宽敞的大厨房中间,四份吃了一半的午餐被遗忘在餐桌上,已经冷透了。亮橙色的汤表面凝了一层厚厚的油。

"有人在家吗?"柯蒂斯在另一个房间里喊道,儒歇继续往楼上搜寻,楼梯上响起他重重的脚步声。

巴克斯特低头看着餐桌上的三个饭碗，旁边是吃剩下的肉卷，肉卷表面结了一层金黄色的壳。她又看向地板，发现自己进门时留下了一串足迹，上面零星分布着雪花和食物碎屑。她又顺着这些零散的足迹来到走廊的中间，那里似乎有一扇狭窄的柜门。

"有人吗？"她叫了一声，然后小心翼翼地推开那扇门，发现了一个向下延伸的陡峭的木楼梯，底下一片漆黑，"有人吗？"

她向下走了一步，在墙上寻找着电灯开关。她并不重，但脚下的木头依然被踩得嘎吱作响。

"柯蒂斯！"她大喊。

她拿出手机，打开内置的手电筒。刺眼的白光照进黑暗的楼道中。她又试着向下走了两步。她越往下走，被黑暗的地下室吞得越深。她再次把脚放在台阶上，摸索着向下走去，却踩到了某个软软的东西，她感觉自己的脚踝扭伤了。

她摔倒了，整个人撞到一堵冰冷的石墙上。

"巴克斯特？"她听见柯蒂斯叫她。

"下面这里！"她呻吟道。

她一动不动地躺在发霉的地板上，呼吸着灰尘和潮湿的空气，脑子里估算着四肢受损的程度。她摔伤了，额头上结的痂也被蹭掉了，靴子里的脚踝阵阵抽痛，但似乎都是一些轻伤。手机掉在倒数第二个台阶上，手电筒的光刚好照在那个把她绊倒的面包卷上。

"见鬼。"她龇牙咧嘴地坐起来。

柯蒂斯出现在门口："巴克斯特？"

"这里。"她挥挥手。

头顶响起沉重的脚步声，儒歇向她们冲了过来。

"你没事吧?"柯蒂斯问,"你应该把灯打开。"

巴克斯特刚想说些什么来反驳,但看见柯蒂斯伸出手,拉了拉门口的绳子,如愿听到了咔嚓声。

"我可能发现了一些有用的东西。"柯蒂斯开口说道,但巴克斯特根本没在听。

她瞪大眼睛望着黑暗中的某个东西,甚至不敢呼吸。悬在天花板下面那个落满灰尘的灯泡慢慢亮起来,发出朦胧的橙光。

"巴克斯特?"

巴克斯特的脉搏剧烈跳动起来。她看到离灯光最近的那个东西呈现出人体的形状,旁边还躺着一个。两个人都面朝下地趴在地板上,血淋淋的麻袋罩住了他们的脸。此时,她的本能反应是逃跑,而不是留下来战斗。她站起来准备离开时,头顶的灯泡突然大亮起来。她趴跪到地上,看见稍远的地方还有两具尸体,一样的姿势,头上也蒙着沾血的麻袋,不过身体只有两个成年人的一半大。

"那是什么?"柯蒂斯急切地问。

巴克斯特快速爬上楼梯,她看起来十分无力,一方面是受到了惊吓,另一方面是脚踝扭伤了。她跌倒在走廊上,猛地带上了身后的门,试图恢复自己的呼吸。她用一只脚紧紧抵着木门,似乎害怕身后有什么东西会追着她爬出来。

柯蒂斯拿着手机,随时准备呼叫支援。儒歇在巴克斯特旁边跪了下来,耐心地等着她解释。她转头看着他,喘出的热气喷到了他的脸上。

"我觉得……我发现……班特姆一家了。"

长长的车道上停满了各种各样的车。儒歇坐在外面的门廊里看着雪花落在那些车上。他接住一片晶莹剔透的雪花,用手指搓了搓,雪花顷刻间化为乌有。

　　他想起了过去：他的女儿当时还很小，大概四五岁，在花园里玩耍。外面很冷，她被包裹得严严实实，试图用自己的舌头去接飘落的雪花。她仰着头，着迷地看着头上的白云慢慢散开。她问他，天是不是要塌了，语气中没有一丝害怕的意思。

　　出于某种原因，他一直记得那一幕，它让他产生一种离奇的念头：这个世界正在毁灭，我们却无能为力，只能眼睁睁地看着它发生，只能伸手去接雪花。他意识到，犯罪的阴云继续扩散，在目睹了青天白日下发生的这些不可思议的暴力犯罪和惨不忍睹的恶劣行径后，这段记忆于他而言已经有了与当初完全不同的含义。

　　还会有更多的谋杀案发生，这一点他十分肯定，但他们无能为力，只能眼睁睁地看着。

*

　　地下室里都是警察，头顶老旧的灯泡依然亮着。这间地下室看上去跟其他的犯罪现场没什么区别，但面对这个现场，在场的专家却都眼含热泪，纷纷说着"我出去一下"。法医队封锁了地下室以保护现场，其他人去厨房取证了，这里是这家人被害前最后聚集的地方。两名摄影师挨个在房间里拍照取证，警犬队搜过了整栋房子。

　　巴克斯特和柯蒂斯在楼上忙着，她们几乎有一个小时没说话，而忙着搜索任何可能对调查有帮助的线索。

　　屋内没有明显挣扎的痕迹。奇怪的是，班特姆胸前刻着的是"傀儡"而不是"诱饵"，其他几具尸体上则没有任何标记。这家人先被绑了起来，接着逐个被子弹打穿了后脑。死亡时间大概是十八至二十四小时之前。

犯罪现场一旦发现小孩的尸体，气氛都会变得很凝重。巴克斯特跟现场其他人一样十分愤慨，尽管遇害的小孩不是自己的，尽管她自己从没打算生小孩，也尽量不去跟小孩接触。愤怒促使现场的人更加专业地忙碌着，他们打算不睡觉、不吃饭、不回去见家人，也要全身心地投入手头的任务中。这或许也是巴克斯特看见儒歇无所事事地坐在外面会感到无比愤怒的原因。

她冲下楼，无视脚踝的疼痛，大步从敞开的前门走了出去，猛地在儒歇背后推了一把。

"噢！"他呻吟着滚到地上。

"你在干什么，儒歇？！"她咆哮道，"所有人都在里面帮忙，你却一屁股坐在这里动也不动！"

远处，在周边搜索的紧急勤务组警犬停了下来。一名警察正在喝止一只冲他们狂吠不止的德国牧羊犬。

"小孩遇害的现场我不参与。"儒歇一边简单地解释，一边站起来。那只牧羊犬对他们失去了兴趣，继续搜索其他地方去了。

"谁想参与？你以为谁愿意待在那儿吗？这是我们的工作！"

儒歇没有作声，开始拂去身上的雪。

"你知道我参与调查过火化杀手案吧？"巴克斯特继续说，"我和沃尔夫……"她犹豫了，她一直主动避免提及那位声名狼藉的前搭档，"我和沃尔夫连着许多天处理了二十七个女孩的尸体。"

"我跟你说，我有过非常糟糕的体验……工作上的，从那以后，我就再也不参与有小孩遇害的现场……再也不。"儒歇解释道，"这对我来说是个难关。我负责处理外面的这些事情，可以吧？"

"不行，去你妈的可以吧。"巴克斯特说道。

她进屋的时候，从地上抓起一大把雪和冰块。儒歇正龇牙咧嘴地抖落头上的雪。片刻之后，一个坚硬的雪球结实地砸在了他的脑袋上。

他们撤出犯罪现场的时候，天已经黑透了。天气预报所说的暴雪如期而至，在前花园泛光灯的照射下，晶莹的雪花在黑暗的夜空中闪闪发光。巴克斯特和柯蒂斯走出来，发现儒歇还是和之前一样蜷缩着坐在那里。

"我给你们两个一点时间。"柯蒂斯说着离开了。

巴克斯特戴上那顶毛茸茸的帽子，在儒歇旁边坐下来，望着宁静的花园。她用余光看见他头上有块严重的擦伤。

"你头上的伤，对不起啊。"她说道，嘴里呼出的气在周围聚成一团白雾。她看着邻居的圣诞灯饰和警车上的爆闪灯一起闪烁着。

"不用道歉，"儒歇笑着说，"你也不知道雪球会伤到我。"

巴克斯特露出内疚的表情："我在里面放了块石头。"

儒歇微微一笑，接着两个人都笑出了声。

"外面的情况如何，我错过了什么吗？"巴克斯特问。

"呃，一直在下雪。"

"谢谢，这我知道。"

"我不明白，他们现在是在自相残杀？这怎么符合那个模式呢？"儒歇叹了一口气，"我已经告诉各个警队，当务之急是确定并找到其他的咨询医生，我也让格拉梅西诊所给我一份班特姆完整的客户名单，还让他们把所有'傀儡'的血检报告发给我。"

儒歇这才意识到，他们还没有把在格伦·阿诺兹体内发现了违禁药的事告诉巴克斯特。他打算晚些时候和柯蒂斯当面讨论这个问题。

"以防万一嘛。"他补充道，因为巴克斯特看起来很感兴趣，"刚刚我一直在收集证据。"他指着被积雪覆盖的花园，里面立着一个微型帐篷，"凶手的脚印。"

"我们不能确定脚印就是凶手的吧。"

"实际上是可以确定的。"

儒歇拿出手机，翻到他下午早些时候拍摄的一张照片，然后递给巴克斯特。照片上，雪花在空中洋洋洒洒地飘着，这栋如风景画般美丽的房子静静立在暗处。现在看来，这栋房子注定要成为巴克斯特一生的噩梦。他们开的那辆联邦调查局专用车停在车库前面，在后面的冰块上留下了整齐的轮胎印。有人抄近路横穿花园，在雪地上留下了一串深深的脚印，不过这些脚印现在已经被大雪覆盖了。

"可能是邻居或报童留下的。"巴克斯特说。

"不是，再看看。"

她盯着屏幕，放大了图片。

"没有通向房子的脚印！"

"没错。"儒歇说，"昨晚这里没有下雪，我检查过了。我在咱们的人到来之前到处转了转。你的、我的、柯蒂斯的，还有那个爱管闲事的邻居的脚印都被排除了，这是另外一个人的脚印。"

"也就是说……凶手昨天就在这里！当我们在前门敲门的时候，他们就在里面！"巴克斯特倒抽了一口气，"该死的！我们本来可以救下他们的。"

她把手机还给儒歇。

他们默默地坐了一会儿。

"在你看来，杀掉这家人的是不是就是幕后黑手？也就是你说的那个堕落天使？"她问道。

"我不知道。"

"我要疯了，儒歆，现在到底是什么情况？"

他苦笑了一下，把手伸到门廊外，去接飘下的大雪。

"……天要塌了。"

Chapter 16

第十六章

暴雪比预计来得要早。纽约州现在寒风肆虐，积雪已经厚达十厘米。车上的加热器还没来得及变热，他们就在交警的指引下驶出了新英格兰高速公路。从前方的汽车残骸来判断，今晚暴雪的第一名受害者出现了。信息标牌被仓促地搭建起来，上面橙色的指示灯不停地闪烁，柯蒂斯顺着指示灯把车开进了低速行驶的车队中，直到上了一号公路，车子才提起速来。

巴克斯特在后座上打着盹儿。窗外是一片静止的世界。车内，带着皮革味的阵阵热风从昏暗的仪表板中吹出来。车轮轧进积雪的声音听起来如涓涓流水，让人特别放松。警用电台里，人们在漫不经心地闲聊，七嘴八舌地讨论着汽车事故、酒吧斗殴以及入室盗窃。

今天巴克斯特受了打击，现场的每个人都受了打击。在犯罪现场，她故作勇敢，展现出一副专家的派头。就是这种厌世的态度陪伴她度过了职业生涯中最艰难的几次任务。但现在，她坐在汽车后座上，满脑子都是那个地下室和趴在地上的尸体——他们的身体被绑着，脸被蒙着，全家人以这种投降的姿态被残忍地杀害。

她突然对托马斯、蒂亚和那几个她偶尔联系的朋友产生了一种怨恨的情绪，虽然她知道这完全没道理。他们在生活中遇到的怪事能多离奇呢？上班的路上会不会下雨？星巴克的咖啡中是不是放错了牛奶？同事是不是说了什么中伤自己的话？

他们中没有一个人知道，一名凶杀与重罪科的警察要过什么样的生活。他们中没有一个人哪怕试着理解一下那些需要她观察、记住的东西。

他们都不够强大。

对那些活得更简单的平凡人产生怨恨情绪，这并不罕见。也正因如此，她那么多的同事都选择和武装部的人谈恋爱。当然他们也会列出一些自己的理由，轮班啦，工作性质相近啦，命中注定的共同兴趣啦，但巴克斯特觉得事实远不止如此。那些同事只是不想承认，他们最后都觉得，这个圈子以外的人和事都变得有点……不那么重要了。

"还好吗，巴克斯特？"儒歇转过身看着她。

她根本没意识到有人在讲话："啊？"

"天气越来越糟糕了。"儒歇重复了一遍，"我们在说，要不要找个地方停车，随便吃点东西。"

巴克斯特耸耸肩。

"随便。"他把这个动作转化成语言告诉柯蒂斯。

巴克斯特又看向了窗外。一块结了冰的路标显示，他们现在要进入一个叫马马罗内克之类的地方，管它叫什么呢。现在雪下得很大，她从没见过这么大的雪。他们几乎无法看清主干道两旁的建筑。儒歇和柯蒂斯眯着眼睛，想在暴雪中找个可以停车的地方。

"能把我的外套扔过来吗？"儒歇问。他显然很乐观，觉得他们一定能找到地方停车。

　　巴克斯特拿起放在她旁边座位上的外套。儒歇向她表示了感谢，然后从前排座椅中间的缝隙中把外套拽了过去，这时，她看到有什么东西从他的口袋里掉出来，落在了她脚边。她俯身在脚边找了一圈，找到了一张被揉成一团的纸。她刚准备把它递给儒歇时，发现纸的顶端印着格伦·阿诺兹的名字。

　　她乌黑的眼睛看了看儒歇的后脑勺，然后小心翼翼地打开那张纸。

　　"左边那是什么？"柯蒂斯问，指着路边停着几辆车的地方。

　　"比萨小店！"儒歇激动地说，"你们吃吗？"

　　"听着不错。"巴克斯特心烦意乱地答道。她试图借助路边建筑透出的隐隐约约的灯光看清那张皱巴巴的纸上写的内容，橙色灯光断断续续地照亮了纸上的部分文字。

　　她可以确定这是法医给出的血检报告。虽然这份罗列着各种药物和化学药品名的清单没什么意义，但法医病理学家很明显在某些药品上画了圈。这些被标记的药品在某些方面肯定有着非常重要的意义。

　　儒歇为什么要瞒着她呢？她正考虑要不要问问他这件事时，他转过身微笑着对她说：

　　"我不知道你们想不想，反正我已经准备好喝啤酒了。"

　　她也笑了，把那张纸在腿上揉成一团。柯蒂斯跟着前面一辆车来到一个快被挤爆的停车场。在儒歇的劝说下，柯蒂斯不情不愿地把车停在边上。巴克斯特戴上了毛茸茸的帽子和手套。儒歇把自己的证件放在风挡玻璃上，他觉得这样能充分解释他们为什么把车停在了被雪覆盖的花圃或草坪上。

　　停车场外已经积了一层厚厚的雪。他们下了车，迎着风朝那家比萨店走去。大门外面蜿蜒地排着一个至少二十人的长队。他们站在玻璃窗外，看着有暖气的室内。他们可以在里面一边讲话，一边吃烫烫的食物，这一切都坚定了他们进去的决心。儒歇和柯蒂斯站在队尾开始排队，而巴克斯特走到一边去打电话。

为了确保他们听不到，她来到了大街上。这里有一个小教堂，看着就像圣诞卡片上的画，但这种景致被对面那家邓肯甜甜圈店给毁了。她拨通了埃德蒙兹的电话，电话响了几声后就转到了语音信箱。

"需要跟你谈谈，打给我。"她的留言简单而直接。

她没有回去跟他们一起排队，因为自她离开后，他们还没向前挪动一步。她在花坛边坐下来等着，希望埃德蒙兹马上给自己回电话。

她真的需要跟他聊聊。

队伍最前面的一家人进去了，柯蒂斯和儒歇终于离入口近了两步。他们看着街对面巴克斯特的身影。手机屏幕发出的光照亮了她的脸。

"我真的以为我们会取得一些进展，"柯蒂斯哀伤地说，"但现在，又是一个死胡同。"

儒歇知道，她想起了格伦·阿诺兹和那个她被迫杀死的无辜男人。说实话，他很震惊，二十四小时前，她还处在一种悲痛欲绝的状态，现在居然能正常工作了。上次监狱暴乱之后，她在当晚午夜时给他打过电话，从交谈中，儒歇知道她的家庭有着强大的政治背景。从那以后，他发现伦诺克斯对她的偏袒、保护，以及为她破例的倾向简直太明显了。

让儒歇感到奇怪的是，柯蒂斯还不明白，她决心在自己选择的事业上取得成功，在调查那些轰动的案子时脱颖而出，以及为了激怒家人而努力工作，迅速提升自己的警衔，这一切其实都是因为她的家庭，以及出生在那个家庭带给她的身份。换作别人，她可能会被要求退出这个案子，还要经历数周的调查和评估，但因为她是柯蒂斯，她想要弥补自己的过失，所以她归队了。

"我们确实有些进展。"儒歇说，给了她一个安慰的微笑，"我们没想过能找到班特姆一家。之前的尸体都是炫耀一般地展示在我们面前，但这几具……没有宏大的场面，也没有观众，而是被藏了起来，这就意味着我们的方向是对的。只有班特姆的尸体上刻着'傀儡'，也许他被胁迫着参与过谋杀……也许他反抗过。"

柯蒂斯点点头，他们又跟着队伍向前挪了几步。

"我只是希望，当初能救下他们。"她说。

儒歇也说过这句话，在那时，阿诺兹还是他们第一个，也可能是唯一一个还活着的嫌疑人。他一个人就能给出他们迫切需要的信息，但柯蒂斯把这个机会变成了泡影。儒歇从她的表情可以看出她在思考，如果她当初做了不同的选择，班特姆一家是不是就能免遭厄运。

"我们需要团结协作。"儒歇说。

柯蒂斯顺着他的视线看向巴克斯特，她似乎生气地把手机扔进了一个篱笆里面，现在正努力把它捡回来。

他们都笑了。

"我有命令在身。"她告诉他。

"愚蠢的命令。"

柯蒂斯耸耸肩。

"向巴克斯特隐瞒调查情况根本不现实，看看今天发生的这些事。"儒歇说道。

"为什么不看看今天呢？"柯蒂斯出言反击，"她知道要密切关注那个精神科医生——她怎么知道的？我们没有告诉她。或许她也向我们隐瞒了什么。你从没想过这些吗？"

儒歇叹了一口气，打量了她一会儿：

"那如果有一天，伦诺克斯命令你也向我隐瞒呢？"

柯蒂斯看起来有点不安。她犹豫了一下："我会照做。"

她直视他，点点头，好像自己也不确定，但又拒绝道歉或者让步。

"就这么简单？"儒歇问道。

"就这么简单。"

"我来帮你把事情变得简单点。"儒歇对她说，"我去告诉她违禁药品的事，没人命令我向她隐瞒什么，就算有命令，我也不会去管它。"

"如果你这么做，我会报告给伦诺克斯。我会向她证明，我已经明确请你不要泄密，但你全然不听。那么她会把你从这个案子中移除。"

柯蒂斯现在已经不敢直视儒歇的眼睛了。她转过身，看见又有几个人进了店，她也跟着向前移动。他们快到门口了。过了一会儿，她回头看着他。

"我现在觉得愧疚了。"她对他说，"我请你吃辣芝士薯条。"

儒歇看起来还是有点受伤。

柯蒂斯叹了一口气："外加一杯奶昔。"

好消息是巴克斯特找回了手机，这多亏了她骂的每一句脏话和找来的一根大棍子。但坏消息是埃德蒙兹还没回电话。现在的她不停地发抖，靴子上沾了厚厚的一层雪，她的袜子湿透了。她又拨了他的号码，等着被转入语音信箱。

"是我。今天糟糕透了。关于精神科医生，看来你是对的，但是……事情有点复杂，我晚点再跟你说。还有一些别的事情：那个中情局的特工达米安·儒歇，我需要你帮我调查一下他。知道你会问，不是的，不是我多疑，我也知道这个世界上不是每个人都想害我，但我发现了一些东西，这件事你要相信我。只是……只是先看看你能查到什么，可以吗？

就这样，回头见。"

"辣芝士薯条……"儒歇站在几米开外开始点餐。

巴克斯特尖叫了一声。她滑倒了，重重地摔在地上。

儒歇过去扶她起来。

"我没事。"她一边恼怒地说，一边站起来，抚着摔痛的屁股。

"我只是想告诉你，我们有座位了，柯蒂斯请我们吃辣芝士薯条。"

"我马上就好。"

她镇定下来，看着他过了马路，回到比萨小店。他听到了多少？不过，她觉得这并不重要。

他有事瞒着她。

无论如何，她都要把原因找出来。

Chapter 17

第十七章

　　刚查了，他实际上是一个超级邪恶的大坏蛋，还吃小猫。你的直觉很准啊！我尽量在午餐时给你回电话。

　　埃德蒙兹按了"发送"键，他知道，巴克斯特醒来时，他肯定要为此付出代价。

　　"又在玩手机？"他把手机放回口袋的时候，对面座位上一个带着浓重鼻音的人问。

　　埃德蒙兹没有搭理那人，重新登录电脑，在他忙别的事情时，电脑锁住了。他实在鄙视那个爱哭鼻子和拍马屁的家伙，但又不得不跟他共事，他叫马克·史密斯。他身上唯一有点意思的东西可能要算他的名字了。埃德蒙兹不用看都知道，这个三十岁的男人梳着整齐的头发，身上穿的西装大了两个尺码，里面穿着一件泛黄的衬衫，腋下有明显的汗渍。这个人让整间办公室闻起来像个猪圈。

马克清了清嗓子："我说，我看见你又玩手机了。"因为没得到埃德蒙兹的回应，他重复了一遍。

正在联系巴克斯特的埃德蒙兹从电脑后面探出身子，朝那个碎碎念的小男人竖起了中指。

"看，这是什么？"他说道，然后把注意力放回电脑屏幕上。

埃德蒙兹的反常不符合他的性格，但他的敌意完全合情合理。曾有一段时间，那些同事让他觉得害怕，而罪魁祸首就是这个不起眼的马克。他一直刺激埃德蒙兹。这种情绪越积越严重，直到他每天早上都害怕去上班。这一切在现在看来，真的是难以想象。

那是很久以前的事了。后来他被暂调到凶杀与重罪科，协助侦查拼布娃娃案，然后他遇到了那个一直在发飙、偶尔惹人厌、经常会变卦和不费吹灰之力就能给人启发的良师益友巴克斯特。

没人用居高临下的口吻跟她说过话，她就是不允许他们这么做。她直截了当地拒绝帮别人收拾烂摊子，不管他们是不是她的上级，不管他们是对是错。

一想到他最好的朋友这种顽固的个性，他就忍不住想笑。

有时候，她也会变成绝对的噩梦。

他清楚地记得，那天他终于决定申请调岗。他一直想成为一名凶杀与重罪科的警探。他在大学里学的是犯罪心理学，但在数字和判断事物类型方面很有天赋，加上他对自己很有信心，因此诈骗科想调他过去委以重任。后来他遇见了蒂亚。他们搬进一套前政府公建的公寓同居了，那里看起来丝毫没有要翻修或者进行现代化改造的意思。再后来，蒂亚怀孕了。

他的人生似乎已经定型了……这就是问题所在。

那天，由于遭到马克和那些跟他厮混的马屁精的嘲弄，埃德蒙兹在办公室过得极其糟糕，他找了个借口不去开会，最后递交了申请，去追逐自己的梦想。同事们知道这件事后，当着他的面笑了出来。回家后，蒂亚和他吵了一架，让他去睡沙发，这还是他们在一起后的第一次。但他决心已定，他太厌恶那些同事和这份单调乏味的工作了，他也不想白白浪费自己的才能，这一切都激励着他，促使他采取行动。

回到诈骗科是他这辈子做得最艰难的决定。回去上班的第一天，他还是坐在他五个多月前空出来的位置上。整个部门都认为，他是能力不合格或达不到凶杀与重罪科的要求才回来的。他们觉得这一点都不奇怪，因为跟处理尸体相比，他还是更适合做文书工作。但事实恰恰相反，待在凶杀与重罪科的短短时间内，他蜕变了。他在侦破拼布娃娃案的过程中起到了至关重要的作用。正因如此，回到诈骗科后，他变得愤愤不平。这些人根本不知道，他为这个人们记忆中最大的命案做出了多大贡献。

没人知道。

他取得的重大调查成果被一层秘密的云雾笼罩着，不为人知。外面铺天盖地的报道半真半假，这是为了维护伦敦警察厅的颜面，也为了保住沃尔夫的一条命。只有少数几个人知道伦敦警察厅这个可耻的秘密，他是其中之一。他知道那个沾满鲜血的审判室里到底发生了什么，但为了巴克斯特，他别无选择，只有保持沉默。

他心怀愤懑，一直保留着官方媒体发表的关于沃尔夫失踪的声明。他时不时拿出来看，提醒着自己，事情并不总是朝着好的方向发展的……事实上，他终于意识到，自己所处的位置根本不重要。

这一切都已经淡出人们的记忆了：

……因此，警探威廉·福克斯因牵涉拼布娃娃案调查期间发生的一系列事件而被警方通缉审问，并被指控在抓获莱塞尼尔·马斯后对其进行殴打，致使其落下终身残疾。

如有知其下落者，请立即报警。

就是这样。

他们想问沃尔夫一些问题。

每每想到这个，埃德蒙兹就犯恶心。很快，沃尔夫被移出了重点通缉的名单，成功逃脱了警方象征性的追捕。

埃德蒙兹尝试过自己调查，但是他有所顾虑：如果他去追捕沃尔夫，就有可能暴露巴克斯特与沃尔夫逃脱之间的干系。那个歪曲事实的案件说明将他的贡献悉数抹去，沦为人们工作场所的谈资。但他别无他法，只能忍气吞声，让沃尔夫继续逍遥法外。

这就是为什么他如此蔑视他的同事、他的工作、他的人生：每个人都还认为他一事无成。

"你知道我们这里是不允许使用手机的。"马克一边开机一边咕哝着。

埃德蒙兹差点忘了马克的存在。

"天哪，我恨你，马克。"

他感觉到手机在口袋里振动，于是大模大样地拿出手机，回复蒂亚发来的短信。

"所以……"马克开口说道。

"别跟我说话。"

"……你昨天去哪里了？"他问道，努力抑制自己的兴奋，"下午有段时间我哪儿都找不到你。我有些事要问你。我还问了加蒂斯，以为他没准儿知道你去了哪里，结果他也不知道。"

埃德蒙兹听出了马克语气中的笑意。原来他前脚出去给巴克斯特打电话，说一些重要的事情，那个奸诈小人后脚便沾沾自喜地跑去了上司的办公室告状。

"我确实告诉他，你可能是出去打一个重要的电话。"马克继续说道，"因为我感觉，你把手机一直带在身上，而且一天下来，你总是每隔几分钟都要看一下。"

埃德蒙兹紧握拳头。他从来不是一个脾气暴躁的人，也不是打架的料，但不知怎的，马克总能找到办法把他惹毛。他给自己一点时间，幻想着把那个人的丑脑袋从电脑屏幕上削开。他继续看自己的屏幕，发现它又锁住了。现在还不到上午九点，这也意味着今天对他来说还没正式开始。

他重重地叹了一口气。

巴克斯特打了个盹儿。她坐起来，发现自己并没有错过什么重要的消息；广播里，那个滔滔不绝的女人还在没完没了地说着。

她、儒歇和柯蒂斯向纽约警察局第九分局要了三个相邻的房间，以便尽快联系上十七名"从流浪走向成功"项目的参与者。他们中的每个人都接受了这个项目提供的免费生活指导课程。虽然是出于好意，但现在看来，这个免费课程起了相反作用。

这些人中包括一个吸毒成瘾的女人，巴克斯特意识到，这个项目根本没什么用。

在五个身份已被确认的凶手中，只有格伦·阿诺兹在久负盛名的格拉梅西诊所就诊过，医生是班特姆。爱德华多·梅迪纳的顾问是一个名叫菲利普·伊斯特的人，不过他作为"生活指导顾问"不太够格。同时，菲利普还通过慈善项目给马库斯·汤森提供帮助。另外，他们已经确定多米尼克·伯勒尔和阿列克谢·格林之间有联系。格林就是柯蒂斯在监狱暴乱之后面谈过的那个人。柯蒂斯甚至跟他调过情呢。但他们没找到帕特里克·彼得·弗格斯的任何治疗记录。

英国和美国警方多次尝试联系伊斯特和格林，但都没有结果。这进一步证实了这些顾问跟案子有关系，尽管他们现在对案子还没有全面的了解。他们不知道，这两个人是不是这些谋杀案的幕后主使，或者会不会已经遭受了跟班特姆医生类似的厄运。因此，柯蒂斯建议他们从患者名单着手。但到目前为止，这完全是在浪费时间。

巴克斯特让她的采访对象离开了，起身给自己倒了一杯咖啡。儒歇在隔壁房间跟他的面谈对象聊得正欢，他大笑着跟那个人开玩笑。她怀疑地看了他一会儿，但她从那个角度看不到跟他交谈的人。接着她突然意识到，还没有把他们在班特姆家的发现告诉埃德蒙兹。

他们还有进一步发现。昨晚，警犬顺着气味从班特姆家来到一个公交站，那儿距离小溪几百米远。一个邻居说，案发当天早上，有一辆蓝色还是绿色的面包车停在那里。由于是乡间小路，交通摄像头拍到有用信息的机会微乎其微。

她要把这些最新情况告诉埃德蒙兹。

她穿过形形色色等待接受问讯的人，来到东5街。她走到分局对面的一条长凳边上，凳子上还留着上一个人坐下时留下的印记，她就着这个印记坐了下来。她看着警察局旁边的建筑——典型的纽约风格。其中一栋建筑正在翻修，空荡荡的窗户下面是正在施工的通道，这些通道连着建筑上必备的太平梯，现在梯子上覆盖了一层积雪，最后又连接着下面的吊斗。整个画面看起来像一个巨大的蛇梯棋游戏。

想到这个画面，她感到很沮丧，于是拿出手机给埃德蒙兹打电话。

进一步。退两步。

埃德蒙兹等着那个监督他的人离开办公室，然后开始载入托马斯上一星期的财务动态。他快速瞟了一眼打印机，确保没人使用后点击了"打印"，然后起身离开座位。打印机吐出一张张带着热气的纸，他把它们收集起来，发现这次的财务报表比以往要多，他猜可能是因为圣诞节快到了。

他感觉手机在口袋里振了起来，接着用一种不容易被人察觉的姿势低头看了一眼屏幕。他把打印好的纸塞进上衣口袋里，然后冲出去接电话，他感觉到马克的目光正灼烧他的后背。

看到埃德蒙兹走出自己的视线，马克探到埃德蒙兹的座位上，点击了一下鼠标，防止电脑锁屏。他站起身，绕了个弯，在埃德蒙兹的桌前坐了下来。

"你到底在忙些什么呢？"他一边低声自言自语，一边浏览打开的网页：BBC 新闻，曼哈顿地图，工作邮件。

当看到埃德蒙兹个人邮箱的窗口时，马克的眼睛亮了起来，但让他失望的是，点击进去的时候，账号已经退出了。但是没有关系，他已经得到他想要的东西了：屏幕上显示着托马斯·阿尔科克先生的私人财务记录，而埃德蒙兹的桌子上并没有什么纸质文件证明他可以侵犯他人隐私。非法搜查可是非常严重的违法行为。

马克无法按捺内心的兴奋，也打印了一份托马斯的财务记录，将其作为证据拿给加蒂斯。

他终于抓到他的把柄了。

Chapter 18

第十八章

巴克斯特打了一个冷战。

她冲动地决定给埃德蒙兹打个电话，结果通话时间太长，天气太冷，而她穿的衣服又不够。她跟他描述了班特姆一家的遭遇、停在犯罪现场附近的可疑车辆，以及从儒歇口袋里发现的血检报告复印件。整个过程，埃德蒙兹一直静静地听着。

"有什么地方不太对劲。"她继续说道，"不是我多疑。他总是在打电话，据说是打给他老婆，真的是一直在打。你在犯罪现场转个身，他就不见了，跟他的神秘人讲电话去了，也不干正事。"

"那按你的意思，你现在是在做什么？可能也不是在跟我讲电话吧。"埃德蒙兹说，跟她唱着反调。

"这不一样。"

"或许他就是在跟他老婆讲电话呢。"

"得了吧，没人会那么频繁地跟自己的老婆打电话。再说了，他要是那么喜欢他老婆，怎么不跟她生活在同一块大陆上呢。在我的印象中，他可不是那种需要情感支持的人。"巴克斯特说，牙齿不住地打战，她把双腿盘起来，尽量把自己缩成一个球，"他很……神秘，行事诡异。现在我已经知道，他发现了重要的证据，却瞒着不告诉我。拜托你帮我调查一下行吗？"

埃德蒙兹犹豫了。他知道调查她的同事，不会查出什么好的结果："好吧，但是我——"

"等等。"巴克斯特打断他。她看到儒歇和柯蒂斯从警察局的入口处冲了出来。她站了起来。

"他们找到菲利普·伊斯特了！"柯蒂斯在街对面喊道。

"我要走了。"巴克斯特告诉埃德蒙兹。

她挂了电话，朝他们的专用车冲过去。跟他们会合后，儒歇把她的外套和包递给她。

"谢了，但你忘记我的帽子了。"巴克斯特故意这么说，以便让自己看起来没有那么感激这个她刚刚让自己的好朋友去调查的男人。

他们爬上车。柯蒂斯在街上掉头，然后驾车朝目的地赶去。巴克斯特穿外套时，看见她那毛茸茸的帽子和手套落在了她的腿上。

埃德蒙兹回到办公室，看到马克没在座位上，心情稍微好了点。他登录电脑，准备继续忙活他断断续续做的那些无聊透顶的工作，他突然意识到有人在看他。马克在加蒂斯的办公室看着他，但当埃德蒙兹看向他时，他又把视线转开了。

他有点不安，于是关闭了所有与工作无关的窗口，然后把托马斯的财务记录卷起来放在包的最底部，以防万一。

让人失望的是，菲利普·伊斯特的律师已经赶在他们之前到了纽约警察局。人现在已经在审讯室了，不用说，他肯定已经建议他的当事人不要回答任何问题。

伦诺克斯在等柯蒂斯。她给每个人递去一部手机，接着直奔主题：

"他请了律师，你们要在拘留他的这段时间内挖出尽可能多的信息，但我想，我们可以多拘留他一个小时，因为他那个律师刚才噼里啪啦说了一大堆威胁我的话。"

"律师是谁？"柯蒂斯问，他们正穿过办公室向审讯室走去。

"里彻。"伦诺克斯回答道。

"唉，糟糕。"

柯蒂斯之前跟他打过交道：他是臭名昭著的辩护律师，十分能干，善于找碴，有钱有权的人经常请他帮忙摆平一些麻烦，而这些麻烦常是由他们的钱财和傲慢引起的。更糟糕的是，他让柯蒂斯想起了自己的父亲。她现在真的怀疑，他们能否从伊斯特那里问出有用的内容。

"祝好运。"走到审讯室的时候，伦诺克斯对他们说。

她伸出胳膊，拦住了巴克斯特："你不能去。"

"又来了？"巴克斯特问。

儒歇也帮着理论，但伦诺克斯继续说："你不能去见里彻，你一开口就会让我们吃官司的。"

"但是——"

"你可以看。不用再说了。"

儒歇犹豫了，但巴克斯特挥挥手，示意他不用争了，然后她跺着脚向隔壁的小隔间走去。儒歇走进审讯室，在柯蒂斯旁边坐了下来。桌子对面，里彻看起来与他的名声给人的感觉一样，妄自尊大，充满恶意。他年近六十，脸又瘦又长，留着一头浓密的白色鬓发。相比之下，他的当事人看起来一副既没吃饱也没睡好的样子，瘦弱的身板勉强撑起了那一身破烂的西装，凹陷的双眼环视着这个房间。

"早上好，伊斯特先生。"柯蒂斯说道，语气友善，"里彻先生，很高兴见到你。需要给二位倒杯喝的吗？"

伊斯特摇摇头。

"不用。"里彻回答道，"跟你们说一声，你们现在只剩四个问题了。"

"是吗？"儒歇问道。

"是的。"

"真的吗？"

里彻看向柯蒂斯："你最好告诉你的同事不要招惹我。"

"哦？"儒歇问。

柯蒂斯在桌子下面踢了他一脚。

另一个房间的巴克斯特绝望地摇摇头。

"真应该让我进去。"她喃喃自语。

"我有一个问题，"里彻说，"联邦调查局有什么权力在没做任何解释的情况下像抓轻罪犯一样把我的当事人抓来这里，更别说暗示我的当事人参加过什么非法活动了。"

"我们打过电话，"儒歇出言反击，"但是你的当事人和他的家人选择舍弃原本的生活，跑去躲起来。"他看向伊斯特，"是吧，菲利普。"

"我们只需要问伊斯特先生一些与我们的调查相关的问题，仅此而已。"柯蒂斯说道，试图安抚那名暴躁的律师，但没起到作用。

"是，你们的调查。"里彻讥讽道，"你那位上级真是个大好人，她先跟我说了你们联邦调查局的内部运作方式，然后收缴了我们的个人物品，当然啦，担心我们会跟外面的人分享你们独一无二的推理能力嘛：一名精神科医生曾经给一个刻着'傀儡'的怪胎提供服务，最后那个人却突然死了，而你们这帮人脑子真是聪明，居然怀疑这些坏事是医生们干的……真的是让人大受启发。"

"你的当事人给两名凶手提供过心理指导服务。"柯蒂斯说道。

里彻叹了一口气："纠正你一下：他以某种官方认证的专家身份指导过他们中的一个人。至于另一个，他牺牲了自己的休息时间去慈善机构帮助那个无家可归的人，这一点是令人钦佩的，这么说我想你们都没意见吧。"

伊斯特睁大眼睛飞快地瞟了一眼儒歇，然后又垂头盯着桌子。

"你以前为菲利普代理过吗？"儒歇问那位故意找碴的律师。

"我不明白这个问题跟你们有什么关系。"

"但我明白。"

"那好啊。"里彻夸张地说，"这其实是我第一次代理……伊斯特……先生。"他直截了当地说。

"谁为你的服务埋单……支付方式是什么？"

"现在我敢断言，你提的这个问题跟我来这里没什么关系。"

"因为我觉得，你的收费不会便宜。"儒歇继续说，"毕竟是帮有钱人摆脱垃圾的首席揩屎官嘛。"

里彻微笑着靠在椅背上，儒歇则继续说："不好意思，我觉得有点可疑，他只是一个兼职的咨询师，剩余时间在办公室当管理员，穿着从旧货店买的西装，却决定雇一个有钱人的首席揩屎官……"

所有人看上去都很困惑。

"……首席揩屎官，"儒歇解释了一下，"我们只是让他过来回答几个问题而已，他之前没过来是因为他带着家人躲起来了。"

"你刚才的恶语中伤还有那些拐弯抹角的训斥是想问什么？"里彻问。

"一味地提问，我们不会取得任何进展。"儒歇说，"我提的问题不是让你回答，我是在警告你。"他指了指柯蒂斯面前的文件夹，伊斯特紧张地看着他。柯蒂斯看上去有些不安，但还是把文件给他推了过去。儒歇开始浏览文件内容："你可以说我是个怀疑论者，菲利普，但是当我听说你失踪了的时候，我还以为你畏罪潜逃了。见到你之后，我才明白，你逃跑是因为害怕。"

儒歇在一页纸上停了下来。他盯着那张照片看了一会儿，接着不得不把目光移开。他从文件夹中抽出那张照片，放到桌子中间。

"我的天哪！"里彻倒抽一口冷气。

"儒歇！"柯蒂斯呵斥道。

但伊斯特似乎被那张黑白照片牢牢吸引住了。照片上，班特姆一家被绑着，头被袋子罩着，整整齐齐地倒在地上。这正是巴克斯特发现他们时的样子。

"他是詹姆斯·班特姆，一个精神科医生……你们中的一员。"儒歇解释道，他看到伊斯特下意识地扯着胸前松垮的衬衣，"旁边那个人是他妻子，她旁边是他们的两个儿子。"

伊斯特看起来要崩溃了。他无法将视线从照片上移开，狭小的审讯室里充斥着他急促的呼吸声。

"班特姆什么都没跟我们说。"儒歇说道，用夸张的语气表达着遗憾，"或许他以为这样做是在保护他的家人。"

里彻伸手把那张瘆人的照片正面朝下地放在桌子上。

"再见，特工儒歇。"他说着站了起来。

里彻是有史以来唯一一个一下子就能正确念出他名字的人，而他却宁愿忘记这回事。这让儒歇一阵恼火。

"我——我们还有问题没问呢！"柯蒂斯结结巴巴地说。

"你们当然还有问题。"里彻回答道。

"菲利普!"儒歇喊道,那个律师正试图催促他的当事人离开审讯室,
"菲利普!"

伊斯特回头看着他。

"如果我们能找到你,他们也可以。"儒歇知道自己说的是事实,尽
管他现在还不知道"他们"到底是谁。

"别理他。"里彻示意他,领着他去取回被收缴的物品。

"可恶!"柯蒂斯说道,看着那两个男人穿过忙碌的主办公厅向外走
去,"我们什么线索也没问出来。"

"不能让他走。"儒歇说道。他把手铐从口袋里拿出来。

"但伦诺克斯说——"

"去你的伦诺克斯。"

"在你把他抓回审讯室之前,她就可以把你从这件案子中除名了。"

"这样至少还有案子可办。"

他猛地推开柯蒂斯,朝正在等电梯的那两个人冲过去。

"菲利普!"他在办公室这边喊道。

电梯门开了,他们走了进去。

"菲利普!"儒歇又叫了一声,朝正在关闭的电梯门跑去,"等等!"

他距离电梯还有最后几米,奔跑的时候还撞飞了一个人。他成功地
把手伸进正在慢慢闭合的电梯门缝中,金属门板抖动了一下,门再次打
开了,里彻和伊斯特站在里面。小小的电梯里还有一个人,用外套和帽
子把自己裹得严严实实的,儒歇几乎认不出她是巴克斯特。

"哪一层?"她若无其事地问。

儒歇把手铐塞回口袋,从里面拿出一张名片,递给伊斯特。

"万一你想起什么……"他说道,电梯门在他们中间关上了。

柯蒂斯追上来的时候,围观的观众都已经失去了兴趣。

"你让他走了？"她疑惑地问道。

"不，并没有。"

下班前一小时总是特别难熬，埃德蒙兹迫不及待想回家专心研究谋杀案。他整个下午都在思考巴克斯特告诉他的最新消息。他觉得十分兴奋，虽然这么说有点让人震惊。他喜欢未解的谜团带来的挑战，这个案子没让他失望。他之前一直很确定，是精神科医生这条线索把所有案子连在一起的，如果不是这样的话，事情只会变得更加复杂。

"能耽误你一点时间吗？"马克在埃德蒙兹背后突兀地问道，把埃德蒙兹吓了一跳。

他一直呆呆地盯着电脑屏幕，丝毫没有注意到身边发生的一切。

"来一趟加蒂斯的办公室。"马克补充道，脸上挂着得意的笑容。

埃德蒙兹料到自己会因昨天下午的行为受到什么处罚。他站起身，跟着马克穿过办公室。他唯一希望的是，惩罚只是象征性的，不要太过分。

他一进门就看见托马斯坐在加蒂斯对面。很显然，他被叫过来不是因为他打电话的事。马克关上了门。埃德蒙兹坐了下来，紧张地看了一眼旁边的好友。马克在办公桌的另一侧拉了一张椅子过来。

"很抱歉以这种方式把你叫过来，阿尔科克先生。"加蒂斯说道。

埃德蒙兹的这位上司又矮又壮，已经完全秃顶了，一双小眼睛里带着怒火。

"没关系。"托马斯友善地答道。

"我发现了一点状况，恐怕跟你有关，我觉得最好请你过来一趟，当面把事情彻底弄明白。"

埃德蒙兹真的不明白这是怎么被人发现的，他一直十分小心地抹掉痕迹。

"首先，"加蒂斯说，"你们互相都认识吗？"

"是的，我们认识。"托马斯一边回答，一边笑着看向埃德蒙兹，"亚历克斯是我的好朋友，曾经跟我的……女朋友共事。"

托马斯和埃德蒙兹都做了个鬼脸，用女朋友这个词来指代巴克斯特有点怪怪的。马克在一旁密切关注着他们。他贪婪的眼睛不打算放过任何细节，以便找到什么把柄把埃德蒙兹踢走。

"那，埃德蒙兹，现在你的'朋友'就坐在旁边，我这么问可能有点唐突，你认为阿尔科克先生参与了什么非法活动吗？"

"当然没有。"

马克"噗"的一声笑了出来，他太兴奋了。

"有意思，那阿尔科克先生，接下来你可能会很震惊，因为你的这位朋友利用我们的金融欺诈检测软件侵入了你的私人银行账户和信用卡。"加蒂斯说道，喷着怒火的眼睛看向埃德蒙兹。

马克非常骄傲地拿出那份复印件，放到他们面前的桌子上。

"呃……不是这样的，"托马斯疑惑地说道，"是我让他这么做的。"

"你什么？！"马克脱口问道。

"你说什么？"加蒂斯问道。

"哎呀，如果因为这事给他惹了麻烦，我真是太抱歉了。"托马斯说道，"我过去有段时间因为沉迷赌博，日子过得比较艰难，所以我拜托亚历克斯帮我留意我的财产记录，请他制止我，如果他怀疑我又……陷进去的话。遗憾的是，我了解自己：我永远不会主动承认自己又赌了。他是一个非常仗义的朋友。"

"四个月了，一次都没赌过。"埃德蒙兹骄傲地说，一边咧嘴笑着，一边拍拍托马斯的后背。

"这依然是违法的！"马克冲他厉声说道。

"马克！出去！"加蒂斯命令道，他终于失去了耐心。

埃德蒙兹轻轻地挠着一边的脑袋比了个中指，这个动作只有马克能看到，马克起身离开了房间。

"所以埃德蒙兹的这些调查你全都知道？"加蒂斯问托马斯。

"全都知道。"

"我知道了。"他又看着埃德蒙兹，"但马克有一点说得对，不管你的出发点有多好，滥用内部资源也是刑事犯罪。"

"明白，长官。"埃德蒙兹附和道。

加蒂斯重重地叹了口气，同时思考着处理方法：

"给你记一次正式警告，不要让我后悔对于此事的宽大处理。"

"保证不会，长官。"

埃德蒙兹送托马斯来到大楼外。踏出门的那一刻，他们都大笑了起来。

"赌博。"埃德蒙兹嗤之以鼻，"脑子转得挺快。"

"可我总不能说实话吧，告诉他我女朋友这么不相信我，我如果不接受每星期一次的财务审计，她就要离我而去。"虽然说得云淡风轻，但托马斯明显还是有点受伤，都过了八个月，巴克斯特还是没有完全信任他。

随着跟托马斯的关系越来越近，埃德蒙兹觉得自己处在一个两难的境地。他非法调查托马斯的财产状况是对这位朋友的背叛，但他这么做又是为了维系托马斯跟巴克斯特之间的关系。或者他可以直接拒绝巴克斯特的请求，但这样一来，她宁愿立刻结束跟托马斯的关系，也不愿冒险让自己再一次受到伤害。最后，他决定把这件事告诉托马斯，但托马斯的态度很让人钦佩。他只是同情巴克斯特根深蒂固的多疑个性，而他又没有什么好隐瞒的，因此同意埃德蒙兹继续把自己的资产报告定期提供给巴克斯特。他宁愿这样，也不想失去她。

托马斯非常适合巴克斯特，埃德蒙兹非常确信。她迟早也会认识到这一点的。

"跟着那辆车！"

巴克斯特钻进纽约一辆黄色出租车的后座。说这句话的时候，她体会到了从未有过的兴奋。

里彻和伊斯特在联邦广场外就分道扬镳了。她希望伊斯特会去坐地铁，但因为天气变得越发恶劣，他还是搭了出租车。伊斯特可是他们的最佳线索，巴克斯特害怕把他跟丢，在招手拦出租车的时候甚至差点被撞。

他们在熙熙攘攘的金融区艰难前行着。在这种情况下，盯紧那辆黄色出租车简直就像在玩杯子游戏。上了出岛的高速路以后，交通立刻畅通起来。巴克斯特确信，伊斯特不可能溜掉了。

她拿出手机，知道儒歇和柯蒂斯正在等她的消息，随时准备赶过来。

她瞟了一眼窗外，寻找着路标，然后编辑了一条简要的短信：

278，红钩区方向

她点击了"发送"键后，出租车的广播响起了她熟悉的路易斯安那州口音。"就是把你一片一片撕碎，直到最后什么都没有剩下。"牧师小杰里·皮尔森纳解释道。

"……从我对驱魔这类东西的有限了解来看……尽管我主要是看恐怖电影才对此有所了解的，"主持人开玩笑说，"这是分阶段完成的，是吗？"

"没错，三个阶段。"

"但……只是这样，对吗？像恐怖电影中出现的那样？你说那些'傀儡'身上发生的事情，不是认真的吧？"

"我是非常认真的。三个阶段，第一个阶段是'恶魔侵扰'。在这个阶段，恶魔会挑选受害者，测试他们是不是容易被感染，让他们知道自己的存在。

"第二个阶段是'压制'。在这个阶段，恶魔完全控制着受害者的生命，让他们承受更加严重的精神创伤，让他们怀疑自己的神志已经不正常。"

"那第三个呢？"主持人问道。

"'附身'，至此，受害者的意志已经被彻底摧毁，他们邀请恶魔进入自己的身体。"

"邀请？"

"不是传统意义上那个意思。"牧师澄清道，"还是有选择权的，你选择投降……实际上就是选择给恶魔这个权利。"

巴克斯特向前探着身子，对司机说："能麻烦你把那个关掉吗？"

Chapter 19

第十九章

2015 年 12 月 14 日　星期一　中午 12：34

巴克斯特乘坐的出租车停在展望公园东部的一个入口外，此刻菲利普·伊斯特正在距离他们几百米的地方付车费。他在原地待了一分多钟，不安地扫视着来往的车辆，又看了一眼对面的公园。他看起来很满意，觉得自己没被跟踪，于是朝巴克斯特的方向回走了几步，然后拐进一座宏伟的、有着装饰艺术风格的公寓大楼。

巴克斯特从出租车里钻出来，付给司机的钱远远超过实际的车费。她不禁开始怀疑，司机是不是在装样子找零钱，实际上根本不打算找钱给她，因为他知道，从纽约一路跟到这里，她才不会为了这八点五美元的零钱丢了自己的目标。她躲开来往的车辆，跟着伊斯特从正门进去。

有那么一会儿，她还以为自己跟丢了，但紧接着听到第一层走廊的某个地方传来开锁的声音。她循着那个声音看去，发现伊斯特进了走廊尽头的一间屋子。头顶的灯泡坏了，周围一片阴暗。她大步穿过走廊，记下了门牌号。

巴克斯特又来到公寓外面，过了马路，在公园入口处的长椅上坐了下来。在这里，她可以监视整栋公寓楼而不会引起任何注意。她冒着寒冷拿出手机，将最新消息告诉儒歇。

十五分钟前，柯蒂斯和儒歇说他们还有十二分钟就能赶到。巴克斯特在雪泥中跺着脚，一方面是为了取暖，还有一个主要原因是，随着时间一分一秒地过去，她越来越没有耐心。

"圣诞快乐！"一位热情的老绅士路过的时候笑着对她说，巴克斯特皱着眉释放出让他赶紧滚蛋的信号，那个男人也准确地接收到了。

她又给儒歇打了个电话，问他们怎么还没到。就在此时，她发现一辆陌生的车违规停在了公寓楼外面。

她站了起来。

"最多五分钟！"电话那端，儒歇抱歉地向她保证，"巴克斯特？"

她换到一个视线更好的位置，看见一个戴着兜帽的人从车里钻了出来。他打开侧门，拿出一个大号的帆布背包。

"巴克斯特？"

"我们可能有麻烦。"她一边告诉他，一边过马路，看着那个男人进了大堂，"突然出现了一辆绿色面包车，司机形迹可疑。"

她听见儒歇把这个消息转告给了柯蒂斯。几秒钟后，她听见电话那端响起了警报器的呼啸声。巴克斯特沿着一条通向玻璃大门的泥泞小道慢跑着，她推开其中一扇门，发现那个男人蹲在背包边上，就在离她几米远的地方。她猛然刹住脚步，差点滑倒。她背靠在砖墙上，以免被发现。

"两分钟，巴克斯特，我们快到了。"儒歇在警报器的呼啸中大声说，

"等着我们。"

巴克斯特绕过砖墙朝里面瞄了一眼。透过玻璃门，她看见那个男人在组装什么东西。她还是无法看到他的脸。过了一会儿，她看见他拿出一把枪，把消音器拧到枪管上，然后把枪藏在口袋里，拉上背包，站了起来。

"我们没有两分钟了。"巴克斯特低声说道，"伊斯特一家人可能在那里。"

她在儒歇抗议之前挂了电话。她必须做些什么，毕竟班特姆一家人的悲惨遭遇还历历在目。

她从大门进去，看见那个人顺着伊斯特留下的脚印，经过昏暗的走廊来到他家门口。她需要争取更多的时间，于是从包里拿出钥匙，刺耳的金属撞击声在寂静的大厅里响起来。那个人朝她的方向看过来。她装作这里的一名普通住户沿着走廊不紧不慢地向他走去。

她尽可能慢地走着。

那个男人毫不掩饰地盯着她，等她赶紧过去。

当离他几步之遥的时候，她抬起头冲他甜甜一笑：

"圣诞快乐！"

那个男人没有回应。他穿着冬装外套，连着帽了的衣领一直被拉到了脸部，遮住了他的下巴和鼻子。她只能判定他是白种人，中等身高和体重，深褐色眼睛。他一只手放在口袋里，毫无疑问，手里握着那把枪。

还是没见到儒歇和柯蒂斯的踪影，于是她的钥匙"不小心"掉到了地上。这是她临时想出来的办法。

"真讨厌。"她一边说，一边蹲下去捡钥匙。

她选择了一把最长最尖的钥匙，那是托马斯家的钥匙，她把它夹在手指之间当作临时的武器。她看见那个男人恼怒地翻着白眼。她必须抓住这个机会。

她猛地站起来，用夹着钥匙的拳头猛击他被兜帽挡住的脸，那把又尖又长的钥匙戳进他的脸。他们双双跌倒在公寓门口，那个男人疼得大叫起来。

他把她朝对面的墙上猛地一推，从外套里拿出那把枪，这时巴克斯特向他撞了过去，用手掌根重击他被兜帽遮住的鼻子。她知道，他的眼睛会因此而流泪，视线会因泪水而变得模糊。

沃尔夫把她教得很好。

那个男人胡乱地挥舞着胳膊，用那把沉重的枪猛击巴克斯特。突然，他们听见一声开门的咔嗒声。一张忧心忡忡的脸透过门缝朝走廊看去。巴克斯特的注意被吸引过去，那个男人趁机一脚踢开了门，伊斯特被撞倒了。

接着很快传来三声经过消音处理的枪声，屋内的某个地方发出了尖叫。

"不要！"巴克斯特大叫着。

她费力地站起来，跟着进了屋。

"绿色面包车！"儒歇大喊着，此时柯蒂斯正加速闪躲着迎面驶来的车流。

他已经拿出自己的武器，解开安全带，急忙跟巴克斯特会合。柯蒂斯关了警报器，猛踩刹车时她感觉到汽车的防锁死装置在脚下震颤。他们的车停了下来，前面一米处就是那辆面包车褪了色的后车门。

儒歇跳下车，刚向门口走几步，就听见一声巨响。一楼的玻璃窗被撞碎了。他转过身，看见一个男人爬了出来，狼狈地滚落在雪地上。儒歇的视线瞬间锁定了他，看着他爬起身，朝相反的方向跑去。

"去找巴克斯特！"儒歇大声对柯蒂斯说，立即开始追捕嫌疑人。

柯蒂斯拿着配枪，从入口冲了进去，沿着一楼的走廊向碎玻璃窗靠近。有几个人徘徊在自家公寓外面，看着那扇大开的房门，周围是破损的灰泥墙面。

"巴克斯特？"

她端着手枪，慢慢走进屋内。她最先看到的是一具尸体，伊斯特面部朝上躺在地上，盯着天花板。深红色的血浸透了他身下的米色地毯。

"巴克斯特？"她又叫了一遍，声音明显在颤抖。

她听见另一个房间里有哭声，于是小心翼翼地挪过去。她踢开浴室的门，发现没人，她又看了一眼小厨房，里面也没有人。她来到起居室，发现它已经几乎被摧毁：家具碎了一地，地毯上的一张大玻璃桌子也被砸成了碎片。一个女人把她的三个孩子护在怀里，显然不知道柯蒂斯是来救他们还是来杀他们的。

房间的另一边，巴克斯特弓着身子躺在那里，像是被人砸向了书橱。她的左胳膊以一种不舒适的姿势弯在身后。

"巴克斯特！"柯蒂斯倒抽了一口冷气。

她冲了过去，检查她的脉搏，继而松了一口气，因为感觉到巴克斯特的指尖还在愤怒地跳动着。接着她听见巴克斯特呻吟着爆了一句粗口，于是笑了。

"我……我丈夫呢？"伊斯特的妻子喘息着问，声音带着悲痛。

柯蒂斯摇了摇头。

那个女人晕了过去，柯蒂斯通过对讲机叫了一辆救护车。

此时，儒歇正在一个冰冷的小巷深处，这里如同迷宫一般，附近庞大的公寓楼群和周围的建筑都仰赖这些巷子提供各种服务。他完全迷失了方向，那些杂乱的脚印把他带到了一个又一个死胡同。头顶是一线狭窄的银色天空，如同毫无特色的天花板，在一条条幽闭恐怖的通道上方延伸着。

他在一个交叉路口停了下来，四面都是混凝土通道。

他闭上眼睛，让注意力集中。

奔跑的脚步声从他正后方传来。

他转身。

没看到人，他拐了个弯，沿着那个男人逃跑时唯一可能选择的路线，在狭窄的缝隙中穿行，肩膀刮擦着两边的墙体。绕过第二道墙时，他把双臂放在胸前抵挡着什么，整个人仰面摔倒在地上。

一只体形庞大的爱斯基摩犬蹲坐在地上，露着獠牙发出低吼声，同时疯狂撕咬着立在他们之间的铁丝网。

儒歇慢慢放下双臂，知道那只狗过不来，于是站了起来。但那只狗还在继续撕扯着坚硬的铁丝网，他开始觉得脊背发凉。

儒歇走近了一些，他的脸距离那个畜生只有十五厘米，他凝视着它那双乌黑的眼睛。

突然，那只狗发出了受伤般的呜咽声，撒腿跑开了，消失在另一条过道上。

儒歇听着它的奔跑声渐行渐远，最后周围又归于沉静。接着他摇了摇头，觉得自己有点犯傻，居然受到了电视中那个牧师和他那套狂热理论的影响。他从地上捡起自己的武器，折回黑暗的迷宫中。

他只用了五分多钟就回到了事发的公寓。他在门厅处停下来，看着伊斯特的尸体，他的胸口有三处弹孔。儒歇在他身旁蹲了下来，脚下的地毯发出"吧唧"的声音。透过子弹穿透衬衫的孔隙，他看到了那个熟悉的、随意刻上去的标记——"傀儡"。

他揉了揉疲惫的双眼："浑蛋。"

蒂亚从晚上七点开始就在沙发上打盹儿。九点二十的时候，埃德蒙兹从楼上下来。他终于把利拉哄睡着了。下班回家后，他做了晚餐，清洗了伯纳德的猫砂盆，洗了一堆脏衣服和积攒了两天的餐具。他把蒂亚抱在怀里，放到床上，就像一个模范丈夫。这一次，他觉得自己有权利用所剩不多的体力工作到凌晨。他走进厨房，给自己弄了一杯浓咖啡。他必须保持清醒，毕竟他还要开车穿过这座城市。

自那天下午被正式警告后，他不能再冒险使用金融欺诈检测软件来调查儒歇。他利用剩下的有限资源收集了一些关于儒歇的基本信息。即便他掌握的信息少得可怜，还是发现了一些明显的违规行为，这说明他需要做进一步调查。

他好奇巴克斯特是不是查到了什么。

埃德蒙兹找到了隐藏在内联网中人力资源领域的人力结构图，通过这个图他发现，他之前在凶杀与重罪科的一名同事在缉毒队就职期间曾与儒歇共事。埃德蒙兹很幸运地在那名前同事值班的时候找到了他。

他描述儒歇"像大头钉一样锋利""有点古怪"，总的来说"非常高冷"。这多多少少跟巴克斯特的描述有些相似；当问到儒歇的宗教信仰时，那个男人突然大笑起来。

"我都比他虔诚，伙计。"他告诉埃德蒙兹。考虑到这句话是出自一个酷爱死亡金属的警探之口，它多少说明了一些问题。而且这位警探的前臂上还刻着那句臭名昭著且有些褪了色的文身：

上帝已死

这个男人又把他从别处听来的故事告诉了埃德蒙兹，这是他在警备指挥组工作的一个朋友告诉他的，儒歇在二〇〇四年被调到了这里："说他被开除了，至少所有人都这么认为。没人送行，也没安排人接替他的工作。他就是有一天来到了这里，第二天就走了。没人再见过他。我们头儿勃然大怒，这也是意料中的。"

埃德蒙兹对这位警探的帮助表示了感谢，然后客套地说有机会聚一聚，喝几杯，但其实彼此都没有要赴约的意思。

埃德蒙兹在离开办公室之前，还得到了儒歇的家庭住址。他算了一下，当晚赶过去的话，只需不到半个小时的车程。他蹑手蹑脚地穿过走廊，穿上外套，戴上围巾，从钩子上取下车钥匙，溜了出去。

*

"看到这片小小的阴影了吗？这是你肘关节处的骨头碎片。"医生兴奋地解释道。

"好极了。"巴克斯特叹息道，"我能走了吗？"

她被困在这个病房里已经快三小时了，医生和护士们对她又捅又戳，她的耐心已经耗尽。跟那个兜帽男打斗了一番之后，她浑身疼痛，身上全是淤青。她的脸上布满了许许多多的小伤口，这是那个玻璃桌的"功劳"，但那张玻璃桌也因为被她的脸砸中，最后碎了一地。现在，她的三根断指上缠着绷带，在她越来越长的疾病名单上，断裂的肘关节也上榜了。

医生出去了，让护士给她上悬带。

"你今天太勇敢了。"柯蒂斯在四下无人的时候对她说。

"应该是太蠢了吧。"巴克斯特说道，脸因疼痛而扭曲。

"或许都有一点吧。"柯蒂斯笑着说，"儒歇说，他们在犯罪现场的帆布包里找到了麻袋和强力胶带，数量绝对够伊斯特一家五口人用了，你救了他们。"

对这些称赞，巴克斯特觉得很不好意思，因此她换了个话题："儒歇去哪儿了？"

"还能去哪儿？"柯蒂斯回答，意思是他跟平时一样，打电话去了。

柯蒂斯看着巴克斯特脸上泄气的表情，觉得有必要跟她说一些鼓舞士气的话："这次没进死胡同，你知道的，对吧？他们把里彻又叫了回来。这家人现在有警察保护，我们说话这会儿警察正在给他们做笔录。现在可以拿到伊斯特的财务和通话记录，从你的钥匙和衣服上提取的DNA也已经交给法医去查了。我们有进展了。"

一名护士又慌慌张张地回到了病房，手里拿着一条亮紫色的悬带。

"这是给你的。"她说着把它递给了巴克斯特。

柯蒂斯和巴克斯特都迟疑地看着那个扎眼的东西。

"你们有黑色的吗？"她们异口同声地问。

"恐怕没有。"她明确回答道，"现在这个，不是强制性的……"

"不强制？"

"是的。"

"那它归你了。"巴克斯特说道，然后直接把它交给那名护士。她看向柯蒂斯，笑着说："咱们走吧。"

埃德蒙兹坐在他那辆破旧的沃尔沃里，借着车厢顶灯发出的微光又检查了一遍前同事提供的儒歇的家庭住址。他现在就停在这栋阴森的房子外面。即便是坐在车里，他也能看见窗户掉漆后的痕迹，以及陡峭的车道裂缝中疯长的杂草。老房子散发出一股荒凉的气息，里面可能更吓人。

　　他能想象，这栋摇摇欲坠的房子会给附近的小孩留下怎样的想象空间：山上闹鬼的房子。尽管埃德蒙兹从未见过儒歇，此刻却对他非常生气。他、蒂亚和利拉住在一栋破公寓里，买了那套公寓后，他们的生活就一直在贫困线上挣扎。虽然收入微薄，但他们仍非常努力地为他们生活的地方感到自豪，尽管邻居们从未提供过哪怕一丁点帮助，并且对此心满意足、毫无歉意。

　　在埃德蒙兹的努力下，那个不起眼的房子变成了周围住户羡慕的目标，他们充满怨念，对他这种中下阶级的进取精神极为不满。就在那个早上，埃德蒙兹发现他家里那些漂亮的白色和冰蓝色的圣诞灯断成了两段，他却没钱换掉它们。但儒歇呢，他在这个市郊的富人住宅区，在一条风景如画的街道边拥有一栋这么漂亮的房子，他却把它荒废在这里。

　　埃德蒙兹下了车，轻轻关上了驾驶室的门。他再次检查了一遍，确定附近没有人，然后猫着腰顺着车道向那座阴森的房子走去。房子外面没有车，他觉得挺遗憾的，车牌可以提供非常有用的信息。不过没关系，边上的两个垃圾桶也能给他提供一些有用的信息。

　　他拿着手电筒，开始在垃圾桶里翻找与儒歇有关的可回收垃圾。此时，狭窄的过道上，灯突然亮起来。埃德蒙兹蹲在垃圾桶后面，隔壁房子里走出来一个老人，探过栅栏向外张望着。埃德蒙兹把身子蜷缩得更紧了。

　　"该死的狐狸。"他听到那个人抱怨道。

　　接着他听见了脚步声、关门声和上锁的声音，灯又熄灭了。埃德蒙兹觉得自己应该可以呼吸了。自那天下午被正式警告后，他可不能在非法闯入一名中情局特工的住宅时被逮个现行。他暗骂自己太莽撞，但身体不受控制：他此刻肾上腺素飙升，心跳加快，断断续续的呼吸喷出来的气息变得更有规律，像一列正在加速的蒸汽火车。

　　他要确保老邻居对这边已经完全失去了兴趣，才能离开。因此他继续沿着侧边通道溜了下去，来到了后花园。这里杂草长得很高，划拉着他的裤腿，在裤子上留下潮湿的印记。破损的栅栏板和空荡荡的兔笼边立着一个崭新的儿童游戏室，看上去跟这座房子的氛围有些格格不入。

　　屋子里还有灯亮着。他透过花园的玻璃拉门向室内瞄去，这时里面的走廊传来了电话铃声。五声铃响之后，他听见一个女人的声音回答："嘿，亲爱的！我们两个也非常非常想你！"

　　埃德蒙兹一边压低嗓音咒骂了一句，一边躲藏着，又沿着原来的通道爬了回去。他经过了垃圾桶，急匆匆地跑回车道。没有被人发现。他上了车，没开车灯就驾车离开了，因为这样就没人能辨认出车的有关信息。安全回到主路之后，他才打开车头灯，加速离开了。他的心脏依然在剧烈地跳动。

　　他一无所获，但在回家的路上，脸上一直挂着笑容。

Chapter 20

第二十章

柯蒂斯和儒歇一回到旅馆，就感觉到一股热浪扑面而来。工业加热器在头顶呼呼作响，一个熟悉的声音烦躁地大声嚷着。他们顺着声音来到简陋的吧台区。一台又厚又重的电视正播着某项体育赛事，看上去刚开始几分钟。这里的灯光太亮了，二十世纪八十年代装饰风格的每一个缺陷都暴露无遗，深色壁纸上沾染着尼古丁以及积攒了三十年被洒出来的酒水。

"我说了我自己可以！"巴克斯特一边跟酒保说，一边把一大杯红酒打翻在地。

她懒散地坐到一个靠窗的卡座上，在这个过程中碰到了那条受伤的胳膊，因此大声咒骂了一句。

"这就是你需要戴悬带的原因。"儒歇咕哝着，然后又低声对柯蒂斯说，"你觉得如果我们转身离开，她能发现吗？"

他意识到自己完全在自言自语，因为柯蒂斯盯着那台画面模糊的电视，根本没听到他说话。尽管周围的氛围让人兴致不高，柯蒂斯还是挺直腰背站在那里，手放在心脏位置。电视里播放着美国国歌，整个体育场的观众举着啤酒和热狗，跟着唱。

"美国人啊。"巴克斯特发出啧啧声，摇了摇头。这时，儒歇坐了下来，把一本小小的褪了色的书放在他们中间那张黏糊糊的桌子上。巴克斯特对儒歇说："你应该站过去跟她一起唱，既然你这么讨厌你的祖国。"

儒歇看了一眼柯蒂斯，她的眼里闪着骄傲的光芒。

"不了，我擅长的曲目是《自从你离去》①，谢谢。"

当他转身看向巴克斯特的时候，美国国歌《星条旗之歌》已经接近尾声，现场掌声雷动，其热烈程度堪比邦·乔维乐队演出结束时现场观众高喊"安可"的场面。

"你可以……"儒歇犹豫了一下。他指了指巴克斯特面前的红酒："你如果在吃止疼药的话，可以喝酒吗？"

巴克斯特瞪着他："我觉得这是我应得的奖励，你有意见吗？"

他决定不再谈论这个话题。柯蒂斯也在桌子旁边坐了下来，看着巴克斯特面前的一大杯红酒，露出了类似的担忧。那名酒保给她倒了满满一大杯酒，已经与杯口齐平了，大概希望这个坏脾气的女人不要再点第二杯了。

"你真的能喝酒吗，如果……"柯蒂斯的声音渐渐低了下去，她看到儒歇摇了摇头，警告她不要说下去了。于是她换了个话题，从桌上拿起那本书，读着封面上的内容："'教父文森特·巴斯蒂安：玛丽·埃斯波西托的驱魔故事'……你不会还在看这个吧？"

儒歇从她手中夺过那本书，迅速翻到折角的那一页：

---

① 美国流行摇滚女歌手凯莉·克莱森的一首歌。

"嗯，听这个——一个被附过身之人的亲口描述：'黑夜笼罩着我，甚至在白天也不放过我。虽然太阳在发光，但天空依然是黑暗的——阳光太弱了，像是蜡烛发出来的微光，而我是影子，被迫跟他共享一个肉身。'"

他抬头看着她们面无表情的脸。巴克斯特喝了一大口酒。

"像是咱们那个双子座凶手说的话，格伦·阿诺兹当时盯着中央车站天花板上的星星说'对我来说，天总是黑的'。"儒歇解释道，"你们不会还要跟我说这之间没什么关联吧。"

"这之间没什么关联！"巴克斯特和柯蒂斯异口同声地回答。

"话说回来，今天在公寓大楼外，我跟着奔跑的脚步声到……"他本来想说说碰到那只野狗的经过，但看到她们的表情后，他说不下去了。

"你过度解读了，儒歇。"巴克斯特对他说，酒让她变得更聪明了，"你在刻意制造一些本来不存在的联系。不是所有的事情都跟鬼神有关，有时候只是坏人在作怪。"

"同意，同意。"柯蒂斯点点头，希望能再换个话题，"伦诺克斯让你暂时离队，考虑到你在执行任务时负了伤。"

"是啊，我猜她也会这么做。"巴克斯特奚落道，结束了这个话题，"所以，有什么进展吗？"

"这辆面包车本来是要报废的，"儒歇对她说，"上面全是 DNA，要花好几天才能弄清哪个是谁的。伊斯特的老婆和孩子似乎什么都不知道，他是几天前才回来的——"

"你是说在我们开始调查班特姆那天？"巴克斯特问。

"没错。"儒歇说，"他开始像疯了一样往袋子里面装东西，冲他们吼，说他们需要离开这里。"

"他编了一个故事，说以前的一个病人缠上了他，但他老婆说，他这几个星期以来，举止一直都很奇怪。"柯蒂斯补充道。

"那她没想过问一下，他胸前为什么会刻着'傀儡'？"巴克斯特直截了当地问。

"她说，自从发生这些事以后，他们一直没有……那个过。"柯蒂斯耸耸肩。

巴克斯特重重地叹了一口气，然后喝完了她的红酒。

"我可能要先走了，被那些人戳戳碰碰，我要去洗个澡。"

"宽衣解带方面需要帮忙吗？"柯蒂斯问道。

"不了，多谢。"巴克斯特皱着眉，好像柯蒂斯提出了一个非分的要求，"我自己能搞定。"

柯蒂斯门口传来敲门声。

"我可能需要别人帮忙脱下衣服了。"巴克斯特站在柯蒂斯的房门口，她此时看不到柯蒂斯脸上的笑容，因为她的衬衫只脱到一半，成功地卡在了头上某个地方。

"我拿下钥匙，马上过去。"柯蒂斯笑得咳嗽了起来，她急忙回到自己的房间，因为整个走廊都能听见她的笑声。

"看什么看？"她听见巴克斯特在呵斥某个人。

她送巴克斯特回到房间，屋里的电视开着，但声音特别小，英国的一家新闻电视台正在对议会最新公布的决议细节做总结，这一决议并没有受到民众的欢迎。经过一番努力之后，柯蒂斯终于帮巴克斯特把衣服脱了下来。巴克斯特觉得有点尴尬，于是拿起浴巾把自己裹了起来。

"谢谢。"

"不客气。"

"贱女人！"

柯蒂斯一脸震惊："你说什么？"

"不是说你。"巴克斯特澄清道。她的眼睛盯着电视，伸手摸索着遥控器，想把音量调高。

英国此时正是午夜，新闻台循环播放着预先录制好的节目，今晚轮到安德烈娅·霍尔做总结报道。巴克斯特的注意力之所以被吸引，是因为她在这位时髦的新闻主播背后的大屏幕上看见了自己疲倦的面容。安德烈娅那头引领潮流的红发中夹杂着一绺醒目的金发，毫无疑问，明天午饭前，全国各地的女性都会跟风去做这样的造型。

"不好意思，"安德烈娅哽咽着说，"当然，你们很多人都知道，我和总督察巴克斯特的私交非常好……"

"贱女人！"巴克斯特又咒骂了一遍，她此刻怒火中烧，而柯蒂斯则非常识相地保持着沉默。

"……我和录制团队的工作人员都希望，与疑犯经过这番'争执'之后，她能够尽快恢复。"安德烈娅深吸了一口气，然后用一种淡定自若的职业做派继续她的新闻播报。她摆出这副姿态，说明她其实一点都不在乎巴克斯特的安危。

"好的，下面我们来连线伦敦警察厅的指挥官吉娜·瓦尼塔……晚上好，指挥官。"

巴克斯特的上司出现在一个以伦敦为背景的屏幕上：

"晚上好，霍尔女士。"

瓦尼塔也非常清楚，这位野心勃勃的记者有能力把现有的局势搅和得更糟糕，这次采访是个雷区，因此她决定亲自出马，这样或许更安全。

"您信教吗，指挥官？"安德烈娅脱口问道，丝毫没有拐弯抹角。

"我……"瓦尼塔脸上的表情说明，这次采访已经偏离了她的舒适区，

"我们能否只谈论——"

"因为警方一直没有公布最新的调查进展，所以我推测，对于这些骇人的谋杀案，你们仍然没有找到确凿的线索——就表面来看，这些谋杀案是由某个心理扭曲的人策划的，同时由一些看起来没有明显关联的人实施？"

"呃……我们还在调查……"

"阿撒泻勒。"

"你说什——"

"我想你已经听说过牧师小杰里·皮尔森纳的理论了吧。"

"当然。"瓦尼塔回答道，这次她终于成功地说出了一个由两个字组成的句子而没有被打断。那个狂热的男人突然出现在各个邀请他的电视节目中，要躲开他几乎不可能。

"所以呢？"

"所以……？"

"他对目前发生的案子有一种十分反传统的解释。"

"确实。"

"我能否问一下，警方相信他的说法吗？"

瓦尼塔笑着说："当然不相信，如果信的话，那将是对重要资源的滥用和侮辱。"

安德烈娅笑了起来，屏幕上的瓦尼塔明显放松了下来。

"是这样吗？"安德烈娅问，完全陷入天马行空的想象中了，"我是说，在美国，各种宗教信仰的人在过去一星期去教堂的记录都大大提高了呢。"

瓦尼塔脸上的表情变了，因为她已经预料到安德烈娅在给她下套：

"伦敦警察厅尊重这些人的——"

"他们是否愚蠢地笃信着什么，指挥官？"

"并不是，但——"

"所以你是在说，'堕落天使'理论作为调查方向是有根据的？"

可怜的安德烈娅摆出一个十分困惑的表情。

"不，我不是那个意思，我是说……"瓦尼塔不知所措。

"我不是什么警探，"安德烈娅继续说，"但是，有没有那么一种可能，这些谋杀案是受到了《圣经》的启发，或者说受到上帝身边有一个天使堕落了这种念头的启发？"

瓦尼塔皱着眉头，正在思考怎么应对才能把损失降到最低。

"指挥官？"

"是……哦，不，我们——"

"到底是哪一个？"安德烈娅举起双手，面带怒色，"警察肯定希望调查每一个——"

"是的，"瓦尼塔果断地打断了她，"我们正在对那种可能性进行调查。"

突然间，摄像机的镜头对准了安德烈娅，以她所在的位置为中心，监控器向两边延伸了几米。

"哦，坏了。"巴克斯特低声道，预感那标志着安德烈娅·霍尔哗众取宠的光辉时刻即将来临。

新闻桌后面的屏幕闪烁着，发出做作的嗡嗡声，瓦尼塔从屏幕上消失了，取而代之的是一双巨大且破碎的黑色翅膀，看上去像是从胜利者安德烈娅背后长出来的一样。她继续说道：

"你们都听到了，"安德烈娅告诉她的观众，"伦敦警察厅正在搜寻堕落天使。"

"她在说什么啊？"柯蒂斯问道。

"她就爱干这种事。"巴克斯特答道，她看着安德烈娅背后的那个屏幕，栩栩如生的黑色羽毛从张开的翅膀上脱落下来。

"但这太荒唐了！"

"这不重要——她说话那会儿还没什么影响……现在，来了。"巴克斯特强撑着说道。

"……我是安德烈娅·霍尔，请锁定我们，明早六点，我们一起讨论警方现在称为'堕落天使谋杀案'的每一个古怪且惊悚的转折。"

"唉！"巴克斯特沮丧地呻吟道。她关掉电视，摇了摇头。

"你……你没事吧？"柯蒂斯柔声问道。

"没事，"巴克斯特回答，她这才想起来自己现在只裹着一条浴巾，于是往上提了提，以遮住更多皮肤，"我要睡觉了。"

接下来是令人尴尬的沉默，她等着柯蒂斯离开，好让自己安静一会儿。但柯蒂斯不仅没走，还在房间角落的一张桌子旁边坐了下来。

"我一直希望有机会单独跟你说说话。"柯蒂斯说道。

巴克斯特在浴室门口徘徊着，试图掩饰自己现在有多么不适。在托马斯面前半裸她都会觉得难为情，更别说这样半裸着和一个刚认识不久的女人谈话。

但柯蒂斯并未察觉这一点，她继续说道："既然我们知道精神科医生这条线索是可靠的，那现在也无所谓了，瞒着你我也觉得不舒服。法医病理学家在格伦·阿诺兹的血检报告中发现了一些不合常规的东西。"

巴克斯特试图表现出十分惊讶的样子，尽管她已经看到，血检报告的一角已经从她桌子上的文件夹中露了出来。

"他基本上没有服用抗精神病药物，他实际吃的那些药让他的精神状况变得更糟糕了。因为某些原因，我没把这个发现告诉你，我为此向你道歉。"

"好的，多谢告诉我。"巴克斯特笑着说。她现在穿着胸罩裹着浴巾站在那里，跟柯蒂斯进行这种情感上的交流，这实在让她无法忍受。她只想赶紧结束这次对话。"呃，我想我要……"她一边说，一边指向淋浴间。

"当然。"柯蒂斯站起来，准备离开。

巴克斯特担心她会在出去的时候拥抱自己，而当她所担心的事情真正发生的时候，她的身体不由得一缩。

"我们是一个团队，对吧？"柯蒂斯笑着说。

"当然是。"巴克斯特附和道，当着她的面"砰"的一声关上了房门。

*

"被人扔出去把桌子都砸烂了，这都不足以让她滚回家去？"看到巴克斯特在她们前面吃力地走着，伦诺克斯低声说道。她和柯蒂斯正朝着分局的会议室走去。

一个年轻的警察拿着一堆伦诺克斯要求打印的资料，走进会议室。

"能麻烦你把这些发下去吗，特工……"

"儒歇。"

"鲁谢？"

"够了！重新找个人。"伦诺克斯呵斥道。

所有人都入座之后，她直奔议程的第一项，闭口不谈巴克斯特因公负的各种伤。

在会议室的前面，儒歇负责整理的白板上，凶手栏又增加了一列。

美国	英国	?
1 马库斯·汤森 （布鲁克林大桥） 作案手段：勒杀 被害人：拼布娃娃案相关人	3 多米尼克·伯勒尔 （贝尔马什监狱） 作案手段：捅刺 被害人：拼布娃娃案相关人	6 ？ （韦斯特切斯特县） 作案手段：枪杀 被害人：精神病医生及其家人
2 爱德华多·梅迪纳 （第33警区） 作案手段：高速撞击 被害人：警察	4 帕特里克·彼得·弗格斯 （摩尔大街） 作案手段：钝力损伤 被害人：警察	7 ？ （布鲁克林区） 作案手段：枪杀 被害人：咨询师
5 格伦·阿诺兹 （中央车站） 作案手段：残忍至极 被害人:？车站员工		

　　"在布鲁克林区被害咨询师的家里发现的脚印与在班特姆家发现的脚印一模一样，"伦诺克斯对一屋子的人说道，"弹道也是吻合的。另外，在这个案子中，作案手段第一次出现了重复。我大胆推测一下，这两个人的死亡并不在他们的计划之内。死了两个'傀儡'，但没有'诱饵'。这是某个人在绝望之下采取的行动，他只是在做一些扫尾工作。有人要补充吗？"她问道，看着儒歇和柯蒂斯。

　　"只是这个'某人'一点也不专业：巴克斯特跟他交过手，他朝伊斯特开了三枪，都没有击中要害，伊斯特是因为失血过多而死的，"儒歇说道，"这确实支持了你说的绝望理论。"

　　"这不可能是巧合，我们刚开始对这些人表现出兴趣，接着他们就死了。"柯蒂斯说道。

　　"对，不可能是巧合。"伦诺克斯对柯蒂斯的观点表示赞同，"说到这里，关于咱们这个作案手段重复的凶手，我们得到了他大致的身高和体重，外加一个模糊的描述——'白人男性，棕色眼睛'。"

巴克斯特没有理会"模糊"这个词暗含的嘲讽。

"伊斯特住的那套公寓在谁名下？"有人问道。

伦诺克斯翻阅着手中的文件：

"一个叫基兰·戈德曼的人。他跟伊斯特显然是朋友，那套房子一直空着，是他筹集资金做了整修。"

"所以我们一无所获？"那个警察继续问道，"除非法医能够验明凶手身份，否则我们这是一无所获了？"

"并非如此，"伦诺克斯说，"现在我们已经知道是谁策划了此次事件，我们终于知道幕后黑手是谁了。"

"是吗？"

满屋子的人一脸茫然，等着她继续说下去。

"我们一直在找的这个阿撒泻勒就是……"多亏了安德烈娅·霍尔，阿撒泻勒这个名字被越来越多的记者用到报道中，连联邦调查局现在也用这个词来指代这一系列的谋杀案，似乎这些案子就是这个变身的堕落天使干的。

伦诺克斯拿起一张已失踪的英国精神科医生的照片，柯蒂斯的心沉了下去。她不仅杀了一个无辜的人，还跟联邦调查局的头号通缉犯打过照面，甚至像个白痴女学生一样跟他调过情，然后眼睁睁地看着他离开。

"阿列克谢·格林，"伦诺克斯向大家公布，"仅在去年一年，格林曾五次只身从英国来到美国，找伊斯特和班特姆。我们已经知道，他是多米尼克·伯勒尔在监狱里的心理咨询师。但我们不知道的是，帕特里克·彼得·弗格斯，这个杀害警察的纵火犯，之前工作的那个保洁公司跟格林的办公室签过服务协议，这让格林有了充足的机会暗地里招募他、操纵他、说服他。"

"格林的动机……究竟是什么呢？"巴克斯特问道。

伦诺克斯瞪了她一眼，但还是给了她一个专业的回答："我们正在对此进行调查。但格林跟所有的'傀儡'都有联系。就是他了，伙计们。逮捕阿列克谢·格林现在是我们的首要任务。"

"这没有说服力啊，"巴克斯特说，"他确实跟这个案子有牵扯，但动机是什么？"

"我同意。"儒歇附和道。

"是吗？"伦诺克斯不耐烦地问，"或许我接下来说的话会让你改变主意：警察局的审问结束后，伊斯特在回展望公园的出租车上只打了一通电话。谁斗胆猜猜他打给了谁？"

没人回应，此刻大家都觉得还是保持沉默比较安全。

"没错，就是阿列克谢·格林。伊斯特竭尽全力把他和他的家人藏了起来，他们确实藏得很好，可惜他信错了人。他给格林打电话寻求建议，一小时后，有人出现在他家门口，去杀他。"

儒歇看上去有点困惑：

"如果格林还在用他的手机，我们为什么找不到他？"

"不，他用的是一次性手机，通话时间太短，无法追踪。"

儒歇看上去更困惑了："这样的话，我们怎么知道那个手机号是格林的呢？"

"我们监听了伊斯特的手机。"伦诺克斯耸耸肩，"你真的以为我们会因为他摆出一个色厉内荏的律师，就甘心这么放走这条最有眉目的线索？"

儒歇对这位特工主管所用的三流手段印象深刻。她当时让里彻和伊斯特分别上交私人物品时，给出的理由确实让人信服。儒歇想起来，里彻当时对此还十分不悦。

"越来越多的证据表明：阿列克谢·格林就是幕后黑手，我们要竭尽全力去找……"伦诺克斯的声音变得越来越小，因为她看到大家都向外面张望着。她顺着众人的视线看去，发现窗外的主办公厅内，人们慌乱地跑来跑去。

她推开会议室的门，抓住了一个匆忙路过的年轻警员。

"发生什么事了？"

"我们现在还不确定。有一具尸体在——"

突然间，办公室里的每一部电话似乎同时响了起来。伦诺克斯急忙冲到最近一张办公桌边上，接起电话，她全神贯注地听着，眼睛越睁越大。

"柯蒂斯！"她大喊着。

柯蒂斯被吓得跳了起来，巴克斯特和儒歇也跟着她跑了出来。

"百老汇外，时代广场教堂！"伦诺克斯咆哮道，没有进一步解释。

他们听从指令向目的地赶去，同时听见伦诺克斯大声地在办公室里发号施令："所有人注意，我们刚刚接警，出大事了……"

Chapter 21

第二十一章

柯蒂斯开车载着他们在纽约市区快速穿行，大家都没有说话。纽约警察局的警用无线电一刻没停，各种紧张的警情通报此起彼伏。每接到一次警车呼叫，调度员就会派更多警力前往现场。教堂里的警察们通过公共频道传出来的信息虽然不多，却让人毛骨悚然：

"……到处都是尸体……"

"……挂在墙上……"

"……没有活口。"

当他们接近西 51 街时，柯蒂斯不得不把车开到人行道上以避开严重拥堵的路段。两个街区外，一名年轻的警察正朝他们挥手，帮助他们通过百老汇上匆忙封起来的道路。他从结着冰的雪泥地上拖走一个劣质的塑料路障，好让他们的车开进被封的街道。柯蒂斯加速朝前面的路口驶去，那里停着大量警车，车顶闪烁的蓝光朝四面八方散射开来。

他们把车停在派拉蒙广场外，尽可能离目的地近些，他们跑着过去。巴克斯特确定他们走错了方向，因为她扫视着街道两旁相似的建筑群，希望从中搜寻到类似教堂的建筑时，并没有找到，这些建筑的外墙被街上的废气弄得脏兮兮的。当她跟着柯蒂斯和儒歇穿过一座宏伟的旧剧院的门时，她越发困惑了。

装饰华丽的大厅体现了二十世纪三十年代的颓废风格，看上去让人有些不安。它想要传递出一种信息，那就是人们生活中真正需要的只有上帝，但现场警察们惊骇的表情暗示着上帝今天可能没有上班。

他们通过一组敞开的门可以瞥见远处的观众席。巴克斯特看到手电筒的光扫过金色的天花板和血红色的幕布顶端。幕布此刻被拉上了，仿佛期待着一场演出的到来。

巴克斯特跟着同事进了大厅。

他们在那个富丽堂皇的大厅里只走了三步便停了下来。

"我的天！"柯蒂斯低叹道，儒歇也难以置信地看着周围。

巴克斯特从他们俩中间挤了过去，但立刻就后悔了。这座教堂最初是一家旧电影院，后来改造成了剧院，现在它又经历了最后一次变化，一次彻底堕落的变异，活生生变成了人间地狱。她呆呆地看着眼前的景象，感觉快要昏过去了。她已经忘了这种心猛地一沉的感觉。她在肯特镇一个肮脏的公寓里，第一次看见悬挂在大窗户前的拼布娃娃时，就体验过这种感觉。

从舞台到楼座，从头顶的天花板到铺着地毯的地面，从一堵装饰华丽的墙到另一堵装饰华丽的墙，无数条钢丝纵横交错着，就像是钢铁做成的蜘蛛网，挂在一排排奢华的红色丝绒座椅上方。一具具尸体像被困住的昆虫，以一种独特的姿势扭曲着。他们对这种姿势有种不安的熟悉感。尸体已经僵硬且严重变形，一丝不挂，伤痕累累。

　　恍惚中，巴克斯特带着同事们进一步走进观众席……走进地狱。

　　他们举着手电筒，探索着四周的景象，在墙壁上投下不祥的阴影，这是变形的尸体在墙上留下的扭曲身影。已经进入大厅的几十名警察迂回穿行在这瘆人的场景中，发出一阵私语。没人发号施令，也没人摆架子，他们大概都跟巴克斯特一样，不知道该做什么。

　　手电筒的光扫过他们头顶的一具尸体，深色皮肤经手电筒照射后居然反射出明亮的光。巴克斯特觉得十分困惑，便走近了一些，此时，一种怪异的吱吱声变得越来越响。她打量着尸体扭曲的四肢，这具尸体的四肢比其他尸体的扭曲得更严重，且是断裂的。

　　"能帮个忙吗？"她低声问一名从身边经过的警察。

　　这名警察很乐意现在有人告诉他该干什么，于是把手电筒往上方照去……

　　"上面还有，"他告诉其他人，木制的四肢轻微摆动着，"不清楚到底有多少。"

　　他们抬头看着悬挂在空中的木偶，真人大小，没有特征，椭圆的脑袋上没有眼睛，经过抛光的木头纹理在脸上形成邪恶的表情……一个牵线木偶在舞台前面晃动着，它那中空的躯体上凿着一个熟悉的词——"诱饵"。他们扫视着黑黢黢的大厅，根本不可能从周围这些扭曲的身形中分辨出哪些是真人，哪些是木偶。

　　过了一会儿，柯蒂斯走到一旁。她高举着自己的证件，对整个大厅喊道："我是联邦调查局特工埃利奥特·柯蒂斯！接下来由我进行现场指挥，所有人向我汇报，任何媒体接触也必须经过我的允许……多谢配合。"

　　巴克斯特和儒歇对视了一眼，但什么都没有说。

"柯蒂斯，别走太远！"儒歇小声说道。柯蒂斯离他们越来越远，站到了大厅正中心的座位之间，那是剧院真正的舞台，所有悬挂着的尸体似乎都面向着那个位置。"柯蒂斯！"

柯蒂斯没有理他，她正在给一名警察指派一项艰难的任务：数清楚现场到底有多少具尸体，多少个木偶。

巴克斯特朝最近的那具尸体走了几步。她估计这名被害者有六十多岁，他的嘴大张着，胸前刻着"诱饵"，这个最新的伤口似乎贯穿了他的胸部。尽管灯光昏暗，巴克斯特依然能够看到他皮肤上的紫色淤青。他被吊了起来，脚趾刚好擦到地板上老旧的红地毯。

头顶忽然传来咚咚声，巴克斯特被吓了一跳。她抬起头，看到从楼座射照来的手电筒光。原来是一名胆大的警察检查楼上去了。柯蒂斯焦虑地对巴克斯特笑了笑，她站在大厅的中央，一具尸体就悬在她前面几排座椅的上方。

早先的窃窃私语已经变成了轻轻的嗡嗡声，越来越多身穿蓝色制服的警察进入了大厅，飞蛾扑火般从街上纷纷拥入了同一个房间。黑暗的大厅里，手电筒的灯光越来越密集。

有灯光照到巴克斯特附近的其他四具尸体上，这使她注意到了之前没有注意到的细节。她摸索着找出手机，打开内置手电筒，微弱的灯光先是照在楼座正下方悬挂着的一具尸体上，然后又对准舞台上方那个孤零零的、因痛苦而扭曲的躯体。她匆忙来到一具背对着她的女尸旁边，蹲在固定尸体的钢丝下面，用手机照着女尸裸露的胸部。

"巴克斯特？"儒歇问道，他注意到了巴克斯特古怪的行为，冲到她的身边，"发现了什么？"

"一些……"

她猛然转过头，手电筒的光照在柯蒂斯前面那具消瘦而苍白的尸体上。

柯蒂斯疑惑地看着他们。

"巴克斯特？"儒歇又问了一遍。

"诱饵。"她恍惚地回答。

"什么意思？"

"他们全都是诱饵，每一个都是。"她解释道，忧虑地环顾着四周，"那傀儡在哪儿？"

一滴血滴在她的脸颊上。她下意识地抬手去擦，弄得满脸都是血污。

儒歇抬头看着他们身旁的这具尸体，一个熟悉的词刻在这个纤弱的躯体上，一道暗红色的血液从她的肚脐蜿蜒向下流淌着。

"死人不会流血。"他喃喃地说着，把巴克斯特拽到一边。

这一次，她没有反抗，只是用惊恐的眼睛看着儒歇，因为她手电筒的光扫到了柯蒂斯前面的那具尸体，它在灯光下似鬼魅般惨白。

柯蒂斯招呼他们过去，想要知道他们在说什么，就在这时，她身后有一具蜡黄的尸体突然抽搐了一下，一只惨白的长臂挣脱了钢丝，这只手紧握的东西闪现了一下……

儒歇还没来得及掏出手枪，他们也没来得及喊柯蒂斯的名字让她小心，那具复活的尸体就动作轻盈地朝她的喉咙挥了下手。

巴克斯特目瞪口呆地定在了那里，儒歇朝那个复活的男人开了三枪，枪声震耳欲聋。男人剧烈地痉挛起来，撕扯着禁锢他的钢丝。

接下来，寂静的大厅内只听得见金属丝在空气中震颤发出的呜咽声。

柯蒂斯睁大的双眼，对上了儒歇同样大睁着的眼睛，意识到发生了什么。她把手从脖子上移开，发现暗红的血从手上滴下来。大量的血顺着她的白色衬衫喷涌而下，就像一块正在缓缓落下的红幕布。柯蒂斯摇晃着，倒在一排座椅后面，巴克斯特朝她冲了过去。

"所有人都出去！"儒歇大叫道，"出去！"

他们周围的几具尸体开始从扭曲的姿势中挣脱出来。警察们争先恐后地朝着有光的地方爬去。大厅良好的回音效果放大了他们的叫喊声，几乎要刺穿耳膜。

"蜘蛛"来了。

他们胡乱地开着枪。

儒歇听见子弹从距离自己头部几厘米的地方飞了过去。

楼上传来叫声，几乎在同时，一名警察从楼座上重重地跌了下来，以一种诡异的姿势双脚着地。

儒歇举起手枪，跟着巴克斯特向大厅深处跑去。

大厅另一侧传来剧烈的撞击声，"砰砰"响个不停，听起来不是枪声。接着他听见正在撤离的警察发出绝望的哭喊声，他不需要回头也知道那是什么：垂死挣扎的声音，还有木门"砰"地关上，把他们锁在大厅里的声音，锁在这个不再属于上帝的地方。

他看见巴克斯特蹲伏在柯蒂斯身体上方。她们旁边，大屠杀还在继续。她检查着柯蒂斯的脉搏和呼吸，血淋淋的手按在那个致命的伤口上。

"我觉得我能感觉到她微弱的脉搏！"巴克斯特气喘吁吁地说，松了一口气。她抬头看着儒歇。

"拿上她的枪。"他冷冷地命令。

巴克斯特甚至没有注意到他说了什么："我们得把她带出去。"

"拿上……她的……枪。"儒歇又重复了一遍。

巴克斯特厌恶地盯着他。

突然，一道白色的影子迅速向儒歇冲了过来。儒歇猝不及防，匆忙开了一枪，打在那个人的小腿上，他倒在了过道对面的椅子上，但这也给了他几秒钟喘息的时间。儒歇俯下身，从柯蒂斯的手枪套中取出枪，粗鲁地把激烈反抗着的巴克斯特拽了起来。

"放开我！她还活着！"儒歇把巴克斯特从柯蒂斯身边拖走时，巴克斯特大喊，"她还活着！"

"我们什么也帮不了她！"他吼道，但巴克斯特根本听不见，周围太嘈杂了，她自己抗议的声音、大厅里回响的枪声，以及令人作呕的死亡的声音——那些如鬼魅的人用粗糙的武器猎杀着被困在出口的警察，这些武器包括简易的刀刃、用具和钢丝。还剩几个警察依然在门上抓来抓去，但他们已经被包围了。"我们帮不了他们中的任何一个人。"

儒歇被迫放开了巴克斯特，因为那个被他打伤的人向他们扔来一块带锯齿的金属片，儒歇的腰被削下来一块肉，留下锯齿状的伤口。他后退了几步，痛苦地抚着受伤的身体，面部因疼痛而扭曲。他拿着柯蒂斯的配枪，紧握着枪管，用沉重的枪托重击那个倒在地上的人，把他敲晕了过去。然后，他把枪递给了巴克斯特，但她只是盯着枪发愣。

还有几具尸体仍然一动不动地悬挂在大厅的墙上，他们根本没有办法区分他们到底是死尸，还是木偶，或者他们只是挂在那里耐心地等待伏击。儒歇既没有兴趣，也没有时间近距离观察，因为大厅后的黑暗中又出现了两个苍白的人影，沿着过道向他们冲了过来。

"巴克斯特，我们得走了……我们得走了！"他语气坚定地说。

她依然不舍地注视着他们抛下柯蒂斯的地方。就在此时，她身边的座椅突然炸裂，碎片和填充物四处横飞。

有人朝他们开枪。

他们朝舞台冲了上去。此时楼座上的枪手笨拙地朝他们不停射击。其中一个木偶被击中，掉到地上摔碎了，接着那个枪手的子弹用光了。儒歇在前面带路，顺着台阶往舞台侧面跑去。沿着台阶向上跑的时候，他看到一个形单影只的怪物在聚光灯下扭动着，寻找着正在移动的任何活物。

他们急匆匆地掀开幕布，来到黑暗的后台。顿时，好几双饥渴的眼睛朝他们看了过来。

摇摇晃晃的梯子靠在墙上，立在他们面前，打着结的粗绳则像套索一样悬在他们头顶。他们能听见追击者正从某处靠近。

他们在这座古老建筑的深处穿行，周围一片黑暗，唯一的向导是"安全出口"指示牌上醒目的荧光箭头。追击他们的人在后面，光着脚踩在木地板上发出沉闷的响声。儒歇和巴克斯特端着手枪穿过敞开的门，脏乱的走廊上出现了一个又一个交叉路口，减慢了他们前进的步伐。

突然，他们正后方传来一阵声响。

儒歇原地转身，观察着黑暗中的动静。

他等待着，发现唯一的动静来自吊在绳子上的一个生锈的铁桶，他们刚才经过时绊到了绳子，桶因此轻轻地晃动着。

他回过身看巴克斯特，发现她不见了。

"巴克斯特？"他小声叫道，同时看着面前的三条走廊，不知道她选择了哪一条。他似乎被疯狂的叫喊声和奔跑的脚步声包围了："巴克斯特？"

他决定沿着其中一条走廊跑，唯一的依据就是这条走廊比其他两条亮一点。走到一半，他看见前面拐角处出现了三个鬼魅般的人影。他们兴奋地叫喊着，走廊上响起沉闷的回声，音量似乎增加了一倍。

"哦，见鬼！"儒歇倒吸一口冷气，转身朝另一个方向疾速奔跑。

他感觉自己马上就要脸着地摔倒了，双腿正竭力跟上他逃跑的绝望步伐。他冲过和巴克斯特走散的交叉口，一步不停地继续跑。身后的叫喊声变得越来越疯癫，越来越狂躁。这群顽固的捕食者感到猎杀快要结束了。

儒歇不敢回头看，只是胡乱地朝后面开着枪，但这并没有起到什么作用，因为子弹不停地打到墙上。他高喊着巴克斯特的名字，希望她听到自己声音中的惊慌后能赶紧跑，如果她还能跑的话。一串嗒嗒声后，最后一发子弹也用完了。他跳起来，越过一个油漆罐，数秒之后，他便听见它被踢倒在地的声音。

他们要追上他了。

眼前到了一个急转弯处，他重重地撞到了墙上。就在他支起身子继续向前跑的时候，他感觉到一只贪婪的手已碰到了他的脸。长长的走廊尽头是一个紧急出口，日光透过门缝给出口勾勒出一个薄边。他全力向出口冲去，身后追逐者的呼吸近在耳边。终于，他用力撞向护栏，冲了出去，置身于一片刺眼的阳光中。

他继而听到一阵自动步枪的咔嗒声，接着一个人冲他吼道：

"紧急勤务组！不许动！放下武器！"

儒歇服从指令，双眼因冷空气的刺激而充满了泪水。

"慢慢跪到地上！"

"没事，没事，"一个熟悉的声音说道，"他和我一起的。"

映入儒歇眼帘的先是一个模糊的黑影，渐渐地，黑影变得清晰起来——是一名全副武装的紧急勤务组成员。儒歇认出了对面的建筑，这才意识到教堂内错综复杂的走廊和储藏室又把他送回了西 51 街。这儿跟教堂之间隔着两栋楼的距离。

这名警员放下了武器，从儒歇身边大步走过，来到开阔的入口，两具赤裸的尸体躺在那里。儒歇将他这种不屑的举动视为他可以从地上站起来了，于是松了一口气。就在此时他看见了巴克斯特，但她既没有跟他打招呼，也没有向他靠近。

"他们进去了吗？"儒歇急切地问那名紧急勤务组的警员，"里面有个女人，是联邦调查局的特工，她——"

那名警员打断他：

"他们随时可能弄开剧院大厅的门。"

"我必须去那里。"儒歇说道。

"你必须待在这里。"那个警员纠正他。

"他们或许不能及时找到她！"

儒歇转身向主入口走去。与此同时，那名荷枪实弹的警员把 AR-15 步枪的枪口对准了他。

巴克斯特急忙上前调停。

"我们不会乱来。"她对那名警员喊道，然后赶去拦住了儒歇的去路。她猛地推了他一把，他痛苦地捂着胸口。"你是找死吗？"她问，"你跟我说过你不想死，记得吗？你答应过我。"

"她还在那里！"儒歇说道，"或许我可以……如果我能……"

"她死了，儒歇！"巴克斯特冲他吼道，然后又低语道，"她死了。"

突然，沉闷的隆隆声响起……教堂的前墙轰然倒在街道上。一个巨大的火球扭曲着形状。接着玻璃碎了一地，发出"咝咝"的声音。巴克斯特和儒歇踉跄着向后退，用手捂着嗡嗡作响的耳朵。烟雾吞没了他们周围的道路，巴克斯特觉得双眼刺痛，然后就什么也看不到了。她感觉到砂石刮擦着眼睑，紧接着儒歇抓住了她的手。她不知道他要带自己去哪里，直到听见车门"吱"的一声打开了。

"进去！"他大声喊道，在她背后关上了车门，自己则绕到另一边上了车。

她终于能呼吸了，揉着眼睛，直到双眼逐渐可以睁开。交叉路口中间停着好几辆被遗弃的巡逻警车，他们就在其中一辆里。她模模糊糊能辨认儒歇的脸，一股污浊的烟尘从车窗前滚过——夜幕提前降临了。

他们都没有说话。

巴克斯特审视着过去二十分钟内发生的事情，忍不住颤抖起来。

就在这时，第二次爆炸发生了。

巴克斯特紧抓着儒歇的胳膊，她开始呼吸不畅。这次的爆炸声不是从教堂传来的，而是在他们附近的某个地方；然而他们只能看清巡逻车内的景象，外面发生了什么事，他们根本看不见。接着第三枚炸弹爆炸了，巴克斯特闭上了眼睛。当第四次，也是最后一次爆炸声传来的时候，她感觉到儒歇把她护在了怀里。

随着浓烟渐渐散去，白昼又慢慢显现。巴克斯特把儒歇推开，然后爬下了车，她把袖子当成临时面罩，捂住口鼻。街上哪儿都看不到那名紧急勤务组的警员，她怀疑他在第一次爆炸发生后就躲进了室内。儒歇从车的另一边下来了。

滚滚黑烟盘旋着朝天空散去，市中心上空被第一道浓烟染黑了，这一幕对纽约的天空来说太常见了。

"那是哪里？"巴克斯特问道，无法转移自己的视线。

"时代广场。"儒歇低声说。

之前的寂静被打破，响亮的鸣笛声、警报声和救护车的呼啸声雪崩般朝他们逼近。

　　"哦。"巴克斯特茫然地点点头。他们无助地站在那里，看着这座城市被大火焚烧。

第一次见面

2014 年 5 月 6 日 星期二 上午 9:13

　　尽管卢卡斯·基顿在赶时间，但一看到相框歪歪斜斜地挂在那里，他就知道自己不能立刻出门了。即便他现在强迫自己出门，也只能在路上坚持最多五分钟，终究还是会折返回来，把相框扶正，结果还是会迟到。敲门声还在继续，他走到相框前，小心翼翼地把它扶正。他看着玻璃框里的照片，努力控制自己不要陷入深藏其中的回忆……但此刻，他的意志力比任何时候都要薄弱。他曾花无数时间站在这堵墙前，此刻，他又沉浸在那玫瑰色的美妙回忆中。

　　他甚至已经听不到急促的敲门声了，只是盯着那张照片：他的妻子和两个儿子围绕在他身边，他们都身穿带着"环球影城"标志的服装，看上去十分惹眼。

　　卢卡斯看着过去的自己。他那时还留着浓密的胡子，穿着在礼品店购买的俗气 T 恤，衣服下中年人的体态已经开始显露。过去那一头粗硬的鬈发毫无美感，但至少成功遮住了他的头顶，不像现在，随着发量减少，秃头变得越来越醒目了。他娴熟地摆出照相专用表情，他在新闻宣传时就会摆出这副表情，装出一脸幸福的样子。

拍这张照片时，他虽然跟妻儿站在一起，心思却在别处，他在想一些更重要的事情。他讨厌自己那样。

敲门的那个人转而按了门铃，刺耳的铃声把卢卡斯从自我厌恶的情绪中拽了出来。他匆匆下楼，在经过门厅的大镜子时检查了一下自己的领带。

"很抱歉打扰您，基顿先生，但是我们要迟到了。"一开门，他就听见司机抱歉地说。

"不需要道歉，亨利。要不是你催促，我去哪里都会迟到。很抱歉让你等我。"他笑着说。

亨利径直坐进了驾驶座。他给这个千万富翁当了很久的司机，知道这位雇主不喜欢别人帮他开车门。

"今天上午要去什么不同的地方吗？"亨利发动车子，语气轻松地问道。

卢卡斯没有立即回答他，他只想安静地坐着：

"事情结束后我自己回去。"

"您确定吗？"亨利一边开车，一边向前探着身子瞥一眼天空，"看上去可能会下雨。"

"我可以。"卢卡斯向他保证，"我希望你把回程的花费都记到我的账上，顺便找个地方好好吃顿午餐。"

"您真是太好了，先生。"

"亨利，我虽然不喜欢沉默寡言，但我有几封邮件要赶在……会议之前处理一下。"

"我知道了，您有什么需要，随时告诉我就行。"卢卡斯确信司机没有因此而不开心，于是拿出手机，在剩下的旅途中，一直盯着黑暗的屏幕。

卢卡斯风头正劲的时候，见过数不清的知名人士、行业巨擘，甚至各国的领导人，但他从没像现在这样紧张过。他来到阿列克谢·格林的事务所，坐在一个极简风格的等候室中。进来的时候，接待员递给他一张表。填表时，他的脚一直在哆嗦。他发现自己的手掌心湿湿的，很难执笔，他把大拇指指甲咬断了一小截，指甲盖周围沁出了鲜红色的血。

接待员的电话响起来，他屏住了呼吸。

几秒钟后，他对面的门开了，一个异常帅气的男人从里面走出来。或许是因为他一直在研究自己那张头发稀疏的照片，他看到格林的头发时，根本无法把目光移开。格林留着大背头，是时下所有电影明星热衷的发型——格林就像他们中的一员。

"卢卡斯，我是阿列克谢，"格林跟他打招呼，像对待老朋友一样真诚地跟他握手，"快，请进，请进。你要喝点什么吗？茶？咖啡？还是一杯水？"

卢卡斯摇摇头。

"不要？好吧，进来坐。"格林笑着说，在他们身后轻轻把门关上。

二十多分钟过去了，卢卡斯一句话都没说。他拨弄着夹克上的拉链，格林在旁边耐心地看着他。卢卡斯朝他瞟了一眼，两个男人进行了短暂的眼神交流，然后他又迅速地把目光转到大腿上的夹克上。片刻后，他捂着脸，大哭起来。格林依旧一言不发。

大约过了五分钟。

卢卡斯擦了擦通红的双眼，深深地呼了一口气：

"对不起。"他道歉，差一点又哭起来。

"不用道歉。"格林安慰他。

"只是……你……没人知道我都经历了什么。我再也好不起来了。如

果你爱一些人，我指的是真心爱一些人，结果你却失去了他们……你就
不该好起来，不是吗？"

格林探着身子安慰这个痛苦的男人，从桌上拿起一叠常备着的成人
型号的纸巾递给他。

"好起来和接受某件事已经完全失控的事实，二者之间是有很大区别
的。"格林友善地说道，"看着我，卢卡斯。"

他再一次试探性地看着那个精神科医生的眼睛。

"我真的相信我能帮你。"格林说。

卢卡斯微笑着擦了擦眼睛，点点头：

"是……是，我也相信你能帮我。"

Chapter 22

第二十二章

2015 年 12 月 15 日　星期二　下午 2:04

巴克斯特发了三条一模一样的短信：一条给埃德蒙兹，一条给瓦尼塔，还有一条给托马斯：

> 我没事，准备回去了。

她关掉手机，搭上了一趟为数不多的还开往康尼岛的地铁。她只是需要远离曼哈顿、远离深受创伤的人、远离城市上空四朵遮蔽蓝天的黑云，这些都是杀手留下的在场证明。

一路上，小心翼翼的乘客一个接一个地下了地铁，最后只剩下巴克斯特一个人。她独自下了地铁，走出空无一人的地铁站。这里的风比市内的更冷，也刮得更猛。她裹紧自己，朝海滩走去。

冬天，露天游乐场已经早早关闭，场内设施的钢筋架子上结着冰，周围是被封住的货棚和摊位，门上挂着一个大号的挂锁。

在巴克斯特看来，这个场景揭示了掩藏在表面之下的真正的空虚，明亮的灯光和喧嚣的音乐不过是幻觉，目的是把人们的注意力牢牢吸引在他们贩卖的商品上。那天早上，人们成群结队地来到时代广场也是同样的道理。这里是举世闻名的旅游陷阱，世界各地的人站在这里，抬头直愣愣地盯着那些流光溢彩的广告。由于竞争太激烈，广告商为博取人们的眼球拼尽了全力。

各大公司铆足了劲想把他们的产品塞到每个人的嗓子眼儿里。巴克斯特对此觉得恶心至极，虽然她知道自己的这种愤怒既不合理，也不合适。可口可乐的广告牌在闪闪发亮，却给人一种濒死的空虚感，这简直浪费了他们的努力。

她不愿意再去想这些了。她不愿意想任何事，特别是关于柯蒂斯，关于他们是怎样把她留在那个地方等死的。

尽管她也咆哮着抗议儒歇的怯懦，但她知道，她默许了他把自己带走。如果她一心想要留下来，那么没有什么能把她和柯蒂斯分开。这就是为什么她会如此恨他，因为他也知道这一点。这是他们共同的决定。

是他们一起决定把柯蒂斯丢在那里的。

她沿着海滩的木栈道继续走着，走过了游乐场，面前只有茫茫的大海和积雪……她只想一直走下去。

第二天早上，巴克斯特起了个大早。她没有吃早饭，因为不想碰见儒歇。这是一个美丽而清爽的冬日，万里无云，她打包了一杯咖啡，步行到联邦广场。过了安检之后，她乘电梯来到了压抑的办公室。

她是第一个来到会议室的，她下意识地在后排一个偏僻的角落里坐下来。过了一会儿，她才意识到自己为什么会选择这里。过去，伦敦警察厅召开员工会和培训会的时候，最后一排的座位总是属于她和沃尔夫的。他们两个惹是生非的人可以厮混在这个别人看不见的地方。

她笑了，但接着又有点生自己的气——她居然开始怀旧了。她记得有一次，他们参加了一次有关政治正确的会议，芬利非常不明智地在开会的时候睡着了。在他睡着的这二十分钟内，她和沃尔夫把他的椅子慢慢地转了个圈，直到他背对着会议室。当培训员看到他背对着自己时，大声呵斥他，当时他脸上的表情简直太逗了。他称呼芬利为"懒惰的苏格兰佬"，这场会议也因此戛然而止。

巴克斯特脑子里的事情太多，根本没空想起这些事情。她站起来，挪到前面一个座位上。

八点五十五分的时候，会议室坐满了，躁动不安的愤怒情绪在会议室蔓延开来。儒歇一进来便开始寻找巴克斯特，而巴克斯特始终没有看他一眼。因为已经没有多余的位置了，儒歇不得不在经常被大家避开的第一排坐了下来。

巴克斯特为了逃避失去柯蒂斯的悲伤而做的一切努力都白费了。伦诺克斯走进会议室，二十秒后，她打开了一个巨大的触摸显示屏，上面是一张柯蒂斯的照片，她身穿联邦调查局的制服，真诚地微笑着。即便照片放大到那么大的尺寸，她的皮肤依然看不到任何瑕疵。

巴克斯特感觉有些透不过气，心里一阵绞痛，她环视着整个会议室，让自己的双眼转起来，以免眼睛里噙满泪水。

照片下方有一个简短的说明：

特工埃利奥特·柯蒂斯

1990-2015

伦诺克斯低下头，默默地站了一会儿。

她清了清嗓子："我想上帝只是需要另一个天使。"

巴克斯特竭力克制着自己才没有从会议室冲出去，但接着，出乎她意料的是，儒歇站起身，出去了。

紧张的停顿之后，伦诺克斯开始了会议。她首先宣布，他们今天下午"非常遗憾"地要跟巴克斯特说再见了，然后感谢了她为这件案子做出的"宝贵"贡献。她接着强调，对剩下的人而言，他们的工作才刚刚开始，他们将与国土安全部和纽约警察局的反恐局保持密切联系，携手调查此案。接着她又向大家介绍了接替柯蒂斯工作的那名特工。

"我们作为执法机构，作为一个国家，昨天上午居然被人玩弄于股掌之中，"伦诺克斯对一屋子的人说，"我们不会再犯同样的错误。事后来看，一切都非常清楚了：那些人借助拼布娃娃案的影响力博取媒体的关注；在中央车站制造恶劣的怪诞行径，以确保全世界都会谈论这件事；杀害警察是为了激怒我们……这就是诱饵。"

听完伦诺克斯的总结，会议室陷入了一种令人不适的沉默。他们一直都被人提醒，说他们卷入了某件事情之中，但没有一个人意识到这件事已经发生了。

"我们要竭尽全力抓捕这些家伙。"伦诺克斯停顿了一下，低头瞥了一眼自己的笔记，"从教堂到时代广场，我们失去了二十二名同事，包括纽约警察局的警察、整个紧急勤务组团队，当然还有特工柯蒂斯。到目前为止，死亡人数总计一百六十人。但随着清理行动的进行，在医院抢救的受害者还会让这个数字上升。"

她看了一眼柯蒂斯的照片：

"这是我们欠他们每一个人的，我们必须捉拿并严惩那些需要为此负责的人……"

"我会狠狠地惩罚他们。"有人低声说。

"……我们要保持最高的职业水准，向逝去的同事致敬，这也是他们对我们的期望。"伦诺克斯补充道，"我相信你们现在对我的话都已经听腻了，所以接下来就交给特工蔡斯。"

这个接替柯蒂斯工作的人站了起来。巴克斯特原则上对他抱有敌意，但又欣然发现讨厌他是有道理的。在办公室里，蔡斯仍然穿着防弹衣，没什么特别的原因，仅仅是因为他觉得这样很酷。

"好，另外，"蔡斯开口说道，因为多了一层累赘，他已经开始冒汗了，"我们已经认出了参与昨天袭击事件的两辆车。"

两张照片慢慢在大家面前显现出来。其中一张照片拍到的是一辆白色货车，停在巷子里；另一张也是一辆白色货车，停在人行道中央。

"大家可以看到，这两辆车一模一样：假的牌照，停放的位置很有讲究，为的是形成最大杀伤力。"蔡斯说。

"有什么讲究？"一名坐在前排的女特工问道。

"一方面是挡住去路，一方面是结构性爆破。"蔡斯解释道，急切地想要证明他手中拿的那份资料的正确性，"那辆货车停在巷子里是为了炸倒广告牌和新年彩球。我们当时已经处于高度戒备状态，若是在其他任何一天，这两辆车可能在接近市中心前的第十个街区就已经被标记和拦截。我们丧失警惕不到一小时，就付出了代价。"

"那另外两次爆炸呢？"有人问。

"最后一次爆炸是在地下，在地铁站内，但不是在地铁上。我们推测炸弹应该是放在背包之类的东西里，但这个还需要时间来证明。教堂发生的爆炸像是通过门引爆的。我们的猜测是，那些所谓的中空的木偶里塞满了C-4炸弹，我们的人一破门，炸弹就会被引爆。"

蔡斯拿起那个留着长发的英国精神病学家最近的一张照片：

"咱们的头号犯罪嫌疑人，医生阿列克谢·格林，他似乎已经从地球上消失了。他以为能躲过我们，但他错了，他觉得自己比我们聪明，他还是错了。我们要不眠不休，直到把这个浑蛋绳之以法。现在，开工。"

巴克斯特上了飞机，坐在靠窗的座位上。她花了差不多一个半小时才过完安检，从昨天下午开始，安检查得非常严格。昨天会议结束后，她被叫去伦诺克斯的办公室，双方做了一个不甚真诚的告别，然后她便找了个合适的机会溜走了，因为不想再见到儒歇。不告而别虽然很不礼貌，但她不信任他。她发现他有时候古怪得让人讨厌，其他时候则是个彻头彻尾的奇葩。现在看到他只会让她想起一生中最糟糕的经历，让她觉得既恐惧又耻辱。

她很高兴自己可以摆脱他了。

那天晚上，她在城市的街道上漫无目的地游荡了一圈，觉得筋疲力尽。她走了好几公里，回到酒店的时候，那些她想要逃离的思绪再次攻陷了她，使她片刻不能安宁。

她从前面座位的袋子中拿出一副廉价的塑料耳机，打开一个无线电台来催眠自己，然后闭上了眼睛。

发动机的嗡嗡声越来越大，机舱内灯光柔和，暖气也开了，阵阵暖风发出温和舒缓的声音。巴克斯特用毯子裹住自己，然后调整成一个舒服的姿势，但她发现盖着毯子也没能睡着。

她突然清醒过来，睁大了眼睛，因为她看到了一张熟悉的脸，距离自己的脸只有几厘米。那个人嘴巴张着，轻轻地打着鼾。

"儒歇！"她惊叫道，至少吵醒了周围七名乘客。

儒歇困惑地张望了一会儿："什么？"

"嘘！"他们背后的人发出嘘声。

"怎么了？"儒歇小声问，面带忧虑。

"怎么了？"巴克斯特回答，声音仍然比较大，"你在这里干什么？"

"哪里？"

"……这里！飞机上！"

"这位女士，我不得不提醒你小点声音，"一名暴躁的乘务员在过道上说道，"你打扰到其他乘客了。"

巴克斯特盯着她，直到她踉跄着走开。

"我们基于事实做出了推测，得出的结论是，昨天发生的袭击已经对美国构成威胁，我们必须为英国可能发生类似规模的袭击做好准备。"儒歇低声说道，声音小到快要听不见，"阿列克谢·格林是我们最重要的线索，他最后一次出现在伦敦是在柯——"他突然收口，没有说出那个名字，"在我们从监狱里出来不久。"

"柯蒂斯，"巴克斯特恶狠狠地说，"你应该说出她的名字。不管怎样，这个名字都会在我们的余生中困扰着我们。我们当时有枪，我们应该试一试。可我们只是把她留在那里等死！"

"我们救不了她。"

"你又不知道。"

"不，我知道。"儒歇厉声说，他罕见地发怒了。他对过道那边一个可怜的老妇人抱歉地挥挥手，然后降低了音量："我知道。"

他们沉默地坐了一会儿。

"她不希望你因为她而丧命，"儒歇柔声说，"她也知道你并不想丢下她。"

"她那时已经没有意识了。"巴克斯特反唇相讥。

"我是说现在，现在她知道。她一直在天上看着我们——"

"嗬，能闭上你的臭嘴吗！"

"你闭嘴吧。"前排有个人咕哝道。

"你再敢把你那一堆宗教垃圾喷给我试试。我又不是一个刚死了一只宠物仓鼠的白痴小孩，所以你那套天上仙子的蠢话自己留着，行吗？"

"行，我道歉。"儒歇说道，举起双手做投降状。

但巴克斯特还没完。

"我不会坐在这里听你自我安慰，幻想柯蒂斯正待在某个天堂般的地方，感谢我们丢下她，让她躺在肮脏的地板上流血。她死了！死了！她当时很痛苦，然后就什么都没了。说完了。"

"我很抱歉提起这件事。"儒歇说道，巴克斯特言辞中的谴责和怨恨让他震惊。

"你应该是聪明的，儒歇。我们的整个职业生涯都建立在收集证据和确凿事实的基础上，可你却乐于相信云端某个地方坐着一个老浑蛋，像老年护理员一样等着我们所有人。我……我实在是不明白。"

"你能别说了吗？我求你了。"儒歇说。

"她死了，好吗？"巴克斯特说，现在才意识到自己在哭，"因为我们，她变成冷冻柜里的一块冷肉。如果我这辈子要忍受这个事实，你他妈也要跟我一起忍受。"

她戴上耳机，转身面向窗子，发了一通脾气之后依然喘着粗气。她只能看到自己在黑暗的玻璃窗上投下的影子，渐渐地，她那张愤怒的脸放松了下来，露出某种类似内疚的表情。

她执拗着不愿意道歉，于是闭上眼睛，沉入了梦乡。

一回到希思罗机场，儒歇还是跟往常一样友好和善，这让巴克斯特感觉更糟了。儒歇试图跟她讲话，但她都没有理会。她挤过前面的人，赶在儒歇之前下了飞机。第一批从飞机上运下来的行李中就有她的手提箱。她从传送带上一把抓起自己的箱子，然后推着箱子走到外面等托马斯。

　　十分钟后，她听见有人推着行李箱匆忙地追上自己，她故意专注地看着私家车乘车点，直到听见那个人又推着行李箱走远了。从眼角的余光中，她看到儒歇朝出租车乘车点走去。她低头看了一眼自己的包，惊奇地发现包上面居然放着她那颜色艳丽的帽子和手套。她摇了摇头：

　　"我真是一个特别、特别糟糕的人呢。"她低声说。

Chapter 23

第二十三章

"早，头儿！"

"早。"

"欢迎回来，总督察。"

"谢谢。"

"见鬼，她回来了。"

巴克斯特到达伦敦警察厅已经五分钟了，但身边还是围着一大堆向她传达问候的人。她不得不努力挤过这些人，才能来到自己的办公室。

那天早上，托马斯开车带她回了他的家，她在那里迅速地洗了个澡，换了身衣服。他们一起吃了早餐，而厄科则在角落里生着闷气，它不敢相信巴克斯特居然把自己扔在这个陌上的地方整整一个星期。不过这还是巴克斯特第一次觉得回托马斯家就像回自己家一样……托马斯给了她家的感觉。

巴克斯特还不完全清楚现在是几点，甚至不知道今天是星期几，但她还是径直去上班了。

她迅速关上办公室的门，闭上眼睛，长长地呼了一口气。她靠在劣质木门上，以防又有人过来跟她说早上好。

"早上好。"

她慢慢睁开眼睛，看到儒歇坐在她的办公桌后面。让人恼火的是，他看起来非常清醒，而且充满了活力。

有人敲门。

"谁啊！"巴克斯特大声问了一句，"哦，你好，吉姆。"

一个留着胡子的年长男性走了进来，他用探询的目光朝儒歇的方向看了一眼。

"早，我只是过来找你谈谈。"他谨慎地说。

"没事，不用担心。"她一边向他保证，一边看着儒歇。

"吉姆是负责'追捕'警探福克斯的。"她解释道。

"所以，"吉姆说，甚至懒得找个座位坐下，"见过沃尔夫了吗？"

"没。"

"很好，那下周见。"他跟她说道，同时在身后带上了门。

巴克斯特振作精神等着下一位访客，但没人过来。

"我坐在你的位置上了。"儒歇说着站起来，重新找到一把廉价的塑料椅坐下，"我约了军情五处 T 部门的长官在泰晤士大楼会面，十点半。没问题吧？然后我们十二点回到这里，去见反恐指挥组的人。"

"可以。"

"我觉得我们还是一起去吧。"他小心翼翼地问。

"是吗？"巴克斯特叹了口气，"行，但我来开车。"

"继续呼吸，继续呼吸，继续呼吸……"

酒精含量探测仪"哔"了两声，一名年轻的交警把它从巴克斯特的嘴里拿了出来。他的同事正面朝下地趴在人行道上，摸索着从巴克斯特的奥迪下面找出一辆公路自行车的其他组件。这名自行车骑手穿着莱卡品牌的衣服，尽管他只受了一些轻微的擦伤，但医护人员还是给他做了全身检查。与此同时，儒歇在路边静静坐着，看上去明显在发抖。

"所以都结束了吗？"巴克斯特对现场所有人说道。

没人回答，于是她从口袋里拿出一张名片，经过那名怒火中烧的自行车骑手时，她把名片递给了他。儒歇无精打采地站了起来，他们一起又上了车。他们倒着车从人行道上下来，混凝土路面上散落的一些碳纤维碎片被压得咔嚓响。他们开着车继续朝不远处的米尔班克驶去。

"把这些放在手套箱里，可以吗？"巴克斯特一边说，一边递给他一沓伦敦警察厅的名片，跟她刚才给那个自行车骑手的名片一样。

儒歇接过名片，但停住了。

"你知道这些名片上印着瓦尼塔的名字吧？"他问道。

巴克斯特皱着眉，似乎在想这个人怎么这么愚钝。

儒歇依然看着她，等着她给一个解释。

"我真的担不起任何保险索赔了，"她对他说，"之前出了十一起事故，交通部已经向我发出了最后警告。有机会的话，我还要再去印一些名片，名字就叫芬利·肖好了……'芬利'也有可能是个女生的名字，对吧？"

"当然不行。"儒歇说。

"反正，我觉得行，这没什么大不了！"巴克斯特跟他保证，"他退休了，不会介意的。"

儒歇看上去还是不太确定。

接下来的几分钟他们没有说话。因为交通拥堵严重，他们在这几分钟内大约只前行了一米半。儒歇试图找些话聊：

"你回来，男朋友肯定很高兴吧。"

"或许吧。"巴克斯特脱口答道，她完全是出于礼貌才会回答这个问题，如机器人一般不带任何感情，"你的家人也很开心吧，你能在家多待一会儿。"

儒歇叹了一口气："出租司机带我绕伦敦转了一圈才送我到家，那时我老婆已经去上班了，孩子也去上学了。"

"真可惜，我们今晚争取早点结束，这样你就可以回去看她们。"

"那太好了，"他笑着说，"我在想上次你说的关于柯蒂斯和——"

"我不想说这个！"巴克斯特冲他吼道，昨天那种强烈的情绪瞬间又回来了。

沉默的气氛开始蔓延。

"再也不要提这个话题！"巴克斯特怒气冲冲地说道，"我们能说些别的吗？"

"比如？"

"什么都行。我不知道。比如说说你的女儿或者其他的什么。"

"你喜欢小孩？"儒歇问道。

"不。"

"你当然不喜欢。嗯，她跟她妈妈一样，有一头亮红色的头发，她喜欢唱歌，如果她唱歌的时候你正好戴着耳机，那真是上帝在帮你。"

巴克斯特笑了，沃尔夫也经常这么说她。他曾经抓到一个拿刀砍他的毒贩子，他让巴克斯特给这个毒贩唱首小夜曲作为惩罚，他则去给他们弄一些午饭。

他们来到一个拥堵的十字路口，巴克斯特把车停了下来。

"她喜欢游泳和跳舞，星期六晚上要看《英国偶像》，"儒歇继续说，"她唯一想要的生日礼物只有芭比娃娃、芭比娃娃以及更多芭比娃娃。"

"十六岁了还玩芭比？"

"十六岁？"

"是啊。你的朋友，那个联邦调查局的特工，说你女儿跟他女儿同龄，十六岁。"

儒歇有片刻的失神，然后笑道：

"哇哦，你真是过耳不忘啊。麦克法伦不是我的朋友，当时我想着与其跟他说他完全搞错了，还不如就那样附和过去。我女儿六岁……但，挺接近的。"他笑着说。

终于，巴克斯特开车过了十字路口，停在了斑马线上。

"她叫什么名字？"

儒歇犹豫了一会儿，然后回答道："埃利……埃利奥特。她叫埃利奥特。"

军情五处 T 部门的长官怀尔德靠在椅背上，和他的同事对视了一眼。巴克斯特已经足足说了十分钟，而儒歇则在一旁静静地点头。

怀尔德年纪轻轻竟然在安全部门身居要职，身上散发出坚不可摧的自信。

"总督察，"他打断道，因为巴克斯特还没有要放慢语速的意思，"我们非常感谢你的关心……"

"但是——"

"……以及特意过来告知我们，但我们对你们的调查已经十分清楚了，联邦调查局把相关情报给了我们，我们也成立了专案组来处理。"

"但我——"

"你要知道的是，"他言之凿凿地对她说，"美国，特别是纽约市的恐袭级别已经上升到'危急'，这意味着袭击不日就会发生。"

"我知道那是什么意思。"巴克斯特孩子气地说道。

"很好，那接下来我说的你也能理解。过去十五个月，英国的恐袭级别一直定在'严重'，这个状态虽然有些令人不安，但非常稳定，没出过什么事。"

"所以上调级别啊！"

"恐怕这并不像按个按钮那么简单。"怀尔德居高临下地笑着说，"你知不知道每次上调恐袭级别，这个国家要付出多大代价？数十亿。要在街上布满武装力量，动员军队，人们不能去工作，境外对内的投资中断，股价骤跌……这个单子很长很长……

"宣布进入'危急'状态，那就是向全世界承认我们将遭受重创，并且对此无能为力。"

"所以是钱的原因？"巴克斯特说。

"钱只是一部分原因，"怀尔德没有否认，"更大一部分原因是我们必须百分之百确定会发生袭击，但我们现在并不确定。自从把恐袭级别定为'严重'以来，我们只阻止了七次众所周知的严重恐怖袭击，但还有很多很多他们并不知道。总督察，我的意思是，如果末来可能发生一起跟阿撒泻勒谋杀案有关联的暴力事件……"

"不是这么叫的。"

"……我们现在就应该已经得知此事的一些风吹草动了。"

巴克斯特摇摇头，苦涩地笑了笑。

儒歇知道她这个表情代表的含义，于是赶紧插嘴，免得她对军情五处的这名警官说出一些无法挽回的话：

"教堂大屠杀发生后不到十分钟，时代广场就被夷为平地，你不会在暗示这只是巧合吧？"

"当然不是，"怀尔德厉声说道，"但是你有没有想过这次袭击本来就是机会主义的？紧接着发生的那起袭击会不会就是为了利用教堂大屠杀造成的混乱局面？"

巴克斯特和儒歇都没有说话。

"联邦调查局已经查明，教堂里的那些爆炸原料跟马路上的爆炸装置没有任何相似之处。至于那些所谓的'英国模仿美国'的言论，我们这里只发生了两起谋杀案，这两个案子无论是在国内还是在大洋彼岸都被广泛报道过。即便是你们也不得不承认存在这样一种可能性，那就是时代广场的教堂大屠杀是他们的最后一次行动。"

巴克斯特站起身离开，儒歇也跟着站了起来。

"你有没有收到消息，"她在出门的时候问，"有人宣称对所有这些灾难和死亡负责？"

怀尔德恼怒地看着巴克斯特："没，他们还没有。"

"知道为什么吗？"她问道，已经走到了走廊上，"因为这事还没完。"

"蠢货！"巴克斯特生气地说。他们走出大楼，来到米尔班克。泰晤士大楼宏伟的拱形大门高高耸立着。这时，一阵冷风从泰晤士河河面上刮了过来。

儒歇没有听她说话，他正忙着看手机上的邮件。

"他们在教堂里发现有一个杀手还活着！"

"真的吗？怎么会？"

"他显然是被埋在了后台一条走廊的废墟下，离炸弹威力最大的地方很远。他还在昏迷中，但伦诺克斯无视医生的要求，坚持要把他叫醒。"

"真有她的。"巴克斯特说道。她不喜欢这个特工主管，但也知道瓦尼塔永远不会做出如此勇敢的决定。这些艰难的决定永远是警探们的工作，当他们做出不合理的决定时，牺牲他们以自保，这才是瓦尼塔会干的事情。

"他们说，如果他被提前叫醒，他很可能会遭受永久性的脑损伤。"

"那就更好了。"

"如果真是这样，伦诺克斯可没什么好果子吃。那些人不会善罢甘休。"

"是啊，"巴克斯特耸耸肩，"很遗憾，做正确的事情都有这么一个常见的副作用。"

晚上八点三十八分，埃德蒙兹跌跌撞撞地从正门进来，一股夹杂着爽身粉、新鲜粪便和吐司的气味扑面而来。女儿利拉正声嘶力竭地哭着。

"亚历克斯？是你吗？"蒂亚在卧室里问。

埃德蒙兹经过厨房的时候朝里面瞥了一眼，那里看上去像是被洗劫了一番。他爬上楼，看见蒂亚哄着利拉。她看上去已经精疲力竭了。

"你去哪儿了？"

"酒吧。"

"酒吧？"

他无辜地点点头。

"你喝醉了？"

他窘迫地耸耸肩。他本来只打算喝一杯，但巴克斯特有太多恐怖的糟心事要跟他倾诉。现在想起来，每次跟她联系，第二天他都会觉得自己状态不佳。

"我今天早上跟你说过了。"他一边说，一边在房间里走动，把散落一地的东西捡起来。

"没有，"蒂亚纠正他，"你只是说埃米莉今天要回来。或者我应该这样推理：她一从国外回来，你就理所应当地要跑过去跟她喝酒？"

"我们有案在身！"埃德蒙兹脱口说道。

"不……你没有！是她有案在身！你在诈骗科工作！"

"她需要我。"

"你知道吗，你们俩之间这种奇怪的关系……行吧，如果你想像一只可怜的哈巴狗那样跟在她屁股后面跑，那你去吧。"

"你这是怎么了？你爱巴克斯特啊！你们是朋友！"

"哦，拜托！"蒂亚嘲笑道，"那个女人就是一辆失事的火车，简直粗鲁到可笑的地步。她比我见过的任何人都要固执，倔得像头驴。"

埃德蒙兹刚要争辩几句，发现蒂亚说的这些话证据确凿，无可反驳。他怀疑她一直在练习这套抨击巴克斯特的话语。

利拉听见自己的母亲提高了音量，于是哭得更大声了。

"你见过她一晚上能喝掉多少酒吗？天哪！"

埃德蒙兹的肚子咕咕地叫着表示同意。这又是一个证据确凿的观点。

"如果你这么喜欢专横的女人，那这样如何：你去喝两大杯水，吃些吐司，醒醒酒，"蒂亚吼道，"今晚你照顾利拉，我睡沙发！"

"行！"

"行！"

在他出去的时候，蒂亚拿起一只泰迪玩具熊朝他砸了过去。他把它捡起来，带下楼。这只泰迪熊是利拉一岁生日那天，巴克斯特送她的礼物。他还记得巴克斯特把这只玩具熊递给他时，她看起来有多别扭。对巴克斯特而言，哪怕是与人最简单的互动都显得十分困难。一想到这些，埃德蒙兹就很难过。

他爱蒂亚胜过一切，也能理解她的想法。但蒂亚无法想象他最好的朋友都经历了什么。仅仅在过去一个星期，她目睹了那些令人震惊的恐怖袭击，并为此遭受了巨大痛苦。他会竭尽所能，帮助她渡过这个难关。

　　她需要他。

Initiation

入会仪式

2015 年 11 月 24 日　星期二　晚上 9:13

她知道轮到自己了。

她能感觉到他们正盯着自己，然而她还是没有动。

她往身后匆匆一瞥，证实了那个她已经知道的事实：她唯一的出路可能在世界的另一边。

她逃不掉。

"萨莎？"一个温柔的声音在她耳边响起。

阿列克谢站在她身后。她需要提醒自己，在其他人面前要对他使用敬称。他不让任何人叫他的名字，却告诉她，她是特殊的。

"跟我过来吧？"他友善地说道，向她伸出手，"来吧。"

他们从人群中间走过。对萨莎左边的人来说，折磨已经结束了，但她右边的那些人还在焦急地等待，因为她的胆怯，他们等待的时间被拉长了一些。

格林领着她来到屋子的前面。锃亮的地板上还拖着一道血迹，她其中的一个"兄弟"在受难过程中失去了意识。一个她不认识的男人冷冷地打量着她，手中沾血的刀刃在等待着她。那个男人没有清理刀刃上的血迹，至少在她被刻字前这些血迹不会被清理掉——这才是重点。他们现在是一体的、平等的、互相关联的。

"准备好了吗？"格林问。

萨莎点点头，呼吸变得急促起来。

他来到她身后，解开她上衣的扣子，把衣服从肩膀上扒了下来。

但是，当那个陌生人拿着刀向她走近时，她退缩了，跌跌撞撞地退到了格林的怀里。

"对不起……对不起，"她道歉，"现在好了。"她又走到那个眼神冰冷的男人跟前，闭上眼睛，点点头。

他再次举起刀……她感觉到冰冷的金属尖刺在皮肤上。

"对不起，对不起，对不起，"她说道，哭着走开了，"我做不到。"

她当着众人的面开始啜泣，格林紧紧地抱住了她："嘘……嘘……"他想让她平静下来。

"你想让我做什么，我就做什么，我发誓，"萨莎对他说，"但这对我来说意味着一切。我就是……做不到。"

"但是萨莎，你应该知道我为什么要你为我这样做吧？"格林问道。

他用一种遭到背叛的眼神看着她，这种眼神比那个凶残地刻在胸前的印记更让她痛苦。

"知道。"

"告诉我……不过最好是告诉我们所有人。"格林说着放开了她。

她清了清嗓子：

"这个印记向你表明，我们愿意为你做任何事，我们臣服于你，我们会跟随你到任何地方，无条件听你吩咐。"她又看了一眼那个弯曲的刀刃，开始掉眼泪。

"很好，但是你要知道，你不需要做任何你不想做的事，"格林向她保证，"你确定你做不到吗？"

她摇了摇头。

"很好……爱德华多！"格林叫道。一个男人从人群中艰难地走了出来。他拉扯着新缠上去的绷带，感觉很不舒服。"你跟萨莎是朋友？"

"是的，阿列——对不起，格林医生。"

"我想她现在需要你的帮助。"

"谢谢。"萨莎低声说道，爱德华多朝他们走了过来，伸手搂住了她的腰。

格林亲切地紧握了一下她的手，然后松开。

他们刚走到屋子中间，格林再次叫住他们：

"爱德华多！"格林叫道。他们停了下来，所处的位置刚好是所有人都能看到的地方。"恐怕萨莎已经决定，不再做我们中的一员了……杀了她。"

爱德华多目瞪口呆，他转过身想说些什么，但格林冷漠地给出判决后就走开了。他转身看着萨莎，不知道该怎么办。

"埃迪？"她喘着气，看见朋友脸上的表情发生了变化。她现在连出口都看不到了，因为那些旁观者已经围成了一堵墙。"埃德①！"

他的眼里充满了泪水，接着一拳打在她的脸上，她感到头晕目眩。

她跌倒的时候本能地想要抓住什么，结果扯烂了他身上的绷带。

他俯身靠近她。她能看到的只有他胸前的刻字。在她生命的最后时刻，这个刻字带给她一些安慰，因为这个抓着她的头砸向房间硬地板的人不是她的朋友……她的朋友已经死了。

———————

① 埃德和埃迪是爱德华多的昵称。

Chapter 24

第二十四章

2015 年 12 月 17 日　星期四　下午 3:36

伦诺克斯和蔡斯大步走进纽约蒙蒂菲奥里医疗中心的大厅，玻璃墙隔绝了外面的叫喊声。肯定是那个昏迷男人的医生向媒体透露了内部的进展，接着大批媒体便出动了。镜头后面，抗议者举着的牌子时隐时现。他们抗议的是，美国联邦调查局决定提前唤醒一名脑损伤的男子，而他们这样做会危及该男子的性命。

"天哪，这些人的记忆可真短暂。"伦诺克斯咕哝道，她跟蔡斯顺着指示牌朝重症监护室走去。

蔡斯没有听到伦诺克斯发的这句牢骚。他得一边跟上这位上司的步伐，一边代她处理一些来电。他穿着防弹衣，每走一步，防弹衣的各个部件相互摩擦，发出恼人的嘎吱声。

"是的，我明白，长官……是的，长官……我之前说过了，她目前无法接电话。"

一个身穿棕色长外套的中年男子从另一个方向朝他们走来，他似乎对他们特别感兴趣。伦诺克斯正准备让蔡斯警惕，那个男人突然从口袋里拿出照相机和录音机。

"特工伦诺克斯，你觉得联邦调查局可以凌驾于法律之上吗？"他用指责的语气问道，在他说这句话的时候，蔡斯已经把他推到了墙边。伦诺克斯一步没停，继续沿着走廊走去。"法官、陪审团和刽子手——你们就是这么做事的吗？"

蔡斯制止着这个挣扎的男人，后者冲伦诺克斯的背影喊道：

"他的家属并没有同意！"

伦诺克斯趾高气扬地从站在门口的两名警察中间经过，进了重症监护病房。病房内，气氛更加紧张。自动减颤器放在角落的一个担架上，看上去不太吉利。三名护士正围着导线和管子忙得团团转，一名医生准备着注射器，没有一个人搭理她。她打量着病床上的那个男人。

他骨瘦如柴，二十多岁，看上去却像个学生。右边的大半个身子被严重烧伤，胸口刻着的"诱饵"都延伸到了腰侧：傀儡伪装成诱饵，凶手却伪装成受害者。他脖子上戴着结实的颈托，把他的头固定住，头骨被钻了一个小孔，一根细细的导血管从小孔中伸了出来。

"我只是想重申一下，我强烈反对这么做，"那名医生说，眼睛一刻也没离开手上的注射器，"我百分之百反对进行这种操作。"

"知道了。"伦诺克斯说，此时蔡斯也走了进来。她很高兴，至少有一个人站在她这边。

"面对这样的脑损伤，强行唤醒病人意识的风险非常大，考虑到他之前有精神病史，这种风险会呈指数增长。"

"知道了！"伦诺克斯又说了一遍，语气强硬，"可以开始了吗？"

医生摇摇头，站到病人旁边。他拿起第一支注射器插进一个端口，这个端口连接着由静脉注射管组成的一个封闭管道，管道内有药物缓缓流进病人体内。他以极慢的速度推着注射器内的活塞，里面清澈的液体变得浑浊起来。

"准备好急救推车，"医生吩咐道，"尽可能降低颅内压，持续监测脉搏和血压。现在开始。"

伦诺克斯看着病床上那个一动不动的人，尽管心乱如麻，但也没有表现出丝毫的情绪波动。无论如何，她在联邦调查局的职业生涯很可能就要到此为止了。她引发了一场举国关注的公关事件，无视上级的直接命令，还向医生撒谎，好使他们听从自己的要求。她只是希望，这样的牺牲是值得的，这个唯一活下来的敌人或许能提供一些他们一直都没有发现的线索。

那个男人大口喘着气，他猛然睁大眼睛，试图坐起来，但为他续命的那些管子和线把他拉了回去。

"放松，放松，安德烈？安德烈，我需要你保持冷静。"医生安慰道，一只手放在他的肩膀上。

"高压一百五十二，低压九十三。"一名护士大叫道。

"我是劳森医生，你现在在蒙蒂菲奥里医疗中心。"

那个男人环视着病房。他的眼睛因恐惧而大睁着，像是看见了其他人无法看到的恐怖场景。

"心率九十二，还在上升，血压太高了。"护士焦急地说道。

"不要死，不要死。"伦诺克斯喃喃自语，看着那个男人剧烈扭动起来。

劳森医生拿起第二支注射器，把里面的药物注入另一个输液端口。几秒钟后，病人放弃了挣扎，变得像是快要睡着一样。

"血压在下降。"

"安德烈，这里有人需要问你几个问题，可以吗？"医生问，想用亲切的微笑促使他答应。

那个男人无力地点点头。劳森医生让到一边，让伦诺克斯过来。

"你好，安德烈。"伦诺克斯微笑着说，这还是她有史以来第一次这么友好地审问别人。

"尽量简单，问题要简短、直接。"医生一边提醒，一边走回来监控病人的生命体征。

"明白。"她转身看着病床上的那个男人，"安德烈，你认识这个人吗？"

她举着一张阿列克谢·格林的照片，照片上的格林留着长及下巴的漂亮头发，看上去像是要把自己打造成摇滚巨星。安德烈努力看着照片上的人，最终点点头。

"你和他见过面吗？"

安德烈强忍着睡意，又点了一下头："我们……全都……必须。"他含糊地说。

"什么时候？在哪里？"伦诺克斯问道。

安德烈摇摇头，似乎想不起来了。房间里，原本平稳的哔哔声开始加快。伦诺克斯回头看向劳森医生，医生向她比了一个手势，示意她"换个话题"。虽然不太情愿，但她还是照办了。她低头看着那个男人胸口刻着的字——"诱饵"，伤口很深，穿透了他半个瘦削的身子。

"谁给你胸口刻的字？"她问道。

"另……"

"另一个？另一个什么？另一个……傀儡？"她近乎耳语般说出了最后一个词。

安德烈点点头。他呼呼地喘着粗气，挣扎着开口道：

"我们所有人……一起。"

"'一起'是什么意思？"

他没有回答。

"你们一起在教堂的时候？"她问道。

安德烈摇了摇头。

"你们去教堂前一起去过某个地方？"

他点了点头。

"这个人也去了那里？"她再一次拿起格林的照片。

"是。"

伦诺克斯兴奋地看向医生：

"你觉得这些伤口是多久以前的？"她问医生。

他起身检查那个伤口，当他戳到腋窝下方一个易痛区域的时候，安德烈缩了一下身子。

"根据结痂、发炎和感染的情况，大概是两周，或许是三周前。"

"这正好与格林上次来美国的时间吻合。"站在病房后面的蔡斯确定地说。

伦诺克斯回过身面对着病人："你知道教堂要爆炸吗？"

安德烈羞愧地点点头。

"你知道还有其他的炸弹吗？"

他怔怔地盯着她。

"我知道了。"伦诺克斯说，从他的表情读出了答案，"安德烈，我想知道那次聚会是怎么安排的。你们怎么知道要去哪里？"

伦诺克斯屏住呼吸。如果他们能搞清楚这些人是如何联系的，他们就能赶在下一次杀戮之前拦截这些信息。她看着这个几近虚脱的人努力回想着。他抬起手放在耳朵的位置。

"打电话？"她疑惑地问。她的团队已经彻查了之前那些凶手的通话记录、短信、应用和其他数据。

安德烈沮丧地摇摇头。他伸手指了指病床上方的电子显示屏。

"电脑？"

他敲了一下耳朵。

"你的手机屏幕？"伦诺克斯问道，"你手机上的某种信息？"

安德烈点点头。

伦诺克斯疑惑地转身看向蔡斯。蔡斯明白这无声的命令。他需要立即把这条重要的线索告诉其他人，于是离开了病房。伦诺克斯知道，她不可能再从这个男人口中得到更多线索了，但她还是问下去，直到医生喊停。

"那些短信上说了别的什么吗？有教堂之后的下一步指示吗？"

安德烈开始呜咽起来。

"安德烈？"

"心率再次上升！"护士叫道。

"他们说了什么，安德烈？"

"血压也在升！"

"到此为止！我要给他服镇静剂。"劳森医生一边厉声说，一边向前走去。

"等等！"伦诺克斯吼道，"他们让你干什么？"

他在低声嘟囔着什么，同时眼光再次在房间里搜寻着那些折磨他的人。伦诺克斯靠得更近一些，以便听到他在说什么。

"……一个……每……死……人……死每个人……杀死每个人……"

伦诺克斯感到她的配枪从枪套里滑了出来。"小心枪！"她大喊。

她一把抓住那个男人手中的武器。与此同时，一圈子弹射进了墙里。他们还在抢夺那把枪。监测仪闪烁着，疯狂地哔哔作响。劳森医生和护士在地板上蹲行着。他又开了一枪，打碎了头顶的灯，玻璃碎片纷纷掉落到病床上。蔡斯冲了进来，整个人压到安德烈身上，他和伦诺克斯轻易就制伏了那个虚弱的人。

"弄昏他！"蔡斯命令道。劳森医生笨拙地爬起来，伸手拿起一支注射器。

他们把枪口安全地对准了外墙。那个人逐渐失去了意识，手枪慢慢从他软弱无力的手中掉了下来。

伦诺克斯把枪放回枪套，松了一口气，笑着对蔡斯说："坚持了二十秒，我觉得进展挺顺利的！"

巴克斯特关掉了让人讨厌的早餐广播节目，望着哈默史密斯地铁站的出口。冰雹砸在风挡玻璃上，留下的冰碴结成各种图案。

过了几分钟，儒歇从站内出来，像往常一样打着电话。他冲巴克斯特的黑色奥迪挥了挥手，然后在入口处来回走动着，继续打电话。

"开什么玩笑？"巴克斯特喃喃自语。

她愤怒地按着喇叭，发动了引擎，接着儒歇冒着倾盆大雨小跑过来，爬进副驾驶的座位。他脚下是一堆乐购三明治的空盒子和喝了一半的葡萄适①，踩上去嘎吱作响。

"早。多谢来接我。"他说道，此时巴克斯特已经驶入了富勒姆宫路。

巴克斯特没有理他，重新打开了广播，结果发现播出的节目比以往任何时候都令人讨厌，于是很快又关掉了，只能找点话说：

"那个昏迷的浑蛋怎么样了？"

整个团队一夜之间都知道了联邦调查局的进展。

"还活着。"儒歇说道。

----

① 一种葡萄糖饮料。

"那很好啊。这么说来，我们还能指望伦诺克斯一段时间。"

儒歇惊讶地望着她。

"怎么了？她做了一些我实际上会干的事，这种主管我还是第一次见。"巴克斯特辩解道，决定还是换个话题，"所以，他们是忘记检查杀手们的短信了？"

外面的雨下得更大了。

"我认为比那要更复杂一些。"儒歇回答道。

"啊哈。"

"他们试图破解那个……破碎的……呃……数据库……互联网。"儒歇解释道，实际上什么也没解释清楚，"之后又有人去格林的地方搜过吗？"

"你以为我们现在是去哪儿？"巴克斯特回答。

他们继续在大街上行驶着。儒歇眼巴巴地望着街上正在营业的商铺。

"饿吗？"他问巴克斯特。

"不饿。"

"我没吃早饭。"

"你真是够了。"巴克斯特虽然不高兴，但还是把车靠边停了下来。

"你最好了。要帮你带点什么吗？"儒歇一边问，一边已经下车站到了雨中。

"不用。"

他关上车门，避开往来车辆，走进了路对面一家面包店，但把手机落在了副驾驶座上。巴克斯特盯着他的手机看了一会儿，然后又重新把注意力放在面包店上；然而，她的视线又慢慢回到了副驾驶座上的手机。她的手指焦急地敲打着方向盘。

"管他呢！"

她从座位上一把抓起手机。手机屏幕锁了，她在屏幕上滑了一下，没有设密码保护。她点击屏幕上的一个图标，开始翻通话记录。

"你成天都在给谁打电话呢？"

屏幕上出现了一个电话呼出列表，同一个号码反复出现，是伦敦区号。昨天下午和晚上，他每隔一小时就会跟这个号码通一次电话。

巴克斯特有那么一瞬间犹豫了。

她又看了一眼面包店，心跳在加速。她把手机举到耳边，按下了"呼叫"键。

正在呼叫中。

"快点，快点，快点。"

有人接起了电话："嘿，亲爱——"

车门被拉开了。

巴克斯特挂了电话，把手机扔到副驾驶座上。儒歇坐了下来，他已经淋透了，发灰的头发变黑了一点，让他看起来年轻了一些。他抬起身，把手机从屁股下面拿出来放在腿上。

"给你买了个早餐软面包卷，"他说着递给巴克斯特，"万一你饿了呢。"

闻着确实很香。她一把抓过来，看见车流中有一个空当，于是赶紧插了进去。

儒歇打开培根鸡蛋卷，发现他的手机在裤子上发着光。他瞟了一眼巴克斯特，发现她的注意力全部集中在被雨水淹没的道路上。他仔细盯着她看了一会儿，然后用手指滑过屏幕，再次把手机锁屏。

Chapter 25

第二十五章

2015 年 12 月 18 日　星期五　上午 8:41

"你先冷静一会儿好吗！"埃德蒙兹低声说。他从诈骗科的办公室冲了出来，一边在走廊上踱步，一边讲电话。他昨晚成功偷来了三个小时的好睡眠，算下来，这比蒂亚平时睡的时间还要长。他最近一直通宵达旦地工作，疲惫不堪的身子需要好好休息。

突然，他的上司从电梯里出来，沿着走廊朝他的方向走了几步。他退到无障碍卫生间里，压低声音说："他肯定能给出一个完全合理的解释。"

"解释为什么从我调查这个案子开始，一次又一次向我撒谎？"巴克斯特低声说。

她此时站在阿列克谢·格林宽敞的主卧内，这是他在骑士桥租的一套豪华的顶层公寓。昂贵的衣服像垃圾一样扔在地上，衣柜和抽屉都是空的。床垫已经被抽空了，窗户旁边的地毯上散落着弹簧和一些填充物。从窗口向东南方望去，可以俯瞰哈洛德百货大楼。电视从墙上拆了下来，后板已经与屏幕分离了。

搜查队搜得非常彻底。

巴克斯特能听见儒歇在另一个房间的杂物堆中翻来找去的声音。

"想想看——在第 33 警区，我分明看到他们当着我的面发现了什么，他却否认了。还有那份毒检报告，柯蒂斯……"她停顿了一下，"我发现它被揉成一团放在他的上衣口袋里，现在他又骗我说昨晚在家。"

"你怎么知道？"

"他如果在家的话，干吗每隔一小时给家里打一次电话？"

"也许当他给老婆打电话的时候，你应该问问她。"埃德蒙兹提了一个并没有什么用的建议。

"当时没有时间这么做。"巴克斯特低声说，"你想想看，他这种奇怪的家庭状况，还有他似乎连他女儿多大都不知道，一会儿十六岁，一会儿六岁，我只是觉得……有些事情不对劲。"

"你这样说的话……"埃德蒙兹停顿了一下，"但是当一名糟糕的父亲又不违法。他的私生活跟我们的案子有什么关系？"

"我不知道！所有的事都……算了。"

她停了下来，因为儒歇从第二间卧室里出来，到了走廊上。他打了一个大大的哈欠，伸了伸胳膊，露出了白花花的肚子。他愉快地朝她挥了挥手，接着进了厨房。

"我得去那里一趟。"巴克斯特悄声说。

"哪里？"埃德蒙兹问道，"你是说去他家里？"

"今晚。我已经主动提出送他回家，我到时候跟他说用一下他家的洗手间什么的。如果不行，我就硬闯进去。"

"你不能这样做！"

"我没有别的办法了。我不信任他，我要知道他到底有什么事情瞒着我。"

"我不想让你只身犯险。"埃德蒙兹说。

"所以你也承认这一切很可疑是不是？"

"不是。但是……只是……我们在那里碰面，可以吗？告诉我时间。"

"行。"

巴克斯特挂断电话。

"多漂亮的女孩。"儒歇站在门廊上说，巴克斯特因为心虚被吓了一跳。

他拿着一张帆布印刷的照片，上面是阿列克谢·格林和一个漂亮女人的合影。他们看上去比她见过的任何情侣都要幸福。他们背后是令人惊叹的美景，太阳落在宁静的峡湾上空，但即便如此，格林和那个女人依然是照片绝对的主角。

"我们得查查她。"巴克斯特说着，从儒歇旁边硬挤过去，"这里我已经看完了。"

"这真是浪费时间，"儒歇一边说，一边把照片放回客房那一堆烂摊子中间，然后跟着巴克斯特从走廊上下来，"伦敦警察厅把这里的每一个角落都搜过了。"

"说得好像我不知道一样。"

"我只是说说。"

"随便你。"巴克斯特一边回答，一边走进设施齐全的厨房。花岗岩操作台在聚光灯下闪着光，阳台另一边是向远处延伸的灰色城市，阳台堵住了通往公寓上层的通道。"知道还有什么东西我们没搞清楚吗？一个让阿列克谢·格林炸掉半个纽约的理由。为什么要冒着失去所有的风险，他有这么多的——"她突然收口，因为发现儒歇正盯着她，"怎么了？"儒歇还是盯着她，她开始觉得不安，"怎么了，儒歇？"

"这里是顶层，是吗？"

"没错。"

他朝她冲了过去。巴克斯特本能地握紧了拳头，但紧接着她又放松下来，因为儒歇只是从她身边绕过，推开了阳台的门。一阵冷风从宽敞的公寓里吹过，一地的纸张和照片随风飘动着。她跟着他冲进了雨里。

"推我。"儒歇说道。

"你说什么？"巴克斯特的声音透着不安。

"推我上去，"儒歇说，"到屋顶上面。"

"哦！"巴克斯特松了一口气，"好……不行。"

儒歇一口气爬上了湿乎乎的栏杆。

"天哪，儒歇！"

他伸出手，抓住了屋顶平台的边缘，试图把自己拉上去，但没有成功。巴克斯特躲避着他扑腾的双腿，用并不雅观的姿态顺势推了他一把。终于，他爬了上去，消失在她的视线中。

她的手机响了。

"我是巴克斯特，"她接了电话，"啊哈……嗯……好的。"她挂了电话，"儒歇！"她大叫了一声，冰冷的雨水刺痛着她的脸。

他的头从窗台上冒出来。

"上面有什么东西吗？"

"屋顶。"他回答道，有一点尴尬。

"技术队有东西给我们。"儒歇开始费力地向下爬，因为用力过猛裤裆突然裂开了，巴克斯特礼貌地假装自己没看到，"可以走了吗？"

"好了，这个发现真是振奋人心。"技师史蒂夫说道。他正在各种连接线之间忙活着，这些线一端连着几台笔记本电脑，另一端连着一些不停闪烁的盒状装置，这些装置又继续连着其他闪烁的盒状装置，最后才与手机相连。"我对摩尔大街那个杀手的手机进行了两次循环测试。"

"如果某人第一次操作得当，就没有进行第二次的必要吧。"巴克斯特向他发难。

"呃，我们就不要指责这个某人了吧。"史蒂夫尴尬地笑着说，因为巴克斯特说的那个人就是他，"不管怎么说，我发现了一些东西。那——"他指着桌上那台昂贵的新手机，"是帕特里克·彼得·弗格斯的手机。"

他在电脑上输入了什么东西。

然后只听见一声轻快的"叮"的声音。

"我想你有短信进来。"他兴奋地提醒巴克斯特。

她翻了个白眼，拿起手机，点了一下那个熟悉的短信图标。

"嘿，老大。眨眼表情。"她大声读了出来。

"等等，"史蒂夫一边对她说，一边看着手表倒计时，难以抑制内心的激动，"好了，你再念一遍。"

巴克斯特呻吟了一声，她已经失去耐心了。她低头看了一眼手机屏幕，发现那条短信居然消失了。她十分困惑，返回到之前的短信列表，搜寻弗格斯的联系人发来的分类短信。

"不见了！"

"只能读一次的自动销毁短信，"史蒂夫自豪地对她说，"或者叫'自杀式短信'，我创造的新词。那部手机安装了一个克隆短信的应用程序，看起来做得还挺标准，在百分之九十九点九的情况下甚至可以像一个正常程序那样运行。也就是说，当他的手机收到一个特定号码发来的短信时，刚刚那种情况就发生了，短信再也无法恢复。"

巴克斯特看向儒歇，他看上去正在努力跟上谈话的内容：

"你怎么看？"她问他。此时史蒂夫又去摆弄他的设备了，脸上挂着大大的笑容。

"我觉得……如果我们让那家伙再发一次短信，他可能会激动得尿裤子。"儒歇低声说道，惹得巴克斯特在一旁偷笑。

"如你所说，我听懂了，"儒歇一边说，一边看着那些设备，"我们现在是在说，六十一岁的帕特里克·彼得·弗格斯是个科技天才兼圣诞老人？"

"当然不是，"史蒂夫告诉他，"这是一些非常智能的东西，是制造商做的。"

"哪里？"

"我现在正在跟美国人合作研究这个，因为他们手上可用的恢复设备比我多很多。"

"你刚才说我们现在有事要做。"巴克斯特提醒他。

"确实有。"他笑着说，"S-S 移动公司的服务器。这个公司的总部在加利福尼亚，是所有自杀式短信的发源地，每一条短信都是由不同的号码发出的。我们可能无法从设备中恢复数据，但是发送端会有这些短信的记录。联邦调查局应该会在一个小时内把这些文件共享给我们。"

巴克斯特看上去挺开心，或者至少不像平时那样阴郁。

史蒂夫又编辑了一条短信，满意地按了"回车键"。

巴克斯特手中的电话又"叮"了一声。

不用客气 ;-)

主办公厅的打印机吞进一张又一张白纸，巴克斯特和她的团队需要加班加点才能把打印出来的这些资料看完。

这是个异常忙碌的夜晚，伦敦的犯罪分子却异常活跃，使本来就缺人手的伦敦警察厅雪上加霜。联邦调查局从 S-S 移动公司的服务器上恢复出来的短信堆积如山，而留下来整理这些信息的人手又十分有限。巴克斯特只能找到六个人，他们中的大部分人还没休完假就被抓过来了。

她取下荧光笔的笔帽。

他们不像我们这样理解你，艾登，要知道，你不是一个人。

"这是什么玩意儿？"她喃喃自语，把这页单独放在一边。

四小时后，大家达成共识：这些奇奇怪怪的断言、怂恿和指令之类的短信没头没尾，都不足以胁迫哪怕最脆弱的人。然而，这些隐秘的交流让他们彻夜难眠，却又消失得无影无踪，这一切都是为了在集会之前的时间里持续毒害他们的思想，而秘密集会则被用于将脆弱之人打造成武器。

"这是什么玩意儿？"儒歇站在旁边的一张桌子边问，但他没有刻意压低声音。他抬头看着记事板，上面写着那些人在英、美两国举行三次集会的详细资料，这些是他们从短信中筛选出来的。这些集会已经发生了，现在需要做的就是调取相关的监控录像。

"他像是在试探他们的偏执程度，也就是那种自暴自弃的感觉。"巴克斯特一边说，一边用荧光笔标记一条短信。她知道，自己现在的话听起来就像埃德蒙兹跟她说过的那些令她讨厌的大学心理呓语："他向他们许以伟大和意义，这两者他们单枪匹马是永远都完成不了的。"

儒歇等着她做总结。

"这就是邪教，"她对他说，"不是传统意义上的那种，但它们有个共同点，那就是使集体陷入癫狂，以满足某个人的欲望。"

"我们的阿撒泻勒，"儒歇说道，"就是医生阿列克谢·格林。"

"总督察！"一名警察在房间的另一头喊道，她手里拿着一张纸，兴奋地挥舞着，"我想我有发现了……"

巴克斯特向她冲了过去，儒歇也紧随其后。她一把夺过女警手中的那张纸，读着上面的信息：

> 西克莫酒店，12 月 20 日，上午 11 点。
> 朱尔斯·特勒最后一次欢迎你。

"什么情况？"儒歇问道。

巴克斯特微笑着把那条原本无法恢复的短信递给他看。

"朱尔斯·特勒？"他问，名字听起来很耳熟。

"那是他们上一次集会用的名字，"巴克斯特解释道，"这就是了。就是格林。现在我们准确地知道他要去哪里了。"

"那是什么？"儒歇看着车后座上的一个盒子问道。巴克斯特开车送他回家，现在正是交通高峰期。

"家庭作业。"

"要我帮忙吗？"儒歇一边问，一边伸手去拿那个盒子。

"不用！我自己来。"

"看完肯定需要好几个小时！"

"我说了，我自己来。"

儒歇放弃了，看着车窗外店铺橱窗里胡乱陈列的当季商品。一个破旧的电动圣诞老人正用那只残缺的右臂向他挥手。他沮丧地转过头来看巴克斯特：

"我们有两天时间。"

"啊？"

"根据短信内容，我们还有两天时间，"儒歇说，"在格林组织集会前。你打算怎么做？明天早上去踩点？"

"我不确定现在计划明天的事情有什么意义。"巴克斯特说道。

"什么意思？"

巴克斯特耸耸肩，但过了一会儿，她继续说道：

"星期日之前，任何人都不准踏足那个地方。"

儒歇仍然小心翼翼地看着她，脑子里还想着她随口说出的这句话。

"这是第一次，我们领先了一步。"巴克斯特说道，"格林还不知道我们发现了短信的内容。我们只有这一次机会，不能打草惊蛇。"

"这里左转！"儒歇提醒她。

巴克斯特转动方向盘，车子在被叶子覆盖的路面上行驶，因为打滑撞到了路缘。他们经过了一辆车，巴克斯特认出它是埃德蒙兹那辆破旧的沃尔沃。她把车停在了儒歇那栋同样破旧的房子外面。

"多谢送我一趟，明早我可以自己过去，这样是不是轻松一些？"

"是的。"

"好的，那就这样。"儒歇笑着说。

他下了车，尴尬地挥了挥手，然后登上繁忙的车道。

通过后视镜，巴克斯特看见埃德蒙兹从车里下来。她等着儒歇走进家后才下车，踏入寒冷的夜色中。

她朝埃德蒙兹点点头，深吸了一口气，然后朝那个破旧的前门走去。

Chapter 26

第二十六章

2015 年 12 月 18 日　星期五　下午 6:21

门口爬满了常春藤，树叶颤抖着迎来了今晚第一场冰冷的雨。

巴克斯特已经敲了两次门。她停了下来，意识到这样一来，她跟儒歇之间的关系最后会尴尬收场。

因受潮而翘曲的木门和藤架之间有一个缝隙，一道橙色的灯光透过缝隙伸进了外面的黑暗，落在她的肩上。她看了一眼路对面的埃德蒙兹，犹豫地笑了笑，然后转身对着房子。

"好吧。"她低声自语，继而用力地敲着木门。

没有回应，她更用力地敲了起来。

终于，她听到地板上传来的脚步声越来越近。开锁声响起后，门被谨慎地拉开了几厘米，儒歇透过门缝向外看去。巴克斯特看见门后的金属链条已经拉紧了。

"巴克斯特？"

"嘿，"她尴尬地笑了笑，"很抱歉，但我觉得回温布尔登的交通肯定会很堵，可我现在急切地想尿尿。"

儒歇没有立刻回答，他的脸暂时从视线中消失了。巴克斯特从门缝中可以看到里面破烂的壁纸以及飞扬的尘土，它们似乎迫不及待地想要逃离这栋垂死的房子。

门缝中再次出现了儒歇的眼珠子：

"这个……这个时间真的不太合适。"

巴克斯特向前走近了一步，依然面带微笑，就像他这种遮遮掩掩的行为对她再正常不过了：

"我用完就走，我发誓，最多两分钟。"

"埃利……她在学校染了病，现在真的非常不舒服，还有——"

"你还记得我穿过大半个伦敦送你回来吧？"巴克斯特打断他，又朝着门口走了一小步。

"记得，当然记得。"儒歇连忙回答道，他明白自己现在简直太不可理喻了，"你知道吗？沿着路往下走有一个乐购超市，那里肯定有厕所。"

"乐购？"巴克斯特一边问，一边不悦地向门缝靠近。

"对。"

儒歇注意到巴克斯特明显的变化。她的眼睛透过他无法用身体挡严实的门缝向屋内张望着。

他们又对视了很长时间。

"我想我还是去那里好了。"她盯着他说。

"好的，真的很抱歉。"

"没事，"她对他说，"那我走了。"

"晚——"

巴克斯特突然向前倾。猛地推向木门，门后的链子被撞得掉了下来。

"巴克斯特！"他大叫，匆忙去抵门，"住手！"

她把一只脚夹在门缝内，震惊地看着里面沙子遍地的木地板，上面有一大片已经干了的血迹。

"让我进去，儒歇！"她大声吼道。她的靴子卡在那个小小的缝隙中，脚指头快被压碎了。儒歇还在用力抵门。

他的力气比她大多了。

"我只想一个人待着，拜托你！"儒歇绝望地喊道，最后猛地一使劲，把自己的全部重量压在门上，门"砰"的一声关上了，"你走吧，巴克斯特，算我求你。"他在里面恳求着，声音低沉。

"该死！"她大叫起来，听见门"咔嗒"一声又锁上了，"儒歇，无论接下来会发生什么事，你都只能怪你自己！"

她用那只受伤的脚冲那个锁上的木门踢了一脚，然后一瘸一拐地回到车道上。埃德蒙兹在半路等她，伸出一只手去扶她，虽然清楚地知道她会拒绝。

"地上有血。"她说。

"你确定要这么做吗？"埃德蒙兹一边问，一边给控制室打电话，那边很快有人接了电话。"巴克斯特？"他低声问道，一只手压在手机的扬声器上，"你确定吗？你可别弄错了。"

她考虑了片刻："我没弄错，叫人过来。"

门轻易地被打开了，门后的铰链掉了下来，木头碎片和螺丝钉散落一地。武装机动部队的第一批人冲了进去，同时还有人厉声命令他们，要保证屋内那个男人的安全。

儒歇低着头，一动不动地坐在光秃秃的走廊地板上。

"你带着武器吗？"武装机动部队的队长大声问道，谨慎地看着两手空空的儒歇。这个问题非常多余。

儒歇摇摇头。

"危险解除。去厨房餐桌看看。"他含糊地说道。

那个队长依然把枪口对着儒歇,同时指派另一个人去检查厨房,其他人则在这栋破败不堪的房子中穿梭着。

巴克斯特和埃德蒙兹跟着最后一名武装警察走了进来,他们在门口停了下来,估算着要多少血才能把这么大面积的地板浸透。他们进了屋,破碎的木门在脚下摇晃,一股满是灰尘的陈腐空气扑面而来。发黄的灯泡从天花板上垂下来,照亮了剥落的墙纸,这些墙纸看上去至少有四十年了。

巴克斯特立刻有了一种熟悉的感觉,因为她工作的大部分时间里都待在这样一种地方:紧闭的大门掩藏着腐朽的真相,看似正常的面纱遮掩着黑暗,这是犯罪现场。

她转向埃德蒙兹:

"我没有错吧。"她跟他说,试图表现出一副扬扬得意的样子,但还是无法掩盖那种夹杂着释怀和悲伤的复杂感受。

右边有一扇敞开的门,他们通过这个门进入一个空荡荡的房间,墙壁上到处都是被雨水打湿后出现的"补丁",地板上也有雨水蒸发后留下的痕迹。巴克斯特继续向前走,绕过坐在走廊上的儒歇,努力忽视他看向她时脸上露出的那种被背叛的表情。

站在宽阔的楼梯底向上看去,这栋房子比从外面看起来还要破败不堪。裸露的灰泥上有一道道深深的裂缝。有几级台阶已经彻底腐烂,上面用喷漆粗糙地画着叉,提醒人们不要踩上去。一楼的厨房像是被炸弹炸过一样,这让巴克斯特想起了纽约被炸的场景,她一直祈祷自己有一天能够忘掉那个场景。

"你继续吧,我留下。"她对埃德蒙兹说。

她偷看了一眼儒歇，他坐在她和埃德蒙兹之间的地板上。他显然已经放弃了，只是坐在那里，把脸埋在掌心，白衬衫的背面被自己家弄得脏兮兮的。

埃德蒙兹像是在玩楼梯版的轮盘赌一样，冒着生命危险沿着腐烂的楼梯上楼去查看。巴克斯特走进那个瓦砾遍地的厨房。仅剩的几个橱柜中还存放着大量的罐头食品，还有几包让人一看就感到不适的东西，气氛非常压抑。裸露的电线还通着电，从破裂的瓷砖后面伸出来。如果谁非常不幸地要看着儒歇一家人在这种环境下吃晚餐的话，那这些裸露的电线贴心地给他提供了一条出路。

"恶心的怪物，"一名持枪的警察低声嘀咕道，"谁会住在这种地方？"

巴克斯特没有理会这个人，她走到一扇玻璃拉门前，望着一片漆黑的花园。她隐约可以看到花园中那个鲜艳又温馨的儿童游戏室，这样一个屋子是这个破碎的家庭多么渴求的东西啊。杂草遮住了游戏室的外墙，几乎要把它整个吞噬掉。

楼上，埃德蒙兹听见武装机动部队的人在搜查两侧的房间。天花板已经支离破碎，砸进了破旧的地毯。他能听见上面某个地方正在滴水，如果时间再早一点，他肯定可以看到阳光穿过屋顶照射进来。

一根长长的白色电线绕过楼梯转角接在一个电话答录机上，证明这栋房子还是有人住的。答录机在楼梯最上一层的地板上，LED 显示屏正一闪一闪地提示着：

语音箱已满

他惴惴不安地走了过去，离同事们越来越远，慢慢接近走廊尽头那扇紧闭的房门。一缕光线从刷白的木门下透出来。他的脉搏在加快，那种熟悉的感觉又回来了。他的周围一片黑暗，唯独那扇门似乎在发光，召唤着他。如同之前那样，一束光吸引着他，将他带到了一具拼布娃娃尸体旁边。

他知道，无论门后是何景象，他都不想看到。但与巴克斯特经历过的噩梦次数相比，自己的恐怖经历几乎为零。门后的景象可能会变成一直困扰他的噩梦，而且这噩梦还是他自找的，但为了帮朋友分忧，他决定还是自己先去看一看。

他鼓起勇气，扭动装饰华丽的门把手，慢慢把门推开……

"巴克斯特！"他扯破嗓子喊道。

他退回到走廊上，向其他警察打手势，示意一切正常，同时他听见巴克斯特跳过楼梯的危险区急匆匆地上楼。

她大踏步来到他身边："怎么了？"她看上去非常担忧。

"你错了。"

"你在说什么？"

埃德蒙兹重重地叹了一口气。

"你弄错了。"他一边说，一边朝那扇打开的房门扬了扬头。

她探究地看了他一眼，绕过他，走进那间面积虽小但布置精美的卧室。墙上挂着一幅笔触复杂的壁画，很明显是精心手绘的，墙的前面放着一张窄小的床，上面摆满了毛绒玩具。架子上摆着一排排流行音乐唱片，旁边挂着发光的彩色装饰灯，为那些唱片营造出迷人的氛围。

这个房间看起来十分舒适，角落里放着一个芭比梦幻屋，旁边的窗台上放着三张照片：第一张照片中，儒歇的头发还是黑色的，他满面笑容，肩头坐着一个漂亮的小女孩，她手里拿着一个毛绒玩具；第二张照片中的儒歇看上去更加年轻，和他美丽的妻子一起抱着他们的小女儿；

第三张照片是一个在雪地上玩耍的小女孩，她站在花园中的儿童游戏室旁，试图用自己的舌头去接飘下来的雪花。照片中的儿童游戏室看上去还比较眼熟，花园却与如今大不相同。

终于，巴克斯特低下了头。她踩在了一个睡袋上，睡袋铺在床边毛茸茸的地毯上。儒歇深蓝色的西装外套整齐地叠放在枕头旁边，很显然，他放衣服的时候非常小心，生怕弄乱这个完美小房间里的任何一处。

她擦了一下眼泪。

"但是……他一直在给她们打电话，"她低声说，觉得身体非常不舒服，"她还接了我的电话，你当时也说你来这里的时候，里面有人……"她的声音变得越来越小，因为她发现埃德蒙兹已经走了。

她从床上拿起一个呆头呆脑的企鹅，认出这就是照片中小女孩手上拿着的毛绒玩具。企鹅头上戴着一顶橙色的毛绒帽子，跟她那顶很像。

过了一会儿，一个女人的声音在这栋空荡荡的房子里响起来：

"嘿，亲爱的！我们两个也非常非常想你！"

巴克斯特把玩具企鹅放回床上，困惑地听着，那个她隐约觉得熟悉的声音变得越来越大，直到埃德蒙兹重新出现在门口，手里拿着那台一闪一闪的答录机。

"好了，跟爸爸说再见，埃利……"

最后，一声突兀的哔哔声标志着这段录音的结束，留下巴克斯特和埃德蒙兹静静地站在那里。

"这怎么可能。"巴克斯特叹息着说。她快步走出房间，站在楼梯口。"所有人都出去！"她命令道。

人们好奇地朝走廊望去。

"你们都听见了，所有人都出去！"

她把那群不明就里的警察赶下楼梯。他们经过儒歇，被赶到外面的雨里。埃德蒙兹是最后一个离开的，他在那扇破门前徘徊着。

"需要我等你吗？"他问道。

她感激地笑了笑："不用，回家吧。"

所有人都离开后，巴克斯特在儒歇旁边的脏地板上静静地坐了下来。他看上去完全沉浸在回忆中，甚至没发现她坐在自己身边。没有那扇大门的遮挡，走廊的另一端逐渐被倾盆大雨吞没。

他们静静地坐了几分钟后，巴克斯特鼓足勇气开口了。

"我是一个烂人，"她果断地自我评价道，"一个彻头彻尾的烂人。"

儒歇看着她。

"刚刚离开的那个有点烦人、顶着一头黄发的怪人……"巴克斯特絮絮叨叨地说起来，"他是我在这个世界上唯一真正信任的人。是，只有他。我不信任我的男朋友，我们在一起都八个月了……但我还是不信任他。我要定期看他的财务报告，因为我太害怕了，我怕他在利用我，或者要伤害我，或者……我甚至不知道是因为什么。很可悲，是吗？"

"嗯，"儒歇若有所思地点点头，"确实可悲。"

他们都笑了。巴克斯特蜷缩成一团，好让自己暖和点。

"就在我们买下这里不久，"儒歇一边讲述，一边环视着这栋破败的房子，"我们去了市区，埃利……她又生病了……她那小小的肺……"儒歇的声音渐渐低了下去，看着走廊尽头的雨越下越大，"那是二〇〇五年七月七日，星期四。"

巴克斯特捂住了嘴巴，这个日子植根在每一个伦敦人的记忆中。

"我们在去大奥蒙德街医院①的路上，当时是去见一个专科医生。上一秒，我们还像往常一样坐在地铁里，但下一秒，一切都变了。到处都

---

① 位于伦敦卡姆登区的儿童医院。

有人在尖叫，到处都是烟雾和灰尘，刺痛着我的眼睛。但这都没关系，因为女儿还在我怀里，虽然她昏了过去，但还有呼吸，两条小小的腿都折断了……"儒歇不得不暂停片刻，让自己平静下来。

巴克斯特一动不动地坐着。她依然用手捂着嘴，等着他继续说下去。

"接着，我看见妻子躺在几米外的一堆碎石下面，在地铁的车顶砸下来的地方。我知道我救不了她，我知道我救不了，但我要试试。人们当时都顺着隧道向罗素广场跑去，我那时也可以抱着埃利出去。但你还是得试试，不是吗？

"我开始扒拉那些我永远都不可能拖动的金属板，那时我是可以抱着埃利出去的，那些烟尘和煤灰，她的肺根本承受不了。就在那时，另一块车顶也砸了下来，这是意料中的。每个被困在下面的人都慌了，我也慌了。我抱着埃利顺着人流朝隧道跑去，但接着有人大喊着说铁轨或许还通着车。突然，所有人都停住了，我知道我可以带着埃利离开，但我就在那里傻等着，只是因为没有人动……没有人。

"人群做了一个决定，我就盲目地跟从。我没有及时带她出去。我本来是可以的……但我没有。"

巴克斯特说不出话来。她擦了擦眼泪，盯着儒歇，震惊于他在经历了这么痛苦的事情之后还能坚持下来。

"我知道，你怪我把柯蒂斯扔在那个恐怖的地方，但是——"

"我没有，"巴克斯特打断他，"我再也不怪你了，再也不会了。"

她犹豫了一下，把自己的手放在他的手上。她希望自己不要这么尴尬，否则她会上前抱抱他。她想给他一个拥抱。

"我不能再犯同样的错误了，知道吗？"儒歇一边说，一边用手捋着灰白的头发。

巴克斯特点点头，此时定时开关发出了"咔嗒"声，角落里的灯亮了起来。

"好了，又到你了。"儒歇对她说，勉强挤出一个笑容。

"我让沃尔夫……不好意思，是警探福克斯，"她澄清道，"我放他走的，我给他戴上了手铐，后援队过一会儿才会到……于是我放他走了。"

儒歇点点头，似乎已经预料到了："为什么？"

"我不知道。"

"你当然知道。你爱他吗？"

"我不知道。"她诚实地回答。

儒歇经过慎重考虑之后，提出了下一个问题："如果再看到他，你会怎么做？"

"我应该逮捕他，我应该恨他，我应该亲手杀了他，是他让我变得偏执又多疑的。"

"我没有问你应该怎么做，"儒歇笑着说，"我问的是你会怎么做。"

巴克斯特摇了摇头。"我是真的……不知道。"她回答，这一轮就此结束，"跟我说说门口的血迹吧。"

儒歇没有立刻回答她。他平静地解开袖口，把袖子卷起来，露出了前臂上两道深深的粉色伤疤。

这一次，她拥抱了他。不知为什么，这让她想起玛吉在癌症复发那晚对焦躁的芬利说过的一句金玉良言："有时候，那些差点害死我们的东西偏偏拯救了我们。"

巴克斯特没有把这句话说给儒歇听。

"我出院几天后，"儒歇解释说，"陆续收到了寄给我妻子的生日贺卡。我就坐在门口读那一堆卡片……大概我的死期还没到吧。"

"我喝太多酒了，"巴克斯特冲口说出，她相信她跟儒歇之间再也没有秘密了，"真的……太多了。"

儒歇笑了，因为巴克斯特在承认自己喝醉的时候，语气中带着不合时宜的欢快。巴克斯特露出一脸被冒犯的样子，接着也忍不住笑了起来。

他们生活的糟糕程度真是不相上下。

他们默默地坐了一会儿，两人都觉得这种沉默的气氛令人非常舒服。

"我想今晚的心事已经分享得差不多了，走吧。"巴克斯特说着站了起来，把一只冻僵的手伸向他。她把他拉了起来，拿出自己的钥匙，从钥匙环上取出一把递给他。

"这是什么？"儒歇问道。

"我公寓的钥匙。我不可能还让你待在这里。"

他想要争辩。

"你这其实是在帮我的忙，"她对他说，"如果我告诉托马斯我要跟他一起过家家的话，他会欣喜若狂的。我的猫已经在他家住下了。这是个完美的主意，真的没任何必要再去争论这个。"

儒歇明显感觉到，她说的可能是真的。

他从她那里接过钥匙，点了点头。

Chapter 27

第二十七章

2015 年 12 月 18 日　星期五　晚上 10：10

　　儒歇把碗碟放入洗碗机，巴克斯特在另一个房间把床上的被褥拆掉准备带走。他很怕碰到这个公寓里的任何东西，因为这里收拾得太井井有条了。在案子结束之前，或者在他被召回美国之前，这里将是他暂时的家了。儒歇隔着客厅，听见巴克斯特一边咒骂，一边使劲把一大堆能吃好久的食物塞进两个小号手提包。

　　几分钟后，她从卧室出来，后面拖着两个鼓鼓囊囊的包。

　　"真是见鬼。"她叹了一口气，看见健身服还搭在跑步机上。她把健身服收起来，找了个带拉链的袋子把它塞了进去："好了，那我走了。需要用什么，请自便，水槽下面还有一些备用的洗漱用品，如果你需要的话。"

　　"哇！准备得真充分！"

　　"可不是。"她吞吞吐吐地回答。她想解释一下为什么自己的浴室柜里依然留着或者说准备着男人的洗漱用品，但解释的时机已经溜走了。

其中一个比较可悲的原因是，她仍然希望有一天这些东西能派上用场吧："行，你自便，晚安！"

走廊里传来沉重的碰撞声，紧接着儒歇听到巴克斯特愤怒地飙着脏话，他这才想起来自己应该主动帮她把包拎下去。但现在已经来不及了，他还是决定假装没听到。他来到卧室，看到一些破旧的毛绒玩具被仓促地塞到了床底下，不由得笑了起来。

巴克斯特为了让他有宾至如归的感觉而大费周章，这让他非常感动。他打开床头灯，关掉了大灯，感觉这里越发像埃利那间舒适的小屋了。他拿出从窗台上带来的三张照片，在过去的幸福回忆中沉浸了几分钟。最后，他在地毯上铺开睡袋，换好衣服准备睡觉。

巴克斯特在晚上十一点刚过时到了托马斯家。她把东西扔在过道上，然后径直走到黑漆漆的厨房里给自己倒了一大杯酒。她还是觉得有点饿，这要怪温布尔登大街上那个小气的炸鱼薯条店店主。她翻着冰箱，想找些甜点。但让她不爽的是，现在正值托马斯间歇性的养生兴趣发作期，意味着她的选择要么是含少量巧克力的水果片，要么是一瓶看起来很可疑的绿色黏液，后者要是搁在《捉鬼敢死队》中，肯定会被当作超自然活动的证据。

"啊啊啊！别动那个，我不是跟你闹着玩的！"托马斯站在房门口大吼道。

巴克斯特隔着冰箱看着他，然后翻了个白眼。他穿着平脚短裤，脚上穿着一双格纹拖鞋，高举着羽毛球拍。看见闯入者是巴克斯特的时候，他松了一口气，差点瘫倒在地。

"哦，谢天谢地！是你！我差点——"他低头看着自己慌乱中操起的荒谬武器，"呃，就朝你拍过去了。"

巴克斯特得意地笑了笑，拿起她的酒问道："'别动那个，我不是跟你闹着玩的'？"

"这是肾上腺素在作祟，"托马斯辩解道，"我是想说不要碰任何东西，也不要要什么把戏，但这句话的意思在传递的时候有点跑偏了。"

"啊哈。"巴克斯特一边说，一边面带微笑地看着自己的酒杯。

"这就对了，"托马斯说，安心地把手放在她的肩上，"把它喝完。你快被吓死了吧。"

巴克斯特笑着喷了一口酒。

托马斯把厨房卷纸递给她。

"我不知道你要过来。"他对巴克斯特说，她正用纸巾轻轻按压着衬衫上的粉色湿痕。

"我也不知道。"

他把她的头发拂开，她脸上有一些顽固的伤口尚未完全愈合。

"看起来，你今天过得很糟糕。"他说。

巴克斯特的眼睛眯了起来。

"当然你毫不费力就可以变得美丽又有活力了。"他急忙补充道，这让她温和了些，"所以发生什么事了？"

"我要搬过来了。"

"行……我是说，好！太棒了！什么时候？"

"今晚。"

"行！"他点了点头，"我的意思是，我很高兴，但怎么这么匆忙？"

"有个男人住在我的公寓里。"

托马斯花了一会儿来消化这句话。他皱着眉，张嘴想要说些什么。

"我们明天再讨论这个行吗？"巴克斯特问他，"我累死了。"

"当然，那先睡觉吧。"

巴克斯特把没喝完的酒放在洗碗池上，跟着托马斯上楼了。

"忘了说，我们现在要睡客房了，"爬楼梯时，他告诉她，"厄科身上的跳蚤要喧宾夺主了。曾经有一段时间，这些跳蚤非常猖狂，但我今晚又喷了跳蚤核武，应该能杀死最后这批小浑蛋。"

要是在其他时候，这应该是让巴克斯特觉得生气的消息，但托马斯对于自己在这场灭蚤战争中取得让敌方种族灭绝的结局感到无比自豪，他用一种太妃糖一般软糯的腔调说出"跳蚤核武"这样的词，听来是如此荒唐，以至于巴克斯特上床睡觉的时候依然在笑。

＊

第二天上午，巴克斯特昂首阔步地走进了凶杀与重罪科，多亏了从托马斯那里借来的平脚短裤，因为她离家的时候连内衣都忘了带。今天是星期六，现在还早，她没想到会见到什么重要的人。但当她走进办公室的时候，发现瓦尼塔正坐在自己的位置上，而对面坐着一个衣着得体的五十多岁的男人。

巴克斯特看上去很困惑："妈的。不好意思……等等，我是不是……"

"你是，"瓦尼塔肯定地对她说，"这儿现在是我的办公室……在你恢复正常工作之前。"

巴克斯特一脸茫然。

"没人提前跟你说吗？"瓦尼塔居高临下地问。

那个背对着巴克斯特的男人清了清嗓子，站了起来，把那身剪裁考究的西装最上面的一颗扣子扣好。

"不好意思，克里斯蒂安。我忘了你们两个还没见过呢，"瓦尼塔说道，"克里斯蒂安·贝拉米，总督察巴克斯特。巴克斯特，这位是我们的新任总监……从昨天开始。"

这个男人十分帅气，皮肤是晒出来的古铜色。他留着一头银发，戴着一块沉甸甸的百年灵手表。他给人的印象是：这么有钱的人才不会在乎这种拿薪水干活的工作，他应该是那种偶尔参加一下商务午餐或者在游泳池边组织电话会议的人。他脸上挂着一种在"为我投票"中获胜的微笑，很显然这种微笑已经达到了它的效果。

他和巴克斯特握手。

"恭喜，"她说完便松开了手，"实际上，我已经猜到你就是总监了。"

瓦尼塔勉强笑了一下："克里斯蒂安是从经济及特殊犯罪科调过——"

"真的不必告诉我他的生平，"巴克斯特打断她，然后转向那个男人，"没有冒犯的意思。"

"没关系，"他笑着说，"长话短说，我只是代理总监。"

"行吧，"巴克斯特说着看了一眼自己的手表，"我刚刚只是假装感兴趣。所以如果你们不介意，我先……"

那位总监先生大笑起来。

"你果然没让人失望！"他对她说，解开西装扣子，坐了下来，"你跟芬利描述的一模一样，甚至带给我更多惊喜。"

巴克斯特正向门口走去，闻言停了下来。

"你认识芬利？"她怀疑地问。

"也就认识了三十五年吧。我们曾经一起处理过盗窃案，之后又在这里共事过一段时间，最后我们的职业发展走上了不同的道路。"

巴克斯特觉得他是在用一种沾沾自喜的方式来表达自己的圆滑。潜台词是芬利一直在一个没什么前途的岗位上原地踏步，而他这位坚韧如皮革的朋友则顺着梯子青云直上。

"我昨晚顺便拜访了一下他和玛吉，"他对她说，"他们的房子在扩建，看上去还不错。"

巴克斯特看见瓦尼塔翻了个白眼。

"我还没见过，"她说道，"最近有点忙。"

"当然，"那个男人抱歉地笑着说，"我听说，我们已经取得了不错的进展。"

"是的，我们有进展了。"

那个总监没有理会她语气中的嘲讽。

"嗯，这是个好消息。"他说，"这一切结束后，你一定要去看看芬利。我知道他很想见见你。他特别担心你。"

话题突然变得私人，这让巴克斯特觉得不太舒服。

"那个，我搭档到了。"她撒了个谎，离开了办公室。

"你下次去的时候，一定要代我向他们问好，可以吗？"总监在她背后叫道，她正准备躲到茶水间给自己弄杯咖啡。

上午十点左右，气温一路飙到了六摄氏度，简直"热得让人发昏"，这多亏了那片从未远离伦敦的乌云。巴克斯特奇迹般地在主干道上找到了一个空位。她把车停在大理石拱门附近，距离西克莫酒店一百米。根据那些被恢复的自杀式短信，格林将在这里举行最后一次集会。

"噢！他们还有一个放映室。"儒歇一边说，一边用手机浏览他们的网站。他看着那家酒店，问："你觉得有人在监视它？"

"有可能，"巴克斯特回答，"我们来这里只是为了找到外部出口、通道和有利位置。"

儒歇鼓起腮帮子："只有一种办法能找到。"

他打开车门准备下车，巴克斯特拽住了他的胳膊："你干什么？"

"去找出口、通道和有利位置啊……这里看不到什么。"

"可能会有人认出我们。"

"认出你倒是有可能，但不可能认出我。这就是为什么我从单元房里给你带了个可以临时伪装的东西。"

"公寓。"她纠正他。

"公寓。希望你不要介意。"

他把从衣帽架上找到的棒球帽递给她。

"伪装分三部分。"他解释道，巴克斯特看起来明显不感兴趣。

"有碰巧从家里给我带些别的东西吗？"她问道，扬了扬眉。

儒歇看起来一脸茫然。

"到底有没有……"她推了他一下。

"哦，你的内裤！带了。"他笑着说，把一袋内裤拿了出来。

她一把夺过来，扔到后座上，然后下车来到人行道。

"伪装的第二部分：我们是恋人。"儒歇一边说，一边拉着她的手。

"那第三呢？"巴克斯特气恼地问。

"笑！"儒歇对她说，接着又含糊地说，"这样就绝对没人能认出你了。"

*

特工蔡斯正竭力制止自己的同事。

"天哪，桑德斯，"巴克斯特大声吼道，"你到底知不知道，每次你的脸被揍上一拳，会给我带来多少文书工作？"

凶杀与重罪科的会议室挤满了即将参加星期日行动的各部门代表，包括伦敦警察厅领土安全部的警探、反恐指挥组的警官，以及正在倒时差的联邦调查局的特工。巴克斯特正在向这些人介绍集会地点的外部评估情况。

总的来说，会议进行得比较顺利。

军情五处只是象征性地派来了一名特工，很显然这名特工的上级命令他不要在会议上透露任何消息，但回去后要详细报告会议内容，这一定是有史以来最明目张胆的间谍行动。儒歇作为中情局的唯一代表，试图在不吸引任何人注意的情况下把一条宽松的内裤递给巴克斯特。这条内裤当时沉到了他的包底。

幸运的是，没有人注意到。除了布莱克，他看起来惊呆了。

"我们应该去那个会议厅把摄像头装上。"蔡斯对一屋子的人说，他的手下有的点头，有的咕哝着表示赞同。

"我们怎么知道那里没有被监视？"巴克斯特不耐烦地问，"我们怎么知道他们不会去大厅里搜寻摄像头和窃听器，或者去看看帘子后面有没有藏着联邦调查局的白痴特工？"

蔡斯没有理会会议室另一边发出的笑声。

"他们是疯子，不是间谍！"

军情五处的那个特工闻言从他的笔记本电脑上抬起头来，像是听到有人在叫他一样。这更加证实了大家达成的共识，那就是他或许是这个行业里最差劲的间谍了。

"他们或许是疯子，但这群疯子能协同工作，成功地在两个大陆制造袭击，并且没人能够阻止他们。"巴克斯特说道，"如果我们惊动了他们中的哪怕一个人……都有可能错失他们所有人。照这个计划来执行：被动监控五个出口，将酒店的闭路电视接入我们这儿的人脸识别来进行筛查。我们安插一个人进去做服务生或接待员，为其配备高性能麦克风，以防我们的人无法进去。一旦确认阿列克谢·格林在里面，我们就冲进去。"

"如果格林没现身呢？"蔡斯问道，向巴克斯特发难。

"他会现身的。"

"但如果他没有呢？"

如果没有的话，他们就完蛋了。巴克斯特用求助的眼神看向儒歇。

"如果无法确认格林会出现，我们就等到最后一刻，"儒歇说道，"接着我们还是按计划行事，突袭酒店大厅。如果在那里没抓到他，我们可以审讯他那一屋子的同伙，再抓他。"

"我问个简单的问题，"布莱克脱口问道，手里拿着一杯茶，"关于把某人'安插进去'这一点，这是为什么？"

"我们需要亲眼确认，"儒歇简单地回答，"他是联邦调查局的头号通缉犯。现在只要看过报纸的人都认识他那张脸。他可能会藏起来或是改变外貌。"

"的确，但你不可能让咱们的人优哉游哉地走进去，然后坐在一群野蛮残忍的变态中间，因为我们完全不知道门关上之后会发生什么。"

会议室立时鸦雀无声。

这么说的话，这个计划听起来确实欠妥。儒歇被问住了，他回头看着巴克斯特。

她只是耸耸肩："有人有更好的主意吗？"

第六次见面

2014 年 6 月 11 日　星期三　上午 11:32

剪裁讲究的埃及棉白衬衫皱成一团被扔在浴室的地板上，热咖啡渗进了衬衫，留下一片污渍。卢卡斯从主卧的衣柜中重新挑选了一件上衣，站在镜子前穿衣服。

他看着自己大腹便便的身体，叹了一口气。胸前刻着的红色标记发炎了，刚才那杯滚烫的咖啡刚好洒在这个伤口上。他尽可能快地系上扣子，整理好后匆忙回到客厅，一个身材枯瘦的六十多岁的男人坐在那里，轻轻地敲着自己的黑莓手机。

"真是太抱歉了，"卢卡斯一边说，一边把椅子从湿了一块的地板上扶起来坐了下去，"我一直这么毛手毛脚的。"

那个男人小心翼翼地看着他。"你没事吧，卢卡斯？"他问道。

他们相识多年了，这次见面是有正事要谈。

"没事。"他回答道，但听上去没有什么说服力。

"我只是想说……你看起来心情不太好，如果你不介意我这么说的话。不会是因为我刚才说了什么吧？"

"不，不是，"卢卡斯向他保证，"只是有一件事我已经拖延了一段时间。我真是太粗心了，没有早点处理，在……呃，在……在……"

那位年长的男人和蔼地笑了笑，点了点头：

"当然……这件事其实非常简单，我简单说一下你想说的要点：'本人撤销之前所立的所有遗嘱以及遗嘱规定的财产分配……本人委托萨缪尔斯－赖特和他的儿子们，以及律师作为遗嘱执行人……偿付债务、葬礼和遗嘱的费用，本人剩余财产全部留给大奥蒙德街医院的慈善机构。'等等，等等。'卢卡斯·西奥多·基顿。'没问题吧？"

卢卡斯犹豫了片刻，接着双手颤抖着从口袋里取出一个内存卡，把它递给这位老相识。

"还有这个。"

律师接过内存卡，好奇地看着。

"这里面是我想说的一些话……想对所有相关的人说的……等到合适的时候，"卢卡斯不自然地解释道，"向他们解释原因。"

律师点点头，把内存卡放在公文包的口袋里。

"想得真周到，"他对卢卡斯说，"他们肯定想听到你对他们说的话，这一点我毫不怀疑，毕竟你给他们留下这么……坦白说，这么一大笔钱。"律师准备站起来，但又停了下来，"你是个好人，卢卡斯。很少有人能达到你这样的高度，在拥有巨额财富和巨大影响力的情况下还能放下自我，且不被他人意见左右……我只是想告诉你这个。"

当卢卡斯来到与阿列克谢·格林约定的见面地点时，后者正在与一个美丽的女人谈话。他在交谈时表现得很有礼貌，但对那个女人发出的非常明确的信号无动于衷：

"我是认真的，我听了你做的关于行为神经科学日常应用的演讲后，第二天就提交了申请，想要改变我论文的研究方向。"

"啊，这么说来，你要感谢的应该是行为神经科学……我可不能抢了这份功劳。"格林开玩笑说。

"我知道这么要求有些鲁莽，但只要能和你像这样聊上一小时，我就……"那个女人兴奋地尖叫了一声，把一只手放在他的胳膊上，笑了起来。

卢卡斯惊讶地站在门口，看着那个女人陶醉在格林的魅力中，简直快晕过去了。

"我跟你说……"格林开口说。

接等员卡西翻了下白眼。

"……你过去跟卡西打声招呼，她会安排我们下周一起吃午餐。"

"你是认真的吗？"

"下周你要去纽约参加活动。"桌子后面传来卡西不耐烦的声音。

"那就下下周。"格林承诺道，同时终于看见了在门口徘徊的自己的病人。"卢卡斯！"他叫道。他温柔地朝边上推了推那个女人，然后把卢卡斯请进了办公室。

"你要知道，那个人……那些人对你和你的家庭做了这样的事，你完全可以生他们的气。"格林体贴地说。

太阳躲进云里，办公室暗了下来。突然间，华丽的灯罩、宽大的座椅，以及实木办公桌，这些常常让办公室有一种家庭氛围的物件现在看上去却显得陈腐和死气沉沉，而这名精神科医生看上去也面色惨白，跟之前判若两人。

"我是很生气，"卢卡斯对他说，咬紧了牙关，"但不是生他们的气。"

"我不明白。"格林说，语气有点尖锐，但他很快改变了自己的语调，

"假设那天是我带着一个爆炸装置来到伦敦市中心，我唯一的目的就是要炸死尽可能多的人，你会对我说什么？"

卢卡斯双眼放空，思考着格林的问题。他站起来，开始在房间里踱步。他走动的时候，总能更清楚地思考问题。

"什么也不会说。我什么都不想跟他说。把我的愤怒发泄到他的身上没有任何意义，因为他带着一个无生命的物品……一支枪……一把刀。这些人不过是工具，被洗脑、被操纵罢了。他们不过是傀儡，为了完成一项比他们自己更重要的事业。"

"傀儡？"格林问道，声音中夹杂着好奇和怀疑。

"当他们被释放的时候，他们就像野生动物一样，"卢卡斯继续说，"朝猎物最集中的地方靠近，而我们……我们聚在一起，人数众多，无意识地引诱着他们。我们只能凭运气，希望这次死的是别人。而这个时候，那个幕后黑手就像那些本该保护我们的人一样，把我们当棋子玩弄。"

这些话好像触动了格林的心弦，他紧紧地盯着房间对面的窗户。

"我为刚刚说的长篇大论道歉。这只是……我觉得和你聊天真的很有帮助。"卢卡斯说道。

"你说什么？"格林的思绪还在千里之外。

"我是说，我们能不能提高见面的频率，或许从现在开始一周见两次？"卢卡斯说道，竭力隐藏语气中的急切，"尽管我知道你下周不在……去纽约，是吗？"

"是的，没错。"格林笑着说，卢卡斯的话还回荡在他脑中。

"你经常去吗？"

"一年五六次。别担心，我不会经常变更我们见面的时间，"格林向他保证，"但是，当然了，如果你觉得跟我见面有帮助的话，我们可以增加见面的次数。但鉴于你现在已经取得如此让人惊叹的进步，我在想要不要让你试一下不同的东西……一种新疗法，如果你愿意的话。你觉得你为此做好准备了吗，卢卡斯？"

"我准备好了。"

Chapter 28
第二十八章

特工蔡斯像一个真正的送货员那样把面包车随意停在了两个残疾人车位上。他把折梯递给同事，然后从后备厢里拖出一个工具箱。他们穿着配套的工作服，来到西克莫酒店的大厅，朝接待处走去。金属亮片做成的条状装饰物松松垮垮地悬在地板上方，像垂死的常春藤。

经过大厅的时候，蔡斯注意到一块不起眼的告示牌，这是为明天的非法集会准备的：

12 月 20 日 上午 11 点

英国证券公司总经理，**朱尔斯·特勒**

论经济低迷对股价的影响

金融市场濒临崩溃，这对你意味着什么

蔡斯不得不佩服敌人的智商：如果股票价格和金融市场能起到同样

的威慑作用，谁还需要一支凶狠的安保队伍来保护自己的隐私呢？

他们看到两名接待员在忙别的事情，于是顺着指示牌沿着走廊来到那个庄严的会议厅。谢天谢地，里面没人。一排排破旧的椅子正对着一个尚未升起的舞台。霉味充斥着整个大厅，米黄色的墙壁给人一种模糊且疲惫的感觉。

蔡斯在想，如果朱尔斯·特勒真的要进行他那无聊透顶的股票演说，那这里还真是合适。

他们关上门，开始工作。

开完今天早些时候的那场极度糟糕的会议后，伦诺克斯向在英国办案的下属们明确表明了她的立场：虽然调查方向把他们引到了伦敦，但这依然是联邦调查局的案子，阿列克谢·格林仍是他们的头号通缉犯。她让他们不必理会巴克斯特不准他们靠近酒店的命令，而让他们去大厅装上摄像头和麦克风。她还让蔡斯和他的手下一看到格林就行动，那些四处逃窜的同伙就留给巴克斯特和她的人去收拾。

作为一名有经验的卧底，蔡斯承认，巴克斯特的担心是有道理的，这家酒店的确可能被监视。过往的惨痛经验告诉他，对待这类事情，怎么谨慎都不为过。因此，他和同事在安装第一个摄像头的时候，顺手把双开门上的两个油乎乎的铰链也换掉了，当了一回真正的修理工。整个过程中，他们一直保持着角色该有的状态，用尚且过得去的英式英语谈论着手头的工作，以防被偷听。

他们用了不到十五分钟就搞定了。三个摄像头和一个麦克风已经全部就位，他们还顺便换掉了嘎吱作响的门铰链。

"也不是太难嘛，是不是，伙计？"蔡斯的同事笑着说，这个美国人也存在着一种普遍的误解，认为所有英国人讲话都是一副要给玛丽·波

平斯 ① 打扫烟囱的样子。

"去喝茶？"蔡斯建议道，他轻轻拍了拍自己的肚子，抑制住了打嗝的冲动。真是一个演技派。

他们一边收拾装备，一边吹着口哨，朝外面的面包车走去。

*

伦敦警察厅的调查没有取得什么进展。

巴克斯特曾经用钥匙袭击那个杀害菲利普·伊斯特的凶手，他们成功地在钥匙上提取到了 DNA 样本，但跟预料中一样，系统里并没有与这些样本相匹配的 DNA。还有一个团队仍然在看与前三次集会相关的监控录像。

他们也对阿列克谢·格林的病人进行过调查，结果显示，到目前为止，格林跟过去以及现在的客户都保持着非常愉快的关系，没有发生过任何摩擦。他们都认为格林是一个善良而真诚的人，帮助他们度过了困难时期。还有几个病人现在下落不明。巴克斯特给一个小组分配了一项任务，让他们设法弄到这几个人的紧急联系人的详细信息和地址，希望在他们中找到格林的傀儡。

联邦调查局还在大张旗鼓地搜查格林及其下属的下落。格林先解散了他的那些跟班，再在对伦敦发动恐怖袭击前把他们召集起来。

星期日举行的集会是巴克斯特他们制止这场袭击的唯一机会。

星期六下午晚些时候，巴克斯特就已经沉不住气了。

他们正在走过场，但又都知道，在明天到来之前，他们只能等待。

---

① 英国女作家 P. L. 特拉弗斯的玛丽·波平斯系列童话的主人公，该小说后于 1964 年被改编成迪士尼电影《欢乐满人间》。

她再次对米切尔交代了一番，米切尔便是她指定的潜入会议厅的卧底。交代完后，她很满意，觉得一切已尽在掌握之中。然后，她把格林的一个前同事丢给儒歇，自己找借口离开了。她来到了马斯维尔山，这里的天空也是灰蒙蒙的。

她把车停在一棵熟悉的树旁边，但花了一会儿才认出树后面那栋曾经熟悉的房子。车库上面多了一间房，车道上停着一辆全新的奔驰。她下了车，听见电钻的声音。她走到门口，按响了门铃。

一个五十出头、衣着得体的女人开了门。她有一双水汪汪的蓝眼睛，与乌黑的头发形成对比，头发盘成了二十世纪五十年代风格的圆髻。她穿着深色牛仔裤，随性的套头衫上沾着油漆，看起来却更显时尚了。

"你好啊，闯祸精！"她用一种上流社会的腔调大声喊道，然后拥抱了巴克斯特，在她的脸上留下了一抹玫瑰红的唇印。

巴克斯特扭捏着从她的拥抱中抽身。

"你好，玛吉，"她笑着说，"他在家吗？"

"他现在只能待在家里了，"她叹了一口气，"我想他是有点不知道干点什么好，我跟他说过，退休后就是这样，但……你知道芬利这个人。不管怎么说，先进来，进来吧！"

巴克斯特跟着她来到屋内。

芬利是她在这个世界上最喜欢的人，但每当看到玛吉，她都会惊叹，自己这个又老又丑的朋友居然能追到并且留住这个魅力十足、率真可爱、知书达理的女人。"癞蛤蟆吃天鹅肉呗。"他每次都这么回答。

"你还好吗？"巴克斯特问候道，这个问题比平时显得更沉重，因为玛吉一直疾病缠身。

"还凑合，没什么可抱怨的。"玛吉笑着说，带她来到厨房。她围着茶壶和杯子忙活着，巴克斯特则在一旁耐心地等待。

她知道玛吉有事要问："什么事？"

玛吉转过身，摆出一副茫然的表情，但她几乎立刻就换成了正常表情。她们相识太久了，任何假装都会被识破。

"我只是想问，你有威尔的消息吗？"

巴克斯特已经料到她要问这个问题："没有。没有任何消息。我发誓。"

玛吉看上去很失望。这些年来，沃尔夫和她走得非常近，近到他和他们一起度过了好几个圣诞节，直到他们的孙辈出生。

"你可以把秘密告诉我的，知道吧？"

"我当然知道，但这也改变不了他从没联系过我的事实。"

"他会回来的。"玛吉对她说。

她说得非常肯定，巴克斯特不明白为什么她会这么肯定。

"他如果回来，会被抓的。"

玛吉笑了："我们说的是威尔，不是警察局要追捕的那个警探福克斯，我们可以想念他。我们都很想他，你比我们更想他，这一点我敢肯定。"

这些年来，她见过巴克斯特和沃尔夫之间太多的互动。她知道，他们之间的关系已经远远不只是朋友或者同事了。

"你还没见过托马斯呢，"巴克斯特说，想换个话题，但实际上，话题并没有改变，"下次我带他一起来。"

玛吉鼓励地笑了笑，这让她更气恼了。

楼上的电钻声停了下来。

"你上去吧，我一会儿把茶端上去。"

巴克斯特顺着新鲜的油漆味爬上楼梯，发现芬利正跪趴在地上固定一块地板。他没有注意到她，于是她清了清嗓子。他放下手头上的事情，后背和膝盖撞到了什么，他痛苦地呻吟了一声，然后起身拥抱巴克斯特。

"埃米莉！你没跟我说你要过来呢。"

"我事先也不知道。"

"见到你真高兴。最近发生的事情一直让我悬着心。坐。"他说道，继而意识到这并不是什么好主意。地板上积了一层木屑，角落里有一整块靠在墙上的地板，但还没有铺好，留下一个危险的缺口，至少人是可以从这个洞掉下去的。地板上其他地方摆放着老式的工具，密封剂和油漆罐散落其间。"我们可以去楼下。"他再三考虑后提议。

"不用了，没事……这地方看起来不错。"

"是，如果不整修一下，就得搬去别处住。"他一边说，一边指了指一个房间，"我们想帮忙多照顾下孙子，既然我……"

"无聊了？"

"退休了。"芬利苦笑着纠正她，"无论如何，等玛吉确定了颜色，我们就可以完工了。"

"扩建得还挺大。我看车道上停着一辆崭新的豪车。"巴克斯特说，语气听起来更多的是疑问而不是惊讶。

"我能说什么呢？退休以后，退休金还是能值回点东西的，你小心到时候连个屁都没有。"他停顿了一下，想知道玛吉有没有听见他说脏话，"所以……我应该为你担心你吗？"

"不用。"

"不用？"

"明天吃午饭的时候，这个案子就结了，"巴克斯特笑着说，"到时候你就知道了，瓦尼塔届时会向全世界宣布她是如何坐在桌子后面运筹帷幄，挽救整个局面的。"

"明天会发生什么？"芬利问道，看起来很担心。

"你就不要操心了，老头子。基本上是联邦调查局负责整个行动，我们只是看着，"她撒谎了，因为她非常清楚，如果芬利觉得她哪怕有那么一刻需要帮忙，他都会坚持跟她一起去。她也对埃德蒙兹撒谎了，出于同样的原因。

他用探寻的目光看着她。

"噢，我今天早上见到新总监了，"她对他说，"他让我代他向你们问好。"

"是吗？"芬利问，最终还是决定坐在地板上。

"他看起来很关心你。他到底是谁啊？"

芬利一边疲惫地揉着脏兮兮的脸，一边思考着怎么回答。

"他是芬利认识最久的朋友，"玛吉代他回答，她端着茶具和脏话存钱罐①朝楼上走来，"我第一次见到他们俩时，他们就几乎形影不离，像兄弟一样。"

"你从来没提起过他。"巴克斯特惊讶地说。

"我提过的，小姑娘。不记得了吗，我们的谋杀案受害者苏醒过来的那次？"芬利提醒她，"我们创造了格拉斯哥历史上规模最大的缉毒行动那次？还有他屁股上挨了一枪那次？"

"这些都跟他有关吗？"这些故事她听过很多次了，早已熟烂于心。

"是，但这并不是说，这些案子就能证明他是当总监的料，一点也不。"

"他只是在嫉妒。"玛吉对巴克斯特说，同时深情地揉搓着芬利的光头。

"我才没有！"他没好气地说道。

"我想你总会发现你就是在嫉妒的！"玛吉笑了起来，"他们很久以前有过一次争吵。"她跟巴克斯特解释道，巴克斯特扬了扬眉，知道"争吵"

---

① 说脏话被抓到时，就要把特定数额的钱放进脏话存钱罐里。

在芬利的词典中的含义。"拳脚相向，桌椅乱飞。他们辱骂对方，骨头都打断了。"

"他才没有打断我的骨头。"芬利咕哝着说。

"鼻子。"玛吉提醒他。

"那不算。"

"但他们后来把所有的不快都抛到脑后了，"她对巴克斯特说，然后又看着自己的丈夫，"毕竟最后是你赢得了我的心，不是吗？"

芬利温柔地捏了她一下："是，是。"

玛吉吻了吻他的额头，然后站了起来。

"你们聊吧。"她说着下楼去了。

"我跟他是老朋友了，"芬利告诉巴克斯特，"但这并不是说，你可以因此过分信任他，你就把他当成一个填表格的无趣领导。老规矩：除非不可避免，否则还是划清界限。但如果他真的给你找麻烦，你就把他交给我。"

儒歇十分清醒。他盯着眼前的黑暗有好一会儿了，同时摆弄着脖子上的银十字架，琢磨着明天的行动。温布尔登大街上的喧嚣越演越盛，餐馆和酒吧里挤满了周末狂欢的人，他们不再约束自己，畅饮完后又去下一个人满为患的场所放纵。

他叹了一口气，伸手打开床头灯，照亮了他在巴克斯特卧室地板上打的地铺。他放弃了今晚好好睡一觉的愿望，爬出睡袋，迅速穿上衣服，出去找酒喝。

*

　　托马斯翻了个身，拍了拍身边平坦的羽绒被。他没有立刻睁开眼睛，而是迷迷糊糊地回想巴克斯特是否回来过。他最终确认，她可能回来过。他溜下床，下了楼，发现她在电视机前睡着了。电视里播放着《妙趣横生》① 很早的一集，里面的人物在自娱自乐；巴克斯特手中的酒杯倾斜着，杯里的赤霞珠红酒渣逐渐靠近杯子的边缘。

　　托马斯笑着看着她，她看起来是如此平和。她的脸是放松的，清醒时总是挂在脸上的怒容消失了。她缩成了一团，只占了三人沙发的一个坐垫的位置。他俯身把她抱在怀里。

　　她疲惫地叫了一声，之后又一动不动了。

　　他调整了姿势，又试了一次。

　　也许是她睡着的角度，也许是他晚餐做的意大利烤面太难消化，也许是两星期一次的羽毛球电子游戏没有像预期那样把他变得更壮实，最后，他决定还是不去搬动她。他给她盖上她最喜欢的毛毯，把暖气调高了一点，吻了吻她的额头，然后上楼去了。

---

① 一档英国智力问答节目。

Chapter 29
第二十九章

"简直是扯淡！"巴克斯特愤怒地挂断了瓦尼塔的电话。

早上一直下着大雨，对通信系统造成了严重破坏。巴克斯特试图组建四支完全由她调遣的武装机动部队。她正站在多层停车场的最顶层，在这里，联邦调查局的人可以俯瞰附近的那家酒店。她急匆匆地找到蔡斯，他看起来比平时还要壮，这次他真的有理由穿上防弹衣了。

"你把我的人撤了？"她冲他咆哮道。

蔡斯转身看着她，脸上带着厌倦的表情。

"撤了，我们不需要他了，"他说完就朝监控车走去，"一切都在掌握之中。"

"嘿，我在跟你说话！"巴克斯特跟在他后面大喊。

"听着，我很感谢伦敦警察厅把人力和资源借我们使用，但这次行动由联邦调查局负责，除非我误解了你上司的意思，否则我觉得你没有理由还待在这里。"

巴克斯特想要张嘴反驳，但蔡斯没给她机会：

"放宽心，如果我们得到任何跟格林有关的消息，也一定会把情报发送给你们的。"

"发送？"巴克斯特问道。

他们已经走到那辆监控车旁了。雨下得更大了。滂沱大雨重重地砸在金属车顶上，产生了一层水雾。蔡斯拉着车门把手，打开侧门钻了进去，车内有一排监视器，从三个不同的角度监视着会议厅内的情况。

巴克斯特突然明白为什么他们不再需要自己安排的卧底了：蔡斯和他的下属无视了她任何人不得擅入酒店的命令。

"你们这群蠢蛋！"

"我说了，一切都在掌握之中。"蔡斯抱歉地说道，巴克斯特已经愤然离开了。

"巴克斯特！"他冲她的背影喊道，"如果我看见你和儒歇试图插手我的行动，我会命令手下拦截并扣押你们！"

巴克斯特从停车场出来，朝停在路上的奥迪车跑去。她上了车，沮丧而愤怒地尖叫起来。

儒歇则一身干爽地坐在那里，吃着还剩半袋的吉百利蜂窝脆心巧克力条，礼貌地等她发泄完毕。

"瓦尼塔让蔡斯负责这次行动，那里已经装上了摄像头，他们把米切尔撤了。事实上，是把我们所有人给撤了。"她精简地描述着事情经过。

"瓦尼塔知道我不是她的手下，对吧？"儒歇问道，递给巴克斯特一颗巧克力，让她振作起来。

"没什么区别，蔡斯威胁说，如果我们插手的话，就要'拦截'和'扣押'我们。这个该死的浑蛋应该会说到做到。"

"我还以为我们站在同一条战线上呢。"

"你哪儿来的这种想法？"巴克斯特愤怒地问道，"蔡斯说的那些我不太能接受，我现在有种强烈的预感，联邦调查局在逮捕格林后，想直接把他押送回美国，让我们收拾烂摊子。"

儒歇点点头，他也有同样的怀疑。

他们都盯着面前阴郁的景色。

"还剩二十八分钟。"儒歇叹了一口气。

有人在敲驾驶座的车窗。

巴克斯特吃了一惊，扭头发现埃德蒙兹在冲她笑："你来做……"

他绕过车头，打开副驾驶座的门，发现儒歇坐在那里凝视着他。

"埃德蒙兹。"埃德蒙兹说着伸出自己湿漉漉的手。

"儒歇，"儒歇说着握了上去，"那我……"他指了指车后座。

儒歇换了座位，好让埃德蒙兹从雨中钻上车。后座上放着一双旧运动鞋、一些油腻的中式快餐包装袋和一个不常见的长达一米的蛋糕盒，他把这些东西移到旁边的座位上。

"你在这里干什么？"巴克斯特问埃德蒙兹。

"帮忙啊，"埃德蒙兹笑着说，"想着你可能需要帮助。"

"你还记得我跟你说过不需要帮忙吗？"

"你还记得你当时用了'拜托'和'谢谢'这两个词吗？"

"啊。"儒歇点点头。

她愤怒地看着他："啊啊啊啊，啊什么？"

"呃，你只有在撒谎的时候才会说客套话。"他回答道，看向埃德蒙兹寻求支持。

"没错，"埃德蒙兹附和道，"还有，你注意到没有，她每次痛快地羞辱你一番后，就会点点头，好像在说'耶，干得漂亮，我就是我'。"

儒歇大声地笑了出来："她确实是这样。"

两人同时沉默了，因为看见巴克斯特脸上露出一种新表情，他们都知道这种表情是什么意思。

"你是怎么找到我们的？"她咬牙切齿地问。

"我在凶杀与重罪科还有几个朋友。"埃德蒙兹说。

"你注意到没有，每次你说谎的时候，嘴里就会吐出一些愚蠢的、令人难以置信的鬼话，"巴克斯特反唇相讥，同时自顾自地轻轻点头，"你在凶杀与重罪科没有朋友，所有人都讨厌你。"

"真伤人。"埃德蒙兹说，"好吧，我在那里或许没有朋友，但芬利有啊，他也知道这里有状况。"

"天哪，拜托告诉我你没有把芬利拖进这趟浑水！"

埃德蒙兹看上去有点内疚："他正在停车。"

"要了命了！"

"所以，"他雀跃地说，"我们为什么要在这里干坐着。"

车后座传来沙沙声。

"联邦调查局把我们赶出来了，"儒歇告诉他，嘴里塞满了蛋糕，"我们需要知道那里的进展，但他们撤了巴克斯特的人，还说如果我们插手的话，就逮捕我们。"

"哦。"埃德蒙兹几秒之内就理解了这个可以拍成半小时电视剧的剧情，"好了，那就把手机开着吧。"他对他们说，然后下车冲进了雨中。

"埃德蒙兹！你要去哪儿？等等！"

车门"砰"的一声关上了，他们看着他朝酒店的入口走去。

儒歇惊呆了。他简直不敢相信，有人竟能把巴克斯特治得服服帖帖的。

"知道吗，我挺喜欢你以前的这个老大。"他对她说，没注意到自己的失言。

"我的……什么?"她问道,转身看着他。

他清了清嗓子:"还有二十三分钟。"

埃德蒙兹来到酒店时松了一口气,终于不用淋雨了,但他接着便想到自己进入的这栋建筑里有一群凶狠自残的邪教成员。随着退房时间临近,不息的人流在酒店进进出出。他穿过大厅,顺着那个不起眼的告示牌朝会议厅走去,在身后的地板上留下了一串脏兮兮的脚印。走廊尽头,一道双开门打开着,里面的大厅明显空无一人。

埃德蒙兹拿出手机,一边呼叫巴克斯特,一边假装在口袋里寻找房卡,以防有人监视他。

"还有别的会议厅吗?"他低声问道。

"没有。为什么这么问?"巴克斯特问道。

"从我站的位置看,里面一个人都没有。"

"你站在哪里?"

"走廊上,十米远的位置。"

"离开始还有二十分钟呢。"

"所以就一个人都没有?"

"你又不能完全肯定里面没人。你能看到大厅的多大地方?"

埃德蒙兹向前靠近了几步,同时回头瞥了一眼,确保没人跟着他。

"不多……我走近看看。"

"不行!不能那么做!"巴克斯特有点惊慌,"如果你搞错了……如果里面有人,那整件事就都被你搞砸了。"

埃德蒙兹没有理会她,继续朝那个寂静的会议厅靠近。更多空荡荡的座位出现在视野中。

“还是没人。”他悄声向巴克斯特汇报。

“埃德蒙兹！”

“我要进去。”

“不行！”

他穿过那道门，走进了空无一人的会议厅。他困惑地环视着大厅。

“这里一个人都没有。”他告诉巴克斯特，舒了一口气的同时又担心起来。

他发觉有一张白纸粘在门后面，于是想看上面写着什么，走近以后才发现，原来有一部手机被巧妙地放置在门框上。他凑近时看到了一个又圆又亮的“眼睛”，是摄像头，正对着他。毫无疑问，有人能在别的地方看到他的影像。也就是说，一双眼睛正在监视这个空荡荡的房间。

“该死。”他说道。

“什么？”巴克斯特在电话里问，“怎么了？”

“他们换了。”

“什么？”

“他们把集会地点换到……城市绿洲，在马路对面。”埃德蒙兹一边说，一边向外跑。

“我们盯错了楼！”

Chapter 30

第三十章

埃德蒙兹从西克莫酒店走廊冲了出来，担心他刚刚可能搞砸了整个行动。但无论是谁在监视摄像头，他都只会看见一个平民只身进了大厅，总比他看见一支武装战术团队要好。

埃德蒙兹被大雨淋得快要窒息了，他听见巴克斯特把他的发现转告给了联邦调查局的人。他把手机拿在手上，电话还处于接通状态。他匆忙穿过车来车往的马路，通过旋转玻璃门进入了城市绿洲酒店。

大理石柱子在宽阔的接待区一字排开，一群群躲雨的乘客乌泱泱地分散在大厅各处。

埃德蒙兹搜寻着各种各样的方向指示牌：

← 会议厅

他向会议厅的走廊小跑过去时，不小心踢翻了某个人的行李箱。他看见两个明显是保安的彪形大汉站在走廊尽头的一扇门外。他们背后的房间里挤满了人。他随意地瞥了一眼他们的方向，继续走动着，把手机举到耳边。

"巴克斯特？在吗？"

他听见她在电话那端冲某个人吼着什么："在，我在。"

"二号会议厅。"他通知她。

面包车终于加速，驶上了酒店背后的一条便道，接着停在了酒店背面的一个出口处。侧门被拉开了，行动小组从里面钻了出来，他们调试着各自的设备，检查通信是否畅通，各种设备发出一连串的咔嗒声和哔哔声。

"确定是这栋楼吧，老大？"一个男人问道。

那个队长非常专业地没有理会这个问题。

"你跑到这栋楼的尽头，看看有多少个出口需要布控。"他吩咐这个多嘴的手下。他把自己的无线电对讲机调到正确的频道，按下了耳麦上的"讲话"按钮，下达命令："四组就位，说情况。"

联邦调查局的监控面包车在巴克斯特停在主路上的奥迪车边停了下来。后面的轿车司机愤怒地按着喇叭，但看到全副武装的联邦调查局特工从车内出来时，车主明显变得耐心多了。

巴克斯特向蔡斯走去，听到他正在下达命令："三组注意，你们所在位置的附近有第二个入口。所有人注意，所有人注意，特洛伊即将进入大楼。重复：特洛伊即将进入大楼。"

巴克斯特翻了个白眼。

巴克斯特的卧底米切尔已经在回伦敦警察厅的路上了，从面包车里下来的是蔡斯的"卧底"。这个人可能是范·迪塞尔的蠢弟弟。他长得膘肥体壮，衬得蔡斯像个小矮人。他穿着肥大的套头衫和牛仔裤，看起来非常滑稽。

"去吧！"蔡斯命令卧底开始行动。

巴克斯特摇了摇头，对电话那端的埃德蒙兹说："联邦调查局的人现在进去了。"

"好的，他长什么样？"埃德蒙兹低声问。

巴克斯特看着那个渐行渐远的男人，他步履蹒跚，看上去很难受。

"一个努力使自己看起来不像是联邦调查局特工的特工。"她耸耸肩。

"我看见蔡斯的人了。"埃德蒙兹说，他眯起眼睛看着大厅内的人，接着又跑回他发现的那个有利据点。

好几条走廊都通向那个会议厅。他发现旁边那条走廊可以直通三号会议厅的门口，他距离有保安把守的门十五米远。他在拐角处扫视了一下，瞥见敞开的门后那个高大的保安。室内的耳语声已经传到了走廊上，说明里面聚集着好几十人，可能更多。就在他向那边张望的时候，又来了两个人。

"行了，"他对着电话那端的人低声说道，"我能看到门口的部分情况。"

"他还穿行在大厅里。"巴克斯特对他说。

埃德蒙兹看到一个油头女人朝会议厅的门口走了过去。他看见她快速地做了一个很奇怪的动作。

"等我一下。"他小声说，冒险从角落里探出身子，以找到一个更好的角度。

他的视线依然被门挡住了。

"怎么了？"巴克斯特急切地问道。

"我不清楚，让他等等。"

他们停顿了一会儿。

"他已经到走廊上了。"巴克斯特紧张地回答。

"糟了，"埃德蒙兹小声说，掂量着自己的选择，"糟了，糟了，糟了。"

"要取消行动吗？埃德蒙兹，要取消行动吗？"

埃德蒙兹做了一个决定。他把手机举到耳边，朝敞开的那扇门走去。一个粗脖子的保安听到声音后环视了一下四周，显然没想到有人会从那个方向过来。埃德蒙兹走到门口，朝那个男人笑了笑，同时看到他背后那个油头的女人正敞开衣裳面对着门口的另一个保安。毫无疑问，她胸前的刻字就是进会议厅的入场券。

埃德蒙兹假装在跟电话里的人闲聊。

"我知道！雨要是停了，我们就可以这样。"他一边大笑，一边朝主走廊走去。此时联邦调查局的那个卧底特工正从主走廊另一端朝这边走来。

尽管两人都迫切地想要交换一下眼神，轻轻地点头或者摇头示意行动是否要进行下去，但多年的经验让他们遏制住了这个冲动。他们知道门口那个男人正注视着他俩的一举一动。

埃德蒙兹与这个强壮的特工擦肩而过。他一步也没停，也没法告诉这个特工，还有不到六秒的时间，他就要露馅儿了。

他不敢加快脚步。

"哦，不在英国，是吗？"他对着电话大声笑了起来，紧接着低声说："取消！取消！取消！"

埃德蒙兹身后，那个联邦调查局的特工在距离门口只剩三步时，突然向右转去，漫不经心地走在埃德蒙兹之前过来的走廊上。

"应该还有别的入口！"蔡斯对着对讲机大喊，拼命想挽救濒临破产的行动。他匆忙回到那辆监控面包车上。

"蔡斯！蔡斯！"巴克斯特喊道，想引起他的注意。

他停下来看她。

她冲他竖起中指："不用谢……你这白痴。"

她知道这句话没什么攻击性，但她从不苛求完美。蔡斯有那么一瞬间看上去很受伤，但她才不在乎。蔡斯继续对手下的人说道："一扇窗？有没有办法换条路线，或者我们把门卫支开？"他尽量提出一些建议。

巴克斯特走开了，靠在自己的车上。她看见车门上有一道新刮痕，她一边心不在焉地擦着，一边继续跟埃德蒙兹讲电话。

"你刚刚从这群白痴手中挽救了这次行动，"她对他说，"但他们还在说要插个人进去。"

"如果他们派人进来，格林又不在这里的话，那我们就找不到他了。"埃德蒙兹说。

她的手机在耳边嗡嗡地振动起来，她看了一眼屏幕。

"别挂断，我有个电话进来……儒歇？"

"我有个主意。到马路对面的咖啡馆找我。"他挂了电话。

"埃德蒙兹？"她说，"你按兵不动。儒歇有个主意，我到时候联系你。"

她挂了电话，搜寻着马路对面的店面。

安吉咖啡馆

巴克斯特穿过车流，走进咖啡馆，门上方响起了刺耳的铃铛声。她湿透了，感到刺骨的寒冷。咖啡馆内每个可见的表面似乎都覆盖着一层污垢，包括安吉自己。

儒歇坐在一张米黄色的大桌子旁边，一条桌腿下面还垫着餐巾纸，他手里捧着用一次性塑料杯装的咖啡。在看见巴克斯特的瞬间，他站起来，朝洗手间走去。巴克斯特看了一下时间，距离集会开始还有十来分钟。或许用不了十分钟，蔡斯和他那个长得像电影明星的卧底就把一切都搞砸了。

她觉得时间紧迫，于是大步穿过房间，无视那些露着屁股缝的顾客脸上露出的表情，进了厕所。她没有冒险伸手转动门把手，而是用肩膀把门推开了。她面前有两扇门，但不知该进哪间，但当她看见那些私处的涂鸦后，便不再困惑，一把推开了男厕的门，走进了那个令人作呕的洗手间。

一股冷风从高处结着霜的窗户灌了进来。两个发黄的小便池向外溢着蓝色的卫生液。看来人们只是把小便池看作一种礼貌的建议，他们还是选择在脏污的地板上解决需求。

儒歇把外套搭在厕所的一个隔板上，在唯一的一个水槽边上洗手。

"我们不能回那里说吗？"她问，又看了一眼手表。

他看起来心不在焉，好像根本没听到她说话。

"儒歇？"

他关上热水龙头，巴克斯特这才意识到，他不是在洗手，而是在洗手中握着的什么东西。他一言不发，递给她一把锋利的牛排刀，这是他从厨房里拿出来的。

她低着头，疑惑地看着这把刀。

他开始解自己的衬衣扣子。

"不行！想都别想，儒歇！你疯了吗？"她说道，终于明白了他的意思。

"我们得进去。"他简明地答道，脱掉了衬衣。

"我们是得进去，"巴克斯特镇定地说，"但我们可以想别的办法。"

他们都知道这不可能。

"我们没有时间了，"儒歇说，"要么你帮我，要么我自己动手，把它弄得更糟。"

他伸手去夺她手中的刀。

"行！行！"她说，脸色看上去很糟糕。

她试探性地朝他靠近了一些，把左手放在他裸露的肩膀上。她能感觉到他温热的呼吸喷在自己的额头上。

她拿起刀对着他的皮肤，犹豫了。

他们背后的门"砰"的一声打开了，一个又高又壮的男人出现在门口，却当场呆住了。他们转身瞪着他。他的视线扫过巴克斯特，接着是儒歇，然后是那件扔在一边的衬衫，最后是抵在儒歇胸前的那把刀。

"我过会儿再来。"他咕哝道，转身离开了。

巴克斯特再一次面对着儒歇，暗自感激被打断的这么一会儿时间让她得以振作起来。她仔细考虑了该从哪里下手，接着轻轻地把刀尖刺了进去，直到有血丝渗出，然后向下划拉了一条细线，儒歇突然抓住了她的手。

"你这样会害死我，"他没好气地说，试图激怒她，"你见过那些人的伤疤，如果你做不到——"

"这样才不致让你丧命，你知道吗？"

他点了点头："只管去做。"

他从裤子口袋里取出应急用的领带，把它折叠起来，塞进嘴里，紧紧咬着。

"动手啊！"他再次命令道，因为嘴里塞着东西，声音听起来有点含糊。

巴克斯特皱着眉把刀推进他的身体，强迫自己不去理会他忍不住发出的痛苦的喘息声。当她把字母一个个刻在他的胸前时，能感觉到他皮下的肌肉在颤抖。他急促的呼吸喷在她的头发上。

他一度踉跄地跌在水池上，几乎失去了意识。温热的血滑落下来，浸湿了他的裤腿。

他需要时间休息一下。这时，巴克斯特惊恐地看着她刚才的"杰作"，呕吐了起来。她的双手沾满了他的血。

PUPPL

儒歇看着镜子中她未完成的单词。

"你之前没想着说一声你的字很丑吗？"他开玩笑道，但惶恐中的巴克斯特根本笑不出来。

他重新把领带塞回嘴里，站直了身体，点了点头。

巴克斯特把刀再次划进他的身体里，完成剩下的字母。

PUPPET[①]

在刻完的那一刻，她双手颤抖着把刀扔进池子里，跑进隔间呕吐起来。不到一分钟，她从隔间出来，惊恐地发现儒歇还为自己设计了最后一道酷刑。

他一手拿着刀，另一只手拿着打火机给刀片加热。

她觉得自己无法坚持下去。

"烧灼伤口，"他解释着说，"我需要止血。"

但他没有要求她帮忙。

---

① "傀儡"的英文。

他把刀片推到伤口的最深处，肌肉烧灼发出令人作呕的嗞嗞声，每个刻字的伤口都被烧了一遍。

他弓着腰站在水池边，转头看着她，眼里噙满了泪水，艰难地喘着气。

"时间？"他问，虚弱得几乎说不出话来。

"十点五十七。"

他点点头，用粗糙的纸巾擦掉血迹："衬衣。"

巴克斯特木讷地盯着他。

"衬衣，拜托了。"他一边说，一边指了指地板。

巴克斯特把衬衣递给他，无法把视线从他一片狼藉的胸前移开，直到他穿好衣服。

她拿出手机：

"埃德蒙兹？你去找个好位置……儒歇要进去了。"

Chapter 31

第三十一章

埃德蒙兹感觉很不舒服。

就在刚刚，巴克斯特告诉他，儒歇为挽救这次行动做出了怎样的牺牲。

埃德蒙兹看见儒歇经过旋转门进了酒店。他面色苍白，出着虚汗，一边踉跄地走着，一边摆弄着西装外套，试图把里面那件血淋淋的衬衫遮住。

"看见儒歇了。"他对巴克斯特说，努力克制着帮他的冲动，"这样行不通吧，"他担忧地说，"我觉得他可能都走不到门口。"

"他可以的。"

儒歇抚着胸，摇摇晃晃地穿过接待区，一些人向他投去探究的目光。他不得不走到门口那两个保安看不到的地方，让自己镇定下来。他突然两腿一软，无力地靠在墙上，在奶黄色的墙漆上留下一块红红的血迹。

埃德蒙兹下意识地朝他走了几步，但又停住了，因为儒歇轻轻地冲他摇了摇头。

埃德蒙兹的手表发出欢快的哔哔声，时间到了：上午十一点整。他看见走廊上的两个保安同时低头看了看腕表。

"加油。"他盯着儒歇低声说道，然后飞快瞟了一眼门口的两个男人，又看向儒歇。

儒歇扶着墙站了起来，感觉衬衣紧紧地粘在皮肤上了。他试着说服自己，浸湿衬衫的是汗，而不是血。他觉得自己身上好像有个洞，大门每旋转一次，他都能感觉到有风灌进体内，穿透他的身体吹过去。他不清楚到底是身体的哪个部位在疼，只知道体内的每一根神经都在燃烧。

他硬撑着站起来，绕过拐角来到走廊上，然后径直朝敞开的门走去。门口的两个男人谨慎地看着他靠近。他们背后，会议厅里的观众看上去都已经坐了下来，说话的嗡嗡声渐渐停歇了。

这两个保安看起来像亲兄弟，都有着分明的脸部轮廓以及肥硕的体形。儒歇走到那个较壮的男人面前，以此证明自己没什么好遮掩的，然后轻轻点了点头。

那个男人警惕地看着儒歇，把他带到门口，让他站在一个特殊的位置，在这里，儒歇根本看不到背后还有一个人。

他指了指儒歇的胸口。

儒歇咬着牙，解开西服外套的扣子。当他把胳膊从袖子里抽出来的时候，他感觉伤口又裂开了。他不必低头看自己的伤口有多严重，那个男人的表情已经说明了一切。

白衬衣已经变成了红棕色，皱巴巴地贴在身上，伤口上的绷带也需要换了。突然，一只宽大而粗糙的手捂住了儒歇的嘴巴。刺鼻的尼古丁味充斥着他的鼻腔，与此同时，一只壮如树干的手臂锁住了他的喉咙。

"有麻烦！"埃德蒙兹对巴克斯特说，"他们发现有些地方不对劲。"

"你确定吗？"她问道，声音里带着无法控制的慌乱，"如果被识破，我们现在就得冲进去。"

"我不能确定……我看不见他们。"

巴克斯特的声音一时间变得有些飘忽。

"准备突击。"她对电话那头的某个人说。然后她的声音又恢复到了正常的音量："决定权交给你了，埃德蒙兹。"

"喂！喂！喂！"一个声音柔和的男人冲到了门口。

几位观众也注意到了门口的骚动，密切注视着那儿的动静。儒歇挣扎着想要挣脱脖子上的桎梏，但都是白费力气。他的衬衣被撕开了，露出了胸前的刻字，但字迹已经血肉模糊，难以辨认，像一幅斑驳的劣质涂色画。

"发生什么事了？"那个男人问门口的两个保安。

他四十多岁，胡子修剪得很整齐。考虑到他们所处的场合，他那张温和的脸真是讽刺。

"医生，你告诉过我们，看见任何可疑的事情就要采取行动。"高一点的男人说，"他的伤疤还是新的。"他解释道，但这个解释显得很多余。

那个医生轻轻地拉开儒歇的衬衣，皱着眉观察他血肉模糊的胸口。他盯着儒歇的眼睛，示意那个男人松手，让儒歇说话。

嘴巴上的手松开了，脖子上的那只胳膊也稍微放松了一点，儒歇大口喘着气。

"哎呀，哎呀，看看你把自己弄成什么样子了。"那个医生说，声音虽然冷静，但也带着怀疑。他在等一个解释。

“我每天早上都会自己刻一遍。”儒歇说，这是他能想到的最好的答案。

医生看上去迟疑未决。“谁请你来的？”他问儒歇。

“格林医生。”

这个答案虽然可能是真的，却毫无用处。联邦调查局几乎在一夜之间就把阿列克谢·格林变成了全世界最有名的人。那个男人一边摸下巴，一边打量着儒歇。

“杀了他。”他说着，同时痛苦地耸了耸肩。

喉咙上的胳膊再次收紧，儒歇的眼珠向外突起来。他慌乱地踢着腿，拼命拉扯那只让他窒息的手臂。突然，有什么东西引起了医生的注意。

“住手！”他命令道。他抓住了儒歇的手腕，举到自己面前。“可以吗？”他礼貌地问道，好像儒歇有的选一样。

他解开儒歇的袖口，把袖子卷了起来，露出前臂上锯齿状的疤痕组织。医生轻柔地用手指抚摸着那一圈皱褶不平的粉色皮肤。

“这不是新的。”他笑着对儒歇说，“你叫什么名字？”

“达米安。”儒歇哑着嗓子说。

“你要学着按指令办事，达米安。”他说，然后告诉那两名保安，“我想我们可以放心地说，达米安是我们的人。”

勒着脖子的胳膊松开了，儒歇大口呼吸着，踉跄着向前走了两步，这样一来，埃德蒙兹就能通过敞开的大门看见他了。

“你们做得非常好，”那个男人对两个保安说，“但我觉得你们欠达米安一个道歉，是吧？”

“对不起。”高一点的保安说，像个被惩罚的孩子一样盯着自己的脚趾。

另外那个男人却别过脸去，面对着墙，开始铆足了劲用手砸墙。

“别这样！别这样！”医生一边说，一边抓着那个男人受伤的手，“没人生你的气，马尔科姆。我只是让你向达米安道歉，这是礼貌。”

那个男人没有看儒歇的眼睛:"对不起。"

儒歇大度地挥了挥手,尽管他依然弓着身子艰难地呼吸着,但还是抓住机会从口袋里拿出了耳机。

"你先缓一缓,"医生说,同时把手放在儒歇的背上,"当你准备好了,就找个位置坐下。"

儒歇依然弓着身子,看了一眼大厅里的埃德蒙兹,他正打着电话。此时,他们之间那道沉重的大门关上了,并且上了锁,把儒歇锁在了里面。

医生走开了。

儒歇强撑起身子,重新整理了下衣服,快速地将对讲耳机推到合适的位置,同时第一次环视整个大厅。厅内给人一种现代的感觉,光线明亮,跟街对面那个压抑的场地形成鲜明的对比。他快速数了一下后排座椅的数量,以及他与舞台之间隔着多少排,以此来估计现场观众的数量。舞台高出地面大约一米半,上面挂着一张巨大的投影布当作背景。那个允许他入场的医生踏上了大厅中间的台阶,那儿还有三个人,但儒歇并不认识。

"我进来了,"他咕哝着说,"嫌犯数量在三十五到五十人之间。"

他看见这一排的最边上有个空位,于是面朝大厅后面,沿着通道侧身朝那个空位走去。他刚走到座位边,周围的人都站了起来,他发现自己正面对着无数张脸。

他的第一反应是逃跑,尽管知道自己已经无处可逃。接着那些人热烈地鼓起掌来。

阿列克谢·格林走上了舞台。

儒歇转过身,看见那个长发男人正向崇拜他的观众们挥手。为了使自己的入场更令人难忘,他特意穿上了一套发出蓝色金属光泽的亮眼西装。更重要的是,他身后的屏幕上显示着一张巨幅照片,照片中银行家威廉·福克斯的尸体被吊在桥上，后面的背景是纽约的天际线。

儒歇也跟着鼓掌，意识到自己也被拍进了那张照片，因为桥上的安全位置站着一群应急服务人员，他们正抬头盯着那具尸体，而他就在这群人之中。

"看到格林了。"他几乎要喊着说才能穿透现场的欢呼声。人们更激烈地鼓起掌来，因为屏幕上换了另一张照片，银行家的尸体消失了，取而代之的是一辆皱巴巴的黑色卡车，车尾像刀柄一样从第 33 警区的入口处凸出来。

儒歇回想起自己在太平间看到警察肯尼迪残缺不全的尸体的情景，人人都说他是一个好人。他还记得肯尼迪的右手腕上缠着一根脏兮兮的绳子，正是这根绳子把他绑在了卡车的引擎盖上，然后凶手开着这辆车撞穿了警察局的墙，警察局里面都是他的朋友和同事。

儒歇更加用力地鼓着掌。

"所有小组注意：全部就位！"蔡斯通过对讲机大声下达命令。

"观众人数在三十五到五十人之间。"巴克斯特对他说。

"罪犯人数在三十五到五十人之间。"蔡斯把这个消息传达给那群美国人。

巴克斯特离开了那辆监控面包车，继续打电话：

"埃德蒙兹，疏散大厅里的人。他们要进去了。"

埃德蒙兹担心地看了一眼人满为患的大厅："行……没问题。"

"你需要帮助吗？"她问。

"不用，我可以，我有芬——"

芬利摇了摇头，他是几分钟前来到埃德蒙兹身边的。

"我有分寸。"他纠正道，然后挂了电话。

"让她知道我在这里，只会让她担心。"芬利解释。

"我们把这些人弄出去吧，不需要让她知道我在这里。"

埃德蒙兹点点头。他们分头行动，尽可能安静地将大厅里的人从一道双开门中疏散出去，全副武装的警察则通过另一道门冲进了酒店。

儒歇冒险环视了一眼大厅，期待着蔡斯和他的手下马上冲进来。大厅一共有三个出口，舞台两边各一个，还有一个就是他刚进来的那道双开门。他已经提醒过巴克斯特，每个出口都有两个临时保安把守着。这些保安似乎都没有听到战术团队逼近的声音，而这个战术团队毫无疑问就在门外，离他们只有一米远。

儒歇又把注意力放回到格林身上，只见他小跑着下了舞台前面的台阶，来到了他的追随者中间，他的耳麦别在一头蓬松的头发边。儒歇不得不承认，他是一位魅力四射的公共演说家，这种极具吸引力的特点正适合用来煽动那些易受影响的人。

"我们的兄弟姐妹让我们感到如此自豪。"他激昂地告诉场内观众，声音变得粗哑了。

他在过道上来回走动，似乎要盯住每一位观众的眼睛。坐在最边上的一个女人在他经过的时候一把抱住了他，她从椅子上跌了下来，激动地哭了。儒歇看到门口的一个保安正准备过来，但格林举起一只手示意他没事。他抚摸着那个女人的头发，然后抬起她的下巴，对她说："而我们，也要让他们感到同等的自豪。"

观众闻言立刻热情地鼓起掌来，只听见他接着说："在各位中间，有一个非常幸运的人，他比我们都早一步，率先获此殊荣。"格林笑着说，终于摆脱了那个女人。

　　观众们都看向自己的周围，想要找到那个没被指明的斗士，儒歇借故又环视了一眼大厅。当他转回身子的时候，格林就站在他那一排的最边上，他们中间只隔了两个人。格林离他最多只有三米。

　　警察随时可能破门而入。

　　儒歇在想自己能不能够着他。

　　格林发现儒歇正盯着他，因为他也正盯着儒歇。他飞快地看了一眼儒歇身上沾血的衬衫，声音平静得没有一丝波动。

　　"两天，我的朋友们，只要再等两天！"他大喊着，继续沿着过道向上走，儒歇够不着他了。观众的情绪被点燃，现场爆发出雷鸣般的掌声。

　　儒歇看到周围的人一脸崇拜地看着格林，这才明白他们冒险举行最后一次集会的原因：这些人信奉格林。为了得到他的认可，他们愿意为他做任何事，甚至去死，而他们唯一想要得到的回报就是，他也爱他们。他们需要最后再见他一面。

　　现在，他们已经完全听命于他了。

　　"不要进来，不要进来。"儒歇咕哝着说，希望巴克斯特依然在听。在这里听到格林主动把计划和盘托出是将他们一网打尽的最可靠方法。如果只是审讯这群追随者，他们会挑衅地保持沉默或者为了自保道出一些半真半假的情报。"重复：不要进来。"他提高音量又说了一遍。

　　外面的降雨突然变成了冰雹，噼里啪啦地打在天窗上，与室内的掌声遥相呼应。

　　"你们每个人都知道，我对你们的期望是什么。"格林对一屋子的人说，他的语气变得严肃起来，"你们要知道：当全世界的目光都聚焦到皮卡迪利广场，亲眼见证我们辉煌的胜利时，当他们把一具具尸体抬出来，清点死亡人数时，他们才会最终察觉，他们才会最终明白……我们没有'被摧毁'，我们没有'受折磨'，我们一点也不'软弱'。"

格林剧烈地左右摇头，然后高举着双臂。

"团结一心，我们就能无坚不摧！"

所有人再次站了起来，欢呼声震耳欲聋。

蔡斯和他手下几个联邦调查局的特工已经就位，他们就在两道双开门外，靠近舞台，也靠近格林。他正低声和巴克斯特争论着。

"你就帮帮忙吧，蔡斯，再给他一分钟。"她说道。

"不行。"蔡斯回答，他现在可以提高一点音量，因为室内的掌声还在继续，"他已经看到格林了，我们要进去。"

"他说了不要进去。"

"去你的，巴克斯特！不要再占着这个频道！"他厉声呵斥，"我们要进去了。各小组注意，各小组注意，突破！突破！突破！"

*

当三道双开门的金属锁受到剧烈撞击时，欢呼声渐渐停止了。最先反应的是格林，他开始向舞台跑去，他的同事们也都惊恐地站了起来。这位领头者脸上出现的恐惧就像传染病一样在人群中蔓延。儒歇开始往过道上挤，他身后那道大门已经被撞开了。

人群沸腾起来。

他突然像被钉在了墙上一样，因为坐在最后几排边上的那些人都朝他扑了过去，他们像是一个整体，朝一个方向涌动。当舞台两边的门最终被撞开的时候，格林已经到了舞台上。

"联邦调查局！趴下！趴下！"

人群又开始统一移动了，朝着那个新撞开的门口拥去。儒歇拼命挣扎着，想要挣脱那些快要把他压碎的人。人浪撞击着联邦调查局的特工，这些人没有像他们预期的那样四散奔逃，而是集中朝一个点扑去。

两名武装警察已经被人潮吞噬了，这时第一声枪响了，但这些人仍然无所畏惧地推挤着向前进。儒歇看见格林被一群随从保护着，径直朝撞开的门口走去。儒歇推开了一个人，成功地从这群人中挣脱开来。他艰难地爬过一排排座位，可以肯定，那些被淹没的警察根本没有看见格林正朝他们走去，即便看见了，他们也无计可施。

又一声枪响。

儒歇前面的一个人倒在了地上，一个惊慌失措的警察站在他面前。很显然，一旦局面开始失控，警察们便可依令向这群人开枪。儒歇发现，这名警察并没有认出自己。现场一片混乱，他胸前也有自残的痕迹，看上去跟格林那些狂热的追随者没有任何区别。

那名警察瞄准了他，突击步枪"咔嗒"一声上了膛。

儒歇僵在了那里。他张口想说些什么，但知道这些话自己永远也来不及说出口了……

就在这时，人群冲了过来，随着一声枪响，那名警察便被人群吞没，子弹打在了空气中，他则被推倒在地。儒歇想伸手去抓他，但第二波人已经朝阻力最小的这边拥了过来，那名警察倒在地上，被人群踩踏着向前滚去。

他被带出了门口，到了外面的走廊上。大部分人都蜂拥着向走廊走去，就在此时，儒歇看到格林正爬向走廊尽头的一个紧急出口。

玻璃已经被击碎了，但窗格上还残留着锯齿状的玻璃碎片。格林通过窗格爬了出去，来到酒店后面的服务区。他躲过武装机动部队的专用车，朝主路跑去。

"巴克斯特！"儒歇大叫道，把耳机紧紧地抵在自己的头骨上，"格林出去了，徒步朝大理石拱门方向跑去。"

巴克斯特回答的声音有些失真，他听不清楚。

他飞快地跑到大楼的一侧，来到街上，沿街的铺面和门口都挤满了人。冰冷的雨水敲击着他灼烧的胸膛，疼痛难忍。

儒歇还以为自己跟丢了，但接着他看到格林从三个大拱门前的马路上飞奔而过，他那卷曲的黑色长发一绺一绺地紧贴在脸上。

"牛津街！"儒歇一边吼，一边转过拐角。现在天气十分恶劣，他不确定巴克斯特还能否收到信号。

儒歇跟格林之间的距离越来越远了，他的体力已经跟不上了，胸前的伤痛已经严重到无法再忽视的程度。他感觉砸在身上的不是冰雹，而是金属滚珠，呼吸再次变得痛苦起来。

格林自信地停了下来，看着儒歇用最后的力气以步行的速度在后面跟着。他把眼前的头发扒开，大笑着走开了。

儒歇已经到了崩溃的边缘，就在此时，巴克斯特的奥迪从他身边加速驶过。

奥迪冲上了人行道，停在格林前面数百米的地方，车身擦着路边建筑的墙体，切断了他的去路。格林猝不及防，一边是车来车往的马路，一边是内衣店，他在二者之间斟酌着。此时，儒歇从后面一把抓住了他，把他拖到了地上，他那身金属质感的西装被撕裂了。

巴克斯特从车里冲了出来，帮忙用膝盖顶住格林的脖子，把他牢牢地按在人行道上，同时拿出了手铐。

儒歇筋疲力尽了，他仰躺在地上，凝视着空无一物的天空。来势汹汹的冰雹已经停了，雪花慢慢飘落下来。他抚着胸口，大口喘着气，内心却觉得十分安宁，他已经很久没有过这种感觉了。

"儒歇？"巴克斯特大叫着，"儒歇？"

他听见她在跟别人说话。

"救护车……牛津街 521 号……对，是安·萨默斯店……有警察受伤。有很多很深的伤口，失血严重……请快点。"她的声音更清晰了些，"他们在路上了，儒歇！我们抓到他了，我们抓到他了！都结束了！"

儒歇转过头看着她把格林拉起来，让他跪在地上，脸上露出了微笑……但接着，他睁大了眼睛。

"儒歇？你还好吗？怎么了？"她问道，看着他朝他们爬了过来，"你不能再动了，儒歇？"

他拖着身子在冰冷的混凝土地面上爬行，因为剧烈的疼痛而大叫起来。他爬到他们身边，撕开格林身上湿透的衬衣。一个熟悉的词刻在他的胸口：

傀儡

"该死！"巴克斯特倒吸了一口冷气，儒歇再次躺到了地上，"为什么他……妈的！"

格林得意地冲她笑了起来。

"他从来就不是那个幕后黑手，"儒歇气喘吁吁地说，呼出的气在上方聚成　团白雾，"我们什么也没阻止。"

Chapter 32

第三十二章

2015 年 12 月 20 日　星期日　中午 12:39

蔡斯暴跳如雷。

他把行动搞砸了，也没有亲手抓获格林，联邦调查局因此暂时失去了对囚犯的审讯权。巴克斯特非常清楚，这种情况只是暂时的，因为她那个软弱无能的上司坚持不了太久就会撒手不管。正因为如此，她已经安排好了，格林一到凶杀与重罪科，她就开始审问。

剩下的那些追随者已经交给地方分局去追捕了。各分局的任务是根据信息技术部提供的某个复杂算法分配的，这个算法依据预计的行动需求来计算当前的工作量。不巧的是，写这个算法的人一度被误认为是拼布娃娃案的凶手。大约十八个月前，他被极不公平地剥夺了午饭。值班警察正在就蔡斯递来的一系列问题进行审讯。

巴克斯特原以为格林会以请律师为由故意拖延时间，但让她意外的是，格林并没有要求律师到场。巴克斯特打算利用他这个不明智的决定。由于儒歇正在医院接受治疗，巴克斯特不情愿地让桑德斯跟她一起进行审讯。她不喜欢这个大嗓门警探，但他虽言行粗鄙，却一直都是部门内效率最高的审讯能手。

他们朝审讯室走去，值班警察为他们打开了 1 号房门（只有部门新人才用过崭新的 2 号审讯室）。格林耐心地坐在房间正中央的桌子旁。他愉快地冲着他们微笑。

"首先，你可以把那副吃了屎一样的笑脸收起来了。"桑德斯厉声说道。

巴克斯特还不习惯在审讯时扮演那个温和的警察。

桑德斯看起来非常专业，这还是头一回。他还穿着执行任务时穿的那身制服，手上拿着一个塞满文件的塑料文件夹。他坐下来的时候，把文件夹"啪"的一声摔在桌子上，算是一种威慑。当然了，这个文件夹中只塞着一份《健康男士》杂志的复印件，但巴克斯特觉得这招还不错。

"如果你们觉得已经击败了我们，那真是大错特错了。"格林一边说，一边把头发拨到耳后。

"是这样吗？"桑德斯反问，"这就怪了，我们已经把你们这群恶心的疯子都抓起来了，现在，他们所有人正在把自己知道的向我们的同事和盘托出——"

"多少人？"格林插嘴问。

"所有人。"

"具体是多少？"

桑德斯被问住了。

格林得意地笑了笑，向后靠在椅背上。

"所以，算上今天早上从你们那场糟糕的突袭中逃脱的，和所有我没让参加这次集会的，可以说，你们真是……一败涂地呢。"

为了争取一些思考的时间，桑德斯拿起文件夹，"啪"的一声打开，装作检查东西的样子。事实上，这不过是一篇关于如何在六周内练成六块腹肌的文章而已。理论上讲，如果这些健身方法真的奏效，一个半月后，杂志就得停刊了。

桑德斯感觉自己变得更胖了，于是合上文件夹，朝巴克斯特耸了耸肩。

"我想他是对的，"桑德斯说，然后夸张地拍了一下自己的前额，"你知道吗？我真是干了一件蠢事！我已经安排好了星期二去见那个女人。她叫什么来着？"

"玛丽亚。"巴克斯特提醒他。

格林变得紧张起来。

"你绝对猜不到我让她去哪里见我。"

"别不是在皮卡迪利广场地铁站吧！"巴克斯特沮丧地摇摇头，没再说话。

"看见了吧，"桑德斯说道，同时转过头看着格林，"我想，作为你的妹妹，她总能认出你之前的某个同事、朋友，甚至病人吧。这是合法的要求，我相信你也同意这一点。她一整天都会待在那里。"

格林的情绪变化证实了地铁站确实是预定的袭击目标。

"她对我来说什么都不是。"格林极具说服力地耸耸肩。

"真的吗？"桑德斯问道，"你知道吗，我们意识到你就是幕后黑手的当天，本人就去审讯她了。"

"你们还有个人审讯过我呢，"格林尽管在跟桑德斯说话，眼睛却看向巴克斯特，"在监狱。对了，那个特工……叫柯蒂斯，是吧？她最近还好吗？"

巴克斯特挺直了背，紧握着双拳。

桑德斯立刻接下话茬："我告诉她，他的哥哥其实是个该死的恶魔。

她一开始并不相信，还激动地为你辩护。看着她对你的信任土崩瓦解，真是……可悲啊。"

这番话起了作用。

格林瞥了他一眼，继续盯着巴克斯特。"你们肯定抛下她了。"他密切注视着巴克斯特的反应，"既然安然无恙地坐在这里的人是你，那么你肯定是把她一个人扔在了那里。"

巴克斯特眯起眼睛，呼吸变得急促。

桑德斯也看着她。一旦她动手打了格林，这场审讯就会到此为止，格林将得到伦敦警察厅那些自缚手脚的烦琐手续和没完没了的官僚主义的保护。

这是一场角力，看谁先爆发。

"我知道你跟那些人不一样，"桑德斯说，"你不信这些东西，你这么做也只是为了钱，不是吗？"

英俊的犯罪嫌疑人什么消息也没透露。

"凭我对刀伤有限的了解，"格林没理会桑德斯，"它不会让人立即丧命。"

巴克斯特气得双手发抖，下巴也绷得直直的。

"所以到底是为了什么？"桑德斯咆哮着，"为了钱还是为了堵他们的嘴？等等，你该不会有恋童癖之类的嗜好吧？"

"我想你们丢下她的时候，她还没死。她没死，是吗？"格林得意地嘲笑着巴克斯特。

她站了起来。

桑德斯意识到他目前的策略不奏效，于是换了一招。

"艾比是谁？"他问，"哦，对不起，我应该说，那个死了的艾比是谁？"

有那么一瞬间，格林眼中充满了情绪。他转而看着巴克斯特，打算继续刺激她，但太迟了。桑德斯发现了他情绪上的波动，继续攻其要害：

"是的，你妹妹提起的她。她死了，是吗？我很好奇，她会怎么看待这一切呢？安妮会为你骄傲？安妮会——"

"艾比！"格林冲他吼道，"她的名字叫艾比！"

桑德斯笑了起来。

"老实说，伙计，我根本不在乎她叫什么。哦，等等……除非，是你杀了她？"他向前探着身子，表现出极大的兴趣，"要是这样的话，我洗耳恭听。"

"你他妈活腻了吧，"格林恶狠狠地说，脸涨得通红，深深的抬头纹暴露了他的年龄，"去你妈的……我这么做都是为了她。"

巴克斯特和桑德斯迅速交换了一下眼神，知道他这种盛怒之下的供认具有多么重大的意义，但桑德斯还没完：

"真是了不起，把世界搞得一团糟向艾米致敬……"

"艾比！"格林再次尖叫起来，唾沫飞溅到桌子上，同时挣扎着想挣脱镣铐。

"……你真的以为，炸弹被引爆后，还会有人再想着你或者你那死去的贱人女友吗？"桑德斯当着格林的面苦涩地笑了笑，"你什么都不是，你不过是被用来分散我们的注意力，为后面的大动作热身的工具而已。"

巴克斯特和桑德斯都屏住呼吸，意识到他已经摊牌了。

格林在手铐允许的活动范围内，慢慢朝桑德斯靠过去。他终于开了口，压低的声音充满了愤怒和憎恨：

"星期二来见我，你这个自以为是的浑蛋，因为我准会让你记住：她的名字叫艾——比。"他掰着指头逐字念出这个名字，然后又坐回到椅子上。

巴克斯特和桑德斯对视了一眼，然后一言不发地站起来，匆忙离开了审讯室。

他们已经得到了他们所需要的内容。

"我倒想看看，军情五处还怎么继续跟我们说目前不存在第二次恐怖袭击的威胁，"在他们一边穿过办公室，一边召集队伍去会议室开会时，巴克斯特嘲讽道，"居然在那个死去的女友身上找到了突破口。"

"我们遇到大麻烦了。"巴克斯特一进门，就听到一名女警说。

"是吗，事情进展得都很顺利啊！"她永远都记不住这个男子气的女警探叫什么名字：尼科尔斯？尼克松？纳克尔兹？她决定还是不去冒这个险："你继续说，警探。"

"我们已经根据自动销毁短信对在押嫌犯进行了排查……"

"自杀式短信！"技师史蒂夫的声音从桌子下面某个地方传来。

"在格林的傀儡中，还有十三个下落不明。"

"十三？"巴克斯特皱着眉头。

"还有……"那位女警探继续说，看上去十分内疚，"在目前排查的傀儡中，至少有五人没有精神病史，也没有任何看过精神科医生的记录，更不要说去见我们案子中的精神科医生了。这就证明，就像在纽约一样，这件事远远不止格林和他的那些病人这么简单。一直以来，我们的关注点都只落在拼图中的一小块上……只是觉得要让你们知道这些。"

巴克斯特发出了一声夹杂着疲惫、失望和担忧的短促尖叫，语气中带着悲哀。

那名女警探抱歉地笑了笑，然后坐了下来。

"嘿，"桑德斯低声问，"纳克尔兹想干什么？"

原来那家伙就叫纳克尔兹！

"只是来泼我们一盆冷水的。"巴克斯特叹了口气，她走到会议室的前面，把最新情报告诉大家。

布莱克举起了手。

"真是够了，布莱克，"巴克斯特大叫着说，"你多大了，有话直接说！"

"格林真的说了他们打算投多少枚炸弹吗？"

"问得好——跟纽约一样。还有，桑德斯已经从他嘴里套出来了。"

"哦。"布莱克点点头，不需要她做进一步的解释。

蔡斯在他们中间，一脸茫然。

"他被激怒了。"布莱克帮忙向他解释道。

"面部识别进行得怎么样？"巴克斯特问道。

"城市绿洲酒店已经把监控录像送过来了。"联邦调查局技术队的一个人说，"我们正在对比两个酒店的录像，确保没有漏网之鱼。"

"舞台上和格林一起的那三个人呢？"

"有一个在试图逃跑的时候被击毙了。"

巴克斯特感到一阵恼火。

"她拿刀对着我！"那人辩解道。

"她叫安贝尔·艾夫斯，"那个人继续说道，"也是精神科医生和丧亲辅导员，她跟格林在研讨会之类的很多场合都碰过面，二人是同事。"他检查了一下自己的笔记，"第二个，跟艾夫斯在一起的那个人，确实成功逃脱了。"

所有人都用指责的眼光看着这位联邦调查局的特工。

"那里有那么多人！"

"第三个呢？"巴克斯特问，她已经没有耐心了。

"正在押往这里，他说想做个交易。"

"嗯，还算有进展，"巴克斯特说，"但同时，我们还是得做好心理准备，他到这里以后可能只会说些没用的玩意儿。"她转向桑德斯，"你刚才真是干得漂亮，"她恭维道，然后又对蔡斯说，"格林我们已经问完了，现在你可以跟军情五处抢人了。"

巴克斯特在圣玛丽医院儒歇的独立病房门口徘徊着，窗外正下着大雪。有那么一瞬间，她似乎回到了那个黑黢黢的教堂，看着一道细线划过柯蒂斯的喉咙，格林那些冷嘲热讽把她拖入了回忆中……

儒歇睡着了，看上去像死了一样，他的头垂在胸前，伤口还在流血，血已经渗透了绷带。两条手臂的姿势有些不自然，上面分别连着杆上挂着的输液袋，输液管七拐八扭地垂到了床下，就像把他固定在病床上一样。

他的眼皮颤动着，慢慢睁开了眼睛，疲倦地朝她笑了笑。

她摇摇头，不再想过去的事，然后向病床走去，把一袋量贩装的脆心巧克力条扔给他，这是她在门厅处的报刊亭买来的。这本是一个令人感动的举动，儒歇却惊叫了一声，因为他的两只胳膊正挂着输液袋，活动受限，而这袋巧克力条碰巧落在他浸着血的绷带中心。

"妈的！"她倒吸一口冷气，匆忙跑过去把巧克力条放在可移动床头柜上。

她拿起遥控器，把电视上正在播放的圣诞电影的音量调低。她暗自把这部电影当作《哈利·波特与混血王子》，因为他们的处境跟电影情节有相似之处，她想起阿不思·邓布利多曾郑重警告他的学生，敌人最厉害的武器就是他们自己。

她按了"静音"键，然后在儒歇旁边坐了下来。

"他们什么时候放你出院？"她问。

"明天早上，"他说，"在那之前，他们会一直往我身体里灌抗生素，所以我才——引用他们的话来说就是——'不会死'。至少我现在又能呼吸了。"

巴克斯特疑惑地看着他。

"我有根肋骨插进了肺里，"他解释道，"监狱暴乱那次。"

"啊。"巴克斯特内疚地盯着他身上缠着的绷带。

"现在去泳池的话，我的样子肯定很滑稽。"儒歇开玩笑说。

"也许医生能帮上忙，"巴克斯特说，"皮肤移植之类的？"

"嗯，"他说，"是的，他们肯定可以。"

他还是不太相信。

"有些人还会把身上的文身变成其他图案呢，"她满怀希望地提出建议，"去掉前任的名字之类的。"

"是，"儒歇点点头，"他们可以把它改造成……Buppet？"他做了个鬼脸。

"Puppies（小狗）！"巴克斯特绷着脸建议道，紧接着他们都笑了出来。这个建议太荒唐了。

儒歇抚着疼痛的胸口："所以你们从格林那里问出什么了？"

巴克斯特跟儒歇说了他们对这个冒牌幕后黑手的审讯情况，以及他们从另一名被捕的医生扬尼斯·霍夫曼那里得到的消息。这名医生提供了自己病人的详细资料，其中有三个病人在未被抓捕的十三个傀儡之列。他是专攻癌症和姑息治疗的，由阿列克谢·格林直接招募进来，他以为格林是这些谋杀案的唯一策划人。更重要的是，他为了给自己争取减刑，明确供出了袭击的准确时间：下午五点，晚高峰时间。

"还有，"她补充道，"格林的女朋友是在挪威恐袭中丧生的。"

这条消息即使让儒歇感到不快，他也并未表现出来："动机呢？"

"是弱点。"巴克斯特纠正他。

"这些都与拼布娃娃案没有关系吗？"

"与它沾边只是为了吸引全世界的注意，"巴克斯特说，"这招分散注意力的方法很聪明，利用一些非常脆弱的人引爆威力无穷的炸弹。他们利用我们之中最弱势的群体来对付我们，我们自己的嗜血欲让他们获得了成功。拼布娃娃案之后，人们还没这么兴奋过。"

审讯过格林之后，她显然思考了很多。

"简直是天才之举，"她继续说道，"我是说，当人们全神贯注地戕害他人时，谁还会注意到偷偷摸摸地躲在他们背后的那个人呢？他们逼得我们自相残杀。"

Chapter 33

第三十三章

2015 年 12 月 20 日　星期日　下午 6:03

　　巴克斯特打开奥迪的车头灯，飘扬的雪花在车灯的照射下闪闪发光。下午早些时候，这辆车撞上了牛津街的超级药妆店，车头凹进去一块，那之后，车子就会发出刺耳的噪声，并且一直往右跑偏。她首先担忧的是这车能不能通过即将到来的年检。

　　巴克斯特关掉发动机，引擎罩下面随之传来一阵尖锐的咝咝声，表明又一次修理失败了。这辆车在上一次行程中未受到剐蹭，可以名副其实地"松一口气"了。

　　她看见一群穿着运动服的年轻人在停车场入口处游荡（其中一个过于肥胖的人身上的运动服十分滑稽）。她拔掉卫星导航的插头，把它塞到座位底下，然后戴上手套和帽子，从副驾驶座上拎起一个袋子，朝埃德蒙兹家走去，脚踩在雪地上发出嘎吱嘎吱的声音。

　　她按响了门铃。等门的时候，她注意到一串坏掉的圣诞灯从砖墙上垂了下来，看起来像是被人剪成了两半。街道另一头传来瓶子被打碎的声音，安静的房子传出欢笑声。她听见利拉的哭声，然后过道的灯亮了，蒂亚勉强用一只手打开了门。

"圣诞快乐！"巴克斯特勉强挤出笑容。她递上去一袋礼物，这是她来时从自己的公寓里搜罗到的。"圣诞快乐，利拉。"她逗弄着利拉，同时伸手轻抚她。她平时就是用这种傻气的声音唤厄科吃饭的。

蒂亚不耐烦地"啧"了一声，然后消失在过道上，留下巴克斯特像白痴一样站在门口。

"亚历克斯！"蒂亚喊着。她听见声音从房子侧面传过来，利拉还在哭闹。"亚历克斯！"

"怎么了？"

"你女朋友在门口，我上楼了。"她对他说，利拉的哭声渐渐消失了。

过了一会儿，埃德蒙兹从过道冲了过来，拨弄着头发上的雪花。

巴克斯特几乎可以肯定，遇到这类情况，最得体的做法就是假装自己什么也没听到，然后在接下来的对话中，找个合适的时机被动地宣泄一下对蒂亚的不满。

"巴克斯特！"埃德蒙兹笑着说，"你还站在那里干什么？进来。"

"她发什么神经？"她脱口而出，根本控制不住自己的情绪。

他摆了摆手。"唉，她觉得你对我有不好的影响……另外，我今天早上错过了一周岁生日会之类的……还有一些其他的事情。"他神秘兮兮地说道，同时在她身后把门关上。他们穿过过道来到厨房，后门敞开着，可以看到外面的夜色。

她递给他一袋礼物，结果收到了一份更大的礼物。

"喝什么？"他问。

"不用……我一会儿就走。"她一边说，一边盯着天花板，决定先不说那些反击蒂亚的话，"我过来只是……我只是要……我……"

　　埃德蒙兹知道这意味着什么：她在赞扬别人之前总会感到不自在。

　　"……我只是想说……谢谢你。"

　　"不用谢。"

　　"你看起来……像平时一样……"

　　居然还没说完？埃德蒙兹感到震惊。

　　"……你今天表现得非常机智……跟平时一样。"

　　"事实上，"埃德蒙兹说，"我觉得是我要谢谢你。今天……这两周让我意识到，我有多怀念这种感觉。真的太怀念了：那种危险、刺激，那种……重要性。蒂亚对我很生气，好吧，是对我们很生气，因为我今天下午算是把申请交上去了。"

　　巴克斯特双眼发光："你要回来了！"

　　"这可办不到。"

　　她一阵失落。

　　"我还要生活，要为我的家人着想，但同时，我不能继续坐在诈骗科的办公室里虚度光阴。"

　　"所以？"

　　"我想给你看些东西。"

　　巴克斯特疑惑地跟着埃德蒙兹来到室外，雪地的一角被厨房的灯光照亮，他们来到一个摇摇欲坠的小屋前。

　　"哒啦！"埃德蒙兹骄傲地指着那个无论如何也不值得"哒啦"的玩意儿。

　　他的热情随着巴克斯特的无动于衷而消散了。

　　"哎呀！"他说道，意识到为什么这个惊喜没有收到预期的反应。他弯下腰捡起一块自制的牌子。"这个蠢东西怎么也挂不住。"他解释道，重新把它挂在木门上，"哒啦！"

亚历克斯·埃德蒙兹——私家侦探

　　他打开那扇脆弱的门，门上的铰链几乎要脱落了，小屋里面就是他布置好的办公室。台灯发出柔和的光，照亮了放在工作台上的笔记本电脑，旁边是一台打印机和一台无绳电话。角落里有一个燃油加热器，温暖着这一方小天地。这里还有一个咖啡机，一个水壶，一个上方吊着一根软管的水桶（算是一个临时的水槽），甚至还有一个"客户接待区"——屋里的第二把椅子。

　　"你觉得怎么样？"

　　巴克斯特没有立刻回答，又仔细地环视了一下这个小屋。

　　"当然，这只是暂时的，"埃德蒙兹看她没有回应，于是继续说，"等我小有成就之后……你在哭吗？"

　　"没有！"巴克斯特回答，她的嗓音发哑，"我只是觉得……我只是觉得这太完美了。"

　　"我的天！你居然哭了！"埃德蒙兹一边说，一边去搂她。

　　"我只是为你高兴……过去这两周真是太难熬了。"她笑着说，然后又哭了起来。

　　埃德蒙兹继续抱着她，由着她在他的肩膀上抽泣。

　　"天哪！"她惊呼，睫毛膏糊了一脸。她一边笑，一边平复心情："我把鼻涕弄到你身上了。对不起，我真是糟糕。"

　　"你一点也不糟糕。"埃德蒙兹安慰道。

　　他的衣服才糟糕。

　　"反正上面全是利拉的口水。"他一边说，一边指给她看。但他也怀疑这些污迹事实上是巴克斯特弄上去的。

"'对他而言，有更深的意义。'"她一边念，一边擦着眼睛。埃德蒙兹身后的木墙上贴着许多纸，上面潦草地列着一些尚不成熟的想法。

"嗯。"埃德蒙兹说着把那张纸撕了下来，辨认着自己的笔迹，"傀儡……诱饵。为什么要把这两个词刻在他们自己和那些受害者的身上呢？"

"忠诚的标志？"巴克斯特猜测道，依然抽着鼻子，"一种测试？"

"他的那些信徒肯定是这么认为的，他们认为这是团结的标志，证明自己是某个事件的一分子，但我总觉得这对我们的……阿撒泻勒而言，有着完全不同的含义。"他不情愿地提到了这个名字，"一些私人的含义。"

他犹豫了一下继续说：

"巴克斯特，我觉得不管将要发生什么，你都阻止不了。"

"你的鼓励方式真教人信心倍增呢。"

"因为……"他看起来很担心，"你看看，他们要花多少工夫才能说服格伦·阿诺兹让另一个人被缝在他的背上，慢慢地把他弄到精神失常，甚至有预谋地换掉他的药，这一切都是为他专门设计的。不仅仅是着魔那么简单了……它关乎某个人活在地球上的唯一目的……这让我感到不寒而栗。"

十分钟后，在小屋喝了一杯茶的巴克斯特站在了门口，手里拿着一大袋礼物。

"哦，我差点忘了。"埃德蒙兹跑回走廊取什么东西去了。再次回来后，他拿着一个白信封，把它塞进装了一堆礼物的袋子里："这恐怕是最后一次了。听着，巴克斯特——"

"为我自己好，不要打开？"她打断他，知道埃德蒙兹又要就他们监视托马斯的财务一事发表见解了。

他点了点头。

"圣诞快乐！"她一边说，一边在他脸颊上轻轻一吻，然后走入了夜色。

巴克斯特回来后发现屋里没人。她已经完全忘记托马斯外出工作了，节日期间，他的日程排得非常满。她把那一大袋礼物放在圣诞树下，接着慢慢意识到两件事：第一，托马斯买了一棵树；第二，这些天发生的一些事让她完全忘了给托马斯买礼物。

厄科在厨房睡觉，儒歇在医院，托马斯毫无疑问还在忙着应对他的客户（一个名叫琳达的"老女人"）。她真希望能去拜访芬利一家，但又不想破坏他与玛吉和孙子的团聚之夜，于是她只是打电话对他的帮忙表示了感谢，并答应圣诞节后拜访他们。

她突然觉得很孤单，但又坚决不打算考虑其他人，那些在过去的一年半从她的生活中消失的人。她踢掉靴子，去楼上冲澡了。

早上八点三十四分，巴克斯特在圣玛丽医院的门口接儒歇出院。止疼药的劲儿还没过，儒歇感到头昏脑涨，但在星期一的早高峰时段给巴克斯特做伴还是令他心情愉悦。他们摆脱了在十字路口排队的车流，加入了另一个车流。他们约好上午九点三十分与军情五处 T 部门的人见面，但巴克斯特觉得他们可能无法准时赶到了。这些家伙居然突然重视起国家面临的安全威胁了。

儒歇调高了收音机的音量。

"……早上好，英国已将反恐警戒升至'危急'级别，这意味着安全机构认为恐袭已迫在眉睫。"

"是时候干一场了。"巴克斯特说。她看了一眼儒歇，发现他竟然在笑。"你怎么还笑得出来？"她问他。

"因为恐袭不会发生，我们会阻止的。"

巴克斯特闯了一次红灯。

"我喜欢你的乐观，那种积极心态之类的，但是——"

"这不是乐观，这是目标。"他回答，此时新闻简报转到了博发和立博两家博彩公司不再对白色圣诞节押注的话题上，"这些年我一直在漫无目的地四处漂泊，想知道为什么那天我活了下来，我的家人却没有……现在我知道了……"

"想一想十年前，无数的决定和偶发事件才使我这样一个恐袭受害者从那个地铁站逃出来，结果我却发现自己正处于阻止下一场恐袭的当口。历史像是在重演，也给了我一个重新来过的机会。我终于明白，为什么我还在这里，我终于有一个目标了。"

"嗯，我很高兴看到你这么乐观，但我们的首要关注点是地铁站以及那些人渣打算在那里实施的计划。我们得先处理好这个，而不能让他们像在纽约那样牵着我们的鼻子走。无论地铁下面发生什么，也无论我们会遭遇什么，我们都不能把这座城市其他地方的资源全部调过来。我们的职责是疏散人群，炸弹归安全部门管。那方面的事情我们不会参与……不好意思。"她愧疚地补充道，觉得扫了他的兴。

"不用道歉，"儒歇笑着说，"你说得对，我只是十分确信，明天我们各司其职，就能阻止恐袭的发生。"

巴克斯特为了迎合他，勉强挤出一个笑容。

"我们有点忘乎所以了，"她指出，"在那之前，我们可能还会有一宗谋杀案需要处理。如果有人要模仿缝在一起的双子座案的话，那场景想必会非常惊悚。"

"除非我们已经逮捕了那宗案子中的傀儡。"

"真以为我们能撞大运呢。"巴克斯特苦涩地自我挖苦道。

交通开始变得畅通起来。巴克斯特变更了车道，超过了一长列公共汽车，儒歇在这个过程中一直没有说话。雨刷不时地扫过风挡玻璃，大量的雪花被紧实地压到了玻璃边缘。

"我们可以……"儒歇犹豫了一下，想让自己的观点更具说服力，"我们可以一直等到下午四点五十五分，那时再开始疏散车站里的人。"

"我也希望可以，"巴克斯特说，"但我们不能。"

"但如果我们——"

"我们不能那样做。那样的话，我们就要冒风险，他们可能会分散到城市的各个角落，到那时候，他们可能会在任何地方发动袭击。按原计划来，我们至少知道他们会去哪里，而我们会为此做好准备。"

"我们在利用无辜的人当诱饵……这话听起来怎么这么熟悉？"他问道，语气中并没有责备的意思，而是遗憾。

"是，我们是在利用无辜的人，但我看不出还有别的选择。"

"我在想，如果回到二○○五年，有人对我和我的家人说了类似的话该有多好。"

"或许确实有人说过。"巴克斯特哀伤地说。

她觉得有点讨厌自己，那么痛苦的场景，自己居然给出了这么铁石心肠的判定。她觉得儒歇今天会过得很煎熬，因为要开一整天的策略会议——把人命仅仅当作图表上的数字。牺牲这里的一个数字，来拯救那边的两个。

她预料这一天自己也是同样煎熬。

到了下午六点四分，巴克斯特已经筋疲力尽了。跟预想的一样，今天的会议一个接着一个。伦敦地铁和所有主要景点的安保力量都增加了一倍。根据《重大事故协议》的要求，本市的五大急诊部门已经处于待命状态，伦敦急救服务中心在私立医疗的援助下也准备好了额外的救护车。

对傀儡的审问已经持续了一整天，但并没有获得重大的内幕消息。

格林那群狂热的追随者对自保毫无兴趣，无论是威胁还是讨价还价都没用。格林一整晚都在军情五处的手上，无论他们对格林怎样升级审讯手段，他都沉默应对，说明他们还没攻下这个精神科医生。

警察局的人一整天都悬着心，但关于城市某个地方终于发生了一场诡异谋杀案的报道迟迟没有出现。因此，巴克斯特觉得，他们要利用这段不被打扰的时间尽可能做好万全的准备，来应对傀儡们的最后一场杀戮。

这种感觉很奇怪，她走在街上，明明知道要发生的事，却不能透露给在街上遇见的任何人。她想给通讯录上的每个人打电话，站在屋顶大声告诉人们远离这座城市。但她这样做只是拖延时间，这场杀戮依然不可避免，还会白白浪费他们现在唯一一个有利条件。

她把一些纸质文件归档的时候，发现儒歇正等着跟她说"晚安"。就在那时，她觉得他们已经没什么可准备的了。她拿起包朝他走去。

"走吧，"她打着哈欠，"我送你一程，反正我也需要回去拿些东西。"

*

巴克斯特和儒歇已经到了文森特广场，这时他们的手机同时响了。两人疲惫地对视了一眼，已经预料到发生了什么事。儒歇开了免提。

"我是特工儒歇，"他接起电话，"我和巴克斯特总督察在一起。"

巴克斯特口袋里的嗡嗡声立刻停止了。

"很抱歉，特工儒歇，我知道你们俩已经下班了。"电话中的女人开口说道。

"没事，你说吧。"

"霍夫曼医生的一个病人，名字叫艾萨克·约翰斯，刚刚用他的信用卡支付了出租车费。"

"嗯。"他回应道，故事应该还没完。

"我给出租车公司打了电话，也连线了司机。司机说，那个人非常极端，说他反正都会死，他会在尊严尚在的时候去死，以一种人们都会记住的方式。根据霍夫曼的供述，约翰斯最近被诊断出了脑肿瘤，而且不能手术。司机已经报警了。萨瑟克区的一个警队已经赶过去了。"

"位置？"巴克斯特问道，同时打开了警报器，从车流中冲了出去。

"空中花园。"那个女人回答。

"在那个'无线对讲机'？"巴克斯特问。"无线对讲机"是那栋建筑的绰号。

"正是。他明显是去了酒吧，在三十五层。"

车轮在泥泞的道路上高速旋转着，巴克斯特沿着罗彻斯特大道向北驶去。

"让他们稳住！"她大声说，"派一支武装队过来支援，我们还有七分钟到。"

"明白。"

"有外貌方面的描述吗？"儒歇问。

"白人，肌肉结实，体形健硕，短发，深色衣服。"

儒歇焦急地看着窗外，城市的灯火一闪而过。他拿出手枪，检查了一遍："又要战斗了。"

巴克斯特想打哈欠，但忍住了："一刻也闲不了啊。"

Chapter 34

第三十四章

"快点，快点。"巴克斯特嘀咕道，电梯显示屏上的楼层数越来越高，他们也越来越接近目的地。

儒歇已经把枪从枪套中取了出来，但又觉得这个刚露面的傀儡在经过一楼机场式的安检后，应该不可能把任何违禁物品带进来。

31——32——33——34——

电梯慢慢停了下来。

"准备好了吗？"儒歇问道。

电梯门开了，扑面而来的是音乐声和轻柔的谈话声。他们惊喜地发现这儿竟是如此令人愉悦的场景，二人同时耸了耸肩。儒歇迅速把枪收了起来。他们走进这个如洞穴般空旷的酒吧，穿着得体的人排着队等待就座。他们站到队伍的后面。

酒吧像是一个用钢架做成的大笼子，粉红色的灯光闪烁着，远处幽暗的城市灯光依稀可见。头顶上，玻璃和金属制品构成的拱顶高达十五米，贪婪地向天空索取更多的地盘。

他们一边等待，一边扫视着熙熙攘攘的大厅，搜寻着那个符合他们描述的人。但他们发现至少有三分之一的顾客都穿着深色衣服，而一个人的肌肉是否结实，在他坐着的时候很难看出来。

一个衣着整洁的男人示意他们向前走。他看了一眼巴克斯特那身实用的冬装，又看了看儒歇身上皱巴巴的西装，露出了居高临下的微笑。

"晚上好，有预约吗？"他狐疑地问。

儒歇快速地向对方亮了一下他的证件。

巴克斯特靠了过去，小声地对那个人说："我是巴克斯特总督察，别声张！"她说，因为那个人突然认出了她，并开始四处张望寻找他们的主管。"查一下你的名单，看有没有一个叫艾萨克·约翰斯的人预约过。"

短暂停顿后，那个男人用手指滑过写字板上的名字，向下逐个检查。"约翰斯……约翰斯……约翰斯……"

"你真的认为他会用真名吗？"儒歇问她。

"他用了自己的信用卡，"巴克斯特回答，"他现在没什么可失去的，我觉得他不会在意这个。"

"约翰斯！找到了！"那个男人惊呼。有几个人朝他们的方向看了过来。

"再说一遍，"巴克斯特耐心地说，"不要声张。"

"不好意思。"

"哪一桌？不要转身！不要用手去指！"

"对不起。窗子旁，右边，靠近门。这是他要求的。"

巴克斯特盯着这个男人，儒歇则瞥了一眼整个房间：

"桌边没人。"

"你看见他长什么样了吗？"巴克斯特问那个男人。

"他……很高……嗯，大块头，肌肉发达。他穿着一身黑色西装，打着领带……一副要去参加葬礼的样子。"

巴克斯特和儒歇对视了一眼。

"好，"她对他说，"我希望你像之前一样继续工作。如果看见他，你慢慢走过来，在我耳边低声告诉我。明白吗？"

他点了点头。

"先去阳台？"她向儒歇提议。

她出乎意料地挽起了儒歇的胳膊。他们伪装成一对幸福的夫妻，穿过酒吧，来到了外面的阳台上，远处的碎片大厦闪耀着白光，就像一座白雪皑皑的山峰。他们漫步到铁栏杆边上，雪花从四面八方飘来，洋洋洒洒地落到下面闪闪发光的城市中。

敢冒着风雪来到阳台上的人并不多：一对瑟瑟发抖的情侣举杯喝着香槟，还有几对家长也被自家兴奋的小姑娘带到阳台上来了。这里光线昏暗，利于隐蔽。从这里向室内看去，酒吧笼罩在霓虹灯的粉色光晕中，如此一来，他们就可以悄无声息地在人群中搜寻那个人。

"或许他回家了，"儒歇乐观地说，但接着，他看见那个衣着整齐的吧台助理在酒吧里走来走去地寻找他们，"或许没有。"

他们匆忙来到室内，然后顺着那个人指示的方向，经过电梯，来到洗手间。这里有一排一模一样的小隔间，发着光的黑门预示着里面的环境比他们上次一起待过的洗手间舒适多了。

儒歇拿出武器："我进去，你放哨。"

巴克斯特看起来像是要揍他。

"我们不确定他一定在里面，"儒歇解释道，很高兴自己手上拿着武器，"再说了，他们可能不止一个人，我需要你掩护我。"

"行。"巴克斯特气冲冲地说，然后无力地靠在墙上，免得挡住服务员的路。很多人过来参加晚上的圣诞聚会，服务员们正愁眉苦脸地忙着满足客人的需求。

儒歇来到洗手间狭窄的过道上，发现前两个都是空的。

"里面有人！"当他试着推开第三个洗手间的门时，一个女人的声音从里面传来。

"不好意思！"儒歇大声说，声音盖过了干手器的噪声，此时，第四个洗手间的门开了。

他的手握着夹克衫里的枪，但接着便放松了下来，因为他看到一个上了年纪的人摇摇晃晃地从里面走出来，两颊绯红地朝他笑了笑。

儒歇又经过了一个空着的洗手间，来到最后一个洗手间的门口，门虽然关着，但显然没有上锁。他举着枪，一脚踢开了那扇脆弱的木门。木门猛地摆动着，发出"砰"的响声。里面没有人。

墙上立着一个抽水马桶的水箱盖，盖子旁边是一个被丢弃的橡胶袋，上面的水滴到了地板上。门背后挂着一件超大号的黑色西装和一条领带。儒歇转身离开，踢到了地板上一个像金属一样的东西。他走过去捡了起来，发现是一颗九毫米的黄铜子弹。

"糟糕！"他惊呼，向外面的主厅冲去。

"他不在这——"儒歇开口说道，不小心撞到了一个端着很多酒水的服务员，托盘上的玻璃杯因为失去平衡掉到了地板上。"对不起。"儒歇一边道歉，一边张望着寻找巴克斯特。

"都是我的错。"那个年轻的男服务员礼貌地回答，尽管自己一点错都没有。

"你看没看见等在这里的一个女人？"

就在此时，大厅里传来椅子腿在地板上刮擦的声音，人们纷纷弃桌而逃。

儒歇挤过从阳台玻璃窗边撤离的人群，朝骚动处跑去。

他停了下来。

他看见巴克斯特站在阳台的暗处。她站在护栏边，头发在风中乱舞。几米开外，年轻的一家蜷缩在玻璃旁的角落里，父亲防守一般挡在两个女儿面前。

儒歇端着枪，慢慢走到阳台上。

摆脱玻璃反射光的影响后，他终于了解了情况：阳台上还有一个人，在巴克斯特后面。

一只肌肉发达的手臂牢牢控制着她，一把小型手枪抵在她的下颌上。

他的另一只手上拿着第二把枪，对准了角落里的那家人。

"我想你就是儒歇了。"一个不协调的尖锐嗓音从巴克斯特身后传来。由于他把巴克斯特当人肉盾牌，儒歇只能看见他半张脸。

他准确地喊出了儒歇的名字，这说明巴克斯特要么把自己的名字告诉了他，要么大声呼叫过自己，后者的可能性比较大。

"介意把枪放下吗？"那个男人和善地问，同时给抵在巴克斯特下颌的那把枪上了膛。

她轻轻摇了摇头，儒歇犹豫了一下，还是把枪口放低了。

"我想你就是艾萨克·约翰斯了。"儒歇说，希望自己平静的语调能够感染别人，"你还好吗，巴克斯特？"

"她很好。"约翰斯替她回答。

"我只离开了一分钟……"儒歇笑着说，漫不经心地朝他们走近了一步。

"嘿！嘿！嘿！"约翰斯吼叫道，拖着巴克斯特向后走了一步，把儒歇刚刚向前的那一步补了回来。

他还真像别人描述的那样让人印象深刻。虽然巴克斯特纤细的身材不足以掩护背后那个大块头，但他的重要器官都被挡住了，因此，让他瞬间毙命几乎不可能。

"所以你打算怎么办，艾萨克？"儒歇问道，希望能让他开口。他已经看出这个男人跟其他杀手的不同之处：他表现得很镇定，而且有控制力。他很享受聚光灯照在自己身上的感觉。

"是这样的，我原本的计划是让我们的观众来决定，他们——"他指着蜷缩在一起的那个人，"谁死谁活，但那时我发现巴克斯特警探也在这里，我就控制不住自己了。所以很遗憾，这个责任就落在你的身上了。"

那个人暂时被室内的观众分散了注意力。儒歇慢慢把枪口抬高了一点，以便寻求机会开枪射击。

"别动！"约翰斯大吼道，小心翼翼地让巴克斯特挡在自己的前面，"告诉那些人，如果有任何人离开，我就开枪。你们的想法是正确的，拿手机拍吧，没关系，我希望你们把这段录下来，我希望全世界都能听到儒歇的决定。"

约翰斯很满意，因为已经有足够多的镜头即将捕捉到他的胜利时刻，他便把注意力投回儒歇身上。

"所以是谁呢，儒歇？你希望我杀谁，你的同事，还是那完全无辜的一家呢？"

儒歇焦灼地看着巴克斯特。

但她没做任何回应。

枪管抵住她的下颌，让她根本无法动弹，更别说给儒歇制造一个机会，让他一举射中背后的男人。他又看了看角落里的那家人，清楚地看到那位父亲脸上绝望的表情。

室内传来叫喊声，第一支武装队赶到了。

"停下！"儒歇冲他们喊道，"别再靠近了！"

其中一个警察没有听从儒歇的指令，约翰斯警告性地开了一枪，子弹击中了小女孩头顶附近的墙面，然后反弹回来，打碎了他们头顶的玻璃罩。室内的那名警察举起双手，停在了围观人群中。

紧接着，现场陷入一片沉寂，儒歇听到小女孩的牙齿在打战。她只有五六岁，快被冻僵了，约翰斯却假借希望之名，让她忍受更久的痛苦。

他们没有选择的余地。这不是一场游戏。他要杀了他们所有人，巴克斯特也知道这一点。

自剧院大屠杀后，那些人的野心越来越大，继续制造出更大规模的、让媒体趋之若鹜的恐怖场景。但他们并不满足于此，他们还有一个卑劣的计划没有实施，这个计划比所有被肢解的尸体加起来还要丧心病狂，那就是公开处决一个无辜的孩子。他们关上门谋杀了班特姆一家人，这足以证明他们会对无辜的孩子下手。儒歇相信，约翰斯会毫不犹豫地扣动扳机。

不停飘落的大雪模糊了约翰斯的视线。他很谨慎，不停地活动着扣扳机的那根手指，以防它被冻僵而无法快速反应。

"时间到了！"约翰斯大声对围观的人说，"大声说出来，让全世界都能听到你的决定。"他命令儒歇，"你想让谁死？如果你不回答，我就杀了他们所有人。"

儒歇没有作声。

约翰斯沮丧地叹息道："好吧……按你们的方式来，给你五秒钟！"

儒歇和巴克斯特目光相遇。她没法脱身。

"四！"

儒歇瞥了一眼那家人，父亲用手遮住了小女儿的眼睛。

"三！"

儒歇感觉到一屋子的手机摄像头对准了他的后背。

他需要更多时间。

"二！"

"儒歇……"巴克斯特说。

他绝望地看着她。

"一！"

"……我相信你。"她对他说，同时闭上了眼睛。

她听见儒歇移动的声音、"砰"的枪响声、空气从她耳边呼啸而过的声音，还有玻璃的碎裂声和沉闷的撞击声。她感觉下颌的钳制松开了，束缚自己的那只胳膊也消失了……身后的那个人不见了。

她睁开眼睛的时候，看见儒歇似乎在发抖。他依然站在那里，枪口还直直地对着她。她看到一片沾了血的雪花在他们中间飘荡，然后从阳台边缘落了下去，和那个罪犯一起落向了一百五十二米之下的地面。

她的太阳穴突突地跳了起来，那颗子弹刚才就是从这里擦了过去。支援的警察也赶到他们身旁。身心受创的父母松了一口气，他们因为受到极度惊吓，无法克制地哭了起来，此刻迫切需要听到一些安慰的话，哪怕有人来大声告诉他们，他们安全了。

儒歇慢慢放下手枪。

巴克斯特没有对他们说一句话，而是径直走到室内，在经过一张空桌时，抓起桌上的一瓶酒，然后坐在空荡荡的酒吧里，给自己倒了一大杯。

Chapter 35

第三十五章

2015 年 12 月 21 日　星期一　晚上 11:20

儒歇把奥迪开进一个富裕的街区，停在 56 号那栋浅蓝色的连体别墅外面。门上挂着的花环看起来不仅是一种装饰，更是一种时尚宣言。门外，圣诞灯发出的白光和金光交错闪耀着，似乎对于在这里看不到一个廉价的塑料圣诞老人十分满意。老式的灯柱在街上一字排开，光秃秃的黑色灯罩上积着一层白雪，像城市的灯塔般提醒着人们注意暗藏的危险。温暖的橙光看上去十分迷人，却也提醒着人们思考，为什么这座城市的其他地方越来越丑陋，结果竟发出一些光芒。

儒歇下车准备打开副驾驶的门，结果一脚踩进了泥坑里。他跌跌撞撞地开了车门，巴克斯特从里面一头栽了出来。他半抓半拖地把她弄到了人行道上，来到通向前门的台阶上。他把她抱了起来，感到绷带下面的伤口一阵剧痛。他按响了门铃，同时提防着巴克斯特乱踢的脚。

过了体力透支的四十秒，儒歇听到有人从楼上冲了下来。门锁"咔嗒"响了一声后，一个男人出现在门口。他显然是在穿着睡衣打羽毛球电子游戏。他先是眯着眼透过门缝看了一圈，然后猛地把门打开。

"我的天哪，她死了！"托马斯倒抽了一口冷气，低头看见巴克斯特四肢瘫软地靠在儒歇怀里。

"啊？没有！当然没有！她只是喝醉了。"为了证明，他抬起巴克斯特的头给托马斯看。她的头向前奢拉，嘴巴大张着。托马斯终于相信她还活着，于是摇了摇她的身子。她呻吟了一声。"醉得很厉害。"儒歇补充道。

"哦……没错。"托马斯松了一口气，同时觉得非常惊讶，"哎呀，真是不好意思，快请进，我真是太失礼了。嗯……那我们把她放到卧室去？"

"浴室。"儒歇建议道，同时费力地扶着巴克斯特。他怀疑托马斯之所以说"我们"，是因为他根本没打算把巴克斯特从自己手里接过去。

"浴室，当然，"托马斯点点头，在他们背后关上了门，"在楼上。"

"哇哦。"儒歇喘着气，摇摇晃晃地穿过大厅。

托马斯让他觉得有点吃惊。他当然很帅，却像是那种在橱窗里展示的穿着开衫毛衣且看上去很健康的模特，儒歇原本以为他是一个……现在再想想，他也完全不知道自己对托马斯到底是个什么期待了。

他跟着托马斯穿过卧室，来到里面的浴室，终于可以把巴克斯特放在马桶边上了。她几乎立刻就醒了过来，然后趴在马桶上吐了起来。她呕吐的时候，儒歇帮她把头发拢在身后。托马斯则蹲在她的另一侧，手中拿着一杯水。

"顺便说一下，我叫托马斯。"他自我介绍道，习惯性地伸出手，但儒歇显然没法跟他握手，"哦，对，不好意思。"说着他把那只手收了回去。

"儒歇。"

"啊，你就是儒歇。"他笑着说，同时低头担忧地看着巴克斯特。她又无力地瘫倒在他跟儒歇之间的地板上。"我从没见过她这样。"他一边说，一边放水冲马桶。

儒歇很惊讶，但没有表现出来。他一是惊讶于巴克斯特把她经受的痛苦和挣扎告诉了自己，却没有告诉她这个已经相处了八个月的男朋友；二是惊讶于托马斯竟如此缺乏观察力。

巴克斯特又爬起来吐了一回，这次轮到托马斯帮她拢头发了。

"发生什么事了？"他问。

儒歇觉得自己没有立场告诉托马斯发生了什么。巴克斯特选择跟他说什么是她的事。他抱歉地耸耸肩："就是一些还没破的案子。"

托马斯点点头，表明巴克斯特已经用过这样的台词了。他换了个话题："你跟埃米莉肯定非常熟。"

"谁？"

巴克斯特无力地举了举手。

"哦，巴克斯特！我觉得我们……没错。"儒歇说，意识到在这短短的办案时间里，他们共同经历了这辈子都难忘掉的恐怖场景。"是的，"他果断地说，"她非常非常特别。"

巴克斯特吐得更大声了。

再次轮到儒歇帮她拢住头发了。

她吐完之后，儒歇站了起来。

"看来剩下的都在你的掌控中了。"儒歇对托马斯说，"我可以走了，"接着他突然想到了什么，"我有一个……很幼稚的礼物要送给她，落在车里了。"

"你要是能把它放到圣诞树下面那堆礼物中就太好了，"托马斯说，"还有，你把车开走吧，明天早上我开车送她上班。"

儒歇感激地点点头，走开了。

"儒歇。"

他转身。

"她其实并没有把所有事情都告诉我，"托马斯开口说，这是他过去一年最轻描淡写的一句话了，"只是……你知道，如果你能……照顾照顾她。"

儒歇犹豫了一下。他不想向托马斯承诺一件自己做不到的事。

"再给我一天时间。"他推脱着说，然后离开了。

*

巴克斯特在托马斯的怀里醒来。她光着的双腿紧贴着冰冷的浴室瓷砖，她立刻感觉到身上伤疤的疼痛，看都不用看一眼。她的裤子在角落里皱成一团，身上依然穿着被汗水浸湿的衬衣。他们都裹在浴巾里，托马斯以一种很不舒服的姿势卡在马桶和墙壁之间。

"可恶。"她生着闷气低声说。

她蠕动着挣脱他的怀抱，慢慢站了起来，但因感觉眩晕，她有些站不稳。她小心翼翼地朝楼下走去。

圣诞树上的灯在闪闪发光，这是这栋昏暗的房子里唯一的光源，以及让人觉得温暖的地方。她穿过房间，在圣诞树前盘腿坐下来，看着树上五颜六色的灯泡轮流发光。她盯着这些灯饰，过了几分钟便觉得有点昏昏欲睡了，此时她发现有一个漂亮的天使在树顶上俯瞰着她。她脑子里回响起那个令她厌恶的声音，那就是柯蒂斯殉职后，伦诺克斯说的那句"安慰人的话"——"我想上帝只是需要另一个天使"。

巴克斯特站了起来，伸手够到那个天使，然后把这件脆弱的装饰品扔到沙发上。她觉得好过了点，便开始整理那堆礼物。这些礼物没有一个是她买的。

在她更年轻点时，也喜欢过圣诞节。但近年来，她庆祝圣诞节的方式不过是看五部十二月的节日电影，或者匆忙地赶赴别人的圣诞晚餐，如果她能准时下班的话。谁让他们坚持邀请她呢。

她拿起遥控器，打开电视，把音量调低，直到扬声器只发出细小的嗡嗡声。她欣喜地发现，那部圣诞主题的电视剧《欢乐一家亲》回归了。她微笑着开始把礼物分成三堆。大部分礼物都是送给她的，厄科也不是一无所获，但托马斯就可怜了。

她拿起一个陌生的、形状奇特的礼物，上面的标签写着：

> 圣诞快乐，巴克斯特。他的名字叫弗朗基。
>
> 　　　　　　　　　　　　　　　　　儒歇

巴克斯特很好奇，这个专属的迷你圣诞礼物让她无比兴奋，而且她需要这么一个价位中等的礼物，这样当她回礼的时候不会显得太小气或者过于热情。她撕开包装纸，低头看着手上这只戴着橙色帽子的小企鹅，她在儒歇家里看到这个毛绒玩具时就很喜欢……是他女儿的。

她盯着这只呆头呆脑的企鹅。她不敢相信儒歇竟把这个对他具有如此重要意义的东西送给了她，而且她感到非常不安，她怀疑儒歇不再需要它了，无论他们最后将面临怎样的考验，他不打算活着回来了。

她把弗朗基放在盘着的腿上，然后把从埃德蒙兹和蒂亚那里收到的一大袋礼物拉近一些。她伸手进去，发现了最上面那个空白的白色信封。

她已经完全忘记了。

她拿出信封，双手捧着，想起了自己对儒歇的无端猜疑，以及对埃德蒙兹提出的非分要求，她这个最好的朋友曾再三劝她不要拿走对托马斯的非法调查报告。她脑子里又浮现出托马斯躺在浴室里的画面，他此时正裹着浴巾，被困在楼上的浴室里。他昨晚一直在那里照顾她。

她意识到自己想起那个笨手笨脚的男朋友时，居然在微笑。她把信封撕成好几片，扔在那堆破烂的包装纸上，继续给礼物归类。

Chapter 36

第三十六章

2015 年 12 月 22 日　星期二　上午 9:34

　　巴克斯特来到皮卡迪利广场地铁站，顺着指示牌找到贝克卢线，然后往城市地底的深处走去。她把头发扎成了马尾，还往脸上抹了一些五颜六色的化妆品，这些化妆品是她这几年收到的礼物——她母亲曾委婉地暗示她，"不要让自己看起来像个吸血鬼"。化妆的效果很明显，她简直快认不出镜子中的自己了。

　　她顺着人流朝站台走去。走到一半，她认出了自己的目的地，于是在一扇灰色的门外停了下来。门上有伦敦地铁的标志，还有一个指示牌，上面写着：

非员工禁止入内

　　她敲了敲门，希望没找错地方，否则自己就要尝试钻到清洁柜里被偷运进去了。

"谁?"一个女人的声音从里面传来。

周围刚好有几个人。鉴于她大费周章地把自己化成了一个小丑,她不打算当着这些人的面大声报出自己的名字。

她又敲了敲门。

门被谨慎地拉开了几厘米,但巴克斯特一把推开了开门的人,径直走进那间漆黑的屋子。那个女人迅速锁上了门,屋内其他两名技术人员则继续搭建监控支架、无线电基站、频率助推器、计算机和加密中继台,把这间简陋的办公室变成一个功能齐备的战术指挥站。

儒歇已经到了,他正把各种各样的地图粘在一张无线电呼号清单上。

"早。"他向她打招呼。

他把手伸进口袋里,拿出车钥匙递给他,既没有提昨晚一连串的突发事故,也没有提她色彩鲜艳的妆容。

"谢了。"巴克斯特简短地回答,把钥匙胡乱塞进了外套口袋里,"还要多久才能搞定这些仪器?"

"十……十五分钟?"一个在桌子下面爬来爬去的人回答。

"那我们到时候再过来。"她对屋内的人说。

儒歇领会了她的意思,跟着她来到外面的站台上单独说话。

昨晚回到公寓的时候,他击毙犯罪嫌疑人的镜头已经登上了全世界各大新闻的网站,视频拍得不清楚,人们因他救了巴克斯特而歌颂他。因此,他早上忘了刮胡子,脸上留着黑乎乎的胡楂,看上去跟视频中那个轮廓鲜明的特工相去甚远。他还把额发往后梳,露出了下面一层灰发,这种打扮看起来其实更适合他。

"你今天有点像个银发老帅哥呢。"巴克斯特笑着说,他们走到站台的另一端,途中经过了一张巨大的海报,上面是安德烈娅的新书广告。

"谢谢。你……呃,你……"

他努力想着怎么措辞。

"我看起来像一个宾戈老奶奶，"巴克斯特说，她自己没被逗乐，却把儒歇逗乐了，"联邦调查局为了给我们脸上'增光'，决定参与这次行动，"她小声说，"他们希望'以任何可能的方式协助我们终止这些残暴的野蛮行为'，换句话说就是，没抓到格林，他们是不会滚蛋回家的。军情五处还没让格林坐水凳呢，所以他们可能要再逗留一段时间，顺便开上几枪。"

"嗯，我也是这么想的，"儒歇说，同时向前面一个梳着马尾的大块头男人点了点头。那个男人站在站台上，跟他们有点距离："史蒂文·西格尔在那里挑巧克力棒，已经快一个小时了。"

"真有他的。"巴克斯特没好气地说，"值夜班的人报告说，晚上又抓到了两个傀儡。"

"所以……还剩十个？"

"还剩十个。"她点点头。

"还有那个身份不明的阿撒泻勒。"儒歇补充说。

一辆列车"咔嗒咔嗒"地停了下来，他们安静地站了一会儿。

巴克斯特打算利用这个时间组织一下她想说的话。她觉得自己好像不能承认提前打开了他送的圣诞礼物，但无论如何，今天这场煽情的谈话是免不了了。

"我们都会渡过这个难关，"她对他说，为了避免跟他有眼神接触，她盯着缓缓驶离站台的列车，"我们快要成功了。我知道，你会把今天看作一场考验什么的，但我们只能做自己能做到的，不要愚蠢地去冒险或者——"

"知道我昨晚在想什么吗？"儒歇打断她，"我从没回答你的问题。"

巴克斯特一脸困惑。

"一个看似聪明或者说毕生都在寻找凭据的人怎么会相信一些毫无根

据且不合逻辑的东西，比如……'天上仙子'，是不是？"他笑着问。

"我现在真的不想谈这个。"巴克斯特说。想起自己之前在飞机上大发雷霆时说过的那些伤人的话，她觉得很难为情。

"现在就是谈这个的最佳时机。"

又一辆列车减速进站了，接下来的十秒钟上演了一场规模宏大、场面混乱的抢座位游戏，失败者的惩罚是：要么抓住一个不堪重负的扶手，要么在列车开动那一刻摔倒在地。

"我曾经跟你一样。"儒歇开口说，"你知道，我以前觉得，只有弱者才需要信仰，才需要这种自欺欺人的幻想来帮他们度过沉重的一生……"

儒歇这么说让巴克斯特想起来，她以前也是这么看待心理咨询的，直到自己在心理咨询后获得重生，才对这个看法有所改观。

"……但后来，那件事发生后……我根本无法接受那个事实，我已经永远失去了她们，再也不能跟她们在一起，再也无法拥抱她们。我的妻子和女儿，还有我的一切都消失了。她们对我是那么重要、那么特殊，却都不存在了，你知道吗？"

巴克斯特竭力保持冷静，儒歇却看上去无比坦然。他只是努力把自己的想法说清楚而已。

"当我再次思考这件事的时候，发生的这一切在某种程度上都有了意义：她们并没有消失，我能感觉到。现在我为了办案又回到了这里……我是不是语无伦次了？"

"今天早上我祷告了！"巴克斯特脱口而出，接着捂住嘴巴，像是刚刚泄露了一个尴尬的秘密。

儒歇用怀疑的目光看着她。

"怎么了？我甚至不知道我祷告的方式对不对，但我想的是，要是我错了呢？要是在那个未知的世界里真的存在什么人或什么东西是我不知道的呢？今天正是危急关头，对吗？"巴克斯特的脸颊红扑扑的，但好在她在脸上抹了花里胡哨的化妆品，即便脸红也不太明显，"喂，不准笑！"看见儒歇笑，她喝止道。她很快就把话题转向真正想说的事情上："虽然出了洋相，我还是要告诉你祷告的内容。"

"阻止那群变态的浑蛋——"

"这是当然！但我还为你祷告了。"

"我？"

"对，你。我在我唯一一次祷告中提到了你，我祈祷你今天能和我一起渡过难关。"

这出人意料的坦白看来取得了预期的效果。

无论那个下午儒歇的上帝想让他死还是活，他们都无法掌控。但此刻，巴克斯特希望，儒歇在求死之前至少能停下来想一想。

＊

"几点了？"巴克斯特双手抱着头呻吟道，临时指挥中心监控器上的蓝光照在她的身上。

"十点多了。"儒歇回答，眼睛一直盯着地铁站各个角落里的摄像头拍摄到的实时画面。

"十点多少？"

"过三分。"

她重重地叹了一口气：

"那群人渣都去哪儿了？"她问屋里的人。

恐袭等级的提高导致伦敦在这一天发生了非常有趣的事情。一名男子因为试图带刀进入伦敦塔而被逮捕，但所有迹象表明，他这么做纯粹是出于无知，而不是要搞大屠杀。在肯辛顿奥林匹亚举办的一场活动中，有人称现场有炸弹，引发公众恐慌，但这件事也有惊无险地结束了，原来是一个易怒且健忘的参展人员丢失了笔记本电脑，后来得知有人利用他的电脑进行遥控爆破。

巴克斯特和她的十二人团队一天内拘留了五个形迹可疑之人。尽管这些人与格林及其跟班们并没有关系，但这种草木皆兵的做法导致他们随时都会看到数量惊人的可疑人员在城市中游荡。

"军情五处的家伙们去哪儿了？"巴克斯特问，并没有把头从桌上抬起来。

"跟联邦调查局的人一起，在皮卡迪利线的站台上。"有人回答。

她含混地应了一句，表示知道了。

"注意，可疑人员出现！"儒歇大叫道。

巴克斯特兴奋地抬起头。一个男人从摄像头前走过，他戴着圣诞帽，夹克里明显藏着某种活物。她很高兴终于有事可做了。

"我们去看看。"

在伦敦警察厅，警察贝唐·罗思接到一个任务——负责审查与案件有关的监控录像，但这些监控的画面不太清晰，无法进行人脸识别。她本周整理出来的模糊截屏足以凑成一整套相册了，这些截下来的图片经过图像增强后又帮助他们抓到了两个傀儡。

她花了一天时间来研究空中花园的安保监控录像，这些监控从各个角度拍到了那个险些酿成灾难的事件的经过。眼前这些黑白录像显示着人们在两小时内从洗手间进进出出的画面，看着让人头脑发木。

她正在回看一段从酒吧内拍到的录像。她无法看到阳台上发生了什么，只能根据现场观众的反应来判断儒歇何时开了枪。有几个人躲开了，其他人则伸长胳膊用手机继续录像。还有一个上了年纪的女人晕倒了，倒地的同时还拽倒了她呆若木鸡的丈夫。

她向前探着身子，选择下一个要播放的视频文件，就在这时，画面中有一个黑白人影吸引了她的注意。她把录像倒回去，又看了一遍。在那人被杀的瞬间，画面中的人群同时做出了反应。

贝唐的眼睛盯着后面那个黑色的身影。

就在那个晕倒的女人从画面里消失时，黑色人影转过身子，淡定地朝出口走去。他的举止，甚至走路方式都表明，他看到刚刚那一幕时流露出一种决然冷漠的态度。

贝唐把镜头放大，但那个男人的脸部被放大后变成了马赛克，根本看不清样貌。

她想到一个主意。

她再次打开厕所外面的监控录像，接着从她刚停下的地方看下去。过了一会儿，那个身份不明的男人拐过转角，从监控下走过，全程低着头。"畜生。"贝唐低声说，现在可以确定自己发现了猫腻。

她用慢动作回放了那个片段，想知道地面上那个闪闪发光的圆圈到底是什么。她进一步放大：是一个托盘，周围是一堆碎玻璃。她接着放大，直到玻璃的反射面占据了整个电脑屏幕，接着她开始一帧一帧地快速翻看，充满预感地睁大了眼睛。

打翻的托盘上有一个阴影，她又点击了几下鼠标，那个男人的鞋尖出现在镜头中。她继续点击鼠标。

"快点……快点……"贝唐笑了，"抓到你了！"

那个银色的托盘上，一个中年男人的脸依稀可辨。

"老大！你快过来一下！"

Chapter 37

第三十七章

布莱克与武装机动部队的人同时把车停在了一栋房子外面。他在来的路上就收到了消息，警方锁定了新的头号犯罪嫌疑人，并立刻下发通知临时组建了一支警队。

卢卡斯·西奥多·基顿是个百万富翁，也是一家电信公司的老板。这个公司在二十世纪九十年代被收购了，他由此获得了一笔丰厚的报酬，并在董事会获得了一席之地。从那时起，他把主要的精力都集中在了慈善事业和帮扶初创企业上。

令人备受鼓舞的是，基顿之前那个烟雾信号技术公司曾有个下属公司，名叫 S-S 移动公司。之前那些自杀式短信就存储在 S-S 移动公司的服务器里。此外，从傀儡那里收缴来的移动电话均由某个货仓供应，而这个货仓跟基顿曾经的那个鲜为人知的公司有着某种联系。

基顿的妻子和两个孩子都去世了。

他和他的两个儿子都亲历了"7·7"伦敦地铁恐袭事件。基顿几乎毫发无伤地逃脱了，一个儿子却当场死亡，另一个也在一年半后因伤势过重离世。之后，基顿的妻子服用过量药物自杀了。

"多谢了。"布莱克对电话那端的同事说，他现在觉得十分压抑。

"还有更糟糕的。"

"比失去全部家人还要糟糕？"

"他的兄弟，"布莱克的同事在伦敦警察厅盯着自己的电脑说道，"二〇〇一年去美国参加了一个慈善活动……"

"不会吧！"

"……九月十一日。"

"天哪！"布莱克几乎开始同情他们这个头号犯罪嫌疑人了，"一个人怎么能这么倒霉呢？"

"他的兄弟去世贸中心也没什么事，只是在错误的时间从那里经过而已。"

"基顿这家伙是被诅咒了还是怎么着？"

"他那么有钱，却过着我能想象到的最悲惨的生活。正如我们所看见的那样，不是吗？"那位警察以一句反问句结束回答，然后挂断了电话。

桑德斯加入了皮卡迪利广场的行动。瓦尼塔只派了布莱克一人同临时凑成的武装队一道前往基顿位于切尔西区的豪宅。

武装人员匆匆上了台阶，从前门破门而入。布莱克则来到一个邮筒后避风点烟。邮政编码能显示这里的人非富即贵，茂密的街道却给人一种不是特别舒适的感觉：几乎三分之一的房子看上去正在施工，停车位上除了跑车，还零星停放着卡车、货车，甚至还有一辆小型起重机。噪声十分刺耳。

"老兄！"布莱克叫住一名从跟前经过的建筑工人，同时亮了一下自己的证件，"这儿是怎么回事？路塌了还是怎么着？"他想知道这是否跟案子有某种关联。

"你说这儿？"那个矮胖的工人指着杂乱的施工现场问，"不是。现在房价这么高，你拥有的每寸土地都很值钱。所以一些有进取心的亿万富翁越来越丧失理智了，他们屈居有十间卧室的房子尚不能足，还意识到从自家地下室至地心之间的空间都被大大浪费了。他们认为自己完全可以对这些空间加以利用……所以现在，他们一窝蜂地都在忙活这事。"

布莱克对这名工人的口才感到讶异。

"当然啦，要是从我家地盘往下挖的话，我会止步于楼下的烤肉店。"那个男人叹了口气，补充道。

"警探！"一名武装机动部队的成员在门口叫他，"危险解除！"

布莱克对这位消息灵通、一身烤肉味的男子表示了感谢，然后匆匆进了屋。这栋房子的门厅比他在特威克纳姆的一整间公寓还要大。精美的马赛克地面上，木制楼梯蜿蜒向上，其他七名警察已经在这栋豪宅里迷了路。昂贵的花瓶中插着盛开的鲜花，后墙上挂着一幅巨大的全家福。

"如果你赶时间，我就从三楼开始，"武装机动部队的队长向布莱克提议，同时会意地点点头。

布莱克向楼梯走去。

"不好意思，我是说下面，"队长一边澄清，一边指了指角落，"地下三楼。"

布莱克沿着楼梯走去，他的手机"哔"了一声，提示那里没有信号。他们才下到这幢宅子的负一层，便能感受到这家主人的思想已经遭到了毒害。

这里过去应该是个办公室，但现在，四周的墙壁看上去令人窒息，上面挂着这个幸福之家的照片：有专业人士画的肖像，旁边是几张度假时拍的照片，还有各式各样的实景照，这些照片后来又被手绘了一遍，摆在了旁边。每一张照片都装进了相框，摆放的位置也非常讲究。

"角落里的电脑，"布莱克对那名警察说，希望他上去的时候，电脑已经被抬到货车上了，"那儿的手机……还有这幅画。"他一边说，一边挑选出一张看起来距离现在最近的照片，他是根据照片中两个男孩的年龄判断的，他们留着相同的发型，笑的时候露出了嘴里的龅牙。

他们继续向下走，楼梯在脚下嘎吱作响。气温又降了几度，空气变得越来越浑浊。对布莱克而言，这就像他们正在慢慢深入基顿的潜意识……

这是他睡觉的地方。

对面的墙边放着一张没有收拾的行军床，周围堆着只能被描述成神龛的东西：珠宝首饰、衣服、小孩子的画作和玩具，它们都整齐有序地摆在行军床周围。蜡烛已经烧尽，在木地板上留下了一圈蜡油。

"妈呀！"布莱克吓了一跳，这才发现他们背后的墙上挂着一幅耶稣受难图：耶稣的脚和手腕被钉在木十字架上，双手徒劳地悬着，冠冕上的荆棘刺入了他的脑袋。过去几周发生的暴行原来是受到这种暴力的启发。

布莱克皱着眉，不情愿地朝房间深处走了一步，想看清"圣子"两侧的涂鸦是什么：

你他妈当时在哪儿？

他对着这面墙拍了张照片，想放进自己的报告中，拍照的时候差点被地上的坐垫绊倒。

"继续？"他急切地问那名警察。

他们顺着窄窄的楼梯下到最底层，气温又低了几度。

他们刚向室内走两步，布莱克的心就沉了下去。

房间的地板上到处堆满了书、杂志、文件夹和图表，有一两米高，脚下的地板上也堆着一层报纸，这是一个过度沉溺者几年的成果。

他们还有不到一小时。

另外两名警察已经开始整理这堆乱七八糟的东西，那台笔记本电脑已经打包好了，随时可以运走。

"这一堆东西里面，几乎每一份报纸上都有关于拼布娃娃谋杀案的报道，"其中一名警察大声说，"桌子上是目前为止我们发现的与阿列克谢·格林有关的所有资料。基顿这家伙看起来对他完全着了迷，这几年一直在搜集他的资料。"

布莱克走到一堆杂志和光盘前，上面贴着手写的便条，这是格林接受的各种采访和在会议上发表的讲话。他拿起一本日记，翻了翻，第一页简单地写着"第一次见面"，下面的内容看起来是基顿逐字逐句记录下来的他跟格林第一次会面的情况。

武装队的队长越过他的肩头读着日记上的内容：

"这么看来，这个基顿又是一个被招揽进去的成员。"

"但他不可能啊。"布莱克低声说，继续看日记上的字。

突然传来"砰"的一声，一名警察撞倒了一摞摇摇欲坠的书。他平静地俯下身，凑近去看他的新发现：

"老大？"

"什么？"

"你要不要让拆弹小组的人下来一趟？"

队长看起来很担心："我不知道，需要吗？"

"看起来不像是能爆炸的……自制炸弹，但依然……嗯，我想是需要的。"

"该死……所有人都出去！"他命令道。

"我留下来。"布莱克对他说。

"不管它能不能爆炸，但在看到炸弹的那一刻，我得让所有人都安全离开。"

"如果基顿是我们要找的那个人——"布莱克开口说。

"他不是！"

"但如果他是呢，我们需要地下室的这些东西。让你的人出去，把电脑交给技术队，让拆弹小组的人过来……拜托了。"

队长有点犹豫不决，但接着拿上那台笔记本电脑，跟着他手下的人上楼去了，留下布莱克一个人继续浏览基顿的日记。

他很快把那本日记又拿了起来，翻到"第一次见面"，草草地浏览起上面的内容。他知道时间有限，于是直接跳到基顿与格林的第九次见面。他很快意识到，格林根本不是他们要找的幕后黑手。阿撒泻勒另有其人。

第九次见面

2014 年 7 月 1 日　星期四　下午 2:22

"……这个世界就像什么都没发生过一样继续运转，"卢卡斯说，陷入了自己的思绪中，"我什么都没有了，每晚回到空荡荡的房子里，一个大陵墓，埋葬着过去的一切。里面的东西我都舍不得扔，我只剩下这些了。每当睡在里面的时候，我都感觉自己沉浸在回忆中……我依然能闻到妻子身上的香水味……你还好吗？"

格林迅速从椅子上站了起来，给自己倒了一杯水。

"嗯。没事……没事。"他说，但接着他的脸皱成一团，哭了起来，"真抱歉，我这样太不专业了，我只是需要一点时间。"

"是我说了什么吗？"卢卡斯担忧地问，看着格林平复自己的情绪。

外面，雨下得更大了。一定是下了一整天。

"或许我来找你并不是一个好主意，"卢卡斯说着站了起来，"似乎不管我做什么，都只会让别人心烦。"

"跟你没关系，卢卡斯，"格林连忙说，"是我，是我自己的问题。"

"为什么？"卢卡斯直率地问，"你……你也失去了什么人吗？"

"我们只谈论你的事，好吗？"

"你可以告诉我。"

"不行，我不能。"格林坚定地说道。

卢卡斯站了起来，向门口走去。

"卢卡斯！"

"你说的一切都是狗屁！我每周来这儿两次对你掏心掏肺，但你根本不信任我。"他对格林说，看起来十分受伤。

"卢卡斯，等等！行，行，我说！"格林说，"你说得对，我向你道歉，我们之间当然有信任。没错，我确实失去了一个对我而言非常、非常特别的人。"

基顿闭上眼睛，松了一口气，脸上挂着一丝胜利的微笑，接着他收起笑容，慢慢回到沙发上。他徘徊着，站到格林旁边。这位冷静克制的精神病医生终于崩溃了。

他探着身子安慰这个痛苦的男人，从桌上拿起一大把成人型号的纸巾递给他：

"请你……跟我说说她吧。"

布莱克十分急切地翻到最后一次记录——阿列克谢·格林和卢卡斯·基顿的第十一次见面。

Session 11

第十一次见面

2014 年 7 月 10 日　星期四　下午 6:10

"为什么只有我们受到惩罚？"基顿一边问，一边在房间里踱步，格林在一旁听着，"我们依然在受罚！我们是好人——我的家人、你的漂亮女友艾比都是好人啊！"

他重重地叹了一口气，眼睛盯着窗外，傍晚的余晖照在他的脸上，暖暖的。

"拼布娃娃案的这些凶手，"基顿漫不经心地说，"我想你一直在关注他们？"

"每个人都在关注他们，不是吗？"格林回答道，这场谈话使他精疲力竭。他有一个多星期没睡过好觉了。

"你能说出受害者的名字吗？我们来挑战一下吧。你能按顺序说出他们的名字吗？"

"为什么，卢卡斯？"

"就当……迁就我一下。"

格林发出了恼怒的呻吟声：

"行。第一个当然是特恩布尔市长，接下来是哈利德的兄弟。叫什么拉纳……维贾伊·拉纳。贾里德·加兰，接下来是安德鲁·福特。你问这些到底要干什么？"

"那些名留千古的受害者包括一个出尔反尔的政客、一个儿童连环杀人犯的兄弟、一个贪婪且投机取巧的记者，最后还有一个令人作呕的、堪称人渣的酒鬼。这些人的名字根本不值一提，却被历史铭记，仅仅因为他们死后被大肆报道过。"

"我累了，卢卡斯，你到底想说什么？"

"我要承认，"基顿说，他并没有回头，"我调查过奥斯陆和于特岛发生的恐怖袭击。"

"你为什么这么做？"格林问道，"我不明白你为什么——"

"新闻报道都在说，"基顿俯视着他继续说道，主导着这次谈话，"'七十七人死亡''多人受伤''几名受害者'。你想知道有多少家媒体在报道中提到过一个名叫艾比的人吗？"

格林没有回答。

"一个都没有。没有一家媒体哪怕愿意去报道一下，你的未婚妻从你的生命中永远消失了。"

格林哭了起来，基顿走过去，坐在他旁边。

"所有人都继续过着他们的生活，而我们的生活却被毁了……那些人甚至懒得去关注他们的名字！"基顿激动地咆哮，泪水从他的脸颊滑落，"他们没有一个人经历过我们所遭受的痛苦……一个都没有。"

基顿停了片刻，去看格林的反应。

"阿列克谢，我的外表不怎么起眼，这我知道。我虽然功成名就了，但我讲话的时候，没有人听……没有人真正在听。虽然我做了所有的准备，操纵着他们，他们还是不会做我要他们做的事情。我需要他们完完全全地屈服于我……屈服于我们的事业。"

"当傀儡吗？"格林问，抬头看了他一眼，想起他们之前在谈话中说过，要让一个无生命的物体对其行为负责是徒劳无益的。

"傀儡，"基顿鼓励地点点头，"我需要一个人去启发他们，得到他们的敬仰，去领导他们……我需要你。"

"你在说什么？"格林问。

基顿把一只手放在他的肩膀上：

"我在说，如果有一种方法可以让事情好转呢？这个方法会让那些自私自利的人知道我们的遭遇，这个方法能确保地球上每一个人都知道我家人的名字，知道漂亮的艾比长什么样子，以及她对你而言意味着什么。"

接下来是漫长的停顿，格林花了好一会儿才明白基顿的意思。

慢慢地，他把自己的手放在基顿的手上，转身面对他：

"我想听更多计划。"

Chapter 38

第三十八章

2015 年 12 月 22 日　星期二　下午 4:14

　　巴克斯特接到紧急无线电通话，对方要求她回到指挥中心。她一到指挥室，就有人把电话递给她。

　　"我是巴克斯特。"她接了电话。

　　"我是瓦尼塔，礼貌性地给你打个电话，让你知道最新进展。一小时前，中央法医成像小组从空中花园的监控录像中调出了一张图，结果显示这张图跟纽约的监控拍到的画面相匹配。"

　　"为什么我现在才得知这个消息？"巴克斯特问。

　　"因为地铁站外面的事情现在不用你操心了。详细情况军情五处和反恐指挥组都知道了。就像我刚说的，只是礼貌性地给你打个电话。我派布莱克——"

　　"你派布莱克干什么？"巴克斯特打断她，此时儒歇也进入了指挥室，"等等，我开下免提。"

　　"我派布莱克去了地址上的地方，"瓦尼塔继续说，"他已经确认，幕后主使就是卢卡斯·西奥多·基顿，四十八岁。我现在把细节发给你们，做好大跌眼镜的准备吧……女士们、先生们，来认识认识我们的阿撒泻勒。"

他们都挤到计算机前。一名技术人员打开了邮件，屏幕上出现了基顿那张平淡无奇的脸，他的发型风格明显，头发从太阳穴向后退去的速度符合人们对他这种年龄的男人的期待。

"这就是他？"巴克斯特问道。

"就是他。他的公司为自杀式短信提供了便利，还给那些人提供移动电话。过去一年里，他多次前往纽约肯尼迪国际机场，而且越来越频繁，最近一次飞回来是星期二晚上。"瓦尼塔意味深长地补充道。

又有一部手机响了。儒歇急忙接了电话，低声交谈起来。

"根据布莱克的建议，安保部门优先锁定跟宗教有关的目标。基顿似乎有某种宗教方面的日程安排，这也恰恰解释了纽约教堂的那件事。"

"嗯。"巴克斯特心不在焉地回答。

"你们忙吧。"瓦尼塔说完挂了电话。

儒歇把地图从墙上撕下来，急切地用手指在地图上搜寻着。

"怎么了？"巴克斯特问。

"三个没找到的傀儡现身了，互相之间的距离不超过四百米。"

"所以，他们已经派武装队过去了，是吗？"

"嗯。"儒歇一边回答，一边用手敲击着地图上的一个地点，那个地方几乎位于三个人的中心，"他们要去贝克街地铁站，我要过去。"

"不行，"巴克斯特说，"他们能搞定，我要你跟我一起待在这里。"

"我能赶在他们之前到。"

"我们必须待在一起！"

"巴克斯特，"他叹了一口气，脚下隆隆作响，又有一辆列车慢慢驶进了北站台，"你要相信我能办好这件事，我必须去，那里离这儿只有三站，我会及时赶回来。"他拿起外套。

巴克斯特抓住了他的一只袖子。

"你不能去！"她对他说。

"我不是为你工作的。"他提醒她，让她松手。

"儒歇！"她在后面大喊着，追着他上了通往另一个站台的楼梯。

在车门即将关闭的时刻，他跳进了一节车厢，而巴克斯特则晚了一步。

"儒歇！"她又大喊了一声，地铁开动了。儒歇隔着玻璃，抱歉地向她挥了挥手。她沮丧地把他的外套扔在地上："儒歇！浑蛋！"

巴克斯特让技术队的人把基顿的详细信息和照片传给各个小组，她自己则翻看着布莱克发来的基顿的悲惨经历以及相关的补充资料。资料里有一张未剪裁的全家福，照片里的一家人开心地笑着，没有意识到即将到来的不幸。

"他就是儒歇。"她喃喃自语，又摇了摇头，更确切地说，儒歇有可能变成他。

这两个男人的遭遇惊人地相似，甚至有着相同的宗教倾向，但不同的是，基顿任由仇恨和悲伤吞噬了他，儒歇则将所有负面能量转化成了对别人的帮助。

她笑了；让儒歇最终回到那里的，除了巧合，或许还有其他原因。

儒歇下了车，走上贝克街的站台。他在路上就收到了那三名嫌疑人的照片。他一边拿着手机在人群中搜索可疑人员，一边顺着地上黄底黑字的"出口"标记向外走。

"巴克斯特，你还在听我说话吗？"

"在。"

她听起来似乎还在生气。

"我刚到贝克街，准备去主入口拦截目标。我直接联系一体化交通委员会，然后把最新进展告诉你。"

"很好。"

他上了自动扶梯，靠左边慢跑着，刷卡过了检票口，任由通勤的人流把他冲到人行道上。

站口鱼龙混杂，一片混乱，兜售《大志》杂志的小贩，奋力高歌的街头艺人，愁容满面的流浪汉，还有那只看上去更加忧愁的流浪狗，他们都想在人来人往的入口争夺一块属于自己的地盘。

儒歇成功地挤过人群来到墙边，旁边是一条拥堵的马路。他切换了无线通信频道，刚好听到耳机里面正在传达给联邦调查局的消息，不过他只听到了一个结尾。

"我是儒歇，我正在入口的位置。我错过什么消息了吗？"

"嫌疑人布鲁克斯已经被逮捕。"一个女人回复他。

"还剩九个。"他低声自语。

他翻着手机上的照片，看看在这些人中，哪些人的面孔他可能会忘记。他抬起头，看着人们进进出出，他们有的戴着帽子或者兜帽，有的撑着雨伞，挡住了面部。耳机里的那个女人继续说：

"武装队的人还有一分钟到，剩下的嫌疑人马上就要抵达你所在的位置。"

当斑驳的光线照到来往行人的身上时，儒歇借机看了看他们的脸。突然，他认出了他们中的一个。

"我看见其中一个胖子了。"他说。

"理查德·奥尔德姆。"耳机那端的人告诉他。

儒歇伸手摸到了枪：

"我去截他。"

他停顿了一下，等着人流出现一个缺口，此时，他看见另一张熟悉的面孔从相反的方向过来。

"见鬼！看见另一个人了，"儒歇说道，他瞥了一眼两个相向而行的男人，"支援还要多久到？"

"四十五秒钟。"

"如果我去截其中一个人，另一个就丢了。"他现在几乎得转头才能同时看到他们两个人。

"四十秒。"

很明显，这两个男人没见过对方。他们中间隔着数米的距离，两人直到拖着脚进了站，也没有看对方一眼。

"我跟着他们进去。"他对耳机那头的人说，然后踩着黄色地板上肮脏的雪泥，艰难地在人群中穿梭，同时还要努力把那两个人锁定在自己的视线范围内。他看着他们左转了。

"他们准备搭贝克卢线，皮卡迪利广场方向。"儒歇告诉他们。他在扶梯上加快了脚步："车来了！"

周围的人也听到了这句话。车门打开的时候，他周围响起了急促的脚步声，一大批人从车上下来，同时外面的人也拥着朝车上挤去。他想挤过人群，但车门已经关了。不过他随后松了一口气，因为那两个人还站在站台上。

"目标没上车，"他低声说，站台上再一次人满为患，"注意：有一个嫌疑人带着一个很大的帆布背包。"

他很好奇，为什么那两个男人故意不上车呢。就在那时，他注意到一个衣冠不整的女人坐在一条长凳上，也丝毫没有上车的意思。

"告诉支援的人先别现身，"儒歇说，站在他旁边的一个日本游客向他投去奇怪的眼光，"你们看见一个女人了吗，四十多岁，蓝外套，黑色牛仔裤，坐在站台的另一头。"

"稍等。"耳机里一体化交通委员会的人答道。

在他等待的时候，那个女人拿起自己的塑料袋，起身站到了站台的最边缘处。他向后瞥了一眼，看见两个嫌疑人似乎也打算搭乘下一趟地铁。

"他们要上车了，让武装队行动。"

儒歇刚说完，一群武装警察便包围了那两个男人，把他们牢牢地按在地上。当他再次看向那个穿蓝外套的女人时，她正向站台的最远端走去。

列车"咔嗒咔嗒"地进站了，一个武装警察轻轻地拉开了那名嫌疑人携带的沉重的帆布包。

儒歇透过拥挤的人群努力向那边张望。

他检查了一下手表：下午四点五十四。

他要回去跟巴克斯特会合了。

由于来不及走到地铁的最后一节车厢，他只能挤到最近那道门前，车门震颤着开合了两次，最后才成功关上。他挤过人群来到车厢中间人较少的地方，周围人发出了英国人惯有的啧啧声并朝他翻着白眼，但他并没有理会。

"袋子里是什么？"他通过耳机问一体化交通委员会的人。

短暂的停顿之后，那边有人回答："某种炸药……暂时安全……拆弹小组还有两分钟到。"

他立刻切换了无线通信的频道：

"巴克斯特，我现在在回去的路上。"

"随便你。"

"还剩七个人……我们刚刚抓获了他们四人中的一人。"他谨慎地说，在人满为患的车厢里，他不能说太多。

"或许马上就抓到他们四个人中的两个了，"她回答，"很显然，军情五处的人几分钟前从这里赶过去了，你回来吧。"

他再次换了频道，但又只听到了通信的结尾。"……一个嫌疑人。"耳机里一阵停顿，"特工儒歇，你收到了吗？"

"没有，请重复。"

"已证实：穿蓝外套的女人正是另外一个嫌疑人。"

"收到。"儒歇一边回答，一边在人群中穿梭。

他来到车厢尽头，费力地朝另一节车厢里张望，希望能看到那个女人，但车门周围挤满了人，他什么也看不到。

"下一站是摄政公园……请在此站下车。"自动语音播报系统开始报站。

地铁开始减速，要下车的人不约而同地朝门口拥去。站台上站着密密麻麻的人，从窗前一闪而过，列车猛地停了下来。

儒歇跌跌撞撞地下到站台上，他奋力挤过人群，然后上了最后一节车厢。

"借过。不好意思……借过一下。"他低声说着，在车厢中挤来挤去。

在车厢中穿行的时候，他瞥了一眼地铁线路图，他们距离皮卡迪利广场只有一站了。

他又看了眼手表：下午四点五十七。

"对不起……借过。"他来到车厢中间，看见了那个熟悉的蓝外套。那个衣衫不整的女人坐在那里，双手放在大腿上的塑料袋上，像是在保护着什么。"发现目标。"

"你在哪儿，儒歇？"巴克斯特低声问道，同时看着源源不断的人拥向已经人满为患的站台。

屏幕上的橙色数字显示很快就到下午五点了。

"三队：通信检查。"她胸有成竹地对着无线设备喊道，可心脏依然在胸腔里怦怦跳着。

"收到，声音清晰。完毕。"

人群中传来一声巨响。

"三队跟我来！"巴克斯特一边下令，一边急匆匆地朝骚乱处跑去。

一个慌乱的商人手里拿着一个破袋子，为圣诞采购的东西掉了一地，他想赶在这些易碎品被踩碎之前把它们都捡起来。

她松了一口气，她的神经紧张到了极点。

"虚惊一场，戒备解除。"

在回去的路上，她收到手下发来的最新情报：他们在克拉珀姆一个来自收容所的袋子里发现了爆炸装置，该装置与在时代广场发现的爆炸装置相匹配，袋子的主人就是昨晚被捕的一个嫌疑人。

四个嫌疑人，已经抓获了两个。

*

儒歇距离那个女人只有五步远，耳机里的声音严重失真，接着他又能听到一体化交通委员会的声音了。

"特工儒歇，注意：另一个嫌疑人在上一站上了车，支援在赶去的路上。"

"把详细资料发给我。"儒歇答道，然后挤过人群，来到那个穿蓝外套的女人跟前。

他把她拉起来，把她脸朝下地按到地上，胳膊反扣在她背后。乘客既震惊又愤慨，试图介入。

"没事！没事！我是中央情报局的。"儒歇对他们说，同时拿出了自己的证件。"你被捕了！"他低头对那个蠕动的女人大声说道。

好心人都坐回自己的位置，他们似乎产生了一种共鸣：在这么拥挤的空间里，自己或许离这一幕越远越好。

那个女人还在挣扎，当列车驶入牛津广场站时，儒歇成功地铐住了她的一只手。他一边盯着手中的囚犯，一边在来来往往的人群中寻找支援。许多人下了车，但更多的人随即又上了车，儒歇四周很快又挤满了人。

他"啪"的一声合上了第二个手铐，拍了拍那个女人，然后把塑料袋从她的身下拖了出来。他一只手压住她的背，另一只手伸进塑料袋，从里面拿出一把生锈的切肉刀。他本打算把这把刀放在自己旁边的地板上，但突然意识到很多孩子正满脸惊恐地看着他。

"没事，我是中央情报局的。"他又重复了一遍，主要是说给新上车的乘客听。他思量了一会儿，向坐在他后边的那个肌肉男做了个手势，那人是刚刚上车的："能帮个忙吗？"

"我？"那个男人不确定地问道。他抓着自己的胡子，似乎还在适应它们的存在，接着站了起来。

儒歇把他的配枪放在地板上，然后把那把刀重新放进塑料袋里，递给那个男人。

"我需要你帮我拿一下这个。"儒歇对他说。

那个人看起来有点不安。

"只是拿着，确保不要碰里面的东西。"

那个留着胡子的男人试探性地把东西接了过去，然后坐在他们旁边，把绿色的塑料袋放在自己的腿上，跟之前那个女人的姿势一样。

车门又一次关上了，儒歇看到两名武装警察跑上了站台，但太迟了。列车已经启动了。

"特工儒歇！特工儒歇！"他听到耳机里有人叫他，音量比以往都大……声音中透着惊慌。

"我刚抓获了那个女人，正准备找——"

"特工儒歇！又有三个人刚刚上了车！重复：又有三个嫌疑人。"

"收到。"儒歇慢慢说道，抬头看着一车厢的人，"我要你立刻给总督察巴克斯特发信息：这趟列车才是目标，不是地铁站。"

他感到手机在夹克口袋里疯狂振动着，他们把详细资料发过来了。

"这趟车是目标。"他重复了一遍，同时去拿自己的配枪。

儒歇不知道的是，他的手机刚刚收到了一张那个肌肉男的照片，只不过胡子是刮干净的。

儒歇不知道的是，那个男人已经站了起来，正盯着他。

儒歇不知道的是，那把生锈的切肉刀最先刺进了他的身体，给了他最有力的一击。

Chapter 39

第三十九章

2015 年 12 月 22 日　星期二　下午 5:00

"让这些人都出去！"巴克斯特大声喊道，现场正播放着预先录制好的紧急通告。

收到儒歇传给她的消息后，她立刻采取了行动；然而，楼梯上堵了太多人，疏散行动完全停滞不前。头顶上，显示屏上的时间依然在流逝："17:00:34"。

"巴克斯特总督察，"她听到耳机里一个急切的声音在叫她，"我还是联系不上特工儒歇。"

"继续试，"她回答，同时抓住了一名路过的工作人员的胳膊，"我们要关闭地铁站！你必须阻止人们再进来。"

那个男人点点头，匆忙离开了，巴克斯特的无线对讲机再次响起来。

"又怎么了？"她沮丧地咆哮道。

"先跟你道歉，我为你连线了成像组的路易斯探长。"

"现在？"巴克斯特问道，正在这时，广播里传来一个男声，提示列车即将进站。

"五分钟前，我们在一个监控录像里发现了卢卡斯·基顿的身影，想把这个最新消息告诉你。"

"这倒是个好消息……哪里？"

"就在那里……地铁站……在你们那儿。"

巴克斯特忧虑地看着熙熙攘攘的人群，看看能不能找到基顿，她曾跟自己的小组成员一起看过他的照片。

"外形？"她问道。

"深色夹克，深色套衫。"

所有人都穿着深色夹克和深色套衫。

她按下"发送"按钮，想把这个最新消息告知其他人，但耳机里突然传来尖锐的杂音，她感觉自己的耳膜都被刺穿了。她本能地把耳机扯了出来，发现其他同事也做了类似的举动。他们面面相觑，因为刚刚在耳机里，他们听到了遥远的尖叫声，声音是扭曲、失真的，像一组支离破碎的合唱。

"儒歇？"她低声问道，但回答她的只是"咔嗒咔嗒"的噪声，"儒歇，你能听见吗？"

铁轨上传来轰隆声。

巴克斯特转身背对着人群，凝视着黑色隧道张开的大口，她把耳机拿在手里，但令人惊恐的噪声依然透过耳机渗了出来，就像是某种未知的恐惧传递出来的令人毛骨悚然的序曲。

慢慢地，她走到站台边缘。头顶上，一张脆弱的蜘蛛网开始颤抖。

黑暗中传来轰隆声，脚底在震动，像有一个怪物朝这边疾驰而来。他们感到一阵温暖的微风吹来，但空气是污浊的，充斥着金属味与血腥味，紧接着，两只明亮的"眼睛"刺破了黑暗，列车朝他们冲了过来。

　　巴克斯特的长发被风吹得贴在了脸上。第一节车厢疾驰而过，车窗像是被遮了一层脏兮兮的深红色面纱，血污挡住了车厢里面的景象。

　　站内的人慌乱地尖叫着，拼命推挤、踩踏着想逃离这里，去往皮卡迪利线站台的楼梯也被他们堵住了。明亮的车厢内，令人胆战的画面一闪而过，但随着列车慢慢减速，车厢内的景象逐渐在人们视线内停住：车上的乘客冲向门口，尸体被挤压在玻璃窗上，有个人哭着喊救命，沾满鲜血的双手努力向上伸着，想寻求上帝的帮助，但上帝从未出现过。

　　巴克斯特意识到，她手上拿着的小型扬声器已经没有声音了，她试探性地把它塞回自己的耳朵，此时地铁的一道双开门在她面前停了下来。车窗上污迹斑斑，车灯的外壳已经碎裂，里面的灯管闪烁着。她已经听不见身后的人狂奔的声音了，只听见列车发出的一串轻快的哔哔声，表示这只不过是一次例行的进站停车而已。

　　金属车门滑开……

　　数以百计的乘客惊慌失措地想从车上冲下来，却发现自己被困住了。一具尸体突然滚了出来，落在了巴克斯特所站的站台上。他的眼睛里没有生气，已经救不活了。一阵爆裂声后，车上的灯灭了，巴克斯特走进车厢，想弄明白车上到底发生了怎样恐怖的事件。

　　站台上的某个地方传来枪声，接着，一个人朝她冲过来，光脚踩在地板上发出沉闷的声响。

　　巴克斯特猛地转身，防卫性地伸出双手。纯靠运气，她居然抓住了那个拿刀刺她的女人的胳膊。她们跌倒在车厢内的地板上，因为撞击，带血的刀尖划破了她的嘴唇。

　　那个凶残的女人把巴克斯特压在身下，并把全身的力量压向那把刀。突然，她的衬衫崩开，胸前的伤疤露了出来。巴克斯特大喊着，奋力抵抗着身上这个走投无路的女人，她的两只胳膊在颤抖。

那把刀逼得更近了，刀尖擦过巴克斯特的门牙，所幸她转头避开了。她想起了儒歇在监狱里给她的建议，她伸手胡乱抓着，划伤了那个女人的一只眼睛。

她尖叫着退缩了一下，巴克斯特趁机一脚踢开她，向后爬开。那个女人像受伤的动物一样剧烈翻滚了一会儿，然后再次向巴克斯特冲了过来。

只听到两声更近的枪响，那个女人已经结痂的胸前多了两个血窟窿。她手中的刀轻轻地落到了膝盖上，接着她便无力地栽到了地板上。

"你没事吧，老大？"

巴克斯特点点头，站了起来，一只手捂着阵阵作痛的嘴唇。

"儒歇！"她一边叫，一边在受伤的人群中寻找儒歇。

"巴克斯特总督察。"耳机里有人叫她。

"儒歇！"

"巴克斯特总督察！"那个人继续喊道。

她用一根手指压着自己的耳朵。

"有话就说。"她一边回答，一边继续搜寻。

附近又响起了两声枪响。

她瑟缩了一下，没有听见耳机里传递给她的消息："再说一遍。"

"巴克斯特总督察，我们已经看不见卢卡斯·基顿了。"

儒歇大口呼吸着。

他被死死地压在最后一节车厢的地板上，肩膀上有一道很深的伤口，他能感觉到温热的血不断地从脖子上滴下来。他身上压着一具尸体，是袭击他的那个肌肉男。儒歇为了阻止他肆意屠杀车厢里的乘客，朝他开了五枪。胸口的剧痛使儒歇无法移动，他成功拯救了车厢里惊慌失措的人，但这些人拼命逃跑时却从他的身上踩了过去。他每呼吸一次，体内都会传出一种刺耳的声音。

他听到地板上回荡着沉重的脚步声。

"危险解除！"有人大喊着。

脚步声更近了。

儒歇试图大声叫出来，但他用尽全力也只能发出别人根本听不到的喘息声……他又试了一次。

他感觉到有人从他的头顶跨了过去，然后渐渐走远了。

"不要走……"他每呼出一口气，都要花费更大力气才能使空气再次回到肺里。

"嘿……醒醒，没事，抓住我的手，"儒歇听到一个声音说，"你闭上眼睛，好吗？"

"有人被困在这里！"另一个声音大叫着，"我需要帮助！"

儒歇觉得有希望了，可他不知道接着又发生了什么，只听见那个人开口说："行了，我找到她了，我找到她了，我们走吧。"

他听到他们下了车，回到坚实的站台上，再一次把他丢在了死人堆里。

"巴克斯特！"他试着大声喊出来，连自己都几乎听不见这耳语一般的求救声。

他的呼吸变得越来越浅，肌肉由于长时间受到重压而变得疲劳。他意识到，在人们发现他之前，他会因失血过多而死在这肮脏的塑料地板上了。

他失败了。

巴克斯特又跑到外面的站台上，看着摩肩接踵的人拼命在人群中挤出路来。恐惧像火势一样迅速地在人群中蔓延开来，每个人都因为想自保而失去了理智，每个人都被恐慌吞噬，没有意识到自己的行为会造成多么严重的危害……人人如此，只有一个人例外。

当人们跌跌撞撞地向前挪时，巴克斯特突然看见远处有一个人，在别人的眼睛都盯着安全出口时，他只是盯着列车，看着警察搜寻生还者。

隔着拥挤的人群，他们的目光相遇了。

他是基顿。

巴克斯特认出他不是因为看过他的照片，而是因为他右边脸颊上那个钥匙造成的伤口。巴克斯特无意中在菲利普·伊斯特位于布鲁克林区的藏身处与他有过正面交锋，她在那里用钥匙刺伤了他的脸。

她把基顿的位置告诉了其他人。

紧接着，他消失了，淹没在汹涌的人潮中。

“三队：继续搜索，”巴克斯特下达的命令传到了儒歇的耳机中，把他的意识拉了回来，“一队和二队：你们的目标是卢卡斯·基顿，他在出口的位置，我们不能让他离开地铁站。”

这个名字就像是给儒歇虚弱的身体注入了一剂肾上腺素，身上的疼痛好像减轻了。他把胳膊慢慢地从重负下拉出来，然后抓住车厢内立着的棕色柱子。他感觉胸口被拉扯得快要裂开了，他咬紧牙关把自己扯了出来，同时把那个男人疲软的尸体从自己身上踢开，他痛苦而畅快地大口呼吸起来。

那个被铐在地板上的女人在人们的踩踏中死去了。

儒歇拿着自己的配枪，跟跟跄跄地站起来。仅仅为了站起来，他都要喘着粗气使出全身力气。

他朝上空艰难地点点头。

他还没有失败。

这里，正是他当年该待的地方。

Chapter 40

第四十章

"警察！躲开！"巴克斯特吼道，人群向堵塞的楼梯口挪动着。她在人群中搜寻着基顿。不一会儿，她看见他了。基顿已经到了楼梯口，不安地回头张望着，他也在寻找巴克斯特。

他开始爬楼梯，巴克斯特看见他手里拿着什么东西。

"看见基顿了！"她对着对讲机大声说道，"在去往贝克卢线的上行楼梯上，注意：目标手上拿着东西。目前无法确认，怀疑是引爆器。"

她面前出现了一个缺口。她挤了过去，几秒钟之内就移动了好几米。

"不计一切代价解除他的武器。"

"巴克斯特，能听见我说话吗？"儒歇气喘吁吁地说，他来到了站台另一端的紧急楼梯，他的耳机已经坏了，只有刺耳的噪声。

他依然可以听到其他人互相传递的信息。他加入了朝出口奔去的人群，一边抚着受伤的肩膀，一边挣扎着逆人流而上，搜寻着这无止境的人流的源头。

耳机中传来十分刺耳的杂音。

过了一会儿，他看见前面有一个黑影，影子身上有什么东西在闪光，人们从他身边匆匆走过。他认出那个黑影是一个穿着防弹衣的警察，正面朝下地趴在扶梯的顶部。

"浑蛋！"他回头看见黑压压的人群消失在他周围的各个出口。

来到稍开阔的空地后，被疏散的人开始以步行的速度朝出口走去。外面夜幕已经降临。

他们没有时间了。

他横冲直撞地在人群中穿行，迫切想要找到基顿。

"有警察受伤！有警察受伤！贝克卢线扶梯顶部。"巴克斯特通过对讲机把这个消息告诉所有人，她在检查他的脉搏时才发现，这个倒下的警察是特工蔡斯。

他已经没有脉搏了。

每个出口都有一名联邦调查局的特工把守着，但让他们在奔涌而来的人潮中找出基顿几乎是不可能完成的任务。同时，在地铁入口处，伦敦地铁的工作人员也在竭力阻止一大群想要进站的乘客。

数以百计的人匆匆从巴克斯特身边经过，但只有一个人回头看了她一眼。

"基顿在距第三出口十米远的位置！"她告诉其他人，"别让他出站！"

她朝基顿所在的位置冲了过去，突然看见儒歇在已打开的闸机另一侧，也正朝基顿走去。她有种如释重负的感觉。

"儒歇！"她在他背后叫道。

他们离得太远，儒歇没有听到。

儒歇注意到，那个脸上有疤的男人每隔几秒钟便会回头张望一下。

基顿没有注意到儒歇。

他顺着指示牌朝摄政街、圣詹姆斯公园以及爱神雕塑的方向走去。虽然他们只隔着几米远，中间却挤满了人，人们已经走到了门口，而外面正下着暴雪。

"基顿！"儒歇一边指着他，一边试图大声喊出来，但他声音沙哑，小到几乎听不见，"他是基顿！"

联邦调查局的特工没有听到儒歇的话，基顿却听见了，他回头看了看两位追捕者与自己的距离。

他低着头，与一名联邦调查局的特工几乎擦肩而过，就在此时，儒歇看见他手中拿着一种黑色装置。基顿突然跑起来，没入了寒冷的黑夜。

儒歇费力地爬着楼梯，来到乱成一团的街上，标志性的霓虹广告牌映衬出安忒洛斯金属翅膀的轮廓。地铁站的疏散行动已经影响到了地面，市中心的交通几乎完全瘫痪，放眼望去，尽是朝各个方向射出灯光的车头灯。

天上没有一颗星，大雪没有减弱的趋势，白色的雪花在应急服务车闪烁着的车灯下发着蓝光。骤降的气温让儒歇觉得自己的肺在燃烧，一阵刺痛袭来，他捂着嘴短促而剧烈地咳嗽起来，咳出来的血水流到了他的手上。他看见基顿朝着东南方向的摄政街去了。

儒歇跟着基顿穿梭在人流密集的人行道上，人们穿着厚外套，满手拎着购物袋。温热的血液顺着他的袖子滴下来，在地上留下一道蜿蜒的血迹，以便巴克斯特追踪。

巴克斯特等着耳机里连珠炮似的消息出现间隙，好插进嘴。

城市里的每个警笛似乎都在呼啸。她的耳机里传来噼啪声，反恐指挥组正在向大家公布最新消息，称已经逼近了另一名炸弹携带者：

"请求空中支援，"她气喘吁吁地冲对讲机说，"总督察巴克斯特正在追赶……卢卡斯·基顿……沿着摄政街……公园方向。"

她在他们后面二十米左右，在到达派尔·麦尔街的十字路口时，差点撞上了一辆从瘫痪的交通中飞奔而来的摩托车。她继续沿滑铁卢广场走着，那里的青铜雕像突然从暴风雪中冒出来，给人一种不祥的预感。

巴克斯特在这些铜像之间急速奔跑着，耳机嗡嗡作响，她想在呼啸的寒风中听清耳机里在说什么。她来到一组台阶的上面，阶梯的下面是一片黑暗，圣詹姆斯公园就隐藏在那片黑暗中。

"看不见嫌疑人了，"巴克斯特听见耳机里有人说道，"有人看见吗？有人看见嫌疑人了吗？"

"确认：广场东北角……看不清楚。"

儒歇几乎无法呼吸了，他的身体状况越来越糟糕，只能看着基顿幽灵般的身影在视线尽头跳动着。

突然，直升机的旋翼叶片划破了夜空，发出轰鸣声。探照灯的强光晃到了他的眼睛，接着扫向了公园的入口处，照亮了伫立在门口的一尊雕像——用黑铜铸就的黑暗天使。阿撒泻勒。

接着，黑暗天使不见了，因为探照灯的光柱开始毫无头绪地四处搜寻基顿的身影，而白茫茫的雪地上只留下了儒歇的脚印。他前面的湖边有几株垂柳，被积雪压弯了腰。枝条垂到了结冰的水面上，就像湖水引诱着它们垂入水中，却在它们畅饮时牢牢地冻住。

城市已经被黑暗吞噬，公园外面除了茫茫白雪什么都没有。儒歇追着基顿来到视野开阔的空地上。他取出弹匣，重新装上弹药。

他停下了追逐的脚步，好瞄准目标。结冰的湖面反射着直升机投下来的探照光。

基顿现在已经成了一个影子，而且每过一秒，这个影子就会变得越小。

儒歇竭力压制着胸口的疼痛，他伸出胳膊，将视线中心对准那个人影的后背。刺骨的寒风刮着他的脸，他根据风速和风向调整着自己瞄准的方向，等待探照灯照亮要射击的目标。

他呼了一口气，让四肢保持稳定，然后非常、非常轻地扣动了扳机。

"击中了！"

"平民倒下！目标受伤……看不见。重复：我已经看不见了。"

巴克斯特根本无法集中注意力，她一方面要听反恐指挥组追击目标时发来的消息，另一方面要追踪地面上那道鲜红的血迹。突然，一声枪响划破了雪夜，她看见儒歇在前面站着，而基顿已经从白茫茫的雪地上消失了。

她的喉咙在灼烧，她屏住呼吸，继续追赶。

基顿一头栽在地上，晃动的探照灯光圈围住了他。

儒歇朝受伤的基顿走去，而基顿正拼命挣扎，想够到不远处的黑色装置。他重重地喘着气，呼出的气在头顶上方形成一团白雾。

"儒歇！"巴克斯特在远处大声喊着，儒歇勉强听见了她的喊声。

他抬起头，看着她朝他们跑来。

基顿慢慢挪到那个黑色的小盒子边，儒歇弯腰把它捡了起来，发现它只是一部手机。

他有点惊慌，翻过手机看屏幕。过了一会儿，他把手机扔了出去，恶狠狠地盯着基顿。

手机落在一米八以外，上面有一段视频，注定要被世界上数千万人看到。视频还在播放，雪花一片片飘落下来，手机渐渐被雪覆盖了。

在那段四十六秒的视频中，基顿眼含热泪且毫无悔意地宣布对所有事情负责，同时还举着他家人的照片，上面草草地写着他们的名字和死亡日期……他根本没有提阿列克谢·格林以及他挚爱的已故未婚妻。

"儒歇！我们需要他！我们需要他！"巴克斯特大叫着，她看见儒歇的枪口正抵着基顿的太阳穴。

他们就像在一个舞台上，周围一片黑暗，但聚光灯打在他们身上。

"在哪里？"她听见儒歇大声问道，直升机悬停在他们头顶上方的某个地方，发出巨大的噪声。儒歇既然这么问，那就说明他刚刚拿到的东西并不是他们想要的。

巴克斯特就要赶到他们跟前了。

"有人开枪！有人开枪！"她耳机里传来嗡嗡的叫喊声，"嫌疑人受伤。"

儒歇用手枪恶狠狠地揍着基顿，把他打得满嘴是血，身下的雪也被染成了深红色，但他只是抬起头，微笑地看着儒歇。

"儒歇！"巴克斯特大声喊道，连滚带爬地来到他们面前。

她跪了下来，膝盖陷入积雪中。她拉开基顿的衣服，急切地摸索着失血部位。她的手指摸到他肩膀下方的一处开裂的伤口。她脱下外套，把袖子用力按在出血的伤口上。

"目标是什么？！"儒歇逼问道。

巴克斯特在他脸上看到了一种彻底的绝望，因为他意识到，获得自我救赎的唯一机会正从他身边溜走。

"如果他死了，他就不能告诉我们了，儒歇！帮我。"

格林的最后一个傀儡坐在地下厕所潮湿且肮脏的地板上。他听着直升机在上空盘旋的声音，开始哭泣。

他从来没感到如此孤独。

他听见追捕他的人正在入口处疾跑着调整位置，在他头顶发出沉重的脚步声，就像一只猎狗正在追捕已经逃入地穴的猎物。

他沮丧地大哭起来，撕扯着身上那件厚重的背心，这是他要执行的任务。背心里面的电线和元件压在他的背上，让他觉得很不舒服。

尽管格林都告诉过他，也教导过他，他还是被赶到一个荒凉的街道上，像一只胆小的动物，选择了现在这个唯一可用的避难所……当他们的诱饵。

"艾登·法伦！"有人用扩音器朝他喊话，声音已严重失真，而且充满了敌意，"你已经被包围了。"

艾登捂住耳朵，但依然无法隔绝外面的声音：

"脱下炸弹背心，慢慢走出来，否则我们只有引爆你身上的炸弹。你有三十秒的时间。"

艾登环视了一眼这间令人作呕的地下厕所，这里将会成为他的坟墓，对他这样一个彻头彻尾的失败者而言，也算死得其所。他只是希望能再见格林医生最后一面，告诉他，他是自己一生中最伟大的朋友，很抱歉让他失望了。

"十五秒！"

艾登慢慢站起来，在裤子上擦了擦手。

"十秒！"

他在那面脏兮兮的镜子中看到了自己。他真的是白白来这个世界走了一遭。他直视着镜中的自己，然后微笑着用力地拉下了垂在胸前的短绳……他感觉到大火把自己吞噬。

"儒歇，过来帮帮我！"巴克斯特蹙着眉，把更多的袖子按进那个致命的伤口。

远处某个地方传来爆炸声。

儒歇踉跄着从巴克斯特和垂死的基顿身边走开，凝视着树木上方的天空。探照灯从他们身上挪开了。直升机撇下他们朝橙色亮光的地方飞去。儒歇的脸上带着困惑和难以置信的表情，他不敢相信他们失败了，而他再也不会有更伟大的目标了……不敢相信那帮家伙真的没制订计划。

他们能做的只是看着天塌下来，任由大雪没顶。

"儒歇！"巴克斯特大叫着，一边竭力阻止更多的血从伤口涌出。耳机里各种信息交织在一起，十分嘈杂。"儒歇！我们还不知道发生了什么事。"

"我们还能做什么呢？"他问道，依然背对着她。

她不确定他是在和她说话，还是在跟别人说话。

她焦急地看着他举起手里的枪又放下。

"儒歇。"巴克斯特听着耳机里的噪声，一边尽可能冷静地跟他说话。她的袖子被基顿的血浸透了，巴克斯特感到一阵寒意："你走吧……就当是为了我……求你了。"

他转身看着他，眼睛里噙着泪水。

"走吧，儒歇……快走。"她恳求道。

她紧张地看了一眼他手里的枪。

她不能失去他，她不想再失去一个朋友。她知道杀了基顿对他而言，具有不可抗拒的诱惑，能给他带来光荣。

"你要杀我吗，儒歇？"基顿虚弱地喘着气，听到巴克斯特喊他"儒歇"。

"别说话！"巴克斯特低声呵斥。她需要叫一辆救护车，但她不能挪开手，而且耳机里的紧急无线通信一直没断，她插不上嘴。

"你真的以为我会在乎吗？"基顿继续说，因为失血过多，说话有点口齿不清，"我的目的已经达到了，我在这个世界上已经了无牵挂了。"

"我说了，闭嘴！"巴克斯特怒斥道，但儒歇已经折返朝他们走了过来。

"我的家人现在和上帝在一起，不管我是上天堂还是下地狱，都比在这里好。"基顿对他们说。他用期待的目光看着儒歇在他旁边蹲下来。

巴克斯特意识到情况正在急剧恶化，于是冒险把一只手从基顿胸前挪开，按下对讲机上的发送按钮：

"我是巴克斯特总督察，立刻叫一辆救护车到圣詹姆斯公园，完毕。"

那只手又重新按在基顿的胸口上，同时她用哀求的眼神看向儒歇。

"我想知道，上帝现在……"基顿结结巴巴地说，他看见儒歇的脖子上挂着一个银十字架，"……在不在这里……听我们说话，"他一边说，一边看夜空中是否会出现什么迹象，"我在想，那家伙是不是终于肯上点儿心了。"

儒歇不禁想起阿撒泻勒这个名字的字面含义：超越上帝的力量。

他把这个想法从脑子里推开。

"一年半……"基顿咳嗽起来，半哭半笑地说。他在雪地里换了一个更舒服的姿势："一年半前，我去了我儿子的病房，坐在他旁边，就像你现在这个姿势。一年半以来，我一直默默祈祷着上帝的帮助……但他从未出现过。看吧，当你轻声细语的时候，他根本听不见你，但现在他能听见了。"

儒歇不动声色地俯视着这个男人。

他们似乎与外界隔绝了。公园里静悄悄的，只能听见巴克斯特耳机里的嗡嗡声，基顿吃力的呼吸声，还有风声。

"儒歇？"巴克斯特低声叫他，她无法解读他的眼神。

他慢慢伸出手，在脖子上摸索着，取下那个十字架，握住链子，银十字架不停旋转着。

"儒歇？"她又喊了一声，"儒歇！"

他看着她。

"我们还不知道发生了什么事。但不管发生了什么，都不是你的错。你知道的，是吗？"她问道。

让她惊讶的是，儒歇居然笑了，仿佛他背负的重担已经从肩上卸了下来。

"我知道。"

项链从他的指尖滑过，掉进了被染红的积雪中。

"那我们说定了？"她问儒歇，然后又看向基顿。

儒歇点点头。

"那就到此为止了。"她如释重负地叹了口气，她的朋友再次向她证明他有多么坚强。

他最后看了一眼基顿，从口袋里拿出手机，挣扎着站起来。

他慢慢走开了。巴克斯特的耳机里传来军情五处发过来的简讯。

"儒歇，我想没事了！"她在他身后激动地喊道，她手指间基顿伤口的出血变慢了，"他们说找到他了！他们说已经控制住了局面！只有一人死亡……那个人肉炸弹！"

巴克斯特不禁笑了起来，她得意扬扬地看着基顿说：

"听见了吗，你这个浑蛋？"她低声说，"他们找到他了，他死了。"

基顿向后仰着头，认输地闭上眼睛。这些年他一直过着被诅咒的生活，在很多场合都有人对他说过这么一句话，此刻他也习惯性地说了出来："我想上帝只是需要另一个天使。"

儒歇僵在了半路上。

巴克斯特甚至没有意识到自己把手从他的伤口上挪开了。泪水模糊了她的双眼——她现在唯一能想到的，就是柯蒂斯那张美丽的脸。

她没有听到脚踩在雪地上发出的嘎吱声。

她没有感觉到，在低沉的枪击声中，温热的血溅在了自己的脸上，她不明白为什么地上的那个人会猛烈地抽搐起来……三枚子弹穿透了他的身体。

儒歇站在基顿面前，泪流满面。

她茫然地看着他再次扣动了扳机……第二次……第三次，直到倒在肮脏雪地上的那具尸体变得血肉模糊，成了一摊肉泥，直到他用尽最后一发子弹。

"根本没有上帝。"他低声说。

巴克斯特只是坐在那里，张大嘴巴盯着她这位朋友，看着他踉跄地走了几步，然后栽倒在地上。

他如释重负地发出了一声叹息，他的肺已经破损了。

他听见巴克斯特喊着他的名字，朝他爬过来。

但他只是苦笑了一下，抬起头看着飘落的雪花……然后伸出了舌头。

Epilogue

后 记

"……没有……上帝。"

联邦调查局的特工辛克莱经过那扇玻璃窗，冲出了审讯室。

"你真行，多谢你的'合作'，总督察，审讯现在结束了。"阿特金斯叹了口气。他一边擦着汗涔涔的额头，一边收拾东西。

他急忙去追赶气急败坏的辛克莱，巴克斯特嘲讽地朝他摆了摆手。在接下来的一小时里，他无疑要觍着脸，好好巴结一番那个被气走的美国特工。

"老大还是一如既往地老练啊。"桑德斯奚落道，咧开嘴冲观察室里的瓦尼塔和墙角那个男人笑了。这时，一个看起来像重要人物的美国男人从狭窄的观察室里走了出去。

瓦尼塔呻吟着说："她怎么就不能斯文一点呢？就二十分钟都不行？我的要求真有那么过分吗？"

"很明显是这样。"桑德斯耸耸肩。

角落里的那个男人也点点头表示赞同。

"你起什么哄，你甚至都不该出现在这里。"她一边对他说着，一边揉着作痛的前额。

巴克斯特粗鲁地把那位精神病顾问请走了，并向她保证，自己现在绝对正常，而且完全没有兴趣跟别人"交心"。

她双手捂着脸，趴在桌子上。她显然忘记了，或许有人，事实上确实有人，正在观察室里看着她的一举一动。

"你这是去哪儿？"桑德斯问角落里的人，他正离开，朝室外走去。

"我想去看看她。"他简单地回答。

"我想你并没有完全搞懂'拘留'这个词到底是什么意思。"桑德斯说。

那个男人看着瓦尼塔，而她看上去跟巴克斯特一样疲惫和无奈。

"我们可是有过约定的。"他提醒她。

"行，"她挥了挥手，示意他可以去了，"反正已经一团乱了，还能糟糕到哪儿去。"

那个男人开心地笑了，然后转身来到走廊上。

"我们会因此被炒鱿鱼的。"桑德斯说道，看着那个男人离开观察室。

瓦尼塔点点头："是，是，我们要被炒鱿鱼了。"

巴克斯特听见脚步声靠近，它听起来既不像那个美国特工大踏步的声音，也不像阿特金斯那样拖着脚走路的声音。

她捂着脸发出了痛苦的呻吟。

她听见金属座椅在地板上刮擦的声音，接着感觉到脆弱的桌子晃了一下。一位不速之客在她对面坐了下来。她愤怒地叹了口气，然后抬起头。她的呼吸猛然停滞了，就像腹部被人揍了一拳一样。

　　这个仪表堂堂的男人尴尬地朝她笑了，故意往椅背上靠近了点，以防挨她的拳头。他那一头乌黑的鬈发比过去任何时候都长，但那双亮晶晶的蓝色眼睛没有变，跟他从她的生活中消失的时候一模一样，这双眼睛可以一眼看穿她。

　　巴克斯特茫然地盯着他，这对她而言太具冲击性了，她甚至无法接受。

　　"呃……嘿！"他想表现得随意点，就像他们前一天刚见过面一样。他把戴着手铐的双手放在他们之间的桌子上，试图跟她聊一些有意义的话题，让他们之间这一年半的疏远显得微不足道些，也好让她重拾对他的信心。

　　最后，沃尔夫开口说：

　　"惊喜吧！"

Acknowledgements

致 谢

我还不完全确定我在做什么，但我很幸运，因为有很多很棒的人在支持我、照顾我。他们是：

我的家人：我母亲、奥西、梅洛、B、鲍勃、KP、萨拉和贝尔斯。

C&M 文学代理机构：感谢我的代理人苏珊·阿姆斯特朗、艾玛、杰克、亚历山大、多尔卡丝、特蕾西和我非常想念的亚历山德拉，你们真是太能干了。

俄里翁出版公司：非常感谢我的编辑萨姆·伊兹一直以来对我的包容，还要感谢"老烟枪"木·威利斯、业界最好的文字编辑劳拉·科林斯，还有克莱尔·基普、凯蒂·艾斯皮纳、萨拉·本顿、劳拉·斯万班克、劳伦·伍吉，以及阿歇特出版集团在英国和全球其他地区的团队。

最后，衷心感谢所有读者，你们是我创作的原动力，感谢你们对小说人物的喜爱，虽然他们的生活被我毁得一团糟，但我很享受这个创作过程。虽然我不做宣传，也不写书评，但你们依然不离不弃。谢谢！

Hangman by Daniel Cole

Copyright © 2018 by Daniel Cole

Published in agreement with Conville & Walsh Ltd., through The Grayhawk Agency

著作权合同登记号：图字 18-2018-269

图书在版编目（CIP）数据

傀儡师 /（英）丹尼尔·科尔（Daniel Cole）著；
付小会译 . —长沙：湖南文艺出版社，2020.3
　书名原文：Hangman
　ISBN 978-7-5404-9512-1

　Ⅰ.①傀… Ⅱ.①丹… ②付… Ⅲ.①长篇小说—英
国—现代 Ⅳ.① I561.45

中国版本图书馆 CIP 数据核字（2020）第 002033 号

上架建议：畅销·外国文学

KUILEISHI
傀儡师

作　　者：［英］丹尼尔·科尔
译　　者：付小会
出 版 人：曾赛丰
责任编辑：刘诗哲
监　　制：吴文娟
策划编辑：许韩茹　万巨红
特约编辑：叶淑君
版权支持：辛　艳　张雪珂
营销支持：徐　燧
封面设计：所以设计馆
版式设计：李　洁
出　　版：湖南文艺出版社
　　　　　（长沙市雨花区东二环一段 508 号　邮编：410014）
网　　址：www.hnwy.net
印　　刷：北京天宇万达印刷有限公司
经　　销：新华书店
开　　本：875mm×1270mm　1/32
字　　数：310 千字
印　　张：13
版　　次：2020 年 3 月第 1 版
印　　次：2020 年 3 月第 1 次印刷
书　　号：ISBN 978-7-5404-9512-1
定　　价：49.80 元

若有质量问题，请致电质量监督电话：010-59096394
团购电话：010-59320018